JAMES HERBERT

DOMAIN

Ein unheimlicher Roman

Deutsche Erstausgabe

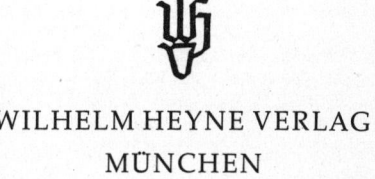

WILHELM HEYNE VERLAG
MÜNCHEN

HEYNE ALLGEMEINE REIHE
Nr. 01/7616

Titel der amerikanischen Originalausgabe
DOMAIN
Deutsche Übersetzung von Rolf Jurkeit

Copyright © 1984 by James Herbert
Copyright © der deutschen Übersetzung 1987
by Wilhelm Heyne Verlag GmbH & Co. KG, München
Printed in Germany 1987
Umschlagfoto: Don Brautigam, New York
Umschlaggestaltung: Atelier Ingrid Schütz, München
Satz: werksatz gmbh, Wolfersdorf
Druck und Bindung: Elsnerdruck, Berlin

ISBN 3-453-00702-6

UHRZEIT:	12.37 Uhr
TAG:	Dienstag
MONAT:	Juni
JAHR:	Ein Jahr in nicht allzu ferner Zukunft

ORT: London

Erster Teil

ADVENT

Sie huschten durch das Dunkel, Schattenwesen, die in ewiger Nacht lebten.

Sie hatten es gelernt, sich in ihrem Versteck zu verkriechen, während die großen Ungeheuer über ihnen die Tunnels, die in das feuchte, schwarze Heiligtum hineinführten, mit Donnerhall füllten. Die Wesen kauerten sich zusammen, wenn die Wände ihrer Zufluchtsstätte erzitterten. Geduldig warteten sie, bis die Geräusche über ihnen erstarben. Sie hatten keine Angst, aber sie waren wachsam. Sie wußten, daß es sich um einen Eindringling handelte, der die weniger Vorsichtigen unter ihnen tötete.

Sie hatten es gelernt, in der Unterwelt zu bleiben. Erst wenn es über der Erde so dunkel war wie in ihrem Heiligtum, wagten sie sich aus ihrem Versteck. In den Genen ihrer Rasse schlummerte die Erinnerung an einen Feind, der es sich zur Aufgabe gemacht hatte, sie zu vernichten. Ein Feind, der in den oberen Regionen lebte, dort, wo blendendes Licht die Szene bestimmte. Ein Vordringen in das Reich des Gegners war nur möglich, wenn das Licht einer anheimelnden Schwärze Platz machte. Aber auch dann herrschte keine vollkommene Nacht. Es gab schwache Lichtpunkte, die aus dem Dunkel hervorstachen, verborgene Quellen der Helligkeit, die den Rest ihres geheimnisvollen Reiches um so düsterer erscheinen ließen.

Sie hatten es gelernt, auf alle Erkundungszüge, die nicht unbedingt notwendig waren, zu verzichten. Sie blieben immer in unmittelbarer Nähe des Allerheiligsten. Sie ernährten sich von Nachttieren. Oft fraßen sie Aas. Totes Fleisch schmeckte nicht so gut wie ein zappelndes Lebewesen, das sich bis zum letzten Atemzug gegen die tödliche Liebkosung ihrer Fangzähne wehrte, aber es füllte den Magen. Aas erhielt die Wesen der Unterwelt am Leben.

Auch wenn sie Aas aufspürten, ließen sie nie die gebotene Vorsicht außer Acht. Sie vermieden es, an den Ort zurückzukehren, wo sie Beute gemacht hatten. Sie verfügten über eine Schläue, die nicht nur von der Angst vor dem Feind gespeist wurde. Die Eigenschaften, die sie zum Überleben befähigten, waren durch ein Ereignis begründet worden, das ihre Evolution beschleunigt hatte. Keines der Schattenwesen konnte sich an dieses Ereignis erinnern, das vor vielen, vielen Jahren stattgefunden hatte, aber die Rasse war durch jene Geschehnisse auf immer geprägt worden. Damals waren die Tiere, die jetzt im Untergrund hausten, allen anderen Lebewesen, sogar den eigenen Artgenossen, entfremdet worden.

Sie hatten es gelernt, in der Tiefe zu leben. Sich vor ihren Feinden versteckt zu halten. Andere Tiere zu töten, ohne Spuren zu hinterlassen. Wenn es nicht genug zu fressen gab, fraßen sie sich gegenseitig auf. Denn sie waren sehr viele.

Sie pirschten sich durch das Dunkel; schwarze Kreaturen mit langen, gezackten Schneidezähnen und gelben Augen. Ihr Instinkt sagte ihnen, daß es eine Beute gab, die besser schmeckte als die Nachttiere, die ihnen als Nahrung dienten. Menschen. Bald würden sie den süßlichen Geschmack warmen Menschenblutes kennenlernen.

Sie waren starr vor Schreck, als sie einen langgezogenen Schmerzenslaut vernahmen, ein auf- und abschwellendes Geräusch, das sie nie zuvor gehört hatten. Sie verharrten auf ihren Hinterläufen, mit gesträubtem Fell und zuckender Schnauze. Sie lauschten dem Geräusch. Sie hatten Angst.

Schließlich kam die Stille. Sie machte den Tieren mehr Angst als das Geräusch.

Sie warteten. Sie wagten es nicht, sich von der Stelle zu bewegen.

Es dauerte eine Weile, dann kam der Donner, einmillionenmal lauter als die gigantischen Wesen, die ihnen den Platz in den Tunnels streitig machten.

Es begann mit einem dumpfen Grollen, das zu einem ohrenbetäubenden Getöse anschwoll. Der Boden, auf dem die Tiere standen, wurde von einer ungeheuren Druckwelle hochgehoben, die Schattenwesen wurden an die Wand geschleudert. Sie fielen in wilden Haufen übereinander, bissen um sich mit messerscharfen Zähnen.

Ein zweiter Donnerschlag erschütterte das düstere Versteck, das Geräusch kam aus einer anderen Richtung als beim erstenmal.

Lärm und Staub erfüllten die Luft.

Ein langanhaltendes Dröhnen, das sich zu einem unerträglich lauten Kreischen steigerte.

Und wieder das Geräusch des Donners.

Welt und Unterwelt erbebten.

Schreie.

Die Tiere rannten los, bahnten sich ihren Weg durch das schwarze Chaos. Ihr Ziel war das Allerheiligste, das nur durch besondere unterirdische Gänge zu erreichen war. Sie würden Schutz suchen bei der Rattenkönigin und bei den merkwürdigen Wesen, die sich an den Zitzen dieser Ratte gütlich taten.

Die Höhlen, von Menschenhand errichtet, erzitterten unter den Druckwellen, die von oben in die Erde gesandt wurden, aber sie hielten stand.

Nach einer Weile wurde es still.

Nur das Trippeln klauenbewehrter Füße war zu hören.

Die erste Bombe explodierte über dem Londoner Hyde Park, in einer Höhe von wenig mehr als tausend Metern. Die Energie, die dabei in Form von Strahlung, Licht, Hitze, Schallwellen und Druck freigegeben wurde, entsprach einer Million Tonnen TNT. Die Sirenen, die vor dem Lenkflugkörper mit der Bombe gewarnt hatten, nahmen sich im Vergleich zum Knall der Explosion aus wie das Summen eines winzigen Moskitos.

Innerhalb von zwei Tausendstelsekunden entstand eine kleine Kugel vom Aussehen eines brennenden Gasballs, in deren Innern eine Temperatur von vierzehn Millionen Grad Celsius herrschte, eine neugeborene Sonne, die keine materiellen Substanzen enthielt.

Sofort begann sich der Feuerball auszubreiten. Die umgebende Luft wurde zusammengedrückt und erhitzt, sie verlor zugleich ihre Wirkung als Schutzschirm gegen ultraviolette Strahlen.

Während die Schallwellen vom Detonationspunkt in alle Richtungen geschickt wurden, entlud die Bombe ein Drittel ihrer Energie. Der Feuerball wuchs auf einen Durchmesser von einem Kilometer an, am Detonationspunkt blieb ein Vakuum zurück. Die Leuchtkraft des Phänomens wurde schwächer. Die Gaswirbel begannen eine nach innen gerichtete Drehbewegung, wurden mit unvorstellbarer Geschwindigkeit nach oben geschleudert und formten sich zu einem Rauchpilz, der aus Häuserschutt und radioaktiven Isotopen bestand.

Der Wirbelwind, der den Stiel des Explosionspilzes bildete, saugte kontamierten Staub in die Luft, der als radioaktiver Niederschlag auf die zerstörte Stadt zurückfallen würde.

Die Explosionswolke war bis zu einer Höhe von sechs Kilometern angewachsen, als die nächste Bombe über London explodierte.

Drei weitere Bomben, jede von einer Detonationsstärke von einer Million Tonnen TNT, folgten...

1

Miriam blieb wie angewurzelt stehen.

Was war passiert? Warum waren die Menschen um sie herum in Panik geraten? Was hatten die Sirenen zu bedeuten, deren Geheul ein paar Minuten zuvor die Luft erfüllt hatte?

Sie war so erschrocken, daß sie keinen Schritt zu tun wagte. Überall waren rennende Menschen. Wovor hatten sie Angst? Etwa vor Flugzeugen, die Bomben abwerfen würden? Undenkbar. Allerdings machte sich Miriam, während sie über die Gründe für das Durcheinander nachgrübelte, Vorwürfe. Sie hätte die Nachrichten im Radio aufmerksamer verfolgen müssen. Sie hätte sich mit ihrem Nachbarn über die politische Entwicklung in der Welt unterhalten müssen. Dann fiel ihr ein, daß in einer Sendung vor ein paar Tagen von einer Nahostkrise die Rede gewesen war. Aber Nahostkrisen gab es seit vielen Jahren, niemand kümmerte sich mehr darum. Das waren nur Nachrichten, die von jungen Sprechern und Sprecherinnen, Menschen mit angenehmer Stimme, verlesen wurden. Eine Frau, die im Tesco's Supermarkt einkaufte, die sich daheim mit der Wäsche abplagte, die in Chigwell wohnte und ihre Enkelkinder verwöhnte, eine Frau wie sie brauchte auf politische Dinge nicht zu achten.

Miriam, 67, stand an der Ecke Oxford Street/Marble Arch. Sie war unschlüssig, was sie tun sollte. Der Tag hatte sich so gut angelassen. Es war warm und sonnig. Juni. Sie war in die Innenstadt gefahren, um ein Hochzeitsgeschenk für ihre Enkeltochter Becky zu kaufen. Einen netten Burschen hatte sich das Mädchen ausgesucht, wirklich. Arnold, Gott hab ihn selig!, hätte die Wahl sicher gutgeheißen. Aber Miriams Mann lebte nicht mehr. Zwar war Beckys Zukünftiger nicht das, was man einen gutaussehenden Typ nennen konnte. Aber er hatte gute Manieren und Sinn fürs Geschäft. Es genügte, daß Becky hübsch war. Gewiß, diese Ehe würde nicht im Himmel geschlossen werden, schon deshalb nicht, weil sie von den Eltern der jungen Leute arrangiert worden war. Aber Miriam fand das ganz in Ordnung. Gott sei Dank gab es noch Familien, wo man noch der Tradition verhaftet war.

Freilich war sie bei ihrem Einkaufsbummel noch nicht fündig geworden. Was sollte sie den jungen Leuten überhaupt schenken? Am besten Geld. Aber nicht nur Geld. Sie würde auch ein paar hübsche Gläser kaufen. Geld und ein Geschenk, das sie in einer ansprechenden Verpackung überreichen konnte. Die ideale Mischung. Miriam lächelte, so zufrieden war sie mit ihrem Entschluß.

Das Lächeln wich aus ihrem Gesicht, als die Luftschutzsirenen zu heulen begannen.

Nach einer Weile war der Sirenenton verklungen. Miriam machte einen Schritt nach vorn und warf einen Blick auf die gegenüberliegende Straßenseite, auf die Bäume und Grünflächen des Hyde Park. Sie hatte sich auf einen Spaziergang durch die Wiesen gefreut. Ziel wäre der Teich gewesen, an dessen Ufer sie vor vielen Jahren mit ihrem Verlobten geflirtet hatte. Sie hatten geheiratet, aber danach war nicht alles so verlaufen, wie Miriam es sich erhofft hatte. Arnold war nicht der treueste aller Ehemänner gewesen. Trotzdem, ein guter Mann. Großzügig in seinen Ansichten. Ein Mann von Lebensart...

Jemand lief vorbei und versetzte ihr einen Stoß, der sie beinahe zu Fall gebracht hätte. Die Leute hatten kein Benehmen mehr heutzutage. Keine Achtung vor dem Alter. In der Zeitung stand, daß Greisinnen von Rowdies vergewaltigt wurden, so etwas war an der Tagesordnung. Früher war das Alter ein Schutz vor solchen Übergriffen gewesen, heute nicht mehr. Es kam sogar vor, daß Babys in der Wiege gemordet wurden. Wirklich schlimm!

Die Leute verschwanden in ganzen Schwärmen in dem Treppenschacht, der zur U-Bahnstation hinunterführte. Ob ich auch dorthin flüchten soll? Ob man da unten sicher ist? Die Leute schienen das zu glauben. Wenn ich nur wüßte, wovor sie solche Angst haben? Es hat wohl keinen Sinn, wenn ich auch zur U-Bahnstation renne. Die Leute würden mich niedertrampeln. Rücksichtnahme auf eine alte Frau, so etwas gab es heute nicht mehr. Miriam schossen die Tränen in die Augen. Wenn du mich jetzt sehen könntest, Arnold, dachte sie. Ich bin diesen Menschen hilflos ausgeliefert, diesen...

Irgend etwas veranlaßte Miriam, zum Himmel aufzuschauen. Sie sah nicht mehr so gut, trotzdem vermeinte sie, einen fallenden Gegenstand zu erkennen, ein Objekt, das sich sehr rasch bewegte. Vielleicht war es dieser Gegenstand, der die Panik bei den Leuten ausgelöst hatte.

Die Tränen hatten die Augenwinkel erreicht. Sie zwinkerte, und in dem Bruchteil einer Sekunde, den das Zwinkern in Anspruch nahm, hörten Miriam und die flüchtenden Menschen auf zu existieren. Nichts blieb von ihnen übrig, weder Fleisch noch Knochen. Auch die alte Frau löste sich in Nichts auf.

Die Tankstelle hatte die höchsten Benzinpreise von ganz London, trotzdem konnte sich der Pächter über einen Mangel an Kunden nicht beklagen. Er wußte, die Lage war das Wichtigste, das galt für Tankstellen ebenso wie für ein Pub oder einen Tabakladen. Und die Lage seines Geschäfts, das Eckgrundstück im Stadtteil Maida Vale, war gar nicht mehr zu übertreffen. Die Pacht war hoch, gewiß, aber dafür war der Umsatz so erfreulich, daß sich alle anderen Tankstellen eine Scheibe davon abschneiden konnten.

Howard war dabei, die Kasse zu leeren. Fast nur Zehn- und Fünfpfundnoten. Benzin war teuer geworden. Er hatte die Scheine in seine Jackentasche gestopft, als er von einer Autohupe erschreckt wurde. Howard traute seinen Augen nicht. Ein Tankkunde. Und das, obwohl soeben Luftalarm gegeben worden war. Wenn es sich nicht um einen Fehlalarm handelte, würde ganz London in wenigen Minuten in Schutt und Asche versinken. Wozu also wollte dieser Idiot noch tanken? Howard machte eine wütende Handbewegung, aber der Mann im Auto ließ sich davon nicht beeindrucken. Er deutete mit dem Daumen auf den Einfüllstutzen.

Der Pächter schob die Registrierkasse zu. Er ließ die Münzen in der Schublade. So wichtig war Geld nun wieder auch nicht. Er stapfte zur Tür des verglasten Kassenhäuschens, als der Mann im Auto noch einmal auf die Hupe drückte.

»Wären Sie so nett, den Wagen vollzutanken?« Der Fahrer hatte das Fenster heruntergekurbelt.

»Meinen Sie das im Ernst?« fragte Howard zurück.

Es waren Leute zu sehen, die an der Tankstelle vorbeirannten. Die Fahrbahn war von Autos verstopft, die vergeblich versuchten, die Stadt zu verlassen. Es gab jede Menge Zusammenstöße, das Geräusch der aufeinanderprallenden Fahrzeuge war wie unwirklich anmutende Begleitmusik.

»Ich bin fast auf Reserve«, beharrte der Mann am Steuer. »Ich schaffe es nicht mehr bis nach Hause.«

»Dann nehmen Sie doch die U-Bahn«, schrie Howard. Er rannte zu seinem eigenen Wagen, der in einer Lücke hinter dem Kassenhäuschen geparkt war, und riß die Tür auf. Dann überlegte er es sich anders. Es gab keine Chance, mit dem Auto aus der heillos blockierten Innenstadt herauszukommen. Besser einen Schutzraum aufsuchen. Nicht mehr viel Zeit. Verdammt, ich wußte schon heute morgen, daß es ein schlimmer Tag werden würde.

Er lief zu dem Mann zurück, der ihn mit einem flehenden Blick ansah. »Bitte, geben Sie mir Benzin.«

»Zum Teufel noch mal, bedienen Sie sich.«

Wohin flüchten? Scheiße, ich war sicher, daß es nie passieren würde. Wir alle waren sicher, daß es nie passieren würde. Wir wußten die ganze Zeit, daß die Sache auf der Kippe stand, aber niemand wollte das wahrhaben. Vielleicht war's doch ein Fehlalarm. Es mußte ein Fehlalarm sein!

»Legen Sie das Geld auf die Theke«, rief er dem Kunden zu. Der Mann war aus seinem Wagen ausgestiegen. Er schien unschlüssig, ob er den Zapfhahn selbst betätigen sollte.

Howard warf einen Blick in die Runde. Ein Haus mit einem Keller, das war alles, was er brauchte. In einem Keller war man sicher, das hatten jedenfalls die Behörden verkündet. Suchen Sie den Keller des nächstgelegenen Hauses auf. Nehmen Sie Vorräte mit. Von Vorteil ist es, wenn Sie die Scheiben der Kellerfenster mit weißer Deckfarbe streichen. Warten Sie in dem unterirdischen Schutzraum auf das Sirenensignal für Entwarnung. Eine Angelegenheit von fünf Minuten. Howard ärgerte sich. Ihm fiel nicht ein, wo er in der Eile weiße Farbe herbekommen sollte.

Er war vor der Eingangstür eines Pub angelangt. Das war die Rettung. Jedes Pub hatte einen Keller, den brauchten sie, um das Bier zu lagern. Er betätigte die Klinke, aber die Tür war verschlossen. Er fluchte. Was fiel dem Wirt ein, vor der Sperrstunde zu schließen?

»Verdammte Idioten!« schrie er erbost, dann wandte er seinen Blick zur Tankstelle. Der Kunde hatte den Zapfhahn in seinen Tank gesteckt, das Geräusch der Pumpe war zu hören.

Howard verfluchte sich, weil er wertvolle Zeit mit dem Leeren der Registrierkasse vertan hatte. Seine Frau pflegte ihn einen Geizhals zu nennen, vielleicht hatte sie recht. Wenn er bei dem Alarm nicht zuerst an das Geld gedacht hätte, säße er jetzt schon in irgendeinem Keller, in Sicherheit. Wie auch immer, bald würde sich herausstellen, daß es sich um einen Fehlalarm handelte. Jawohl. Die Schwachköpfe, die das Alarmsystem bedienten, hatten einen Fehler gemacht. Wenn wirklich Gefahr bestand, hätte sich die Katastrophe schon vor Jahren ereignet, nicht erst heute. Howard warf einen prüfenden Blick auf seine Armbanduhr. Ob sie stehengeblieben war? Die Zeit, die seit dem Alarm vergangen war, schien ihm ziemlich lang. Er grinste. Ich habe mich ins Bockshorn jagen lassen, dachte er. Ich habe mich benommen wie ein Idiot. Es hätte nicht viel gefehlt, und ich hätte zu beten begonnen. Er versuchte ein vergnügliches Lachen, aber nur ein ersticktes Krächzen kam aus seiner Kehle.

Mein lieber Freund, du wirst für das Benzin bezahlen, dachte er. Du wirst bezahlen, so wahr ich Howard heiße. Er ging auf die Tankstelle, sein kleines Imperium, zu. Für die in Panik fliehenden Menschen, die wie Gespenster an ihm vorbeirannten, hatte er nur noch ein spöttisches Lächeln übrig. Seinen beiden Angestellten, die beim ersten Sirenenton davongestürzt waren, ohne ihn um Erlaubnis zu fragen, würde er gehörig den Kopf waschen.

Er sah, wie der Kunde sich ans Steuer setzte.

»Warten Sie!« schrie Howard. »Sie schulden mir...«

Er konnte den Satz nicht beenden, weil ein greller Blitz den Himmel erhellte. Er fühlte, wie seine Knie weich wurden. »O nein«, flüsterte er, als ihm klar wurde, daß die Katastrophe, die er für unmöglich gehalten hatte, Wirklichkeit geworden war. Eine Millisekunde später erreichte die Hitzewelle die Tankstelle. Howard und sein Kunde verbrannten von einem Augenblick zum andern. Die unterirdischen Tanks explodierten.

Auch die Menschen, die in die Luft geschleudert worden waren, begannen zu brennen.

Jeanette, die in Wirklichkeit Brenda hieß, stand am Fenster einer Suite, die sich im achten Stockwerk des Londoner Hilton-Hotels befand. Sie zündete sich die Zigarette an, die in ihrem Mundwinkel steckte, und wandte den drei Männern, die sich in aller Hast ankleideten, den Rücken zu. Es waren Araber. Der ältere hatte einen weißen Burnus getragen, als er die Suite betrat, die beiden jüngeren waren europäisch gekleidet gewesen, knappgeschnittene Maßanzüge. Sie empfand einen Hauch von Schadenfreude, weil die drei bei Beginn des Luftalarms in Panik geraten waren. Den Zeitungen zufolge waren die Araber schuld daran, daß sich alles so zugespitzt hatte. Sie waren es, die den Rest der Welt mit ihrem Öl unter Druck setzten. Auf den kleinsten diplomatischen Fehlschritt des Westens reagierten sie mit ewig langen Schmollphasen. Sie lieferten Öl oder drehten den Abnehmern den Hahn zu, ganz wie es ihnen die Laune eingab. Sie benahmen sich wie ein verwöhntes Kind, das andere Kinder auf eine Geburtstagsparty eingeladen hat. Amanda, du bekommst ein Stück Kuchen. Clara, du bekommst diesmal keinen, weil ich mit dir böse bin. Soeben war den Gastgebern die Rechnung für ihre gefährlichen Spiele präsentiert worden. Die Party war zu Ende.

Jeanette betrachtete die Menschen, die acht Stockwerke tiefer auf dem Bürgersteig entlangrannten, die Herrenreiter, die im Galopp den Ausgängen des Parks zustrebten, die Liebespaare, die über die Rasenflächen hasteten. Nicht alle Menschen flohen. Es gab einige, die das Ereignis mit ebensoviel Gleichmut hinnahmen wie

Jeanette. Paare, die einfach im Gras liegenblieben und der Dinge harrten, die nun kommen würden. Sie erschrak, als sie sah, wie ein Flüchtender, der im Laufschritt die Straße überquerte, von einem Auto erfaßt und in den Rinnstein geschleudert wurde. Das Auto setzte seine Fahrt fort, ohne sich um das Unfallopfer zu kümmern. Er oder sie – Jeanette konnte nicht erkennen, ob es sich um einen Mann oder eine Frau handelte – rührte sich nicht mehr. Tot. Dieser Mensch hat Glück gehabt, sinnierte sie. Ihm würde der Anblick der großen Katastrophe erspart bleiben.

Sie hörte, wie sich die Araber etwas zuriefen. Der ältere, von dickleibiger Gestalt, war als erster mit dem Anziehen fertig, er hatte sich nur seinen Umhang überstreifen müssen. Er lief zur Tür, die beiden jüngeren folgten ihm, verzweifelt bemüht, sich das Hemd in die Hose zu stopfen. Narren. Noch bevor der Fahrstuhl kam, würde alles vorüber sein.

Die Sirenen waren verstummt, Gott sei Dank. Jeanette fand das auf- und abschwellende Heulen, das vor dem großen Knall warnte, schlimmer als das Ereignis, dem sowieso niemand entrinnen konnte.

Sie sog an ihrer Zigarette und spürte, wie der Rauch ihre Lungen füllte. Sie rauchte vierzig Stück pro Tag. Genuß ohne Reue. An Lungenkrebs würde sie jedenfalls nicht mehr sterben. Das Lachen, das bei dieser Erkenntnis über ihre Lippen kam, war kurz, fast tonlos. Andere Frauen hatten das Problem, daß sie zusehen mußten, wie ihre Schönheit dahinwelkte. Sie nicht. Sie verließ ihren Platz am Fenster und nahm das wüste Durcheinander in sich auf, das in der Suite herrschte. Wirklich. Es gab Männer, die sich wie Schweine benahmen, beim Essen und im Bett. Wie würden die drei sterben? Sicher nicht wie Helden.

Immerhin, unter den Kunden, die Jeanette auf ihrem

bevorzugten Jagdgrund, der Park Lane, kennengelernt hatte, waren auch Gentlemen gewesen. Männer, die sie mit Respekt behandelten. Sie waren die Ausnahme von der Regel. Jeanette hatte sich damit abgefunden, daß sie die Kunden nehmen mußte, wie sie kamen. In der Rückschau betrachtet, waren die Auf-und-ab-Jahre die besten gewesen. Mit dieser Bezeichnung, die sie sich, nicht ohne Selbstironie, ausgedacht hatte, waren die Fahrstühle im Hilton gemeint, wo Jeanette sich die größten, fettesten Fische angelte. Sie buchte jeweils das billigste Zimmer (das immer noch sehr teuer war) und verbrachte den Nachmittag und den Abend, indem sie wahllos in den Fahrstühlen rauf und runter fuhr. Wenn ein männlicher Gast in einem der Stockwerke zustieg, konnte sie ziemlich sicher sein, daß die Begegnung im Bett endete. Die meisten Männer begrüßten sie mit einem scheuen Lächeln. Es folgten ein paar Worte zum Thema Wetter. Dann eine Einladung zu einer Tasse Tee oder zu einem Drink in der Bar, ein gemeinsames Abendessen und schließlich die Dienstleistung, die Jeanette zu verkaufen hatte. Es hatte natürlich nicht lange gedauert, bis das Hotelpersonal die Frau, die ihren Strich in die Fahrstuhlkabine verlegt hatte, durchschaute. Aber alle Hotels, auch die feinsten, machten in diesem Punkt Zugeständnisse. Wenn die Prostituierte nicht ohne weiteres als solche zu erkennen war, wenn sie die Gäste nicht bestahl, drückte das Management ein Auge zu. Allerdings, die Auf-und-ab-Jahre waren zu Ende gegangen, als Jeanette die ersten Falten bekam. Sie hatte sich seitdem mit kleineren Fischen begnügen müssen, und sie hatte ihren Jagdgrund ins Freie verlegt. Park Lane. Hin und wieder gab es telefonische Aufträge, aber die meisten Kontakte kamen auf dem Straßenstrich zustande. So auch das Treffen mit den drei Arabern, eine Konstellation, die sie nicht besonders schätzte. Mehrere Partner zur gleichen Zeit zu befriedigen, war eine erschöpfende Angelegenheit.

Sie wandte sich wieder dem Fenster zu und preßte ihre Stirn an das kühle Glas. Die Schreie der Menschen, die in die Schutzräume flüchteten, drangen zu ihr herauf. Plötzlich verspürte Jeanette so etwas wie Rührung. War das schon alles gewesen? Sie betrachtete ihre Nacktheit, spürte die Müdigkeit, die der Akt in ihrem Körper hinterlassen hatte. Drei Männer, drei Höhepunkte und ein paar flapsige Bemerkungen.

Sie drückte ihre Zigarette an der Fensterscheibe aus. Vielleicht war das, was jetzt kam, gar nicht so schlimm. Besser jedenfalls als das Leben, das sie geführt hatte. Oder aber es war ein Fall ins Nichts. Das große Vergessen. Und wenn schon, auch das war besser als der jetzige Zustand.

In der Sekunde, als die Welt sich in einen weißen Blitz verwandelte, wollte Jeanette die Augen schließen, um sie vor der unerträglichen Helligkeit zu schützen, aber das war nicht mehr möglich, die Netzhaut war bereits zu einer neuen Anordnung von Atomen zerstoben. Ihr Körper und die Scheibe, an der sie gelehnt hatte, waren zerschmolzen, noch ehe das Gebäude umkippte.

Als die Hitzewelle den immer noch wachsenden Feuerball verließ, gerieten alle brennbaren Stoffe in Brand. Alle Lebewesen in einem Umkreis von fünf Kilometern wurden in schwarze Asche verwandelt. Eine Druckwelle, schnell wie der Schall, folgte. Sie war von Winden, die mit einer Geschwindigkeit von dreihundert Stundenkilometern wehten, begleitet.

Die Gebäude, die von der Druckwelle berührt wurden, zerfielen zu Trümmern, die zu tödlichen Geschossen wurden. Millionen von messerscharfen Glasscherben wurden vom Wind davongetragen. Fahrzeuge, auch

Busse, überhaupt alles, was nicht fest mit dem Boden verankert war, segelten durch die Luft wie Blätter, die ein Sturm von den Zweigen gerissen hat. Hochspannungsleitungen wurden zu stählernen Schlangen, die unter den Lebewesen, die sich außerhalb des Umkreises von fünf Kilometern befanden, Tod und Verderben verbreiteten. Die unterirdischen Gasleitungen explodierten. Aus den Hauptleitungen der Wasserversorgung drang kochender Dampf.

Die Menschen, die sich im weiten Umkreis im Freien aufhielten, erlitten Verbrennungen dritten Grades, Verletzungen, die nie mehr heilen würden. Viele wurden unter zusammenstürzenden Gebäuden begraben.

Überall loderten Brände auf, die sich zu einer zerstörerischen Feuersbrunst zusammenschlossen.

An seinen fünften Tag im Dienst sollte John Mapstone, von Beruf Polizeibeamter, den Rest seines Lebens denken. Natürlich ahnte er nicht, daß seine restliche Lebensspanne nur aus wenigen Minuten bestand.

In dem Augenblick, als er das markerschütternde Heulen der Sirenen hörte, war ihm klar, wohin die Menschenmassen flüchten würden, nämlich in die U-Bahn, deren Stationen sich als Schutzraum anboten. Mapstone gab die Beobachtung der beiden Ladendiebe auf, die ihm vor einem Jeansshop aufgefallen waren, und bahnte sich seinen Weg inmitten der flüchtenden Menge. Sein Ziel war die U-Bahnstation Oxford Circus. Ein Blick zurück belehrte ihn, daß das Diebespaar fündig geworden war. Die beiden hatten das ausbrechende Chaos genutzt, um zwei Paar Jeans und eine Schultertasche aus Segeltuch von dem Stand zu nehmen, der vor dem Geschäft aufgestellt war.

Er war vor den rot-weißen Schriftzeichen der U-Bahn angelangt: um ihn herum ein Meer aus Leibern und Köpfen, Menschen, die sich um einen Platz auf der Treppe balgten, die in die Station hinabführte.

Der junge Polizist breitete die Arme aus. »Nur mit der Ruhe«, rief er. »Bitte nicht drängeln.«

Vielleicht war er zu höflich, oder er sah mit seiner frischen Gesichtsfarbe, mit seinem unschuldigen Blick, zu jugendlich aus. Die Flüchtenden schenkten ihm keine Beachtung.

»Bewahren Sie bitte die Ruhe. Sie haben genügend Zeit, sich in Sicherheit zu bringen.«

Er vermied es zu schreien. Die blaue Uniform, so hatte es ihm der Sergeant bei der Ausbildung eingeprägt, verleiht jedem Polizeibeamten ein hohes Maß an Autorität. Wenn Menschen in eine außergewöhnliche Situation geraten, halten sie nach einem Uniformträger Ausschau, der ihnen sagt, was sie tun sollen. Aber die Flüchtenden schienen von diesem Lehrsatz nie etwas gehört zu haben.

Mapstone versuchte es noch einmal. »Bitte, nicht drängeln. Jeder von Ihnen ist außer Gefahr, wenn Sie nicht drängeln.«

Die Treppe, nur einer von vielen Eingängen, verschlang die Menschen wie ein unersättliches Loch. Der Polizeibeamte wurde mit hinabgerissen. Verzweifelt hielt er in dem Mahlstrom, der ihn umgab, nach anderen Polizisten Ausschau. Er fand keinen. Hilflos mußte er zusehen, wie die Alten und Schwachen zu Boden gestoßen und überrannt wurden. Die Menge stürmte die Sperren. Jeder wollte tief unter der Erde sein, bevor das unmögliche, das ›Niemand-ist-so-verrückt-auf-den-Knopf-zudrücken‹-Ereignis geschah.

Mapstone versuchte sich dem Strom entgegenzustellen, aber vergeblich. Jemand riß ihm den Helm vom Kopf. Sekunden später fühlte er, wie sich die Wogen der Leiber um ihn schlossen. Er wurde dahingetrieben, ohne etwas dagegen unternehmen zu können.

Wenn die Leute doch nur vernünftig wären, dachte er. Es bestand kein Grund für eine Panik. Aber die Angst war ansteckend. Er konnte spüren, wie der Damm seiner Selbstsicherheit unterspült wurde. Er wurde Teil der Herde. Drängen und Stoßen. Schreie. Die Rolltreppe, die ins Dunkel hinabführte, war stehengeblieben, zu groß war die Last, die der wild dahinfließende Mob ihr aufbürdete. Die Menschen schlugen verzweifelt um sich, stolperten und fielen übereinander, eine Lawine aus Leibern, Armen und Beinen.

Mapstone versuchte, den mit Hartgummi ummantelten Handlauf der Rolltreppe zu ertasten, aber sein Arm wurde weggeschlagen. Dann schloß sich die wogende Flut über ihm. In der Sekunde, bevor sein Brustkorb eingedrückt wurde, vermeinte er ein dumpfes Donnern zu vernehmen, ein Geräusch, das nichts mit dem chaotischen Gewühl zu tun hatte, das am Eingang der U-Bahn herrschte, ein urwelthaftes Dröhnen, das tief aus der Erdkruste zu kommen schien.

Die Bombe, dachte er. Es wurde ja auch Zeit.

Alex Dealey hatte zu laufen begonnen. Er hielt die Mappe mit den Dokumenten an sich gepreßt, obwohl sein Verstand ihm sagte, daß diese Anstrengung angesichts der nuklearen Katastrophe, die der Stadt bevorstand, keinen Sinn mehr hatte. Es kam wirklich nicht mehr darauf an, ob irgendein Überlebender, wenn es denn welche gab, geheime Regierungspapiere auf der Straße fand. Zudem war es höchst fraglich, ob die Papiere, wenn er sie verlor, den Feuersturm, der durch die Straßen toben würde, überdauern würden. Schon in wenigen Minuten würde London in Schutt und Asche liegen. Warum, so ging es Dealey durch den Kopf, hatte er für den Weg zum geheimen Treffpunkt nicht überhaupt ein Taxi oder einen Bus genommen? Dann wäre er jetzt längst in Sicherheit gewesen. Aber es herrschte warmes, sonniges Wetter, so daß er es vorgezogen hatte, die Strecke zu Fuß zurückzulegen. Ein angenehmer Junitag. Inzwischen fand Dealey den Tag nicht mehr angenehm, obwohl nach wie vor die Sonne strahlte.

Mit Mühe widerstand er der Versuchung, in eines der Büro- und Verwaltungsgebäude hineinzulaufen, die zu beiden Seiten der Straße auftauchten. Es wäre ganz sicher logisch gewesen, in einem der kühlen, massiv ausgebauten Untergeschosse Zuflucht zu finden. Aber der Bunker, zu dem er jetzt unterwegs war, verhieß mehr Sicherheit. Er verfügte über genügend Zeit, um dieses Ziel zu erreichen. Ganz davon abgesehen, daß es seine Pflicht war, sich im Falle einer Katastrophe dorthin durchzuschlagen.

Endlich! Die Sirenen waren verstummt!

Auf den Gesichtern der flüchtenden Menschen, die mit Alex Dealey in der gleichen Richtung liefen, malte sich für Sekunden so etwas wie Hoffnung ab. War der Alarm vielleicht nur ein Irrtum? Ein Spaß, den sich ein Verrückter erlaubt hatte? Aber es gab auch einige, die sich durch die wohltuende Stille nach dem Alarm nicht täuschen ließen. Menschen, die begriffen hatten, daß dies alles keine Übung, kein Spaß und kein Traum, sondern blutiger Ernst war. Dealey sah, wie diese wenigen die Pause benutzten, um durch eine Lücke im Strom der Flüchtenden zu schlüpfen und im nächsten Hauseingang zu verschwinden. Dann machte sich die Panik wieder breit. Die Menge wußte, daß ihr die endgültige Vernichtung drohte.

Ein Mann auf einem Motorrad kam auf den Bürgersteig geprescht, bahnte sich mit seiner knatternden Maschine eine Schneise durch die Menschen. Dealey warf sich zur Seite, um nicht von dem Block aus Stahl und blitzenden Rädern niedergewalzt zu werden. Als er sich wieder aufrichtete, merkte er, daß er die Dokumentenmappe verloren hatte. Es war ihm jetzt egal, daß die Mappe wichtige Regierungspapiere enthielt. Er hatte nur noch einen Wunsch: den geheimen Bunker in der Nähe der U-Bahnstation Chancery Lane zu erreichen. Zu wissen, daß er dem Ziel nahe war, verlieh Dealey neue Kräfte. Sobald er den Schutzraum erreicht hatte, würde er in Sicherheit sein.

Er wußte nicht, warum er ausgerechnet in diesem Augenblick stehenblieb. Vielleicht war es Neugier. Vielleicht wollte er, der besser als die meisten anderen Menschen über die tödliche Bedrohung informiert gewesen war, den weißen Blitz sehen, der das Ende bedeutete.

Kein Blitz, statt dessen ein ohrenbetäubender Donner. Dealey wurde von Menschen fortgerissen, deren Gesicht er nicht erkennen konnte. Er kam zu Fall und spürte, wie einer der Flüchtenden auf ihn stürzte. Ein Spalt tat sich vor ihm auf. Jemand packte Dealey am Arm und zog ihn die Stufen hinab. Die Erde bebte.

Der Schmerz, den er beim Aufprall auf die Stufen empfunden hatte, wurde wie durch ein Wunder von ihm fortgenommen. Sekunden später umgab ihn die kühle Düsternis der Bewußtlosigkeit.

Es waren fünf Atombomben, die über London und den Außenbezirken der Stadt explodierten. Ein Rauchpilz stieg in die Höhe, der den Tag zur Nacht machte.

Nicht lange, und der Staub würde als todbringender Schleier auf die Erde zurückkehren.

2

Culver stieß den Schutt fort, der wie eine bleierne Fessel auf seinen Füßen lag. Er befand sich in einem kleinen, unterirdischen Raum, der durch einfallendes Tageslicht in ein ungewisses Halbdunkel getaucht wurde. Culver hustete, bis seine Lungen frei waren. Er fluchte, als er den Staub bemerkte, der durch einen Spalt in der Decke in das düstere Verlies hinabrieselte.

Er wandte sich zu dem Mann, den er von der Straße in den Keller hinabgezerrt hatte. Der Fremde war von einer dünnen Schicht aus Trümmerschutt bedeckt. Culver sah, wie er die Hand zu bewegen versuchte.

Er wollte aufstehen, um dem Unbekannten zu helfen, als ein Schmerz seine Glieder durchzuckte. Hatte er sich bei dem Sturz verletzt? Er betastete seine Rippen, das Kinn, die Stirn, die Knie. Nichts, allenfalls Schrammen, die morgen verheilt sein würden. Falls es ein Morgen gab.

Er tippte dem Mann auf die Schulter. »Sind Sie verletzt?« Er wiederholte die Frage, weil er beim erstenmal nur ein kaum verständliches Krächzen hervorgebracht hatte.

Ein schwaches Stöhnen war die Antwort.

Culver stützte sich auf eine der geborstenen Stufen und erschrak, als er oben, jenseits des Lichtspalts, einen Staubwirbel entdeckte. Ein unheimliches Rauschen war zu vernehmen. Jetzt erinnerte er sich daran, daß er einmal von dem Wind gelesen hatte, der durch die Explosion einer Atombombe ausgelöst wurde. Eine Druckwelle, so hatte es dort geheißen, würde nach der Zündung mit einer Geschwindigkeit von dreihundert Stundenkilometern vom Detonationspunkt nach außen rasen, ein unaufhaltsam wachsender Wirbel der Tod und Zerstörung verbreitete. Die Fundamente des Kellers erbebten. Culver duckte sich.

Er stieß einen Schmerzensschrei aus, als ihn ein fallendes Mauerstück an der Schulter traf. Der Betonklotz, der einen Teil der Kellertreppe bedeckte, begann zu rutschten. Hastig beugte sich Culver vor, er wollte den Mann, der an der Wand lehnte, aus dem Gefahrenbereich ziehen. Aber das war nicht nötig. Mit Erleichterung konnte er beobachten, wie der Betonbrocken sich zwischen Stufen und Wand verkantete und schließlich in einer Mauerlücke hängenblieb.

Durch die Öffnung, die zugleich die einzige Lichtquelle bildete, war nicht viel von der Außenwelt zu sehen. Culver vermutete, daß das Gebäude, in dessen Kessel sie sich befanden, infolge der Druckwelle in sich zusammengefallen war. Sie hatten Glück gehabt, offensichtlich waren sie in den Serviceschacht gefallen. Bei den modernen Bauten aus Stahlbeton war der Serviceschacht der Bereich, der am meisten Druck aushalten konnte. Es war allerdings fraglich, wie lange die Decke den Belastungen standhalten würde. Eine weitere Gefahr war der Qualm, der jetzt durch die Öffnung den Weg in die Tiefe fand.

Culver versetzte dem Fremden einen Stoß. Er fragte noch einmal: »Sind Sie verletzt?«

Der Mann stützte sich auf seinen Ellbogen und murmelte ein paar unverständliche Worte. Dann: »Die verdammten Idioten haben tatsächlich eine Atombombe auf London abgeworfen. Diese verdammten...«

»*Yeah*«, sagte Culver. Er sprach mit leiser Stimme. »Es ist wie Sie sagen. Die verdammten Idioten haben eine Atombombe geworfen. Aber es gibt jetzt andere Dinge, um die wir uns kümmern müssen.«

»Wo bin ich?« Der Fremde hatte sich hingekniet. Er versuchte aufzustehen.

»Bleiben Sie, wo Sie sind«, sagte Culver und ergriff den Fremden am Arm. Er deutete auf das Loch in der Decke. »Hören Sie mal.«

Sie verharrten auf dem von Trümmern und Staub übersäten Boden und lauschten.

»Ich höre nichts«, sagte der Mann nach einer Weile.

»Eben«, sagte Culver. »Sie hören nichts, weil nichts mehr zu hören ist. Der Wind hat sich gelegt.« Er stand auf, um den Raum, in dem sie sich befanden, zu inspizieren. Er warf einen Blick nach oben. Nichts, vollkommene Stille. Plötzlich war das Geräusch berstenden Stahls zu hören. Irgendwo in den oberen Etagen war eine Decke eingebrochen, schwere Betonbrocken krachten auf die Abdeckung des Schachtes. Schreie von verletzten Menschen, die nach einer Weile in hilfloses Wimmern übergingen.

»Wir müssen hier raus, so schnell wie möglich«, sagte Culver. »Ich schätze, daß alles, was von diesem Gebäude noch steht, sehr bald zusammenbricht.« Er robbte zu dem Fremden, bis ihre Gesichter nur noch eine Handbreit voneinander entfernt waren.

»Wenn es nur etwas Licht gäbe«, sagte der Mann. »Wir brauchen Licht, um uns einen Weg nach oben zu bahnen.«

Culver war überrascht. Er starrte seinem Gegenüber in die Augen. »Können Sie denn gar nichts sehen?«

»Nein.«

»Bevor ich Sie von der Straße hierher schleppte, standen Sie da, als wären Sie geblendet. Ich glaube, Sie haben direkt in den Blitz gesehen. Ich wußte nicht...«

Der Mann rieb sich die Augen. »Mein Gott, ich bin erblindet!«

»Das ist vielleicht nur vorübergehend.«

Der Verletzte machte nicht den Eindruck, als ob ihn das trösten könnte. Seinen Körper durchlief ein heftiges Zittern.

Der Gestank nach verbranntem Holz kam durch die Öffnung gekrochen. Auf der geborstenen Betonplatte war der Widerschein von Feuer zu erkennen.

Culver lehnte sich an die Wand. »Wir haben die Wahl«, sagte er. »Wenn wir rausgehen, kriegen wir den radioaktiven Niederschlag mit. Wenn wir hier unten bleiben, werden wir von fallenden Trümmern erschlagen oder am lebendigen Leibe geröstet.« Er hieb mit der Faust auf den Boden.

Dann konnte er spüren, wie die Finger des Fremden seinen Rockaufschlag ertasteten. »Wir haben noch eine Chance. Wir können überleben, wenn Sie mich zum Bunker bringen.«

Culver packte den Mann an den Handgelenken. Er war wütend. »Was soll der Unsinn? Verstehen Sie denn nicht, daß da oben kein Stein mehr auf dem anderen ist? Wenn wir rausgehen, ersticken wir am radioaktiven Niederschlag.«

»So schnell geht das nicht. Es dauert zwanzig bis dreißig Minuten, bis der Staub runterkommt. Wie lange bin ich bewußtlos gewesen?«

»Ich weiß es nicht.« Culver dachte nach. »Aber eines weiß ich, ich habe erst vor wenigen Minuten den Wind gehört, der durch die Explosion ausgelöst wird. Das bedeutet, daß seit der Zündung der Bombe höchstens zehn Minuten verstrichen sind.«

»Dann haben wir eine Chance.«

»Eine Chance? Wohin sollen wir denn gehen?«

»Ich weiß einen sicheren Ort.«

»Etwa die U-Bahn? Meinen Sie, die Schächte der U-Bahn sind eine sichere Zuflucht?«

»Der Ort, den ich meine, ist sicherer als die U-Bahnschächte.«

»Und was ist das für ein Ort?«

»Ich kann Sie hinführen.«

»Sagen Sie mir, wo es ist.«

Der Fremde schwieg. Dann wiederholte er sein Angebot: »Ich kann Sie hinführen.«

Culver hatte verstanden. »Sie brauchen keine Angst zu haben, daß ich Sie hier zurücklasse. Sind Sie sicher mit dem, was Sie über den radioaktiven Niederschlag gesagt haben?«

»Ich bin sicher, aber wir müssen uns beeilen.«

Über ihnen war das Poltern und Dröhnen einstürzender Decken zu hören. Die beiden Männer duckten sich. Als wieder Stille eingekehrt war, deutete Culver nach oben. »Ich glaube, die Entscheidung, ob wir hier verschwinden sollen, wird uns abgenommen. Wir haben gar keine andere Wahl.«

Er packte seinen Gefährten bei den Schultern und schleppte ihn bis zur Treppe. Die Betonplatte, die mit einer Kante auf den Stufen lag, war erneut ins Rutschen geraten.

»Wir müssen hier sofort raus!« schrie Culver. »Das ganze Gebäude wird in kürzester Zeit zusammenstürzen!«

Ein dumpfes Krachen, gefolgt von einem unheilverkündenden Knistern, bestätigte seine Prognose. Die Fundamente begannen zu wanken.

»Los jetzt, sonst werden wir lebendig begraben!«

Culver schob den Mann die ersten Stufen hoch. »Sie müssen hinaufkriechen, es geht um Ihr Leben! Halten Sie den Kopf geduckt!«

Und dann waren sie oben. Culver warf einen raschen Blick in die Runde. Geborstener Beton, aus dem die Armierung hervorragte. Überall Glassplitter, abgebröckelter Putz, weißer Staub. Er ging auf die Öffnung zu, die einst der Haupteingang des Bürohauses gewesen war. Der blinde Mann humpelte hinter ihm her, er hielt Culvers Arm umklammert.

Auf der Straße lagen umgestürzte Busse und Autos, die von der Druckwelle durch die Luft geschleudert worden waren. Culver bahnte sich einen Weg durch das Wirrwarr aus verbogenem Blech. »Wohin?« fragte er.

»Zum Bunker«, stöhnte der andere.

Culver platzte der Kragen. »Was ist das für ein geheimnisvoller Bunker, von dem Sie die ganze Zeit reden? Und wollen Sie mir verdammt noch mal sagen, wer Sie überhaupt sind?«

»Ich heiße Alex Dealey.«

»Sehr schön, Sie heißen Alex Dealey. Und wieso haben Sie Kenntnis von einem Bunker, von dem die anderen Menschen offenbar nichts wissen?«

»Das erkläre ich Ihnen später, dafür ist jetzt keine Zeit. Wir sind in Gefahr.«

In Gefahr, das war das Understatement des Jahres. Culver wäre beinahe in Lachen ausgebrochen. »Also gut. Welche Richtung?«

»Richtung Osten«, sagte der blinde Mann. »Sie können sich am Gebäude des *Daily Mirror* orientieren.«

Culver blickte nach Osten. »Es gibt kein *Daily-Mirror*-Gebäude mehr. Genauer gesagt, es ist nicht mehr viel davon übriggeblieben.«

Die Mitteilung schien keinen besonderen Eindruck auf Dealey zu machen. »Der Bunker, den wir erreichen müssen, liegt unweit von Holborn Circus.« Er machte eine Pause. »Sind alle Gebäude in diesem Teil der Stadt zerstört?«

»Einige sind völlig zerstört, andere stark beschädigt. Die Dächer und die oberen Etagen sind wegrasiert.« Er packte den blinden Mann am Handgelenk und zog ihn vorwärts. Ein roter Doppeldeckerbus war umgestürzt und hatte eine Anzahl Personenwagen zermalmt. Aus den zerbrochenen Fenstern des Busses krochen blutverschmierte Gestalten, vom Tode gezeichnete Passagiere. Culver versuchte vergeblich, das Stöhnen und Wimmern der Verletzten aus seinen Wahrnehmungen auszublenden.

Wenige Schritte von ihnen entfernt stolperte ein Greis über die mit Trümmern bedeckte Fahrbahn. Als er zu Fall kam, sah Culver, daß sein Rücken mit Glassplittern gespickt war.

Überall lagen verkohlte Leichen. Verletzte, die um Hilfe wimmerten. Ein Schatten, der vom Himmel zu kommen schien, und gleich darauf das furchtbare Geräusch eines aufschlagenden Körpers. Culver konnte nicht erkennen, ob es ein Mann oder eine Frau war. Er oder sie war aus einer der oberen Etagen eines Bürohauses gesprungen. Weiter, nur weiter! Sie mußten den Schutzraum erreichen, wenn sie ihr Leben retten wollten.

»Wir passieren soeben die U-Bahnstation Chancery Lane«, schrie Culver seinem blinden Begleiter ins Ohr. »Ich sehe Leute, die in dem Schacht Zuflucht suchen. Sollten wir nicht das gleiche tun?«

»Nein!« Aus Dealeys Stimme sprach finstere Entschlossenheit. »Da unten drängen sich höchstwahrscheinlich viel zu viele Menschen. Wir haben eine bessere Chance, wenn Sie das tun, was ich Ihnen sage.«

»Wir haben nicht mehr viel Zeit, bis der radioaktive Staub runterkommt. Wo ist Ihr verdammter Bunker?«

»Nicht mehr weit. Vielleicht noch ein paar hundert Meter.«

»Ich hoffe zu Gott, daß Sie recht haben.«

»Sie können Vertrauen zu mir haben.«

Der Alptraum ging weiter. Culver sah ein Ausmaß von Zerstörung, das er nie für möglich gehalten hatte. Wahnsinn. Hölle. Fegefeuer.

Ein Mädchen kam auf sie zugelaufen. Sie packte Culver am Rockaufschlag und deutete auf ein umgestürztes Auto.

Culver wollte zu dem Auto gehen, aber Dealey hielt ihn zurück. »Wir müssen so schnell wie möglich in den Bunker. Es ist lebensgefährlich, wenn wir uns länger im

Freien aufhalten. Vielleicht haben wir jetzt schon soviel Strahlung abbekommen, daß alles umsonst ist.«

Culver machte sich von ihm frei. »Wir müssen erst dem Mädchen helfen.«

Der blinde Mann hieb in die Luft, er versuchte Culvers Arm wiederzufinden. »Wir können keinem dieser Menschen mehr helfen, verstehen Sie das nicht? Es sind zu viele!«

Aber Culver ließ sich nicht beirren. Er folgte dem haltlos weinenden Mädchen zu dem Wagen. Halbverdeckt von dem Fahrzeug lag ein junger Mann auf der Straße, vielleicht der Freund des Mädchens. Sein Körper war seltsam verrenkt. Die starren Augen sahen in den geschwärzten Himmel. Der Bauch war aufgeschlitzt, die dampfenden Eingeweide quollen heraus.

»Helfen Sie ihm«, schluchzte das Mädchen.

Culver faßte sie bei den Schultern. »Ihr Freund ist tot.«

»Nein, nein, das ist nicht wahr! Er wird überleben, wenn Sie mir helfen, ihn unter dem Wagen hervorzuziehen!« Sie ergriff den Holm des Fahrzeugs und zerrte daran. »Bitte, helfen Sie mir!«

Culver wollte sie zur Seite führen. »Er ist tot, sehen Sie das nicht? Man kann nichts mehr für ihn tun.«

Sie schlug auf Culver ein. »Sie verdammter Kerl, warum helfen Sie mir nicht?«

Dealey hatte sich zu den beiden vorgetastet, dem Geräusch der Stimmen folgend. »Es hat keinen Zweck, daß Sie sich weiter mit ihr streiten«, sagte er. »Sie versteht nicht, was passiert ist. Wir müssen uns selbst retten.«

Culver versuchte das Mädchen zu beruhigen. »Kommen Sie mit uns. Wir sind unterwegs zu einem Schutzraum.«

»Lassen Sie mich in Ruhe« schluchzte sie.

»Sehen Sie, es hat keinen Zweck«, sagte Dealey.

Das Mädchen hatte Culver einen Stoß versetzt. Er sah, wie sie über die Leiche ihres Freundes zusammensank.

Er ging zu ihr und kniete sich neben sie. »Wenn Sie nicht mit uns kommen wollen, dann gehen Sie wenigstens in die U-Bahnstation dort drüben. Sie dürfen nicht im Freien bleiben. Die Luft wird binnen weniger Minuten radioaktiv verseucht sein.«

Das Mädchen schien nicht zu hören, was er sagte. Culver warf einen Blick auf Dealey, der sich auf die Knie gelassen hatte und von der Straße zum Bürgersteig kroch. Er ging zu ihm und half ihm auf. »Wie weit ist es noch bis zu Ihrem Bunker?« Er spürte, wie ein irrationaler Haß auf den blinden Mann von ihm Besitz ergriff.

»Nicht mehr weit. Wir müssen eine kleine Nebenstraße überqueren, danach sind es nur noch ein paar Schritte.«

Culver ging voran. Die Hand seines Begleiters, die seinen Oberarm gepackt hielt, war wie ein Schraubstock.

Nachdem sie eine kurze Strecke zurückgelegt hatten, sagte Culver: »Hier ist eine Unterbrechung im Bordstein, offensichtlich kreuzt hier die Nebenstraße, von der Sie sprachen. An den Häusern kann man sich hier nicht mehr orientieren, sie sind auf einer Straßenhälfte zusammengestürzt.«

»Dann sind wir auf dem richtigen Wege. Geradeaus!« Etwas wie Hoffnung leuchtete auf den Zügen des blinden Mannes.

Sie mußten die von Autowracks blockierte Fahrbahn überqueren und sich an Schutthaufen vorbeizwängen. Zwischen den Ruinen tat sich eine Lücke auf.

»Eine Gasse«, sagte Culver.

»Weiter«, sagte der blinde Mann. »Der Bunker ist am Ende der Gasse.«

Mit der Kraft der Verzweiflung brachten sie die wenigen Meter hinter sich, die sie von dem ersehnten Ziel trennten. Sie waren fast am Ende der Gasse angekommen, als sie auf einen Trümmerberg stießen. Culver ging in die Knie. »Verdammt!«

Dealey tastete nach der Schulter seines Führers. »Was ist los? Sagen Sie mir um Himmels willen, was los ist!«

Culver hatte sich auf das von Aschenresten übersäte Pflaster gesetzt. Er ließ sich mit dem Rücken gegen eine Mauer sinken und schloß die Augen. »Es war alles umsonst«, sagte er erschöpft. »Der Zugang zum Bunker ist von herabgestürztem Mauerwerk blockiert. Wir haben keine Chance, hier durchzukommen.«

3

Sie liefen weiter, von wachsender Erschöpfung und Angst erfüllt. Jeder von ihnen hoffte aus dem Alptraum aufzuwachen, der sich auf ihr Leben gelegt hatte. Die Sonne würde durch die Vorhänge scheinen, alles würde wieder gut sein. Aber es gab kein Erwachen. Sie rannten. Beiderseits der Straße loderten Feuer. Tote lagen zwischen den Trümmern, schwarz und reglos. Das Stöhnen der Verwundeten und Sterbenden war zu hören. Der Alptraum war von tödlicher Hartnäckigkeit.

Die Stufen, die zur Untergrundbahn hinabführten, waren mit Trümmern und Häuserschutt bedeckt, das Geländer troff von Blut. Unten angekommen fanden sie weniger Menschen vor, als Culver erwartet hatte. Die meisten waren wahrscheinlich in die Tunnels gegangen. Sie hatten sich vor der verrückten Welt verkrochen. Culver betrachtete die Menschen, die sich in der kreisförmigen, düsteren Eingangshalle, in der Nähe der Fahrkartenschalter und der unterirdischen Ladenzeilen aufhielten.

»Wir werden eine Taschenlampe brauchen«, sagte Dealey, und Culver vermeinte in der Bemerkung einen ironischen Unterton zu entdecken. »Der Bunker ist durch den in östlicher Richtung führenden Tunnel zu erreichen.«

»Wir hätten gleich hierher kommen sollen«, sagte Culver.

Der blinde Mann widersprach ihm. »Der Eingang durch den Tunnel darf nur im äußersten Notfall benutzt werden.«

»Und wie würden Sie die Lage nach der Explosion einer Atombombe nennen?«

Dealey ließ die Frage unbeantwortet. »Ich mußte damit rechnen, daß sich in den U-Bahntunnels viele Menschen aufhalten, die hierher geflüchtet sind. Die Benutzung des Noteingangs zum Bunker ist unter diesen Umständen ein großes Risiko. Aber nachdem der richtige Zugang verschüttet ist, haben wir keine andere Wahl.«

»Wollen Sie damit sagen, daß es sich um einen Bunker handelt, der nur einer bestimmten Personengruppe zur Verfügung steht?«

»Der Bunker ist für die Mitglieder der Regierung bestimmt, nicht für die normalen Bürger.«

»Jetzt verstehe ich.«

»Die Regierung sieht dieses Problem unter praktischen Gesichtspunkten, und das sollten wir auch tun.« Seine Mundwinkel zuckten. »Ich biete Ihnen eine Chance, die Katastrophe zu überleben. Es liegt bei Ihnen, ob Sie von dem Angebot Gebrauch machen oder nicht.«

»Sie vergessen, daß Sie ohne mich nicht bis zum Bunker finden.«

»Wahrscheinlich haben Sie recht. Wie dem auch sei, Sie können sich entscheiden, ob Sie mit mir kommen oder nicht.«

Dealey verstummte. Ein paar Sekunden lang herrschte

bedrückendes Schweigen. Ob Culver fortgegangen war? Dealey war erleichtert, als er ihn antworten hörte.

»Ich weiß zwar nicht, ob es sich nach dieser Katastrophe überhaupt lohnt weiterzuleben, aber ich werde mit Ihnen in diesen Bunker gehen, einverstanden. Ich nehme an, Sie sind Regierungsbeamter. Habe ich recht?«

»In gewisser Weise, ja. Aber das ist jetzt nicht wichtig. Wir müssen in den Tunnel.«

»Da drüben sind ein paar Türen. Vielleicht befindet sich dort das Büro des Stationsvorstehers. Wir könnten nachsehen, ob wir da nicht eine Taschenlampe finden.«

»Gibt es in der Vorhalle kein elektrisches Licht?«

»Nur das Tageslicht, das durch den Treppenschacht einfällt.«

»Ich könnte mir vorstellen, daß die Notbeleuchtung in den Tunnels intakt geblieben ist. Trotzdem sollten wir eine Taschenlampe mitnehmen.«

»Ganz meine Meinung.«

Dealey spürte, wie er am Arm genommen und durch die Halle geführt wurde. »Sie haben mir noch gar nicht gesagt, wie Sie heißen.«

»Culver«, kam die Antwort.

»Wir müssen uns jetzt auf drei Dinge konzentrieren, Mr. Culver. Erstens müssen wir eine Taschenlampe organisieren. Zweitens müssen wir in den Tunnel, und drittens müssen wir in den Bunker. Wir dürfen uns durch nichts auf der Welt von diesen drei Zielen ablenken lassen.«

Culver warf einen Blick auf die Verletzten, die links und rechts auf dem Boden lagen. Er wußte, Dealey hatte recht. Trotzdem beschlichen ihn Zweifel. Hatte es Zweck, das Ende ein paar Tage, ein paar Wochen hinauszuzögern? Was war von London, von England, von der nördlichen Halbkugel übriggeblieben? Waren alle Länder des Westens zerstört? Oder waren nur die Großstädte und gewisse militärische Ziele eingeäschert worden? Es gab im Augenblick keine Möglichkeit, dies herauszufinden.

Der Boden, auf dem sie gingen, erbebte. Schreie.

Die beiden Männer blieben wie angewurzelt stehen.
»Noch eine Atombombe?« fragte Culver.

Dealey schüttelte den Kopf. »Das bezweifle ich. Die Explosion scheint sich in nächster Nähe ereignet zu haben. Wahrscheinlich das Hauptrohr einer Gasleitung.«

Sie hatten die Halle durchquert. Culver ging auf eine der Türen zu und versuchte den Türknopf zu betätigen. Verschlossen. »Scheiße!« Er trat einen Schritt zurück und versetzte der Tür einen Tritt. Das Türblatt gab nach. Noch ein Tritt, und der Weg war frei.

Culver ging hinein, Dealey folgte ihm. Eine Stimme in der Dunkelheit sagte: »Was wünschen Sie? Sie befinden sich auf dienstlichem Gelände der Londoner Untergrundbahn, zu dem Unbefugte keinen Zutritt haben.«

So bizarr der Verweis bei den gegebenen Umständen klang, Culver war nicht überrascht. »Regen Sie sich nicht auf, wir sind nur auf der Suche nach einer Taschenlampe.«

»Ich untersage Ihnen hiermit...« Die Stimme kam von einem Mann, der sich hinter einen Stuhl duckte. »Was ist da oben passiert? Ist alles vorüber?«

»Nichts ist vorüber«, sagte Culver, »es fängt erst an. Können Sie uns eine Taschenlampe geben?«

»Auf dem Regal neben der Tür liegt eine.«

Culver hatte die Taschenlampe entdeckt. Er nahm sie an sich. Als er sie einschaltete, hielt der Mann rasch die Hand vor das Gesicht, um seine Augen zu schützen.

»Ich würde Ihnen raten, in einem der Tunnels Zuflucht zu suchen«, sagte Dealey. Seine Worte waren an den Mann gerichtet, der immer noch in der Ecke kauerte. »Sie sind dort sicherer.«

»Ich bleibe hier.«

»Wie Sie wollen. Sind Sie der Stationsvorsteher?«

»Mr. Franklin ist tot. Er hat sich der flüchtenden Menge in den Weg gestellt. Er hat die Leute aufgefordert, eine Schlange zu bilden. Statt seine Anweisungen zu befolgen, haben sie ihn niedergetrampelt. Es waren so viele, daß keiner von uns Mr. Franklin helfen konnte.«

»Beruhigen Sie sich. Die Flüchtenden haben sich inzwischen auf dem U-Bahngelände verteilt. Die meisten sind in die Tunnels gelaufen. Der atomare Angriff ist vorüber.«

»Ein atomarer Angriff? Ist wirklich eine Atombombe auf London gefallen?«

»Vermutlich sogar mehrere«, sagte Dealey.

Culver hatte fünf Atompilze gesehen. Aber er beschloß, sein Wissen zurückzuhalten, bis er mit Dealey allein war.

»Das ist das sichere Ende für uns alle«, sagte der Mann.

Dealey widersprach ihm. »Nur für die Menschen, die sich der Strahlung im Freien aussetzen. In zwei bis vier Wochen dürfte die Gefahr vorüber sein. Ich bin zuversichtlich, daß die Regierung bis dahin alles unter Kontrolle hat.«

Wenn Culver nicht so erschöpft gewesen wäre, hätte er laut zu lachen begonnen. Statt dessen sagte er, zu Dealey gewandt: »Machen wir, daß wir hier wegkommen.«

»Ich rate Ihnen nochmals, diesen Raum zu verlassen und in einem der Tunnel Zuflucht zu suchen«, sagte Dealey zu dem Mann. Der gab keine Antwort.

Culver schaltete die Stablampe aus. Es war eine Dienstlampe, mit schwarzem Gummi ummantelt. Er war sicher, daß ihnen das Ding gute Dienste leisten würde. »Wir verlieren wertvolle Zeit«, sagte er leise.

Wenn Dealey über die plötzliche Entschlossenheit seines Begleiters erstaunt war, so gelang es ihm fabelhaft, diese Gemütsregung zu verbergen. »Sie haben recht. Gehen wir.«

Sie verließen das kleine Büro und gingen durch die Sperren. Culver fiel auf, daß sich die Schalterhalle inzwischen mit Menschen gefüllt hatte. Fast alle standen noch unter dem Eindruck des Schocks. Sie wirkten geistesabwesend. Er berichtete Dealey, was er sah. »Gibt es nichts, was wir für diese Leute tun können?« flüsterte er.

»Ich fürchte, nein. Wir können von Glück sagen, wenn wir selbst durchkommen.«

Ich muß mich auf das unbedingt Notwendige konzentrieren. Die Stufen. Über Leichen gehen. Den Verwundeten ausweichen. Nicht auf die alte Frau achten, die auf dem Boden sitzt und mit dem Kopf wackelt. Das Kind übersehen, das seine Mutter verloren hat und mir seine Hände zeigt, in denen lange Glassplitter stecken. Auf keinen Fall zu dem Mann hingehen, der an der Wand lehnt und einen Schwall schwarzen Blutes erbricht. Wenn ich einem helfe, muß ich allen helfen. Wenn ich allen helfe, werde ich selbst verrecken. Was bedeutet, ich darf mich nur um mich selbst kümmern. Um mich und diesen Alex Dealey, der über geheimnisvolle Kenntnisse verfügt, über Informationen, die ihm und mir das Leben retten können.

Sie waren vor der mittleren Rolltreppe angekommen. Im schwachen Schein der Notbeleuchtung, der von dem tiefer gelegenen Bahnsteig kam, konnte Culver die zahlreichen Gestalten ausmachen, die sich auf der Treppe befanden. Einige hatten sich auf die Stufen gesetzt, andere lagen reglos ausgestreckt, und es gab auch welche, die wie gelähmt am Handlauf lehnten.

»Wir müssen vorsichtig sein«, sagte er zu Dealey. »Die Rolltreppe ist voller Menschen.« Er nahm den erblindeten Mann bei der Hand, um ihn nach unten zu geleiten.

Die Menschen maßen die Männer, die sich einen Weg

durch das Gedränge bahnten, mit erstaunten Blicken, aber sie sagten nichts. Einige rückten sogar zur Seite, nachdem sie bemerkt hatten, daß Dealey blind war. Trotzdem kamen die beiden nur langsam voran.

Sie hatten die Hälfte der Treppe hinter sich, als der zähfließende Strom der Flüchtenden zum Stillstand kam. Eine Gegenbewegung setzte ein, deren Schubkraft von der Menschenmenge kam, die sich bereits unten auf dem Bahnsteig befand.

Die Gestalten, die in einem wilden Handgemenge nach oben drängten, schrien Worte, aus denen sich Culver und Dealey keinen vernünftigen Reim machen konnte. Sekunden später war die Hölle los. Der Strom floß aufwärts, eine Welle aus Leibern, die Schwache und Verletzte gnadenlos niederwalzte.

»Was ist los?« fragte Dealey.

»Keine Ahnung«, antwortete Culver. »Vielleicht war es doch keine gute Idee, daß wir hierhergekommen sind.«

»Wir müssen den Tunnel erreichen, verstehen Sie das nicht? Es gibt kein Zurück.«

»Sie wissen das, und ich weiß das, aber versuchen Sie das mal diesen Menschen klarzumachen!« Culver wurde von einem Fausthieb getroffen, den ein Flüchtender ihm versetzt hatte, und kam ins Taumeln. Er wollte zurückschlagen, aber er beherrschte sich. »Ich habe eine Idee, wie wir runter zum Bahnsteig kommen können«, schrie er Dealey ins Ohr. »Aber ich warne Sie, es ist nicht ungefährlich.«

»Nach dem, was wir schon hinter uns haben, macht mir das keine Angst.«

Culver drängte seinen Begleiter an die seitliche Begrenzung der Rolltreppe, hob ihn auf den steil abfallenden Mittelsteg und schwang sich über den Handlauf. »Wir rutschen runter. Versuchen Sie das Tempo mit den

Füßen zu kontrollieren, und halten Sie sich am Handlauf fest!«

Die Rutschpartie begann. Schon nach wenigen Sekunden merkten die beiden Männer, daß sie den Schub der eigenen Schwerkraft nicht kontrollieren konnten. Der Griff, mit dem Culver seinen erblindeten Gefährten gepackt hielt, löste sich. Immer rascher abwärts gleitend, sausten sie in die Tiefe, wo neue, unbekannte Gefahren sie erwarteten.

Sie landeten auf dem Knäuel von Menschen, der sich am Fuß der Rolltreppe gebildet hatte. Culver spürte, wie die Luft aus seinen Lungen gepreßt wurde.

»Dealey, um Gottes willen, wo sind Sie?« Er zerrte an einer Hand, die sich ihm aus dem Gewirr der Leiber entgegenreckte, und ließ wieder los, als er feststellte, daß es sich nicht um seinen Begleiter handelte. »Dealey!«

»Hier. Ich bin hier. Helfen Sie mir.«

Die Notbeleuchtung vermochte den Bahnsteig nicht zu erhellen. Culver schaltete seine Stablampe ein, die er beim Fallen wie ein Heiligtum umklammert hatte. Er fand Dealey und befreite ihn.

»Verletzt?«

»Wir haben später Gelegenheit, das herauszufinden«, antwortete Dealey. »Im Augenblick ist nur wichtig, daß wir beide noch laufen können. Wir müssen den Tunnel finden, der in östlicher Richtung verläuft.«

»Da drüben.« Culver deutete auf ein schwarzes Loch. Er hatte vergessen, daß Dealey die Geste überhaupt nicht sehen konnte. »Der Tunnel, der in westlicher Richtung verläuft, befindet sich auf einer anderen Ebene.« Jemand kam vorbeigelaufen und rempelte ihn an, beinahe wäre ihm die Stablampe aus der Hand geschlagen worden. Das Gedränge am Fuße der Rolltreppe wuchs von Sekunde zu Sekunde, die beiden Männer hatten alle Mühe, die Füße auf dem Boden zu behalten. Culver half einem Verletzten aufzustehen. »Warum flüchten die Menschen aus dem Tunnel, wo es doch der einzig sichere Platz ist?« fragte er ihn.

Der Mann wollte fortlaufen, um sich eine Lücke auf der Treppe zu erkämpfen. Culver hielt ihn fest. »Was ist im Tunnel los? Wovor flüchten die Menschen?«

»Ich habe es nicht selbst gesehen. Aber ich habe einige Personen gesehen, die im Tunnel angegriffen worden sind. Sie waren blutüberströmt. Bitte, lassen Sie mich jetzt gehen!«

»Angegriffen? Von wem?«

»Ich weiß es nicht!« schrie der Mann. »Lassen Sie mich gehen!« Er riß sich von Culver los. Augenblicke später war er in der aufwärts flutenden Menschenmenge untergetaucht.

Culver wandte sich an Dealey. »Haben Sie das gehört? Wollen Sie jetzt immer noch in den Tunnel flüchten?«

»Ich hab's gehört. Massenhysterie, und sonst gar nichts. Verständlich unter diesen Umständen. Die Leute stehen noch unter Schock.«

»Der Mann hat gesagt, die Menschen, die aus dem Tunnel kamen, waren blutüberströmt.«

»Ich könnte mir vorstellen, daß die meisten schon verletzt waren, als sie in den Tunnel hineingelaufen sind. Vielleicht ist auch jemand von einer Ratte gebissen worden oder von einem anderen Tier, das sich in den Tunnel geflüchtet hat. Die Nachricht davon hat eine Panik ausgelöst.«

Culver war nicht überzeugt, aber in die Oberwelt zurückkehren, die radioaktiv verseucht war, das wollte er auch nicht. »Wenn wir in den Tunnel wollen, müssen wir uns mit Gewalt einen Weg bahnen.«

»Ich werde dabei mithelfen, so gut ich kann«, bot Dealey an. »Gut. Ich gehe voran, Sie bleiben dicht hinter mir und halten sich an mir fest. Schieben Sie mich mit aller Kraft nach vorn, egal was passiert.«

Culver hob den Arm vor die Stirn, um seinen Kopf zu schützen. Er benutzte die Stablampe als zusätzlichen Schutzschild. Sie begannen gegen den Strom aus Leibern anzuschwimmen und waren schweißüberströmt, als sie endlich an den Rand des Menschenknäuels gelangten. Erst jetzt bemerkte Culver, daß es Überlebende gab, die sich von der riesigen Traube, die sich am Fuß der Rolltreppe gebildet hatte, fernhielten. Menschen, die vor der Rückkehr in die Oberwelt noch mehr Angst hatten als vor den schrecklichen Gefahren, die im Tunnel lauerten.

»Jetzt kann ich den Bahnsteig sehen«, sagte Culver. »Die Flüchtenden kommen aus allen Richtungen, nicht nur aus dem Tunnel, der nach Osten führt.«

»Wir müssen in den Schutzraum«, stöhnte Dealey. »Das ist die einzige Rettung.«

Culver ergriff ihn am Arm und führte ihn auf den Bahnsteig. Die Geleise waren zu sehen. Kein Zug.

»Könnte es sein, daß die Strecke noch unter Strom steht?« fragte Culver.

»Wahrscheinlich nicht. Sie sagten mir doch vorhin, daß nur noch die Notbeleuchtung funktioniert. Das würde bedeuten, daß die Hauptversorgung ausgefallen ist. Steht ein Zug auf den Geleisen?«

»Nein.«

»Dann sind die Züge in den Tunnels steckengeblieben. Wir können davon ausgehen, daß die Strecke, die in den Tunnel führt, ohne Strom ist.«

»Das sind Vermutungen. Es ist sicherer, wenn wir nicht auf die Stromschiene treten.«

»Egal wie, führen Sie mich durch den Tunnel.«

»Ich bin nicht mehr so sicher, daß wir in den Tunnel reingehen sollten. Die Menschen, die aus dem Tunnel kamen, hatten eine panische Angst.«

»Ich habe Ihnen bereits gesagt, wie ich das Risiko beurteile.«

»Und ich habe Ihnen gesagt, daß die Leute auch aus den Tunnels geflüchtet sind, die in andere Richtungen führen, nicht nur aus dem, wo sich Ihr verfluchter Bunker befindet. Wie erklären Sie sich das?«

»Ich erkläre es mir gar nicht. Unsere einzige Chance ist, den Schutzraum zu finden.«

»Wir könnten doch auch hier, auf dem Bahnsteig, bleiben. Wir sind so tief unter der Erde, daß uns nichts passieren kann.«

»Sie vergessen den radioaktiven Staub, der durch die Luftschächte kommt. Der Schutzraum ist hermetisch versiegelt, die Tunnels nicht.«

»Sind Sie immer so pessimistisch?«

»Unter den gegebenen Umständen sehe ich keinen Grund, optimistisch zu sein. Von jetzt ab müssen wir das Schlimmste annehmen, wenn wir überleben wollen.«

»Wie weit ist es vom Bahnsteig bis zum Eingang des Schutzraums?« fragte Culver. Sein Blick war auf das schwarze Loch gerichtet, das den Beginn des Tunnels markierte.

»Achthundert bis neunhundert Meter.«

»Dann sollten wir's versuchen. Gehen wir!«

Mit vorsichtigen Schritten führte Culver seinen Begleiter zum Eingang des Tunnels. Er knipste die Stablampe an und richtete den Strahl in die Finsternis.

»Keine Ratten zu sehen«, sagte er über die Schulter. »Auch sonst kein Getier.«

»Wenn überhaupt Ratten im Tunnel waren, dann sind sie längst vor den vielen Menschen geflohen.«

»Hoffentlich haben Sie recht.«

Dealey tastete sich an der Tunnelwand entlang. Als er zu Culver aufgeschlossen hatte, fragte dieser: »Wie geht's mit Ihren Augen? Haben Sie noch starke Schmerzen?«

»Die Schmerzen haben etwas nachgelassen.«

»Können Sie überhaupt etwas sehen?«

»Nein.«

»Ich habe Ihnen eben mit der Stablampe in die Augen geleuchtet. Ihre Pupillen haben reagiert, sie haben sich verengt.«

»Das hat wahrscheinlich nichts zu bedeuten.«

»Ich sehe schon, es macht Ihnen Spaß, pessimistisch zu sein. Fassen Sie mich jetzt bitte bei der Schulter. Gehen Sie so, daß Ihre linke Schulter die Wand streift.«

Die Luft im Tunnel war klamm und kühl. Eine unwirkliche Stille erfüllte den gewundenen Gang. Der Strahl der Stablampe fiel auf Lücken, die sich auf der rechten Seite des Tunnels auftaten. Culver leuchtete hinein.

»Es gibt einen Tunnel, der parallel verläuft«, verkündete er. Seine Stimme klang seltsam laut.

»Die Strecke, die von den Zügen in westlicher Richtung befahren wird«, sagte Dealey. »Halten Sie die Lampe, auf die rechte Wand gerichtet. Das ist die Seite, wo die Eingangstür zum Bunker auftauchen wird.«

Wer war Dealey? Wieso hatte dieser Mann Kenntnis von einem geheimen Schutzraum? War Dealey vielleicht...

Ein Geräusch, das aus der Schwärze des Tunnels zu ihm drang, ließ Culver zusammenzucken. Das Trappeln eines Tieres.

»Warum sind Sie stehengeblieben?« erkundigte sich Dealey.

»Ich habe etwas gehört.«

»Ist irgend etwas Ungewöhnliches zu sehen?«

Culver ließ den Strahl über die Geleise wandern. »Nein.«

Sie gingen weiter. Vertiefungen in der Wand, Nischen, Bögen, Durchbrüche zum Nachbartunnel, aber keine Tür, kein Schutzraum.

Sie hatten, wie Culver schätzte, achthundert Meter zurückgelegt, als er über ein Hindernis stolperte.

»Culver!« schrie Dealey, der den Halt verloren hatte. Er ging weiter und kam am gleichen Hindernis zu Fall. Metall. Ein Kabel. Immerhin war er jetzt sicher, daß die Strecke nicht mehr unter Strom stand. Er ließ seine Finger über den feuchten Boden wandern und ertastete etwas Weiches. Haut. Ein Kopf, ein Gesicht.

»Nicht berühren!« rief Culver.

Aber es war zu spät. Dealeys Finger waren in die leeren Augenhöhlen eingedrungen. Erschrocken zog er die Hand zurück, es gab einen schmatzenden Laut.

»Bleiben Sie, wo Sie sind! Bewegen Sie sich nicht!« ließ sich Culver hören. Seine Stimme klang, als ob er einige Schritte entfernt stand.

Dealey war so geschockt, daß er keinen Laut hervorbrachte.

Culver lenkte den Strahl der Stablampe auf die Schwellen. Der Tunnel war mit Leichen übersät, zwischen denen schwarze Schatten hin und her huschten. Tiere, die sich in die Bauchhöhlen der Toten hineingefressen hatten und an den Eingeweiden zerrten.

Die Schatten duckten sich, als der Lichtschein sie erreichte. Einige Tiere schlichen sich davon, wurden von der Finsternis des Tunnels aufgenommen.

»Nein«, stammelte Culver. »Das ist unmöglich.«

»Sagen Sie mir, was los ist, Culver. Bitte!«

»Bleiben Sie für ein paar Sekunden, wo Sie sind. Sie dürfen sich jetzt nicht bewegen.«

Culver stand auf. Der Strahl seiner Lampe erfaßte menschliche Gliedmaßen, die auf den Geleisen zerstreut lagen, den blutigen Rumpf einer Frau und dann die gelben Augen eines unwirklich riesigen Nagetiers. Das unheimliche Wesen hockte auf der Leiche eines Mannes, es hatte die Schnauze in der Brust seiner Beute vergraben.

Als das Tier den Lichtschein bemerkte, hörte es zu fressen auf. Es hob den Kopf.

»Dealey.« Culver war bemüht, leise zu sprechen, aber er konnte nicht verhindern, daß seine Stimme zitterte. »Kriechen Sie langsam in meine Richtung. Es ist wichtig, daß Sie sich nur ganz langsam bewegen.«

Dealey gehorchte.

Culver empfing ihn und half ihm, sich aufzurichten.

»Was ist los?« flüsterte Dealey.

Culver holte tief Luft. »Ratten«, sagte er leise. »Riesenratten.«

»Mit schwarzem Fell?«

»Mit schwarzem Fell«, antwortete Culver, der die Frage merkwürdig fand.

Was Dealey dann sagte, klang für Culver so, als spräche er mit sich selbst. »Ich hatte nicht gedacht, daß sie...« Er ließ den Satz unvollendet.

Culver hielt die Stablampe auf die fressenden Tiere gerichtet. Nach einer Weile fiel es ihm ein. »Killer-Ratten. Vor einigen Jahren habe ich etwas über eine neue Spezies Ratten gelesen, die sich in den U-Bahntunnels eingenistet hatte. Die Schwarze Killer-Ratte. Es hieß damals, die Schädlinge seien gleich nach ihrer Entdeckung ausgerottet worden.«

»Ich kann die Ratten nicht sehen. Deshalb kann ich Ihnen nicht sagen, ob es sich um diese Spezies handelt.«

»Wie auch immer, was sollen wir tun? Sollen wir sie verscheuchen?«

»Können Sie die Tür des Schutzraums sehen? Wir müssen ganz in der Nähe sein.«

Widerstrebend ließ Culver den Lichtkegel über die blutige Szenerie gleiten. Die Tiere ließen sich nicht beirren, sie fraßen ruhig weiter. Der Geruch von frischem Blut erfüllte den Tunnel. Culver spürte, wie sein Magen zu rumoren begann. Es war das erste Mal in seinem Leben, daß er den starken, merkwürdig aufdringlichen Geruch menschlichen Blutes wahrnahm.

Eines der riesigen Tiere hatte von seiner Beute abgelassen, es kam auf Culver zugekrochen. Als er den Lichtstrahl auf die Augen der Ratte richtete, wandte sie sich zur Seite und verschwand zwischen den Geleisen.

»Haben Sie die Tür des Schutzraums gefunden?« kam Dealeys Frage. Er sprach im Flüsterton.

»Nein. Ich bin abgelenkt worden.«

Meter für Meter suchte Culver die Wände des Tunnels ab. Plötzlich kam ein Hindernis in Sicht, das er zunächst für einen Mauervorsprung hielt. Als der Lichtkegel zur Ruhe gekommen war, konnte er erkennen, was es war.

Ein Mensch.

Sie stand an die Wand gelehnt. Das Kleid war zerrissen, mit Dreck beschmiert, das Haar aufgelöst. Es war offensichtlich, daß sie einen Schock erlitten hatte.

»Dealey«, sagte Culver. »Jenseits der Geleise steht ein Mädchen. Sie hat Angst, sich von der Stelle zu rühren.«

Eine Gänsehaut lief ihm über den Rücken, als vor den Füßen des Mädchens plötzlich eine Ratte erschien. Das Tier schnupperte in die Luft, dann verschwand es in einem Loch der Tunnelwandung.

»Suchen Sie die Tür zum Schutzraum«, hörte er Dealey sagen, »das ist jetzt wichtiger als das Mädchen.«

»Die Art, wie Sie Menschen in Not helfen, ist wirklich rührend«, sagte Culver.

»Sobald wir den Schutzraum erreicht haben, können wir ihr Hilfe zukommen lassen.«

»Solange wird sie nicht mehr durchhalten. Sie ist so schwach, daß sie jeden Augenblick zusammenbrechen kann. Wenn sie erst einmal am Boden liegt, hat sie keine Chance mehr.«

»Wir können ihr nicht helfen.«

»Wir sollten es jedenfalls versuchen«, entgegnete Culver.

»Culver!« Er spürte, wie der andere ihn am Ärmel packte. Er schüttelte ihn ab. Mit langsamen Schritten ging er in die Richtung, aus der sie gekommen waren. Als er sich in sicherer Entfernung von den Ratten wähnte, überquerte er die Geleise. Ein paar Sekunden später war er bei dem Mädchen.

»Sind Sie verletzt?« fragte er. Sie schwieg. »Können Sie mich hören? Sind Sie verletzt?«

»Culver«, sagte Dealey mit gepreßter Stimme. »Ich höre, wie die Ratten näher kommen. Helfen Sie mir. Sie müssen die Tür zum Schutzraum finden.«

Culver ließ den Strahl der Stablampe an der Tunnelwand entlangtanzen. Es gab eine Reihe von Nischen, aber keine enthielt eine Tür. Oder doch! Da! Eine gottverdammte Eisentür, ohne Beschriftung. Culver hatte keinen Zweifel mehr, das war der Bunker.

»Dealey! Ich habe die Tür gefunden!« Er zwang sich, leise zu sprechen. »Sie ist etwa dreißig Meter von Ihnen entfernt, auf Ihrer Seite. Können Sie es allein bis dorthin schaffen?«

Ohne zu zögern, setzte sich Dealey in Bewegung. Er schob sich dicht an der Wand entlang mit den Händen das Mauerwerk abtastend. Culver wandte sich wieder dem Mädchen zu.

Das Gesicht war blutverschmiert, obwohl keine Wunde zu sehen war. Der Blick war starr. Schwer zu erkennen, ob sie hübsch war. Das Haar war schulterlang, und Culver stellte sich vor, wie die Strähnen im Licht der Morgensonne glänzten. Aber es gab keine Morgensonne, nur einen Tunnel voller Leichen und Ratten. Als er das Mädchen an der Schulter berührte, begann sie zu schluchzen.

Sie warf die Arme um ihn. In einer instinktiven Geste wich er zurück. Er sah, wie sie zu Boden sank. Erst jetzt bemerkte er die Leiche, die nur einen Schritt entfernt lag.

Die Ratten, die am Kopf des Toten genagt hatten, huschten fort.

Hunderte von Ratten!

»Dealey, machen Sie, daß Sie in den Bunker kommen, so schnell wie möglich!«

Das Mädchen versuchte sich aufzurichten. Die Ratten unterbrachen ihre Flucht. Sie beobachteten das Mädchen aus funkelnden, gelben Augen. Sie hatten jetzt keine Angst mehr.

4

Er hatte einen Sprung nach vorn gemacht, glitt aus und kam zu Fall. Er konnte hören, wie die Stablampe davonrollte. Seine Hände steckten in einer weichen Masse. Er zog sie zurück, ohne sich zu vergewissern, was er da berührt hatte. Das Mädchen war nur drei oder vier Schritte entfernt von ihm. Er kroch auf sie zu und bekam ihr Bein zu fassen. Er mußte unbedingt verhindern, daß sie davonlief. Jenseits des Lichtkegels lauerten die Ratten, er konnte ihre Augen im Widerschein leuchten sehen.

Sie stieß einen Schrei aus, als er sie am Arm packen wollte. Während er mit ihr rang, tastete er mit der linken Hand nach der Stablampe. Er fand sie in der Fuge, die von Mauer und Boden gebildet wurde. Das Mädchen versetzte ihm Fußtritte, hieb mit beiden Fäusten auf ihn ein. Der Geschmack von Blut erfüllte seinen Mund. Er duckte sich, um den Schlägen auszuweichen. Plötzlich spürte er, wie eine der Ratten ihn in den Schenkel biß.

Er holte zum Schlag aus und ließ die schwere Stablampe auf dem Rückgrat des Tieres landen. Die Ratte reagierte mit einem schrillen, hohen Schmerzenslaut, ohne ihren Biß zu lockern. Er schlug von neuem zu, mit noch mehr Wucht, wieder und wieder. Er konnte hören, wie die Vorderfüße des Tieres ein schnelles, kratzendes Geräusch im Staub ausführten. Die Zähne lösten sich aus der Wunde, das Tier schrie jetzt mit der Stimme eines menschlichen Babys. Culver versetzte ihm einen weiteren Schlag. Die Ratte entfernte sich auf Armeslänge, dann blieb sie stehen. Sie wartete.

Culver sprang auf, seine Angst war jetzt größer als seine Erschöpfung. Er zertrat dem Tier den Kopf. Ein Zukken ging durch den Körper der Ratte. Sie kroch zu den Leichen, an deren Fleisch sie genagt hatte, und starb.

Er sah die zweite Ratte, noch bevor der schwere, pelzige Körper auf ihm landete. Sein Schlag traf das Tier im Sprung. Er konnte hören, wie die Hirnschale zersplitterte. Durch die Wucht der eigenen Bewegung geriet er ins Taumeln. Er fand sich am Boden wieder, zwischen den Leichenteilen. Warum eigentlich griffen ihn die Ratten nicht in der Gruppe, zu Dutzenden oder Hunderten an? Worauf warteten sie? Die Antwort durchzuckte ihn, während er sich mühsam wieder aufrichtete. Die Ratten hatten seine Kampfkraft getestet! Die ersten beiden waren nur eine Vorhut gewesen; jetzt, wo sie wußten, wie schwach er war, würden sie mit einer ganzen Meute auf ihn losgehen.

Er zog das Mädchen hoch und legte ihr den Arm um die Taille, um sie zu stützen. Dann richtete er die Stablampe auf die Ratten.

Sie warteten in einiger Entfernung, schwarze Monstren mit bösartig funkelnden Schlitzaugen. Intelligente Bestien, die vor Mordlust zitterten, bereit zum Angriff.

Das Mädchen klammerte sich an ihn. Er preßte ihr die Hand auf den Mund, um sie am Schreien zu hindern. Aus den Augenwinkeln beobachtete er Dealey, der sich an der Tunnelwand entlangtastete.

»Sie sind nur noch wenige Schritte von der Tür zum

Schutzraum entfernt« rief er ihm zu. »Versuchen Sie das Menschenmögliche, um die verdammte Tür aufzukriegen.«

Culver begann seinen Weg zu der Nische, wo er die Tür erspäht hatte. Er zog das Mädchen hinter sich her. Vorsichtig stieg er über die Leichen hinweg, umrundete die Blutlachen. Das Mädchen schien verstanden zu haben, daß ihr von Culver keine Gefahr drohte, sie wehrte sich nicht mehr. Er lockerte den Druck der Hand, mit der er ihr den Mund zugehalten hatte.

Die Ratten folgten ihnen, sie blieben auf gleichem Abstand.

Er riskierte einen Blick nach vorn. Dealey hatte die Tür erreicht. Er ließ sich gegen die Metallfläche sinken.

»Dealey? Was ist?«

»Der Schlüssel. Der Schlüssel war in der Dokumentenmappe, die ich verloren habe!« Seine Worte mündeten in einen Schrei der Verzweiflung. Er begann mit beiden Fäusten auf die Tür einzuhämmern.

»Sie dürfen keinen Lärm machen!« warnte ihn Culver, aber es war zu spät. Der Schrei und das Trommeln der Fäuste waren für die schwarzen Bestien das Signal zum Angriff.

Culver schlug die Arme vor das Gesicht, als die Tiere ihn ansprangen. Die Last der zottigen Körper war so groß, daß er darunter zusammenbrach. Er fand sich am Boden wieder, in unfreiwilliger Umarmung mit dem Mädchen, das ebenfalls von den Tieren niedergerissen worden war. Eine Million messerscharfe Zähne senkten sich in sein Fleisch. Er trat um sich, drosch mit beiden Fäusten auf die Ratten ein, schrie seinen Schmerz und seine Angst hinaus.

Der Tunnel erbebte. Staub rieselte von der Decke. Ziegelsteine lösten sich aus dem Mauerwerk und krachten zu Boden. Eine Explosion folgte. Das Geräusch schien in

Spiralen zu der Stelle vorzudringen, wo die drei Menschen sich befanden. In einer Entfernung von dreihundert Metern brach der Tunnel zusammen. Eine Flammenwand näherte sich, ein feuerspeiendes Gefährt, das ohne Räder über die Geleise glitt.

Die Ratten kreischten, die Menschen waren jetzt vergessen. Sie duckten sich, eine Gruppe zitternder Körper, die plötzlich nur noch aus Angst zu bestehen schienen.

Culver stützte sich auf die Ellbogen. Er stieß einen der riesigen Nager fort, der sich auf seinen Schoß geflüchtet hatte. Das Tier reagierte mit einem drohenden Zischen, aber es griff nicht an, sondern verharrte in gebührendem Abstand.

Eine zweite Explosion folgte. Die Wand aus Feuer war bis auf hundert Meter heran, gelblich schimmernde Flammen, die jede Lücke des Tunnels aufzufüllen schienen.

Die Kreaturen traten die Flucht an.

Culver war auf den Beinen. Er hob das Mädchen auf, lief mit ihr durch das nach Tausenden zählende Rudel der fliehenden Ratten, hielt sie umfaßt, während sie über die Geleise stolperten. Die Feuerwand war jetzt nur noch wenige Meter entfernt. Er sprang in die Nische und spürte, wie das Mädchen sich in letzter Verzweiflung an ihn klammerte. Er warf sich gegen die Tür.

Dann war das Feuer da. Er wußte, das war das Ende. Sie würden zu Asche verbrennen, so wie die Menschen über der Erde verbrannt waren.

Und dann taumelte er nach vorn, in die Tür hinein, die nicht mehr aus Metall zu bestehen schien, sondern aus Licht. Er fiel, überschlug sich wieder und wieder, und die Welt war nur noch Licht und Schmerz und Lärm...

Und dann Schwärze.

5

»Nein! Nicht!«

Der Schmerz war scharf wie ein Messer, aber eine sanfte Hand drückte Culver auf das Feldbett zurück.

»Gleich ist es ausgestanden«, sagte eine freundliche Stimme. »Sie haben eine Verletzung am Bein, die desinfiziert und verbunden werden muß.«

Er öffnete die Augen. Das Gesicht der Frau, die über ihm stand, strahlte eine sympathische Mischung aus Ruhe und Angst aus. Die Bewegungen ihrer Hände waren zügig und zielstrebig, professionell. Sie tupfte das Blut aus der tiefen Fleischwunde an seinem Oberschenkel.

»Sie haben Glück gehabt«, sagte sie. »Einen halben Zentimeter höher, und es hätte Ihre Arterie erwischt. Wie haben Sie sich die Verletzung zugefügt?«

Er schloß die Augen, aber die Erinnerung ließ sich nicht verscheuchen. »Sie würden mir nicht glauben, wenn ich Ihnen das erzähle.«

»Nach der Katastrophe, die heute passiert ist, bin ich bereit, alles und jedes zu glauben, und wenn es noch so verrückt klingt.«

Er schwieg. Nach einer Weile sagte er: »Im Tunnel waren Ratten.«

Sie maß ihn mit einem neugierigen Blick.

»Ratten so groß wie Hunde«, setzte er nach. »Ich habe gesehen, wie sie die Menschen auffraßen, die in den Tunnel geflüchtet und dort an ihren Verletzungen gestorben sind.«

»Haben die Ratten Sie angegriffen?«

Er nickte. »Sie haben mich angegriffen. Eines der Tiere hat sich in meinen Oberschenkel verbissen. Ich weiß nicht, wie ich überhaupt...«

»Wir haben gehört, wie Sie mit den Fäusten auf die Tür

des Noteingangs einhämmerten.« Sie lächelte. »Sie sind mit der Tür ins Haus gefallen.«

Er versuchte einen Blick auf den Raum zu erhaschen. »Wo bin ich hier?«

»Nach der offiziellen Version ist das die unterirdische Telefonzentrale für Kingsway. Gleichzeitig handelt es sich um einen atombombensicheren Bunker für hochrangige Regierungsangestellte. Sie befinden sich im Krankenflügel des Bunkers.«

Hinter der weißgekleideten Frau war eine Reihe von doppelstöckigen Feldbetten zu erkennen. Decke und Wände waren grau gestrichen. Die Beleuchtung bestand aus Neonleisten. Vor einem der Betten standen drei oder vier Personen, das Gesicht des Patienten war nicht zu sehen.

Die Frau war seinem Blick gefolgt. »Das Mädchen, das Sie mitgebracht haben, hat einen Schock erlitten. Ich habe sie vorhin untersucht, sie hat keine schweren Verletzungen. Ein paar Schrammen und Schnitte, das ist alles. Das Haar ist stellenweise versengt. Davon abgesehen, haben Sie das Mädchen sehr gut vor dem Feuer dort draußen beschützt.«

»Feuer?«

»Erinnern Sie sich daran nicht mehr? Die Techniker sagten mir, im Tunnel hat ein Feuer gewütet. Wenn sie die Tür nicht im letzten Augenblick geöffnet hätten, wären Sie und das Mädchen jämmerlich verbrannt. Es scheint, daß Ihre dicke Lederjacke Ihnen ein paar wertvolle Sekunden lang Schutz gewährt hat...«

»Wo ist Dealey?«

»Allerdings haben Sie Verbrennungen an den Händen und am Hals erlitten...«

»Er ist tot.« Culver setzte sich auf.

Sie drückte ihn in die Kissen zurück.

»Er hat's überlebt und ist in Sicherheit. Im Augenblick unterhält er sich mit dem CDO...«

»Wie bitte?«

»Mit dem Civil Defense Officer. Dealey hat Anweisung gegeben, daß Sie und das Mädchen noch vor ihm untersucht und behandelt werden.«

»Sie wissen, daß er erblindet ist?«

»Natürlich. Wir hoffen, daß die Erblindung nur von kurzer Dauer ist. Es hängt davon ab, wie lange er in den Blitz geschaut hat. Ich nehme ja an, daß die Erblindung davon herrührt, oder täusche ich mich?«

»Sie täuschen sich nicht. Ich war dabei, als es geschah. Er hat nur einen Bruchteil einer Sekunde in den Blitz geschaut.«

»Dann hat er Glück gehabt und wird bald wieder sehen können.« Sie beugte sich über seine Wunde. »Ich werde Ihnen eine Tetanusimpfung geben müssen. Wie fühlen Sie sich?«

»Ein bißchen schwach. Wer sind Sie?«

»Ich bin Dr. Clare Reynolds.« Immer noch kein Lächeln. »Es ist ein Zufall, daß ich zum Zeitpunkt der Explosion im Bunker war. Ich war zu einer Besprechung eingeladen, die für heute nachmittag angesetzt war. Teilnehmer sollten Alex Dealey und andere sein.«

»Arbeiten Sie für die Regierung?«

Der Anflug eines Lächelns verschönte ihre Züge. »Ich wurde dienstverpflichtet, als sich die Situation immer weiter zuspitzte. Ich habe das eigentlich nur für eine vorsorgliche Maßnahme der Regierung gehalten. Niemand konnte sich vorstellen, daß die politischen Spannungen soweit eskalieren würden. Niemand.«

Sie wandte sich zu einem kleinen Wagen, der hinter ihr stand und mit einer Reihe von Fläschchen und Verbandsmaterial bestückt war. Er sah, wie sie einen Wattebausch befeuchtete. Ihr Haar war kurzgeschnitten, dunkelbraun mit grauen Strähnen, die nicht so recht zu ihrem jungen Gesicht paßten. Sie war sehr blaß, aber das lag vielleicht nur an dem harten Licht der Neonröhren. Ihm fiel auf, daß sie einen Ehering trug.

Sie drehte sich wieder zu ihm. »Es wird etwas wehtun«, warnte sie ihn, bevor sie den Wattebausch mit der desinfizierenden Flüssigkeit auf seine klaffende Wunde drückte.

Culver stöhnte vor Schmerz.

»Das war's schon«, beruhigte sie ihn. »Die Wunde braucht nicht genäht zu werden, ein Pflaster genügt. Was Ihren übrigen Zustand angeht, Sie haben ein paar Schrammen abbekommen, sonst nichts. Keine schweren Verbrennungen. Ich werde Ihnen jetzt ein Betäubungsmittel spritzen. Während Sie schlafen, werde ich Ihre Schrammen behandeln. Etwas Ruhe und Schlaf haben Sie sich ja wirklich verdient.«

»Ich möchte lieber keine Narkose.«

»Ich weiß schon, was gut für Sie ist«, beharrte sie. »Betrachten Sie es einfach als glückliche Fügung, daß Sie sich für ein Weilchen aus der ganzen Katastrophe ausklinken können. Wie ist übrigens Ihr Name?«

»Steve Culver.«

»Freut mich, Sie kennenzulernen, Mr. Culver. Ich nehme an, daß wir in der nächsten Zeit viel miteinander zu tun haben.«

»Was ist passiert, Frau Doktor? Warum haben es die Regierungen soweit kommen lassen?«

»Geiz und Neid, das sind die Triebkräfte, die das alles bewirkt haben«, antwortete sie.

Sie klebte ein Pflaster auf seine Wunde und gab ihm eine Spritze gegen Wundstarrkrampf. Dann griff sie hinter sich und zog eine Betäubungsspritze auf.

Als er wieder aufwachte, war der Blick eines Mädchens auf ihn gerichtet. Sie lag auf dem Feldbett über ihm und hatte den Kopf über die Bettkante geschoben, so daß sie ihn betrachten konnte. Es war das blonde Mädchen, das er vor den Ratten gerettet hatte. Immer noch stand ihr die Angst vor den unheimlichen Wesen ins Gesicht geschrieben.

»Wo bin ich?« flüsterte sie.

Mühsam stützte er sich auf, der Raum begann sich zu drehen. »Einen Augenblick. Mir geht's gleich wieder besser.«

Er lehnte sich an die Wand und wartete, bis das Schwindelgefühl abebbte. Die Erinnerung an die Katastrophe kehrte zurück. Er streckte die Hand aus und streichelte die Schläfe des Mädchens.

»Sie sind jetzt in Sicherheit«, sagte er leise. Am liebsten hätte er sie in die Arme genommen und ihr gesagt, daß alles nur ein böser Traum gewesen war. Aber er wußte, der Alptraum hatte gerade erst begonnen.

»Wir befinden uns in einem Atombunker, der für die Regierung errichtet wurde«, sagte er. »Der Eingang ist im Tunnel, in der Nähe der Stelle, wo ich Sie gefunden habe.«

Das Mädchen erschauderte.

»Jetzt erinnere ich mich.« Ihre Stimme schien aus weiter Ferne zu kommen. »Wir haben die Sirenen gehört. Keiner von uns glaubte, daß es sich wirklich um Atomalarm handelte. Trotzdem haben wir uns in den Tunnel geflüchtet. Die Ratten...« Sie verstummte. Er beugte sich vor, um ihr die Hand auf die Stirn zu legen.

Sie begann zu schluchzen. Nach Sekunden, die ihm wie eine Ewigkeit vorkamen, hob sie den Blick.

»Sie waren es also, der mich vor diesen Bestien gerettet hat.« Sie zögerte. »*Mein Gott, was waren das für Tiere?*«

»Ungeziefer.« Er war bemüht, die Unsicherheit, die er empfand, nicht durchklingen zu lassen. »Ratten, die offensichtlich schon seit vielen Jahren unter der Erde leben.«

»Wie ist es möglich, daß diese... Ratten so groß wurden?«

»Mutanten. Monstren. Man hätte diese Tiere schon beim ersten Erscheinen ausrotten müssen. Ich habe vor Jahren in der Presse gelesen, daß solche Mutanten in den U-Bahntunnels aufgespürt wurden. Damals war die offizielle Version, der gesamte Bestand sei vernichtet worden. Aber das war wohl eine Lüge.«

»Ist es denn vorstellbar, daß solche Ratten über Jahre hinweg unbehelligt blieben? Daß sie sich in aller Ruhe vermehren konnten?« Die Stimme des Mädchens zitterte. Nur mit großer Mühe gelang es ihr, die Fassung zu bewahren.

»Vielleicht werden wir später eine Antwort auf diese Frage bekommen«, beruhigte er sie. »Hauptsache ist, daß wir jetzt in Sicherheit sind. Hier im Bunker können uns die Ratten nichts anhaben.«

Ein gehetzter Ausdruck trat in das Gesicht des Mädchens. »Wie sieht es über der Erde aus? Gibt es Überlebende?«

Er schwieg. Hätte er ihre Frage beantwortet, wäre der Wall, den er gegen seine Verzweiflung errichtet hatte, zusammengebrochen. Später, Culver. Das Problem verdrängen. Nicht an die zerfetzten Leichen denken. Nicht an die Kinder denken, die von der Bombe in schwarze Haufen aus Asche verwandelt worden waren.

Tränen stiegen in ihm auf, sie kümmerten sich nicht um das Verbot, das er in Gedanken errichtet hatte. Culver und das Mädchen wechselten die Rollen. Jetzt war sie es, die ihn tröstete.

Wenig später betrat die Ärztin das kleine unterirdische Lazarett. Sie durchquerte den Raum. »Wie geht es Ihnen beiden? Haben Sie noch Schmerzen?«

Sie sahen sie an, als wäre sie ein Wesen aus der anderen Welt.

»Wie lange habe ich geschlafen?« fragte Culver.

»Ungefähr sechs Stunden«, sagte Clare Reynolds nach einem Blick auf ihre Armbanduhr. »Es ist jetzt sieben Uhr abends.« Sie wandte sich zu dem Mädchen. »Und jetzt sagen Sie mir bitte, wie ist Ihr Befinden?«

»Ich glaube, ich stehe immer noch unter Schock«, kam die Antwort.

Culver fiel auf, daß die Ärztin noch mitgenommener aussah als das Mädchen. Trotzdem gelang es ihr, ein Lächeln auf ihre Lippen zu zaubern. »Wir alle stehen noch unter dem Eindruck der Katastrophe.« Sie berührte das Mädchen an der Hand. »Haben Sie noch Schmerzen?«

Das Mädchen schüttelte den Kopf.

»Gut. Würden Sie mir sagen, wie Sie heißen?« fragte Dr. Reynolds.

»Kate.«

»Und Ihr Familienname?«

»Garner.«

»Willkommen im Klub der Überlebenden, Kate Garner. Und Sie, Mr. Culver, wie fühlen Sie sich?«

»Wie man sich fühlt, wenn man von einer Ratte gebissen worden ist.« Culver setzte sich auf und zog die Beine an. »Was ist passiert, während ich geschlafen habe?«

»Deshalb bin ich zu Ihnen gekommen«, sagte die Ärztin. »In wenigen Minuten beginnt eine Krisensitzung, sie findet im Speiseraum des Bunkers statt. Wir möchten, daß Sie daran teilnehmen. Alle Fragen, die Sie haben, werden dort beantwortet. Sind Sie soweit bei Kräften, daß Sie sich selbst anziehen können?«

Er bejahte.

Die Ärztin ging zu dem leeren Bett, wo seine Sachen lagen. Sie warf ihm seine Lederjacke und seine Jeanshosen in den Schoß. Dann wandte sie sich zu dem blonden

Mädchen. »Kate, würden Sie bitte herunterkommen und sich auf das Untersuchungsbett legen?«

Culver zog sich an. Als er fertig war, ging er zu der Ärztin und dem Mädchen. Er war noch so schwach, daß er ins Schwanken geriet.

»Nun, wie geht's ihr?« fragte er.

»Keine ernsthaften Verletzungen.« Die Ärztin, die auf der Bettkante gesessen hatte, stand auf. Sie bedachte das Mädchen mit einem aufmunternden Blick. »Ich möchte, daß Sie an dem Meeting teilnehmen, Kate.« Und zu beiden: »Kommen Sie, die anderen warten.«

»Wieviel *andere* gibt es?« wollte Culver wissen. »Wer sind die Menschen, die sich mit uns im Bunker befinden?«

»Die meisten gehören dem technischen Personal an, das in der unterirdischen Telefonzentrale arbeitet. Außerdem gibt's ein paar ROC's, Soldaten vom Royal Observer Corps, und ein paar Beamte vom Zivilschutz. Wenn alle den Anweisungen gefolgt wären und sich beim ersten Alarm in den geheimen Bunker begeben hätten, wären wir über hundert.« Sie zuckte die Schultern. »Aber solche Einsatzpläne funktionierten nur in der Theorie. Wenn die ganze Bevölkerung in Panik gerät, helfen auch die schönsten Vorsichtsmaßnahmen nichts mehr. Wir sind knapp vierzig Personen.«

Die Ärztin ging voran. Sie verließen das Krankenzimmer. Ein hoher, weitläufiger Raum tat sich vor ihnen auf. Culver und das Mädchen waren so erstaunt, daß es ihnen die Sprache verschlug.

»Beeindruckend, nicht wahr?« fragte Frau Dr. Reynolds. »Man braucht über eine Stunde, um den ganzen Komplex abzuschreiten. Ich möchte Sie nicht mit technischen Details langweilen, zumal ich von diesen Dingen wenig Ahnung habe, aber ich kann Ihnen sagen, daß wir hier über ein eigenes Elektrizitätswerk und zwei große Notaggregate verfügen. Es gibt einen artesischen Brunnen und eine Wasseraufbereitungsanlage, folglich werden wir keine Probleme haben, was das Wasser angeht. Da vorne links sind die Schalträume, das E-Werk liegt geradeaus. Außerdem gibt es eine Küche, einen großen Speiseraum, der für die Zusammenkünfte benutzt wird, und eine Reihe von Vorratsräumen und einen Bereich, der die medizinische Versorgung sicherstellt.«

Die Wände waren grau-grün gestrichen, die Farbe wirkte im harten Schein der Neonleuchten trist und kalt. Nachdem die drei Menschen durch endlos erscheinende Korridore gegangen waren, vernahm Culver das Geräusch menschlicher Stimmen. Sie betraten den Speiseraum. Die Personen, die dort warteten, wandten die Köpfe zur Tür. Die Gespräche erstarben.

6

Dealey saß an einem der Tische, die an der Schmalseite des Speiseraumes standen. Seine Augen waren von einer weißen Binde verdeckt. Am gleichen Tisch hatten zwei Militärs in blauen Uniformen Platz genommen, eine davon war eine Frau. Auch zwei Zivilisten gehörten zu dieser Gruppe, deren Tisch quer zu den anderen stand. Einer der Zivilisten flüsterte Dealey etwas ins Ohr. Der stand auf.

»Kommen Sie bitte nach vorn, Mr. Culver«, sagte Dealey. »Die junge Dame ebenfalls. Und Sie, Frau Dr. Reynolds, setzen sich bitte zu uns.«

Die meisten Männer, die sich im Speiseraum befanden, trugen weiße Overalls und sahen übermüdet aus. Sie betrachteten Culver und seine junge Begleiterin mit unverhohlener Neugier. Nachdem diese ein paar Sekunden lang verlegen herumgestanden hatten, bekamen sie

Stühle angeboten. Culver sah, wie die Ärztin neben Dealey Platz nahm.

Eine unangenehme Spannung erfüllte den Raum. Culver beobachtete Kate aus den Augenwinkeln. Man hatte ihnen Kaffee eingeschenkt. Das Mädchen starrte auf die dunkelbraune Flüssigkeit in ihrem Becher, als könnte sie dort die Antwort auf die Frage finden, warum die Menschen die Erde zerstört hatten, auf der sie lebten. Ob die Eltern des Mädchens bei der Explosion ums Leben gekommen waren? Hatte sie den Tod ihres Freundes zu beklagen? Dann kam ihm der Gedanke, daß wohl jeder in diesem Raum bei der Katastrophe liebe Angehörige, Verwandte oder Freunde verloren hatte. Kälte und das Gefühl unendlicher Verlassenheit legten sich um sein Herz wie nächtliche Schatten.

Dealey war im Gespräch mit der Ärztin und den beiden Zivilisten an seinem Tisch begriffen. Die Unterhaltung ging im Flüsterton vor sich und erinnerte Culver an eine Gruppe von Verschwörern. Nach einer Weile stand der Mann neben Dealey auf. »Ich bitte um Ihre Aufmerksamkeit«, sagte er mit ruhiger Stimme.

Es wurde still im Raum.

»Den wenigen unter Ihnen, die mich noch nicht kennen, möchte ich mich vorstellen. Mein Name ist Howard Farraday, ich bin der Leitende Ingenieur der Kingsway Telefonzentrale. Weil ich der dienstälteste Beamte unter den hier versammelten Personen bin, ist mir die Aufgabe zugefallen, den Krisenstab zu leiten, den wir angesichts der Ereignisse gebildet haben.« Er versuchte ein Lächeln. »Seit den fünfziger Jahren, als die Erweiterungsarbeiten begannen, hat Kingsway eine doppelte Funktion. Zum einen dienen die unterirdischen Räumlichkeiten als Telefonzentrale, zum anderen als Tiefbunker der Regierung. Die meisten von Ihnen werden wissen, daß die Transatlantik-Kabel-Verbindung der NATO in Kingsway endet.

Es ist weiter kein Geheimnis, daß der Bunker während der internationalen Krise in den letzten Wochen Schauplatz besonderer Aktivitäten war. Wir probten den Verteidigungsfall, aber natürlich ahnte niemand, daß die Situation so außer Kontrolle geraten würde, wie es geschehen ist...«

Culver ärgerte sich. Was sollte die Schönfärberei? Warum umschrieb Farraday den Völkermord, der stattgefunden hatte, mit Worten, wie sie beim Zusammenstoß zweier U-Bahnzüge angemessen gewesen wären?

»Es lag nahe, daß die Presse über die technischen Vorbereitungen, die wir unternommen haben, auf breiter Ebene berichtete, insbesondere nachdem der militärische Konflikt im Nahen Osten eskalierte. Der Einmarsch der sowjetischen Truppen im Iran tat ein übriges, um...«

Worte, nichts als Worte. Gab es überhaupt eine sprachliche Form, um die Schrecken einzufangen, die über London und seine Menschen gekommen waren? Culver hörte nicht mehr zu. Er ließ seinen Blick zu dem Mädchen wandern, das mit niedergeschlagenen Augen neben ihm saß. Er legte seine Hand auf die ihre. Sie wandte sich ab.

Farraday hatte begonnen, die Mitglieder des improvisierten Krisenstabs vorzustellen, die an seinem Tisch saßen. »Zu meiner Linken ist Alistair Bryce, Offizier des Zivilschutzes. Rechts von mir sehen Sie Mr. Alex Dealey, Beamter des Verteidigungsministeriums, und neben ihm Frau Dr. Clare Reynolds. Sie besucht den Bunker nicht zum erstenmal, die meisten von Ihnen haben also schon mit ihr Bekanntschaft gemacht. Zum Krisenstab gehören weiter Mr. Bob McEwen und Mrs. Sheila Kennedy, beide im Offiziersrang. Mr. McEwen und Mrs. Kennedy halten leitende Funktionen im Royal Observer Corps inne, sie hatten schon oft dienstlich in Kingsway zu tun und sind für die hier tätigen Mitarbeiter keine Unbekannten. Zu dem Meeting, das für heute nachmittag anberaumt war, hätten noch eine Reihe weiterer Personen mit offizieller Funktion erscheinen müssen.« Er räusperte sich. »Bedauerlicherweise haben sie den Bunker nicht mehr rechtzeitig erreicht.« Er strich sich das Haar aus der Stirn. »Ich wäre Ihnen dankbar, Alex, wenn Sie den weiteren Vortrag übernehmen.« Erschöpft ließ er sich auf seinen Stuhl sinken. Culver spürte, dieser Mann war mit seinen Nerven am Ende.

Dealey blieb sitzen. Eine Stimmung, die von Furcht und Erwartung geprägt war, machte sich unter den Zuhörern breit. Wie gebannt blickten alle auf den Mann, dessen Augen hinter einer breiten Binde verborgen waren.

»Ich weiß, was Sie alle empfinden«, begann Dealey seinen Vortrag. Obwohl er im normalen Tonfall sprach, schien seine Stimme den großen Raum bis in den hintersten Winkel auszufüllen. »Sie alle fürchten um das Leben Ihrer Angehörigen. Sie fragen sich, ob wir in diesem Bunker sicher vor der radioaktiven Strahlung sind, die durch die Kernexplosion freigesetzt wurde. Sie machen sich Sorgen, ob wir genügend Vorräte, genügend Nahrung und Trinkwasser haben. Und schließlich quält Sie der Gedanke, was von der Welt da oben übriggeblieben ist. Zwei Dinge kann ich Ihnen versichern. Zum einen sind wir in diesem Schutzraum sicher vor radioaktiver Strahlung, und zum zweiten haben wir genügend Vorräte, um mindestens sechs Wochen unter der Erde zu bleiben.«

Er machte eine Pause. Eine unwirkliche Stille hing in der Luft. »Kommen wir nun zu meiner Funktion«, fuhr er fort. »Mr. Farraday hat bereits erwähnt, daß ich dem Verteidigungsministerium unterstellt bin. Meine besondere Aufgabe war und ist die Überwachung der Schutzräume, die für den Fall eines kriegerischen Konfliktes angelegt wurden. Ich bin sozusagen ein Verbindungsoffizier zwischen der Regierung und den einzelnen Dienststellen des Zivilschutzes.« Er beugte sich vor, als hätte er etwas Vertrauliches mitzuteilen. »Aufgrund meiner Stellung kenne ich jeden Bunker in London und Umgebung, sowohl die Schutzräume, die für die Zivilbevölkerung bestimmt sind, als auch jene, die den Mitgliedern der Regierung vorbehalten sind. Ich kann Ihnen versichern, daß wir nicht die einzigen Überlebenden sind. Außerdem möchte ich Ihnen sagen, daß wir keineswegs von allen Verbindungen zur Außenwelt abgeschnitten sind.«

Stimmen erhoben sich, eine erste Reaktion. Dealey machte eine Geste der Beschwichtigung. Alsbald kehrte wieder Ruhe in die Versammlung ein.

»Bevor ich Sie mit Details über die verschiedenen Atombunker und unterirdischen Operationsbasen vertraut mache, möchte ich eine Einschätzung unserer Lage versuchen. Ich bin mir dabei bewußt, daß Sie alle in diesen Minuten über das große Rätsel nachdenken: Wie konnte es soweit kommen? Was genau ist passiert? Wie hoch ist das Ausmaß des Schadens, der unser Land betroffen hat? Ich klammere diese Fragen zunächst aus, weil ich sie nicht beantworten kann.«

Die Aufregung, die durch diese Feststellung verursacht wurde, war erheblich. Farraday schaltete sich ein. »Wir werden über diese Dinge bald Genaueres wissen, aber erst, wenn die Nachrichtenverbindungen wieder ganz hergestellt worden sind. Im Augenblick können wir nicht einmal mit dem Telekommunikationszentrum St. Paul's sprechen, obwohl das nur einen Kilometer entfernt von uns ist.«

»Wie ist es zu erklären, daß nicht einmal die Verbindungen, die in den U-Bahntunnels verlegt sind, den Atomschlag überdauert haben?« fragte ein Techniker, ein Schwarzer, der unweit von Culver saß.

Farraday beantwortete die Frage. »In der Tat hatten wir gehofft, daß die unterirdisch verlegten Kabel von einem Angriff mit Kernwaffen nicht betroffen sein würden. Aber wir haben die Explosivkraft unterschätzt.«

Er wandte sich zu Dealey und flüsterte ihm etwas ins Ohr. Dieser fuhr fort. »Aus Informationen, die vor dem Ausfall der Systeme in Kingsway eingingen, ergibt sich folgendes Bild. Mindestens fünf Atombomben sind über London und Umgebung zur Detonation gebracht worden.« Er fuhr sich mit der Zunge über die Lippen. »Die Ziele waren der Hyde Park, Brentford, Heathrow, Croydon und das Gebiet nordöstlich von London. Die Stärke der einzelnen Bomben lag zwischen einer und zwei Megatonnen. Zwei oder drei Bomben detonierten am Boden, der Rest in der Luft.«

Culver hob die Hand. Er kam sich wie ein Schuljunge vor, der die Aufmerksamkeit des Lehrers auf sich zu lenken versucht. »Sie haben vorhin gesagt, die unterirdisch verlegten Kabel sind durch die Bomben außer Funktion gesetzt worden. Warum verständigen wir uns dann nicht über Funk mit den Überlebenden in den anderen Bunkern?«

Es war Farraday, der die Antwort gab. »Bei einer Kernexplosion werden elektromagnetische Impulse von einer solchen Stärke freigesetzt, daß die Kommunikationssysteme, auch die drahtlosen Verbindungen, in einem Umkreis von Hunderten von Kilometern ausgeschaltet werden. Man könnte es mit einem Kurzschluß vergleichen. Radiogeräte und Fernseher, Radargeräte und Computer, Telefone und alle elektronischen Geräte erhalten für den Bruchteil einer Sekunde soviel Spannung, daß sie durchbrennen. Natürlich wußten wir das lange vor der Katastrophe, deshalb ist ein Teil der militärischen Nachrichtentechnik gegen die Kernexplosion gehärtet worden.

Aber es scheint, daß diese Schutzvorkehrungen nichts genützt haben.«

»Eine schöne Bescherung«, quittierte Culver die Auskunft. Jene, die in seiner Nähe saßen, nickten Zustimmung.

Dealey dämpfte das Stimmengewirr. »Die Unterbrechung der Nachrichtenverbindungen ist nur vorübergehend«, verkündete er. »Schon bald werden wir in der Lage sein, mit den Überlebenden in den anderen Bunkern Kontakt aufzunehmen, das hat mir Mr. Farraday versichert.«

Farraday schien überrascht, aber er fing sich sehr schnell. »Wir können davon ausgehen, daß die Techniker in den anderen Bunkern dabei sind, die unterbrochenen Verbindungen wieder herzustellen.«

Culver fand den Hinweis wenig befriedigend. Ob auch die anderen Zuhörer bemerkt hatten, daß Farraday keine Tatsachen, sondern Hoffnungen zum Ausdruck gebracht hatte? Er erschrak, als er plötzlich Kates Stimme vernahm. Das Mädchen sprach lauter und deutlicher, als er es ihr zugetraut hätte.

»Warum ist die Bevölkerung nicht gewarnt worden?«

»Es wurde Alarm gegeben«, antwortete Farraday. »Die Sirenen...«

Kate ließ ihn nicht aussprechen. »Warum hat man uns in den Wochen vor der Katastrophe nicht klar gesagt, daß es zu einem atomaren Konflikt kommen wird?«

Einige Sekunden lang herrschte eisige Stille. Dann sagte Dealey: »Kein vernünftiger Mensch konnte sich vorstellen, daß irgendein Staat auf der Welt so idiotisch sein würde, durch den Einsatz von Kernwaffen den Dritten Weltkrieg auszulösen. Eine solche Annahme widersprach aller Logik. Man kann unsere Regierung nicht für die selbstmörderischen Handlungen einer anderen Nation verantwortlich machen. Als die Sowjetunion den

Iran besetzte und die Anrainerstaaten des Persischen Golfes bedrohte, ist dieser Schritt von der Weltregierung scharf verurteilt worden. Man hat den Russen angedroht...«

»Warum hat man den Russen nicht Einhalt geboten, als sie Afghanistan und Pakistan besetzten?« erhob sich eine Stimme.

»Es tut mir leid, aber dies ist nicht der Ort für politische Debatten«, konterte Dealey. »Trotzdem will ich kurz auf Ihren Vorhalt eingehen. Als Afghanistan und Pakistan überrollt wurden, gab es weder eine Weltregierung noch die Combined World Forces. Der Westen war damals noch nicht stark genug, um die Sowjetunion in die Schranken zu verweisen, oder aber es fehlte die Entschlossenheit, von der eigenen Stärke Gebrauch zu machen. Erst als die Golfstaaten sich dem westlichen Lager anschlossen, konnten wir unsere Truppen in strategisch günstige Positionen bringen.«

Zurufe und Verwirrung. »Der Westen hat die Sowjetunion ausgehungert, indem er die Getreideverkäufe an die Russen stoppte. Die Sowjetunion konnte gar nicht anders, als Iran und Pakistan zu annektieren.«

»Mr. Dealey hat bereits darauf hingewiesen, daß politische Diskussionen in unserer Lage nicht weiterhelfen«, entgegnete Farraday dem Zurufer, den Culver von seinem Platz aus nicht erkennen konnte. »Wir wissen zum jetzigen Zeitpunkt nicht einmal, ob es wirklich die Russen waren, die den atomaren Angriff auf England unternommen haben«, fügte Farraday hinzu. »Wir sollten die Klärung dieser Frage abwarten, anstatt untereinander Streit anzufangen.« Kaum waren die Worte heraus, da bedauerte er seine Äußerung. Durch den Hinweis auf mögliche Verstrickungen anderer Großmächte hatte er den Boden für die abenteuerlichsten Verdächtigungen und noch mehr Zwist gelegt.

Dealey versuchte die Scharte wieder auszuwetzen. »Es kommt jetzt nicht darauf an, wer die erste Atomrakete abgefeuert hat. Der entscheidende Punkt ist, daß niemand im Westen, auch die britische Regierung nicht, sich darüber im klaren war, wie sehr sich die ganze Situation zugespitzt hatte. Unsere Regierung hat zwar gewisse Maßnahmen für den Kriegsfall getroffen, aber die Wahrscheinlichkeit, daß es wirklich zum großen Knall kommen würde, galt bis heute mittag als gering.«

»Wenn unsere Regierung sich auf einen Atomkrieg vorbereitete, warum wurden die Bürger nicht über die Risiken aufgeklärt?« fragte Culver. Er empfand kalte Wut auf Dealey und wußte zugleich, daß er diesen Mann nicht persönlich für die Unterlassungen der Regierung verantwortlich machen konnte.

»Wir hätten durch einen frühzeitigen Alarm nur eine allgemeine Panik bewirkt«, fing Dealey den Vorwurf ab. »Außerdem wußten wir bis zuletzt nichts Genaues. Alle Erfahrungen sprachen gegen eine Vorwarnung auf breiter Ebene. In der Vergangenheit wurde schon oft falscher Alarm gegeben, und nicht selten haben wir damit erst das Risiko eines Krieges heraufbeschworen.« Zwischenrufe und Gemurmel. Dealey legte die Hände flach auf den Tisch. Er wartete, bis wieder Stille einkehrte. »Es geht jetzt nicht um die Klärung der Schuldfrage, sondern um unsere Existenz. Wir haben den Atomangriff überlebt und müssen uns der Zukunft stellen.«

Einige Zuhörer nickten Zustimmung.

Dealey lehnte sich in seinem Stuhl zurück. »Unser Civil Defense Officer wird Ihnen jetzt erläutern, wie die nächsten Wochen verlaufen werden.«

Alistair Bryce erhob sich. Er war von kleiner Statur. Die Gesichtsfarbe wirkte kränklich. Hamsterbacken, die wie abgestorbene Fleischlappen den nervös zuckenden Mund einrahmten. Im Gegensatz zu diesem unvorteilhaften Eindruck strahlten seine Augen eine Energie aus, die man dem untersetzten Mann mit der Halbglatze nicht zugetraut hätte.

»Bevor ich auf die Probleme der Zukunft zu sprechen komme, will ich Ihnen eine Schilderung geben, wie es oben, in den Straßen unserer Hauptstadt, aussieht. Wir müssen annehmen, das schon in den ersten Sekunden des Atomangriffs zwischen sechzehn und dreißig Prozent der Menschen, die in London und Umgebung wohnten, ums Leben gekommen sind. Weitere dreißig bis sechsunddreißig Prozent haben Verletzungen durch die Druckwelle erlitten. Viele Menschen wurden in ihren Häusern verschüttet oder durch herumfliegende Glassplitter verstümmelt. Die Liste der wahrscheinlichen Verletzungen ist endlos, in den meisten Fällen wird es sich um Verbrennungen, Knochenbrüche und tiefe Fleischwunden handeln. Fast alle Überlebenden haben außerdem einen schweren Schock erlitten. Ich schätze, daß es Hunderttausende gibt, die durch den Atomblitz vorübergehend oder für immer erblindet sind.«

Er unterbrach seinen Vortrag, um die Wirkung seiner Worte auf die Zuhörer zu beobachten. Dann fuhr er fort. »Durch die Explosivwirkung der Atombomben wurden drei Viertel von London und Umgebung in Schutt und Asche gelegt. Die meisten Hochhäuser und Brücken sind zerstört, die Straßen durch Häuserschutt, umgestürzte Masten und ausgebrannte Fahrzeuge blockiert. Ein Drittel der Häuser in der Innenstadt sind dem Erdboden gleichgemacht worden, weitere vierzig Prozent sind schwer beschädigt.«

Bryce sah aus, als wäre alles Blut aus seinem Gesicht gewichen. Seine Backen erinnerten Culver an leere, faltige Geldbörsen. Der Mann schien hinter den schockierenden Fakten, die er vor seinen Zuhörern ausbreitete, Zuflucht zu suchen. Er sprach, als ob es sich um eine bloße

Statistik, um Zahlen in einem Planspiel handelte. »Durch die Hitzewelle sind die meisten Gebäude, die dem Explosionsdruck standgehalten haben, in Brand gesetzt worden. Es gibt keine Feuerwehr mehr, die löschen könnte. Zu diesem Zeitpunkt steht der größte Teil der Stadt über uns in Flammen.«

Einige Zuhörer weinten, andere starrten ins Leere. Verzweiflung befiel die Menschen im Bunker. Kate war mit dem Kopf auf die Tischplatte gesunken. Culver legte ihr den Arm um die Schulter. Dieses Mädchen hatte mehr gelitten als alle anderen.

»Ich komme nun auf die radioaktive Strahlung zu sprechen, die bei dem Atomangriff auf London freigesetzt wurde«, sagte Bryce. »Den meisten Bewohnern der Stadt blieben nur knappe dreißig Minuten, um in Kellern und Schutzräumen vor dem niedergehenden Atomstaub Zuflucht zu suchen. Jene, die in den ersten sechs Stunden nach der Detonation dem radioaktiven Niederschlag ungeschützt ausgesetzt waren, werden innerhalb von wenigen Tagen, spätestens nach einigen Wochen sterben. Die Zahl der Opfer, die auf diese Weise ums Leben kommen, muß für London und die nähere Umgebung der Stadt mit vier Millionen angesetzt werden.«

Farraday meldete sich zu Wort. Das Zittern in seiner Stimme war kaum zu überhören. »Können Sie uns sagen, wieviel Menschen die Katastrophe überleben werden?«

Die Augen aller Anwesenden waren jetzt auf den Civil Defense Officer gerichtet.

»Es ist nur eine grobe Schätzung, aber ich meine, daß von der Bevölkerung von Groß-London nur eine knappe Million mit dem Leben davonkommen wird.«

Ein geisterhaftes Schweigen folgte diesen Worten. Es war Dealey, der in die bedrückende Stille hinein zu sprechen begann. »Wir sollten uns darüber klar sein, daß es sich bei den genannten Zahlen um Vermutungen handelt. Da es keine Präzedenzfälle für einen solchen atomaren Angriff gibt, zumindest nicht in dieser Größenordnung, ist es unmöglich, die Verluste an Menschenleben genau zu beziffern.«

»Der Einwand ist richtig«, räumte Bryce ein. »Trotzdem möchte ich darauf hinweisen, daß die von mir geschätzten Zahlen auf wissenschaftlichen Untersuchungen beruhen, die in den letzten Jahren von Fachleuten angestellt wurden. Als statistische Basis für die Berechnungen dienten die Zahlen, die nach dem Abwurf der Atombomben auf Hiroshima und Nagasaki bekannt wurden.«

»Trotzdem bleiben das Schätzungen«, widersprach ihm Dealey. Es war offensichtlich, daß er dem Civil Defense Officer einen Rüffel erteilen wollte. Wie Culver vermutete, waren die Zahlen vorher in kleinem Kreise durchgesprochen worden. Allem Anschein nach war der Krisenstab, der jetzt einträchtig am Tisch saß, dabei zu keiner Einigung gekommen.

»Unsere Familien sind da oben!« schrie ein Mann. Culver wandte sich um. Der Mann hatte Tränen in den Augen und fuchtelte mit den Fäusten. »Wir müssen unseren Angehörigen helfen! Wir können sie nicht ihrem Schicksal überlassen. Wir müssen...«

Dealey schnitt ihm das Wort ab. »Wir können diesen Bunker vorläufig nicht verlassen. Es wäre für uns alle das Ende.«

»Meinen Sie denn, wir hätten ein Interesse daran, weiterzuleben?« schluchzte eine Frau. »Welchen Sinn hat es, in einer zerstörten Welt noch ein paar Tage oder Wochen zu vegetieren?«

Zustimmung von allen Seiten.

»Ich bitte um Ruhe!« Dealey hob die Arme, um die Versammlung zu besänftigen. »Wir dürfen uns jetzt nicht gehenlassen, und wir dürfen auch keine unsinnigen Risiken eingehen. Nur wenn wir überleben, haben wir eine Chance, den Menschen da draußen zu helfen. Wenn hier im Bunker Panik ausbricht, gibt es für die Überlebenden außerhalb des Bunkers keine Hoffnung mehr. Ich bitte Sie alle, dafür Verständnis aufzubringen!«

Farraday sprang auf. »Er hat recht. Wenn wir den Bunker zum jetzigen Zeitpunkt verlassen, setzen wir uns einer tödlichen Dosis radioaktiver Strahlen aus. Was nützt es den Menschen da draußen, wenn wir auf diese Weise Selbstmord begehen?«

Die Logik war allen verständlich, aber das Gefühl, jetzt und sofort helfen zu müssen, ließ sich damit nicht verscheuchen. Wütende Zurufe wurden laut, bittere Anklagen, die Dealey, den Beamten des Verteidigungsministeriums, zur Zielscheibe hatten.

Es war die Ärztin, der es schließlich gelang, die Versammlung zur Ruhe zu bringen.

»Wer den Bunker verläßt, wird binnen weniger Tage sterben.« Sie sprach mit leiser Stimme, gerade so laut, daß man sie im ganzen Raum vernehmen konnte. Sie war aufgestanden und hatte ihre Hände in den Taschen ihres weißen Kittels vergraben. Es war der Kittel, der ihr in den Augen der verzweifelten Menschen Autorität verlieh. Dr. Reynolds war der Gegenpol zu Dealey, dem die meisten mißtrauten, weil sie ihn für eine Marionette der Regierung hielten. »Und eines kann ich Ihnen versichern. An radioaktiver Strahlung zu sterben, das ist kein schöner Tod. Es beginnt mit Übelkeit und Erbrechen. Die Haut reagiert mit Entzündungen, die sich auch auf die Schleimhäute ausbreiten. Schwächeanfälle folgen. Dann Diarrhö und Haarausfall. Auf der Haut zeigen sich große Brandblasen. Bei den Frauen kommt es, unabhängig von der Regel, zu einer Monatsblutung. Männliche Strahlenopfer haben starke Schmerzen im Genitalbereich. Wer die aufgenommene Strahlendosis, aller Wahrscheinlichkeit zum Trotz, überlebt, wird unfruchtbar. Bleibt der Mann aber zeugungsfähig, so wird er erbgeschädigten Nachwuchs, Mißgeburten, zeugen. Eine weitere Folge der Strahlung ist Leukämie, Blutkrebs. Der Tod tritt dann in den meisten Fällen durch Darmverschluß ein, die Menschen schreien vor Schmerzen. Nach langen Qualen sinkt der Verstrahlte in ein Koma, aus dem er nicht mehr erwacht.«

Sie sprach mit seltsam ausdruckslosem Blick. Für Culver stand fest, dieser Frau war jedes Mittel recht, um die Menschen davon zu überzeugen, daß es besser war, im Bunker zu bleiben.

»Alles in allem«, beendete sie ihren Vortrag, »werden Sie bald nach dem Verlassen des unterirdischen Schutzraums elend zu Tode kommen. Wer sich dem aussetzen möchte, den wird der Krisenstab nicht aufhalten. Ich werde jedenfalls dafür plädieren, daß man Sie gehen läßt, weil Menschen, die zum Selbstmord entschlossen sind, eine Gefahr für unsere kleine Gruppe darstellen. Wer von Ihnen macht den Anfang? Keine Freiwilligen?«

Sie nahm Platz, als sie sicher war, daß keiner der Versammelten ihrer Aufforderung folgen würde.

»Ich danke Ihnen, Frau Dr. Reynolds«, sagte Dealey. »Sie haben die Situation mit schonungsloser Offenheit geschildert.«

Die Ärztin hielt den Blick zu Boden gerichtet. Culver, der erwartet hatte, daß sie mit einem Kopfnicken auf Dealeys Danksagung eingehen würde, sah sich enttäuscht.

»Nachdem Sie über die tödlichen Gefahren, die Ihnen außerhalb des Bunkers drohen, informiert worden sind, möchte ich in konstruktiver Weise auf die Möglichkeiten zu sprechen kommen, die uns bleiben.« Dealey tippte mit den Fingerspitzen gegen seine Augenbinde, als verspürte er Schmerzen. »Ich sagte Ihnen bereits, daß wir in unserem Refugium nicht isoliert bleiben werden. Auch wenn die Nachrichtenverbindungen zur Zeit noch unterbrochen sind, steht fest, daß es eine größere Anzahl von Menschen gibt, die in ähnlichen Tiefbunkern wie dem unseren den atomaren Angriff überlebt haben. Ein Vorteil ist, daß alle Bunker durch die Tunnels der U-Bahn miteinander verbunden sind.«

»Durch Tunnels, die mit großer Wahrscheinlichkeit eingestürzt sind«, meldete sich ein Zwischenrufer.

Dealey konterte geschickt. »Ohne Zweifel sind eine Reihe von Tunnels bei der Detonation der Atombomben beschädigt worden«, räumte er ein. »Aber es ist kaum denkbar, daß alle Tunnels unpassierbar geworden sind. Es sind einfach zu viele. Außerdem gibt es über der Erde Gebäude, die atombombensicher errichtet wurden, zum Beispiel Montague House und die Admiralität in der Pall Mall. Nach dem Zweiten Weltkrieg sind in London eine größere Anzahl sogenannter Zitadellen entstanden. Man versteht darunter bauliche Zentren mit Wänden und Fundamenten, die gegen Kernwaffen gehärtet sind. Was Atombunker angeht, so gibt es allein an der Nordtrasse der U-Bahn sechs Stück, einer davon in der Nähe der U-Bahnstation Clapham South, der nächste bei Stockwell...«

Culver beschlich das Gefühl, daß Dealey mit der Wahrheit zurückhielt. Ob man einem Vertreter der Regierung nach dem, was geschehen war, überhaupt noch trauen konnte?

»Der Sitz der Regierung wird an einen Ort außerhalb von London verlegt werden«, fuhr Dealey in seinem Vortrag fort. »Das Land wird in zwölf Verwaltungsbereiche aufgeteilt...«

Hörten die Menschen Dealey überhaupt noch zu?

»... mit dreiundzwanzig Bezirken, die durch regionale Befehlszentralen...«

Was für einen Sinn ergab es, daß sich Dealey über Verwaltungsbereiche und regionale Befehlszentren verbreitete?

»Mr. Dealey!«

Alle Köpfe wandten sich zu Culver. Dealey hatte mitten im Satz zu sprechen aufgehört.

»Warum erzählen Sie den Leuten nichts von den Kreaturen, die draußen im Tunnel auf uns lauern?« Culver sprach mit ruhiger, ernster Stimme. Kate, die neben ihm saß, war starr vor Angst.

»Ich sehe keinen Grund, warum wir uns wegen dieser Kreaturen Sorgen machen müßten«, sagte Dealey kühl.

»Da bin ich ganz anderer Ansicht«, widersprach ihm Culver. »Früher oder später müssen wir diesen Bunker verlassen. Da der Haupteingang verschüttet ist, bedeutet das, wir müssen durch den Tunnel.«

»Ich bezweifle, ob die Tiere überhaupt noch im Tunnel sind. Der Hunger zwingt sie, an die Oberfläche zu gehen, wo sie an Strahlenvergiftung umkommen werden.«

Ein grimmiges Lächeln spielte um Culvers Lippen. »Ich stelle fest, daß Sie Ihre Hausaufgaben nicht gemacht haben, Mr. Dealey. Wäre es anders, würden Sie uns nicht einen solchen Unsinn erzählen.«

Farraday ergriff das Wort. »Wovon sprechen Sie überhaupt, Mr. Culver? Was sind das für Tiere?«

Die Ärztin hatte ihre Brille abgenommen. Sie säuberte die Gläser mit einem Taschentuch. »Ich will es Ihnen erklären«, sagte sie, zu Farraday gewandt. »Dealey, Culver und Miß Garner wurden vor dem Noteingang des Bunkers von Ratten angegriffen, und zwar von einer ungewöhnlich großen und bösartigen Spezies. Bevor sie zum Noteingang vordrangen, haben sie beobachtet, wie

Überlebende der Katastrophe von den Ratten zu Tode gebissen und aufgefressen wurden.«

Farrady sah Culver an. »Wie groß waren diese Ratten?«

»So groß wie Hunde«, kam Culvers Antwort.

»Die Ratten stellen für uns keine Bedrohung dar«, beharrte Dealey. »Wenn wir den Tunnel verlassen, wird keines dieser Tiere mehr am Leben sein.«

Culver wollte etwas sagen, aber Clare Reynolds kam ihm zuvor. »Es wundert mich, daß Sie das nicht wissen, Mr. Dealey.« Der Anflug eines Lächelns erschien auf ihrem Gesicht. »Vielleicht haben Sie die Information aber auch nur verdrängt. Sehen Sie, gewisse Lebensformen sind außerordentlich widerstandsfähig gegen radioaktive Strahlen. Insekten zum Beispiel. Und Ratten.«

Sie setzte sich die Brille wieder auf.

»Und«, fuhr sie fort, »wenn es sich um die Spezies der Schwarzen Ratte handelt, die London vor ein paar Jahren in Angst und Schrecken jagte, dann sind diese Bestien nicht nur unempfindlich gegen Radioaktivität, sondern werden durch die Strahlung zu weiterem Wachstum angeregt.«

7

Ein Geräusch.

Er lauschte in die Dunkelheit hinein.

Ein Scharren.

Er wartete darauf, daß das Geräusch sich wiederholte.

Nichts. Stille.

Klimpton versuchte die Arme auszustrecken, aber dazu war es zu eng. Er bewegte den Kopf, um die verspannten Muskeln in seinem Nacken zu lockern. Ein zuckender Schmerz. Beinahe hätte sich Klimpton mit einem Seufzer Luft gemacht, aber er beherrschte sich. Er wollte die anderen nicht aufwecken.

Wieviel Uhr ist es?

Er hielt sich die Armbanduhr vor die Augen. Die leuchtenden Ziffern ergaben 23.40 Uhr. Nacht.

Wenn er in dem dunklen Keller herausfinden wollte, ob es Tag oder Nacht war, mußte er auf die Uhr sehen.

Wie lange bin ich schon lebendig begraben? Zwei Tage? Drei? Eine Woche? Nein, noch nicht solange. Und wenn schon, die Zeit spielte keine Rolle mehr, nicht in einer Welt, die aus unbeweglichen Schatten bestand.

Wieso bin ich aufgewacht? Ein Geräusch. Hatte Kevin, sein kleiner Sohn, einen Alptraum gehabt? Wie konnte er dem Jungen erklären, was die Erwachsenen mit der Welt angerichtet hatten?

Klimpton nahm den Füllfederhalter aus seiner Hemdtasche und knipste das Lämpchen an, das sich in der Kappe befand. Er widerstand der Versuchung, auch die Deckenlampe einzuschalten. Batterie sparen. Niemand wußte, wie lange sie noch in ihrem staubigen Schutzraum ausharren mußten. Sie hatten ein paar Kerzen, gewiß, aber auch damit mußten sie sparsam umgehen.

Er lenkte den bleistiftdünnen Strahl des Lämpchens auf seinen schlafenden Sohn. Der Gesichtsausdruck des Kleinen war friedlich. Kevin. Wie er ihn liebte! Der Strahl wanderte weiter, strich über ein blasses, faltiges Gesicht. Kevins Großmutter.

»Ian?« Das war die Stimme seiner Frau. Er leuchtete ihr ins Gesicht. Sie schloß die Augen.

»Schlaf weiter«, flüsterte er. »Ich dachte nur, ich hätte draußen ein Geräusch gehört.«

Sie kuschelte sich in ihren Schlafsack. »Das war wahrscheinlich Cassie«, murmelte sie. »Armes Tier.« Sie war wieder eingeschlafen, noch ehe er die Füllfederlampe ausknipste. Kein Wunder. Sian war genauso übermüdet wie er. Seit sie in den improvisierten Schutzraum im Keller ihres Hauses geflüchtet waren, hatten sie keine richtige Nachtruhe mehr bekommen.

Ian Klimpton saß zusammengekauert unter der Kellertreppe und starrte ins Dunkel. In der endlos langen Zeit, die er in der Düsternis zugebracht hatte, waren die unterschiedlichsten Geräusche an sein Ohr gedrungen. Das Krachen des Gebälks, als das Haus über ihnen zusammenstürzte. Ferner Donner. Explosionen, die den ganzen Keller erzittern ließen. Manchmal schien es Klimpton, als verkehrte die U-Bahn noch in den Tunnels. Aber das war wohl nicht möglich. Er war sicher, daß die Tunnels durch die Erschütterungen eingestürzt waren. Und selbst wenn es noch Tunnels gab, so gab es keinen Strom mehr, der die Züge bewegen konnte.

Die Familie hatte es ihm, dem Vater, zu verdanken, daß sie überhaupt noch lebte. Sian, seine Frau, hatte ein Gesicht gezogen, als er sich in die Broschüre vertiefte, die ein paar Wochen vor der atomaren Katastrophe mit der Post ins Haus geflattert war. Ein Leitfaden des Innenministeriums, für den Fall der Fälle. In einer ersten Eingebung hatte Ian das merkwürdige Heftchen in den Müll werfen wollen, aber dann überlegte er es sich anders. Sein Verstand sagte ihm, daß die Risiken, die in der Drucksache beschrieben wurden, nicht völlig von der Hand zu weisen waren. Eine Woche später, als sich die Krise in den Golfstaaten immer mehr zuspitzte, hatte er die Broschüre hervorgekramt und vom ersten bis zum letzten Wort durchgelesen.

Es waren einfache, leicht nachvollziehbare Ratschläge, die dort gegeben wurden. In den meisten Häusern, so hieß es im Text, gab es einen Keller, der als Schutzraum hergerichtet werden konnte. Natürlich folgte Ian nicht der Empfehlung, alle Fenster weiß zu streichen, schließlich wollte er sich vor den Nachbarn nicht lächerlich machen. Er beschränkte sich auf Maßnahmen, die von außen nicht eingesehen werden konnten. Zum Beispiel brachte er zwei leere Eimer in den Keller. Einer davon würde im Ernstfall als Klo dienen, der andere als Behälter für Trinkwasser. Er schaffte Konserven nach unten. Er legte ein paar Schlafsäcke bereit. Er kaufte zwei Taschenlampen und deckte sich mit Batterien ein. Er kaufte Kerzen, Plastikbehälter, einen kleinen Kocher, Verbandsmaterial. Er legte einen Stapel Magazine und Bücher ins Kellerregal, nicht zu vergessen die Comic-Hefte für Kelvin. Toilettenpapier. Von allem etwas.

Natürlich hatte er im Keller erst einmal Platz schaffen müssen. Als die Decke unter der Kellertreppe ausgeräumt war, schaffte Ian eine alte Matratze, die auf dem Boden lag, hinunter. Die Matratze und die wurmstichige Kommode, die schon vor Jahren ausrangiert worden war, würden als Schutz gegen die Druckwelle dienen, die bei der Explosion einer Atombombe zu erwarten war. Ian hatte darauf verzichtet, das Kellerfenster zuzumauern. Als die Sirenen zu heulen begannen, bedauerte er das. Immerhin, er hatte, so gut er konnte, Vorsorge getroffen. Und die Familie hatte den Atomschlag überlebt.

Gewiß, er hätte noch einiges mehr tun können. Er hätte im Keller einen richtigen kleinen Bunker aus Ziegelsteinen errichten können. Er hätte Sandsäcke in den Keller schaffen sollen, die zur Abschottung des Zugangs dienen konnten. Er hätte die Kellerdecke mit Eisenträgern abstützen und die Badewanne mit Wasser füllen können. Er hätte seine Familie nach Schottland schaffen können.

Alles Unsinn. Er hatte seine Pflicht getan. Es gab wenige Familienväter, die so umsichtig für ihre Lieben gesorgt hatten. Vor allem, er war bei den Seinen gewesen, als die Bomben fielen.

Klimpton war Geschäftsmann, einer von der neuen Art. Sein Büro war zugleich seine Wohnung, und sein Vorgesetzter war der Computer, den er dort aufgestellt hatte. Es gab ein festes Vertragsverhältnis mit einer Firma. Mit Hilfe des Computers war Klimpton in der Lage, Verbindungen mit den Niederlassungen des Unternehmens in aller Welt herzustellen, er brauchte dazu nur seine Finger über die Tastatur huschen zu lassen. Kein Gerangel mit neidischen Bürokollegen, keine Fahrt zur Arbeitsstätte, kein Kriechen vor dem Chef. Trotzdem, es war kein bequemes Leben. Es gab jede Menge Arbeit, wobei Klimpton der Umstand zuhilfe kam, daß er gern arbeitete. Er war zufrieden, besonders weil er auf diese Weise viel mit seinem geliebten Sohn, mit Kevin, zusammensein konnte.

Wieder das kratzende, schürfende Geräusch.

Es schien aus dem Keller zu kommen.

Vielleicht der Hund? Hatte Cassie sich einen Eingang ins Haus gebuddelt?

Unmöglich. Klimpton hatte den Hund ausgesperrt, bevor er den kleinen Schutzraum abschottete. Der kleine Kevin war in Tränen ausgebrochen, als er das sah, aber was sollte man machen? Der Raum war so eng, daß für den Hund einfach kein Platz war. Außerdem wäre es unhygienisch gewesen, die Zuflucht mit einem Haustier zu teilen. Verdammt noch mal, er hatte schon genug Sorgen, da konnte er sich nicht auch noch um den Hund kümmern. Sie hätten das Tier von den Vorräten ernähren müssen, die Klimpton in den Wochen vor der Katastrophe nach unten geschafft hatte. Also war der Hund draußen geblieben. Als die Atombomben fielen, hatte sich das Tier wie wild aufgeführt. Cassie hatte gekläfft und gejault, daß es Klimpton einen Schauder nach dem anderen über den Rücken jagte. Ein paar Tage lang war das so gegangen. Dann war es draußen still geworden.

Klimpton vermutete, daß das Tier irgendwo im oberen Teil des Hauses Zuflucht gefunden hatte. Falls das Haus noch stand. Vielleicht lag Cassie aber auch kalt und steif auf der anderen Seite der Kellertür. Vielleicht war der Hund tot.

Oder aber Cassie war auf die Straße gelaufen und versuchte sich jetzt durch die Kellerluke Eintritt zum Schutzraum zu verschaffen.

Klimpton veränderte die Lage seiner Beine. Die Gelenke schmerzten. Kein Wunder, er hatte im Stehen, an die Wand gelehnt, schlafen müssen; hier unten war es so eng, daß er sich nicht einmal hinlegen konnte.

In der Broschüre hieß es, daß man mindestens achtundvierzig Stunden im Keller bleiben mußte. Danach mußte man sich zwei Wochen im Haus aufhalten. Auf die Straße durfte man erst gehen, wenn die Sirenen Entwarnung gegeben hatten.

Klimpton schätzte, daß sie schon eine Woche in ihrem Versteck zugebracht hatten, er hatte nicht Buch geführt. Jedenfalls war es ungefährlich, wenn er kurz nach oben ging. Es gab einen unaufschiebbaren Grund. Der Gestank aus dem Eimer, den sie als Toilette benutzten, war unerträglich geworden.

Natürlich mußte er leise sein, damit seine Frau und das Kind nicht aufwachten. Er brauchte die Kellertür nur einen Spalt weit zu öffnen, gerade so weit, daß er mit dem Eimer in der Hand hindurchschlüpfen konnte. Wenn er draußen war, würde er nachsehen, was aus dem Hund geworden war.

Klimpton befreite sich von der schweren Wolldecke, die er um sich gewickelt hatte, und tastete nach der Taschenlampe, die irgendwo zu seinen Füßen liegen mußte. Er bekam den hageren Knöchel seiner Mutter zu fassen und erschrak. Aber der Atem der alten Frau ging ruhig, sie war von der Berührung wohl nicht aufgewacht.

Merkwürdig, daß sich ihre Haut so kalt und feucht anfühlte, obwohl der Schutzraum geheizt war. Vielleicht lag es daran, daß sie sich nicht mit dem Schlafsack anfreunden konnte. So ein Ding sei wie eine Zwangsjacke, hatte sie gesagt. Sie benutzte den Schlafsack, den er ihr gegeben hatte, als Matratze.

Er hatte die Taschenlampe gefunden und ergriff den Eimer. Als der Geruch zu ihm hochstieg, rümpfte er die Nase. Eine halbe Kehrtwendung nach rechts. Klimpton lehnte sich mit der Schulter an die Kellertür und begann zu drücken. Die Tür ließ sich nur Zentimeter um Zentimeter öffnen, das lag an der alten Matratze, die er als Splitterschutz davorgestellt hatte.

Sian hatte sich bewegt, er hörte es am Rascheln des Schlafsacks.

»Ian?«

»Alles in Ordnung«, beruhigte er sie. »Du kannst weiterschlafen.«

»Was machst du?«

»Ich werde den verdammten Eimer ausleeren?« flüsterte er.

»Ist es nicht gefährlich rauszugehen?«

»Ich gehe ja nicht nach oben. Solange ich im Keller bleibe, kann nichts passieren.«

»Bitte, sei vorsichtig!«

»Schon gut. Schlaf jetzt.«

Er stellte den Eimer hinaus, dann quetschte er sich durch den Türspalt.

Erst als er draußen war, knipste er die Taschenlampe an. Er mußte blinzeln, als das ungewohnte Licht in seine Augen fiel. Die Matratze war zusammengeknickt. Es roch nach Schimmel. Weiß Gott, wieviel Ungeziefer in dem schweren, muffigen Ding herumkrabbelte. Er ließ den Kegel der Lampe von der Wand zur Decke kriechen.

Erstaunlich, daß die Eisenträger dem Gewicht der stürzenden Mauern standgehalten hatten.

Mit langsamen Schritten ging er den Flur entlang. Die Luke des Kellerfensters kam in Sicht. Und dann war wieder das Geräusch da, das ihn im Schutzraum beunruhigt hatte. Er stellte den Eimer hin und hielt den Atem an. Er konnte sein Herz klopfen hören. Vorsichtig hob er den Arm und richtete den Lichtstrahl ins Dunkel der Ecke, aus der das Geräusch gekommen war. Nichts, nur das Dreirad seines kleinen Sohnes und das zerbrochene Lasergewehr, das zu Kevins Raumfahrausrüstung gehörte. Ein ausrangierter Plattenspieler. Ein ungerahmter Spiegel. Weiter, zur nächsten Wand. Nichts. Nicht einmal ein Pappkarton. Nichts außer... dem Schatten, der dort nicht hingehörte.

Der Gegenstand, der den Schatten warf, fehlte.

Klimpton machte einen Schritt nach vorn und...

Das kratzende Geräusch schien von oben zu kommen. Kleine, scharfe Klauen, die einen Balken bearbeiteten.

Und dann ein Wimmern. Das Jaulen eines Hundes.

Die Treppe. Das Geräusch kam von der Treppe.

Cassie.

Wahrscheinlich hatte das Tier durch eine Ritze den Lichtschein gesehen. Er lenkte den Strahl seiner Taschenlampe auf die Treppenstufen. Das Kratzen und Schürfen beschleunigte sich. Er mußte den Hund beruhigen, bevor das Tier mit seinem Lärm Sian und das Kind aufweckte.

So behutsam wie möglich erklomm er die hölzernen Stufen. Er war erleichtert, daß der Hund noch lebte, erleichtert und zugleich enttäuscht. Eine lebendige Cassie war ein Problem.

Er war auf der vorletzten Stufe angekommen und betrachtete das Loch, das zwischen dem Stützbalken und dem Verputz gähnte.

Aus den Augenwinkeln konnte er sehen, wie sich der merkwürdige Schatten an der Kellerwand in zwei tropfenförmige Gebilde aufteilte.

»Cassie«, sagte er leise.

Ein heiseres Bellen war die Antwort.

»Braver Hund. Aber du darfst nicht solchen Lärm machen.«

Cassie begann zu jaulen.

»Ich weiß, Cassie. Du möchtest zu uns hinein. Aber das geht nicht. Ich würde dich gern hereinlassen, aber das ist zu gefährlich.«

Die Versuchung, die Tür aufzustoßen, war groß. Ich muß hart bleiben, dachte Klimpton. Menschen waren wichtiger als Tiere. Er würde sich ein großes Problem einhandeln, wenn er Cassie in den Schutzraum mitnahm, ganz abgesehen von den Fragen, die das für die Hygiene aufwarf. Das Gejaul war lauter geworden.

Der Schatten gebar ein Lebewesen.

Ein Tier.

Das Tier verharrte ein paar Sekunden im schützenden Dunkel, dann huschte es zu seinen Gefährten.

Klimpton war drauf und dran, die Tür zu öffnen. Wenn er draußen war, konnte er Cassie besänftigen. Der Hund war wie von Sinnen.

»Ruhig, Cassie.« Sein Ton wurde strenger. »Hör auf mit dem verdammten Scharren!«

Der Hund begann zu heulen, als sich ein weiteres Schattenwesen aus dem dunklen Oval an der Wand herauslöste.

Der Mann, der am oberen Ende der Treppe stand, bemerkte die Tiere nicht, die sich wie ein glänzender, schwarzer Strom über den Boden des Kellers verteilten.

»Du gibst sofort Ruhe, Cassie!« Klimpton schlug mit der Faust gegen die Tür, aber das Gejaul draußen ging mit unverminderter Heftigkeit weiter. Ob das Tier bei der Detonation der Bomben vor Angst wahnsinnig geworden war?

Sians Stimme, die aus der Finsternis heranschwebte, war so undeutlich, daß er den Sinn ihrer Worte erraten mußte. »Ian, was ist da oben los? Du hast uns alle aufgeweckt.«

»Hast du Cassie gefunden?« rief Kevin. »Bring den Hund zu mir. Bitte, bring ihn nach unten.«

»Du weißt, daß es nicht geht. Schlaf weiter.«

Klimpton war sicher, daß Kevin jetzt zu weinen beginnen würde. Und alles wegen des Hundes, als ob es nicht schon genug Probleme gäbe.

Er erschrak, als die Tür heftig erzitterte. Mein Gott, das mußte Cassie sein. Anscheinend war das Tier so verzweifelt, daß sie sich gegen die Tür warf, die es von seinem Herrchen trennte. Ich hätte ihm die Kehle durchschneiden sollen, bevor wir uns im Keller verbarrikadierten. Aber dazu war keine Zeit gewesen.

Wieder der dumpfe Aufprall des kleinen Körpers auf die Tür. Klimpton geriet so in Wut, daß er mit beiden Fäusten gegen die Türwand hämmerte. »Verdammter Köter!«

Eines der Schattenwesen hatte die erste Treppenstufe erklommen. Die gelben Augen schimmerten im Widerschein der Taschenlampe. Einige Sekunden lang beobachtete das Tier den Mann, dann wandte es sich zu dem Eimer, angelockt vom Gestank der menschlichen Ausscheidungen.

Der Hund. Das Wetzen seiner Pfoten. Das hohe Winseln, das Klimpton die letzten Nerven raubte. Wie konnte er das Tier zur Ruhe bringen?

Ein Schrei. Das Geräusch kam von unten.

Sian!

Kevin!

Er drehte sich um und richtete den Strahl seiner Lampe nach unten.

Beinahe wäre Klimpton vor lauter Schreck ohnmächtig geworden. Er wäre dann mitten zwischen die Ratten gefallen.

Der Keller war voll von fetten, schwarzen Nagern, die übereinander krochen und den Mann auf den Stufen aus wachen gierigen Augen betrachteten...

»Nein!« schrie Klimpton. Und dann sah er, wie der Strom der abscheulichen Monstren in dem Türspalt des Schutzraums verschwand.

Wieder Schreie. Seine Familie.

Er rannte die Stufen hinunter und warf sich auf die Schattenwesen, die den Eingang zum Schutzraum verstopften. Es gelang ihm, die Tür zu öffnen und den Spalt zu erweitern. Seine Lampe erfaßte Ratten, die mit blutverschmierten Schnauzen aus der Ecke zurückkehrten, wo sich seine Familie aufhalten mußte.

Eines der Tiere war ihm auf den Rücken gesprungen und zerfleischte ihm die Schultern. Er spürte keinen Schmerz, als ihm eine andere Ratte mit ihren langen Schneidezähnen den Schenkel aufschlitzte.

Der einzige Schmerz, den Klimpton spürte, war die Trauer um seine Frau, seinen Jungen, seine Mutter.

Niedergedrückt vom Gewicht der Tiere stolperte er vorwärts und fiel in das blutüberströmte Versteck, wo er seine Familie zurückgelassen hatte.

Das Jaulen des Hundes war zu einem durchdringenden, hohen Ton geworden, ebenso unangenehm wie die Sirenen, die das Inferno angekündigt hatten.

Erst als die Schreie der Menschen verstummten, beruhigte sich Cassie.

Der Hund saß vor der Tür und lauschte dem gefräßigen Schmatzen der Ratten, dem Mahlen ihrer Kiefer.

8

»Wie geht es ihm?«

Die Ärztin hob den Blick. Kate stand in der Tür des Krankenzimmers. Sie begrüßte das Mädchen mit einem Lächeln, das ihre Müdigkeit und ihre Angst verbergen sollte.

»Er wird durchkommen. Die Strahlendosis, die er abbekommen hat, ist jedenfalls nicht lebensgefährlich.« Clare Reynolds zog eine Packung Zigaretten aus ihrem weißgestärkten Kittel. »Rauchen Sie?«

Kate schüttelte den Kopf.

»Sehr vernünftig.« Die Ärztin zündete sich eine Zigarette an. Sie ließ den Rauch zur Decke schweben. Es sah hübsch aus, richtig elegant.

»Danke, daß Sie mir in den letzten Tagen soviel geholfen haben.«

»Ich hab's gern gemacht«, sagte Kate. »Es hat mich von meinen trüben Gedanken abgebracht.«

Clare nickte. »Das ist das Problem hier im Bunker. Die Leute haben nichts zu tun. Sie werden entweder apathisch oder nörglerisch.«

»Farraday glaubt, daß er ein Mittel dagegen hat«, bemerkte das Mädchen. »Er hat sich ein Beschäftigungsprogramm ausgedacht. Hält die Leute auf Trab.«

»Wissen Sie, ob die Techniker schon eine Verbindung zur Außenwelt hergestellt haben?«

»Soweit ich informiert bin, nein. Vielleicht sind wir die einzigen Überlebenden in ganz London.«

Frau Dr. Reynolds betrachtete das Mädchen, das sich an einen Bettpfosten gelehnt hatte. Immer noch stand Kate die Furcht ins Gesicht geschrieben. Der Blick war sanft, das goldblonde Haar gewaschen und gekämmt. Sie hatte die zerrissene Bluse, mit der sie in den Bunker gekommen war, gegen ein Männerhemd ausgetauscht, das ihr ein paar Nummern zu groß war.

»Möchten Sie eine Tasse Kaffee?«
»Gern.«
»Ich auch. Gehen wir zur Küche.«

Sie verließen die Krankenstation und schlenderten den Korridor entlang.

»Wird Steve wieder ganz gesund werden?« fragte Kate. Die Auskunft, die sie zu Beginn bekommen hatte, genügte ihr nicht.

Ein Techniker kam ihnen entgegen. Er trat zur Seite, um die beiden Frauen passieren zu lassen. Die Ärztin dankte ihm mit einem freundlichen Nicken. »Ich bin sicher, daß er bald wieder bei Kräften ist«, beantwortete sie die Frage des Mädchens. »Das Problem war, daß die Strahlendosis sein Immunsystem geschwächt hat. Der Rattenbiß hatte sich entzündet. Gott sei Dank gibt es ein Serum gegen die Infektionen, die von dieser Spezies verursacht werden.«

Kate war stehengeblieben. »Was weiß man über diese... Ratten?«

Die Ärztin nahm sie am Arm. Sie gingen weiter.

»Daß es sich um Mutanten handelt. Als die Spezies vor einigen Jahren zum erstenmal auftauchte, war ihr Biß tödlich. Die gebissenen Menschen starben an Leptospirose, einer Krankheit, die durch Schraubenbakterien verbreitet wird. Wenig später wurde das Serum entwickelt. Ich fand einen kleinen Vorrat im Medizinschrank.«

»Wenn Steve infiziert wurde, warum bin ich dann nicht auch an Leptospirose erkrankt? Wieso hat sich Dealey nicht infiziert?«

Clare Reynolds zuckte die Schultern. »Sie hatten beide nur ganz oberflächliche Verletzungen davongetragen. Trotzdem habe ich Ihnen gleich bei der Aufnahme das Serum injiziert. Ihnen und Culver.«

»Und Dealey?«

»Der war von unseren kleinen Freunden verschont geblieben«, gab die Ärztin zur Auskunft.

»Aber Dealey war doch erkrankt.«

»Er hat Strahlung abbekommen, das stimmt. Aber keine tödliche Dosis. Im Augenblick geht's ihm wieder ganz gut.«

»Sie meinen, die Besserung wird nicht anhalten?«

»Er wird einen Rückfall erleiden, in ein paar Wochen. Nichts Schlimmes. Zwei Tage im Bett.«

Sie kamen an den Generatoren vorbei. Clare Reynolds winkte den Technikern zu, die am Schaltpult standen. Nur ein einziger Mann erwiderte die Geste.

»Ich hoffe, die planen keinen Aufstand«, bemerkte die Ärztin, als sie außer Hörweite waren.

Sie betraten die Küche, schenkten sich Kaffee ein und nahmen an einem Tisch in der Ecke des Speiseraums Platz.

»Wann kann Steve das Bett verlassen?« fragte Kate.

»Sie mögen ihn, oder irre ich mich?«

»Er hat mir das Leben gerettet.«

Die Ärztin hielt den Blick auf eine Fliege gerichtet, die über die Zuckerwürfel krabbelte. Ob das Insekt die Katastrophe, die über die Menschen gekommen war, überhaupt zur Kenntnis genommen hatte? Clare machte eine Handbewegung. Die Fliege flog fort.

Sie wandte sich zu dem Mädchen. »Wen haben Sie verloren?«

Kate schlug die Augen nieder. »Meine Eltern. Zwei Brüder.«

»Ich sehe eine Chance, daß Ihre Familie den Angriff überlebt hat.«

Ein trauriges Lächeln spielte um die Lippen des Mädchens. »Ich nicht.«

»Hatten Sie keinen Freund?« fragte Clare.

»Es gab einen Freund«, sagte Kate ausweichend. »Aber die Sache ist vor ein paar Monaten auseinandergegangen. Es ist merkwürdig, aber ich kann mich nicht einmal mehr an sein Gesicht erinnern.«

»Culver hatte niemanden. Wußten Sie das?«

»Hat er Ihnen das gesagt?« fragte Kate.

»Nicht mit diesen Worten.« Clare Reynolds war bei der zweiten Zigarette angekommen. »Vor ein paar Tagen war ich dabei, als er im Fieber etwas flüsterte – vielleicht einen Namen.«

»Das würde bedeuten, daß es doch jemanden gibt, dem er nahestand.«

»Es ist anders, als Sie denken. Es scheint sich um mehrere Menschen zu handeln, die schon vor einiger Zeit gestorben sind. Vielleicht seine Frau und seine Kinder oder ein Mädchen und ihre Familie. Er sprach davon, daß sie ertrunken sind. Steve scheint einen klassischen Schuldkomplex zu haben. Er sagte: ›Ich kann sie nicht retten. Mein Gott, sie ertrinken!‹ Vielleicht hat er Sie gerettet, weil er sich am Tod eines oder mehrerer Menschen schuldig fühlte. Aber um auf Ihre Frage zu kommen, er wird in ein oder zwei Tagen aufstehen können. Warum gehen Sie nicht nachher bei ihm vorbei und statten ihm einen Besuch ab? Ich bin sicher, er wird sich sehr freuen. Wenn ich das sagen darf, Sie beide passen gut zueinander.«

»Ich kann nach der Katastrophe an so etwas gar nicht denken.«

»Das sollten Sie aber. Es gibt Dinge, die man nicht aufschieben sollte. Besonders nicht, wenn die Zukunft ein großes Fragezeichen ist.« Sie ertastete das Handgelenk des Mädchens. »Kate, haben Sie eine Ahnung, was uns erwartet, wenn wir diesen Bunker verlassen?«

»Ich ziehe es vor, nicht darüber nachzudenken.«

»Das wird Ihnen nicht erspart bleiben. Wollen Sie meine Meinung hören?«

»Bitte.«

»Es wäre denkbar, daß die Menschen in diesem Bunker die einzigen Überlebenden der Katastrophe sind.«

»Aber, Frau Dr. Reynolds, ich...«
»Wie wäre es, wenn Sie mich Clare nennen?«
»Clare, Sie können mir glauben, daß ich den Mut aufbringe, um den Tatsachen ins Auge zu sehen. Ich will überleben, und ich will anderen helfen, zu überleben. Ich möchte Ihnen ein Angebot machen. Ich will Ihnen regelmäßig in der Krankenstation helfen, so gut ich kann. Allerdings werde ich wohl nie eine gute Krankenschwester werden. Ich kann kein Blut sehen.«

Clare lächelte. »Sie werden es schon schaffen.«

Sie nippten an ihrem Kaffee, und Clare Reynolds dachte darüber nach, wie es wohl über der Erde aussah. Wenn es Überlebende gab, so waren sie von den Ärzten in drei Gruppen eingeteilt worden. Erstens jene, die trotz medizinischer Behandlung keine Überlebenschance hatten. Zweitens jene, die mit Behandlung überleben würden. Drittens jene, die so wenig Strahlung abbekommen hatten, daß sie keine Behandlung brauchten. Der Plan, der in den Jahren nach dem Zweiten Weltkrieg entwickelt worden war, sah klipp und klar vor, daß die Unheilbaren keine medizinische Betreuung bekommen würden. Ob es sich bei dem Chaos, das über der Erde herrschen mußte, überhaupt weiterzuleben lohnte, war eine andere Frage. Millionen von Leichen lagen auf den Straßen, unter den Trümmern. Schon zu normalen Zeiten rechnete man in England mit hundert Millionen Ratten. Nachdem es keine sanitären Maßnahmen mehr gab, mit denen sich das Ungeziefer unter Kontrolle halten ließ, mußte sich die Zahl vervielfacht haben...

»Ist Ihnen nicht gut?« fragte Kate. »Sie sind plötzlich aschfahl geworden.«

»Was? Entschuldigen Sie, ich war in Gedanken.«

»Wollen Sie mir nicht sagen, worüber Sie sich Sorgen machen?«

»Vielleicht sollte ich das. Ich mache mir Sorgen über

die Seuchen, die nach einer solchen Katastrophe auf der Erde wüten. Gelbsucht, Ruhr und Tuberkulose werden sich ausbreiten wie eine biblische Plage. Typhus. Cholera. Tollwut. Kinderkrankheiten, die längst besiegt waren, werden Millionen von Säuglingen dahinraffen. Wir Ärzte sind dagegen machtlos.«

Die Ruhe, mit der Frau Dr. Reynolds sprach, ließ Kate das Blut in den Adern erstarren.

»Clare, gäbe es nicht die Möglichkeit, aus dem Bunker in einen Landesteil zu flüchten, der bei dem Angriff verschont geblieben ist?«

»Wir wissen bis jetzt nicht, ob über das ganze Land Atombomben abgeworfen wurden oder ob der Angriff sich auf London konzentrierte. Aber auch wenn es Gebiete gibt, die bei dem Angriff ausgespart wurden, so muß man damit rechnen, daß sie durch den Wind durch radioaktive Niederschläge verseucht werden. Ich weiß, daß ich als Ärztin nicht so sprechen sollte. Meine Aufgabe ist es, den Menschen Hoffnung zu machen. Aber ich möchte Sie nicht belügen.«

Kate erschauerte. Sie begriff, daß der Alptraum nicht vorüber war. Er hatte gerade erst begonnen.

9

Culver hob den Kopf und warf einen Blick in die Runde. Ob es vielleicht einen Patienten gab, mit dem er reden konnte? Seine Suche endete ohne Ergebnis. Alle schliefen. Ihm war langweilig. Auch wenn die Männer, die mit ihm auf der Krankenstation lagen, wach waren, gaben sie sich nicht gerade redselig. Jene, die jetzt reglos in ihren Betten lagen, hatten eine Beruhigungsspritze bekommen. Drei Techniker. Ein Offizier des Royal Observation

Corps. Wegen psychischer Ausfallerscheinungen waren die vier in den Krankenflügel eingeliefert worden. Einer der Techniker hatte sich die Pulsadern aufgeschnitten, nur durch einen Zufall war er gerettet worden.

Er ließ sich auf das Kissen sinken. Fünf Tage lang hatte er hohes Fieber gehabt, eine Zeit, an die er sich nicht recht erinnern konnte. Bilder und Geräusche, alles verschwamm zu einem wilden Traum.

Er zog die Bettdecke zur Seite und betrachtete die Wunde, die ihm die Ratte am Schenkel zugefügt hatte. Eine Narbe hatte sich gebildet. Er hatte ein taubes Gefühl, wenn er mit dem Finger über das Gewebe fuhr. Immerhin, es tat nicht mehr weh.

Sein Blick blieb auf den Neonleisten an der Decke haften. Culver schien es, als leuchteten sie heller als früher, als seien die Farben im Raum kräftiger, als er sie in Erinnerung hatte. Sogar die gefilterte Luft roch besser. Nicht mehr so schal. Warum war es so schwierig, den Verlauf der letzten fünf Tage in sein Gedächtnis zurückzurufen? Begonnen hatte das Drama mit Magenkrämpfen. Ach ja, und dann hatte ihm Dr. Reynolds erklärt, daß er es, was die wunderschöne gelbe Gesichtsfarbe anging, mit jedem Chinesen aufnehmen konnte. Erbrechen, Fieber, Alpträume. Die Ärztin hatte ihm erläutert, daß es sich dabei um eine Folge der radioaktiven Strahlung handelte, die er bei seiner Flucht in den Bunker abbekommen hatte. Das eigentliche Problem aber, so hatte sie hinzugefügt, sei die infizierte Wunde. Der Rattenbiß. Sie hatte ihm ein Serum injiziert, das sehr schnell gewirkt hatte. Culver hatte die Giftstoffe ausgeschwitzt, die mit dem Speichel der Ratte in die Wunde gelangt waren. Nachdem die gefährliche Phase überstanden war, hatte ihn eine nie gekannte Erschöpfung befallen. Er hatte viele Stunden zwischen Wachen und Traum verbracht. Clare Reynolds hatte ihm vollständige Ruhe verordnet. Ausruhen, so hatte sie hinzugefügt, sei immer noch das beste Heilmittel.

Inzwischen fühlte sich Culver wieder ganz fit. Seine Kräfte würden zurückkehren, wenn er erst einmal auf den Beinen war. Ärgerlich war nur, daß er nicht wußte, wo seine Kleidung versteckt war.

Er schlug das Laken zurück und ertastete mit seinen Zehen den Boden. Plötzlich öffnete sich die Tür. Rasch zog er die Beine wieder hoch und bedeckte seinen Unterleib. Das Mädchen trat näher. Sie lächelte.

»Gut siehst du aus.«

»Mir geht's auch wieder ganz gut«, sagte er zögernd.

Sie nahm auf der Bettkante Platz, wobei sie sich vorbeugte, um nicht mit dem Kopf auf das obere Bett zu stoßen. »Wir haben uns große Sorgen um dich gemacht. Du hast ganz schön an Gewicht verloren.«

Was sie sagte, versetzte ihn in Staunen. »Hast du mich während meiner Krankheit versorgt?«

»Frau Dr. Reynolds und ich haben uns abgelöst, kannst du dich daran denn nicht mehr erinnern?«

Er rieb sich die Bartstoppeln. »Meine Erinnerung ist wie ein Sieb.« Ein paar Sekunden lang schwieg er. Dann: »Ich sehe dich, wie du vor meinem Bett stehst. Du hast geweint.«

Sie vermied es, ihn anzusehen. »Ich wußte nicht, ob deine Erkrankung lebensgefährlich war oder nicht.«

»Du hast dir wirklich Sorgen um mich gemacht?«

Kate rückte zu ihm. Sie fuhr ihm langsam mit den Fingern durch das Haar. »Weißt du, daß deine Augen leuchten?«

»Das liegt sicher an den Vitaminen, mit denen mich unsere tapfere Ärztin vollgestopft hat.«

»Sie findet, du hast Glück gehabt, weil du krank geworden bist.«

Er mußte lachen. »Sag das bitte noch mal. Wie

kommt diese Frau auf die Idee, daß Kranksein Spaß macht?«

»So war's auch nicht gemeint. Du hast Glück gehabt, weil du dich mit der Krankheit von den übrigen Problemen im Bunker ausgeklinkt hast. Du warst körperlich und geistig voll von dem Kampf um deine Gesundheit in Anspruch genommen. Clare, ich meine Frau Dr. Reynolds, sagt außerdem, dein Unterbewußtsein hat die Zeit im Bett genutzt, um dich auf die neue Situation einzustimmen.«

»Wie bitte?«

»Das Zauberwort heißt Anpassung. Das Gehirn ist ein merkwürdiges Organ. Es kann mehrere Dinge zur gleichen Zeit tun. In deinem Fall hat es gegen die Krankheit gekämpft und zugleich deine Anpassung an die Lage nach dem Atomschlag vollzogen.«

»Anpassung?«

»Wir alle wehren uns zu akzeptieren, was sich ereignet hat, aber unser Kampf vollzieht sich bei vollem Bewußtsein. Du hingegen konntest dein Unterbewußtsein ins Feld führen, deshalb bist du uns um ein paar Längen voraus.«

Er ließ ihre Hand los. »Und du?« fragte er. »Bist du bereit, dich mit den Tatsachen abzufinden?«

»Ich bin unentschlossen. Zuerst dachte ich, ich würde mich nie an die Welt gewöhnen, wie sie jetzt ist. Inzwischen bin ich im Zweifel. Es ist unvorstellbar, was Menschen alles hinnehmen können. Ich glaube zwar, daß niemand von uns je die Tatsache eines Atomkriegs akzeptieren wird, aber wir werden lernen, in der Welt zu leben, wie sie nach der Bombe ist.« Sie schmiegte sich an ihn. »Bist du kräftig genug, um aufzustehen?«

»Ich glaube, ja.«

»Alex Dealey hat mich zu dir geschickt. Er möchte, daß ich dich in die Kommandozentrale bringe. Er will dich sprechen.«

»Kommandozentrale?«

»Du wirst staunen, wenn du das siehst. Nicht einmal die Ingenieure, die schon seit Jahren in diesem Bunker Dienst tun, hatten eine Ahnung, daß es einen voll ausgebauten Befehlsraum gibt. Wie es scheint, hatten sie immer nur zu einem kleinen Bereich des Bunkers Zutritt.«

»Das macht Sinn. Die verantwortlichen Behörden wollten den militärischen Charakter des Bunkers geheimhalten. Immer schlecht, wenn die Bürger unangenehme Fragen stellen.« Er grinste. »Meinst du, ich darf das verdammte Bett verlassen, ohne daß mir die Ärztin den Hintern versohlt?«

»Du darfst nicht nur, du sollst. Mit dem Faulenzen ist es vorbei, hat sie gesagt.«

»Das klang neulich aber noch ganz anders.« Er räusperte sich. »Es gibt ein Problem. Soll ich nackt in die Kommandozentrale gehen, oder soll ich mir aus dem Bettlaken eine Toga machen?«

»Ich hole dir deine Sachen.«

Mit raschen Schritten begab sich Kate in einen Nebenraum des Krankenzimmers. Er hörte, wie sie einen Schrank öffnete. Wenige Sekunden später kehrte sie mit seiner Kleidung auf dem Arm zurück.

»Gewaschen, aber nicht gebügelt«, verkündete sie. »Das Loch in deinen Jeans habe ich geflickt, so gut ich konnte.«

»Danke.«

»Ich hab's gern gemacht. Es gab sonst sowieso nicht viel zu tun.«

»Trotzdem danke.« Er legte die Kleidung auseinander. »Möchtest du draußen warten, bis ich mich angezogen habe?«

Er war überrascht, weil Kate in Lachen ausbrach. »Als du krank warst, habe ich dich gewaschen und trockengerieben. Da hatte ich Gelegenheit genug, dich im Adamskostüm zu betrachten.«

Er hielt das Bettuch an seine Blöße gepreßt. »Trotzdem möchte ich mich nicht vor dir anziehen.«

Lächelnd wandte sie sich ab. »Ich verspreche, ich werde nicht hingucken, aber ich bleibe bei dir, bis du fertig bist. Es könnte ja sein, daß du zusammenklappst.«

Erst als er sich von seinem Bett erhob, begriff er, wie berechtigt ihre Fürsorge war. Schwindel befiel ihn, er mußte sich am Bettpfosten festhalten. Sofort war sie an seiner Seite.

»Keine schnellen Bewegungen«, sagte sie. »Es wird ein paar Tage dauern, bis du wieder im Vollbesitz deiner Kräfte bist.«

Er stand da, einen Arm um ihre Schulter gelegt. Er konnte die Wärme ihres Körpers spüren, den frischen Duft ihres Haares riechen.

»Danke«, murmelte er. »Du hast recht, ich sollte mich nicht übernehmen. Ich bin gleich soweit, daß wir gehen können.« Er drückte sie an sich. »Bleib bei mir.«

Sie schmiegte sich an ihn und genoß das Gefühl seiner Nähe.

»Wie leicht könnte man sich hier verirren«, bemerkte Culver, während Kate ihn durch die grauen Korridore führte. Er fühlte sich noch schwach auf den Beinen, aber zugleich spürte er, wie seine gewohnte Vitalität allmählich zurückkehrte. Ob ihm Dr. Reynolds ein besonderes Mittel gespritzt hatte, das seine Kräfte aufbaute?

»Der Bunker ist sehr weitläufig«, sagte Kate. »Ein wahres Labyrinth.« Sie deutete auf eine Reihe verglaster Türen, hinter denen verschiedene elektronische Geräte zu erkennen waren. »Jetzt, wo wir von der Außenwelt abgeschnitten sind, kommen mir diese Apparate wie schlafende Dinosaurier vor. Ein Stromstoß genügt, und sie sind wieder wach.«

»Die Dinosaurier sind ausgestorben«, entgegnete ihr Culver. »Die Technologie, die in diesem Bunker aufgehäuft ist, dürfte in der nahen Zukunft kaum noch eine Rolle spielen.«

»Wie schade. Ich bezweifle, daß ich den kommenden Winter ohne meine elektrisch geheizte Bettdecke überlebe.«

»Warum versuchst du's nicht mit einer Wärmflasche?« frotzelte er. »Oder mit einem Mann.«

Sie mied seinen Blick. Culver ärgerte sich über die Bemerkung, die ihm herausgerutscht war. Rasch kehrte er zum eigentlichen Thema zurück. »Ist meine Vermutung richtig, daß die Techniker nach wie vor versuchen, eine Verbindung zu den anderen Atombunkern und Befehlszentralen herzustellen?«

Kate nickte. »Sie versuchen das, unter anderem mit dem Fernschreiber, aber bisher ohne jeden Erfolg. Niemand hier weiß, wie es oben auf der Erde aussieht.«

»Das ist unter den gegebenen Umständen möglicherweise ein Segen.«

Der Flur erweiterte sich zu einem rechteckigen Raum. Sie hatten eine Anordnung von technischen Geräten umrundet, als ihnen ein breitschultriger Mann entgegen kam. Im Unterschied zu den anderen Männern war er rasiert. Das blonde Haar trug er ordentlich gekämmt.

»Tag«, sagte er fröhlich. Er bedachte Culver mit einem aufmunternden Blick. »Geht's Ihnen besser?«

»Einigermaßen, danke.«

»Gut. Wir sehen uns später.«

Er ging an ihnen vorbei und verschwand in der Düsternis der Flure.

Culver sah ihm nach. »Dem scheint es hier ja richtig zu gefallen.«

»Er heißt Fairbank«, erklärte ihm Kate. »Einer von den

wenigen, die das Ganze von der lustigen Seite nehmen. Entweder ist er ein Wunder an Anpassung oder verrückt.«

»Was ist mit den anderen?« wollte Culver wissen. »Bevor ich krank wurde, hatte ich den Eindruck, daß im Bunker eine ziemlich miese Stimmung herrscht.«

»Die Stimmung wechselt von Tag zu Tag. Heute sind die Leute vielleicht ganz optimistisch, und morgen ist die Angst wieder da, wie eine dunkle Wolke, die alle Lebenslust erdrückt. Einige Insassen des Bunkers mußten wegen Depression behandelt werden, man hat sie im Krankenflügel untergebracht. Du hast das wahrscheinlich gar nicht mitbekommen.« Sie tastete nach seinem Arm und lächelte. »Du hattest ja auch genug mit deinen eigenen Problemen zu tun.«

Sie hatten den rechteckigen Raum verlassen und durchschritten einen schmalen Korridor, als Culver eine Stahltür auffiel, die in Augenhöhe mit einem verglasten Sehschlitz ausgestattet war. Oberhalb des Türrahmens befand sich eine rote Warnleuchte, die allerdings nicht eingeschaltet war. Er ging zu der Stahltür und warf einen Blick durch den Schlitz.

Kate war hinter ihn getreten. »Da staunst du, was? Das ist ein Sendestudio mit allen Schikanen.«

Sie gingen weiter. »Ich wundere mich über gar nichts mehr«, sagte Culver.

»Und jetzt bitte rechts abbiegen.« Kate ergriff ihn am Arm und führte ihn in einen hellerleuchteten Gang. »Wir kommen jetzt zur Relaisstation der Telefonzentrale«, verkündete sie. »Die ganze Anlage nützt allerdings nichts, wenn keine Anrufe ankommen, die man zu irgendwelchen Teilnehmern durchstellen könnte.«

Sie hatten die Batterie-Blocks der Relaisstation passiert. »Ist es noch weit bis zum Kommandoraum?« erkundigte sich Culver.

»Wir sind gleich da.«

Wenig später kam eine Metalltür in Sicht. Kate ging darauf zu. »Das Generalhauptquartier«, frotzelte sie und stieß die Tür auf.

Sie traten ein. Die Männer und Frauen, die sich in der Kommandozentrale befanden, wandten die Köpfe. Culver betrachtete die Landkarten, die an die Wand geheftet waren. Eine der Karten war mit dicken, schwarzen Strichen durchkreuzt.

Er erkannte Dealey, der vor einer der Karten stand. Der Mann, der ihm zur Zuflucht im Bunker verholfen hatte, wirkte verändert, aber Culver kam nicht drauf, worin die Veränderung bestand. Erst als der andere ihm in die Augen blickte, war ihm alles klar.

»Sie tragen keine Augenbinde mehr«, stellte Culver fest. »Können Sie wieder sehen?«

»Besser denn je.« Dealey deutete auf einen Stuhl. »Setzen Sie sich. Ich freue mich, daß Sie wieder gehen und stehen können, aber Sie dürfen sich nicht überanstrengen.«

Die Ärztin kam um den Kartentisch herum. »Sie sehen prächtig aus, Steve. Sie hatten uns mit ihrer Erkrankung einen ganz schönen Schrecken eingejagt.«

»Danke, daß Sie mich so gut verarztet haben.« Er ließ sich auf den Stuhl sinken.

»Danken Sie Kate«, sagte Clare Reynolds. »Sie hat sich bei Ihrer Pflege als unermüdliche Krankenschwester bewährt.«

Statt etwas zu sagen, starrte er auf Dealey. Der Regierungsbeamte hatte sich das Jackett ausgezogen, aber er trug immer noch seine sorgfältig geknotete Krawatte. Die anderen Männer, die sich in der Kommandozentrale befanden, hatten sich den Hemdkragen aufgeknöpft. Culver erkannte Bryce, den Offizier des Royal Observer Corps, und Farraday.

Dealey setzte sich, er hielt den Blick auf Culver gerichtet. »Wir beide haben großes Glück gehabt«, sagte er leise. »Wir haben mit knapper Not den Bunker erreicht. Wenn wir noch fünf Minuten länger draußen geblieben wären, hätten wir eine tödliche Strahlendosis erwischt. Ich danke Ihnen, daß Sie mir beim Auffinden des Schutzraums behilflich waren.«

»Nichts zu danken« wiegelte Culver ab. »Ich glaube, jeder von uns war auf den anderen angewiesen.« Er beugte sich vor, um seinen Fluchtgefährten aus der Nähe zu betrachten. »Ich freue mich, daß Sie Ihr Augenlicht wiederhaben.«

»Das ist nach wenigen Tagen im Bunker rasch besser geworden. Gott sei Dank habe ich keine bleibenden Schäden davongetragen.«

Dealey sah übermüdet aus. Kein Wunder, dachte Culver. Es war offensichtlich, daß dieser Mann die Führung des Krisenstabs übernommen hatte. Auf ihm lastete eine Verantwortung, um die ihn Culver nicht beneidete.

»Der Krisenstab weiß wenig bis gar nichts über Sie, Mr. Culver«, sagte Dealey in seine Gedanken hinein. »Dürfen wir Sie fragen, welchen Beruf Sie ausübten, bevor der Angriff geschah?«

»Ist das so wichtig?«

»Ob das wichtig ist«, konterte Dealey, »läßt sich erst beurteilen, wenn Sie die Frage beantwortet haben. Wir sind eine kleine Gemeinschaft. Die Fähigkeiten jedes einzelnen können für das Überleben der Gruppe von entscheidender Bedeutung sein. Langfristig zielen unsere Überlegungen darauf hin, eine Art von Sammelstelle für die Überlebenden in den anderen Atombunkern zu bilden. Wir wären dann in der Lage, Experten auszutauschen und sie so einzusetzen, wie es für die jeweilige Aufgabe erforderlich ist. Vorläufig sind wir allerdings auf uns selbst angewiesen.«

Culver lächelte. »Ich glaube nicht, daß meine beruflichen Kenntnisse hier im Bunker sinnvoll eingesetzt werden können. Ich bin Hubschrauberpilot.«

Dealey hatte sich zurückgelehnt. Es war ihm nicht anzumerken, ob er die Mitteilung als bedeutsam empfand.

»Ich hatte eigene Maschinen«, fügte Culver hinzu. »Eine kleine Firma. Mein Geschäftspartner kümmerte sich um die kaufmännischen Dinge, ich um den technischen Bereich. Wir beschäftigten einen Piloten und eine kleine Bodenmannschaft zur Wartung der Hubschrauber. Nichts Großartiges.«

»Welche Art von Flüge haben Sie durchgeführt?« wollte Farraday wissen.

»Meist habe ich Fracht transportiert, dann und wann auch Passagiere. Unser Büro befand sich in Redhill, in der Nähe des gleichnamigen Zivilflugplatzes. Von dort aus konnten wir London und den Süden des Landes ganz gut bedienen.«

Farraday hakte nach. »Welche Hubschraubertypen besaßen Sie?«

»Wir hatten insgesamt nur drei Maschinen. Wie ich schon sagte, es war ein kleines Unternehmen. Die größte Maschine war eine zweimotorige Westland Wessex-60, die über sechzehn Sitzplätze verfügte. Ganz praktisch, um Geschäftsleute oder Bedienungsmannschaften von Bohrinseln zu befördern. Dann gab es noch ein Bell 206-B, mit nur vier Sitzplätzen. Die habe ich genommen, wenn ich den Vorstandsvorsitzenden einer Firma zu transportieren hatte.« Er schloß die Augen, um nachzudenken. »Am liebsten bin ich in der Bell-47 geflogen, die nur zwei Passagiere befördern kann. Ich habe mit dieser Maschine eine ganze Reihe von Piloten ausgebildet, vielleicht nicht so gut, daß es den Bestimmungen für Linienflugzeuge entsprochen hätte, aber doch so gut, daß sie verläßliche Flieger wurden. Ich hatte die Bell-47 so ausgerüstet, daß wir sie auch bei Aufträgen für die Landwirtschaft einsetzen konnten, zum Beispiel zur Aussaat. Die Landwirtschaft hat uns ganz lukrative Aufträge eingebracht.«

»Eine Frage am Rande«, sagte Farraday. »Was war der Grund, daß Sie am vergangenen Dienstag in die Innenstadt gekommen sind?«

»Ich wollte zu unserer Bank«, gab Culver zur Auskunft. »Es ging um einen Kredit. Ich brauchte Geld, um einen vierten Hubschrauber zu kaufen, eine alte Bell-212, die günstig zum Verkauf stand. Der Bankmanager hatte mir am Telefon gesagt, daß er grundsätzlich einverstanden war.«

»Sie sind mit einer Lederjacke und Jeans bekleidet zu Ihrer Bank gegangen, um wegen eines Kredits zu verhandeln?« sagte Dealey ungläubig.

Culver grinste. »Das Tragen von Anzügen habe ich Harry, meinem Partner, überlassen, das war unsere Arbeitsteilung. Außerdem war das Darlehen sozusagen unter Dach und Fach, wir mußten nur noch die Unterschriften unter die Verträge leisten.« Er wurde ernst. »Ich hatte mich mit Harry in der Bank verabredet. Leider habe ich mich etwas verspätet. Ich nehme an, Harry hat mich bei dem Zweigstellenleiter der Bank entschuldigt.«

Dealey hatte die Gedanken erraten, die Culver durch den Kopf gingen. »Wahrscheinlich verfügte die Bank über einen unterirdischen Schutzraum, so daß Ihr Partner überlebt hat.«

Culver schüttelte den Kopf. »Die Bank lag ganz in der Nähe vom Verlagsgebäude des *Daily Mirror*. Sie und ich, Mr. Dealey, haben auf der Flucht gesehen, daß vom *Daily Mirror* nicht viel übriggeblieben ist.«

Schweigen. Es war Culver, der nach einer Weile die Stille brach. »Wie geht's weiter? Ich nehme an, wir sind hier, um über Schritte zu beraten, wie wir aus unserem Sarg herauskommen.«

Farraday, der an der Wand gelehnt hatte, nahm auf der Ecke eines Tisches Platz. »So ist es, Mr. Culver. Wir müssen einen Plan entwickeln, der unser Überleben sichert. Ein Plan, der nicht nur die Zeit abdeckt, die wir noch im Bunker verbringen müssen, sondern auch die Wochen und Monate danach.«

Culver warf einen Blick in die Runde. »Hätten Sie zu einer solchen Besprechung nicht alle Personen einladen müssen, die sich im Bunker befinden?«

Bryce, der CDO, rutschte ungemütlich auf seinem Stuhl hin und her. »Es gibt da gewisse Probleme. Im Bunker haben sich zwei Gruppen gebildet, die einander mißtrauen. Auf der einen Seite wir, die Offiziellen. Auf der anderen Seite die Techniker, die seit eh und je in der unterirdischen Telefonzentrale arbeiten. Ich möchte es mit der Kluft vergleichen, die sich in den Jahrzehnten nach dem Zweiten Weltkrieg zwischen Bevölkerung und Regierung entwickelt hat. Durch die nukleare Katastrophe hat sich dieser Einschnitt noch vertieft.« Er machte eine kleine Pause. »Der Konflikt trifft uns allerdings nicht ganz unvorbereitet. Die Regierung ist immer davon ausgegangen, daß es nach einem atomaren Angriff auf England zu bürgerkriegsähnlichen Unruhen unter der Bevölkerung kommt.«

»Sie werden bemerkt haben«, warf Dealey ein, »daß unsere öffentlichen Gebäude im Verlauf der verschiedenen Legislationsperioden zu wahren Festungen ausgebaut wurden.«

»Das ist mir nicht aufgefallen.«

Dealey lächelte. »Es ist Ihnen nicht aufgefallen, weil die jeweilige Regierung solche Bauvorhaben auf ganz unterschiedliche Weise begründet hat. Tatsache ist, daß die öffentlichen Gebäude so umgebaut wurden, daß die Mitglieder der Regierung dort im Falle einer Revolution vor den Aufständischen sicher waren. Das Mondial House in der Londoner City ist ein gutes Beispiel.«

Culver hob die Hand. »Wollen Sie damit sagen, daß es hier im Bunker Menschen gibt, die einen Aufstand gegen den Krisenstab planen?«

Die Ärztin mischte sich ein. »Noch ist es nicht soweit«, sagte sie. »Aber es gibt Spannungen zwischen dem Krisenstab und dem technischen Personal der Telefonzentrale. Diese Menschen haben bei der nuklearen Katastrophe ihre Angehörigen verloren, oder sie befürchten es. Für sie sind die Offiziellen, die Vertreter der Behörden, die Schuldigen. Es ist den Technikern egal, daß auch wir unsere Familien verloren haben, daß wir an dem Ausbruch des Kriegs unschuldig sind. Sie glauben, wir hätten das alles angestiftet.«

»Auch Ihnen, einer Ärztin, wirft man solch einen Unsinn vor?«

»Für die Leute bin ich eine von den Offiziellen, sie machen da keine Unterschiede.«

»Eine Lagebesprechung, bei der die Mehrheit der Bunkerinsassen ausgeschlossen bleibt, wird nicht dazu beitragen, die Spannungen zwischen den beiden Gruppen zu überwinden«, bemerkte Culver.

»Wir haben keine Wahl«, sagte Dealey brüsk. »Wir können unmöglich in voller Besetzung über die Schritte beraten, die jetzt unternommen werden müssen. Das funktioniert einfach nicht.«

»Die Leute sehen das wahrscheinlich anders. Sie könnten zu dem gefährlichen Schluß kommen, daß der nukleare Konflikt eben durch die Geheimniskrämerei ausgelöst wurde, die Sie hier praktizieren.«

Dealey und Bryce wechselten einen raschen Blick. Dann sagte der erste: »Vielleicht haben wir uns in Ihnen getäuscht, Mr. Culver. Wir hatten die Hoffnung, Sie könnten die Rolle des Vermittlers übernehmen. Wenn Sie aber nicht mit uns zusammenarbeiten wollen...«

»Sie haben mich mißverstanden«, entgegnete ihm Culver. »Ich bin nicht gegen Sie. Ich bin gegen niemanden. Ich meine nur, man sollte nach dem, was geschehen ist, nicht einfach so weitermachen. Man sollte die Politik, die zur Katastrophe geführt hat, nicht fortsetzen. Verstehen Sie das nicht?«

»Wir verstehen die gute Absicht, die hinter Ihrem Einwand steckt«, beschwichtigte Farraday. »Aber die Dinge liegen nicht so einfach, wie Sie es darstellen.«

»Die Dinge sind leider nie einfach.«

Dealey schaltete sich ein: »Sie sind am ersten Tag in diesem Bunker selbst Zeuge geworden, wie leicht ein Streit in der Gruppe eskalieren kann. Es gab damals Menschen, die entschlossen waren, den Schutzraum zu verlassen, womit sie in ihr sicheres Verderben gerannt wären. Nur die Besonnenheit von Frau Dr. Reynolds hat die Abweichler schließlich umgestimmt. Sehen Sie, Culver, wir tragen eine große Verantwortung. Wir können die Entscheidung über die Zukunft aller nicht dem Mob überlassen.«

»Ich spreche nicht von der Herrschaft des Mobs. Wofür ich plädiere, ist eine Entscheidung in der Gruppe.«

»Die Gruppe wird an Entscheidungen beteiligt werden, wenn die Krise vorüber ist.«

»Das Schlimme ist, daß die Krise andauern wird«, widersprach ihm Culver. Was Dealey sagte, ärgerte ihn. Er konnte sich nur zu gut daran erinnern, daß dieser bereit gewesen war, Kate den Ratten zu überlassen. »Wir alle haben in dieser Situation mitzureden«, fuhr er fort. »Sie und ich und die anderen Menschen, die sich im Bunker befinden. Wir können nicht die Zukunft der ganzen Gruppe in unsere Hände nehmen.«

»Sie haben uns mißverstanden, Mr. Culver«, sagte

Bryce. »Es geht um die Erarbeitung eines Plans, den wir dann vor der ganzen Gruppe zur Diskussion stellen werden.«

Culver zwang sich zur Ruhe. »Vielleicht sehe ich Gefahren, wo keine sind. Vielleicht brauchen wir in der Gemeinschaft ein gewisses Maß an Ordnung, um aus der Misere herauszufinden. Aber die Zeit für Machtspiele ist vorüber, das sollten Sie wissen.«

Dealeys Gesicht war ausdruckslos. »Können wir also davon ausgehen, daß Sie uns unterstützen?«

»Ich werde tun, was immer ich kann, um den Menschen im Bunker zu helfen.«

»Gut«, sagte Dealey. Er schien erleichtert, daß die Spitze des Streits abgebogen war. »Bevor Sie dazu kamen, haben wir auf dem Londoner Stadtplan die Lage der Bunker und die Streckenführung der Verbindungstunnels mit farbigen Stecknadeln kenntlich gemacht. Die anderen Karten, die Sie sehen, zeigen die neuen Verwaltungsbezirke im Rest des Landes. Besonders bemerkenswert ist in diesem Zusammenhang das neue Hauptquartier unserer Landstreitkräfte, das von Wilton aus operieren wird. Für diesen Zweck wurde dort ein großer Bunker errichtet.«

»Wird die Regierung ebenfalls nach Wilton verlegt?« fragte Culver.

»Nein«, kam Dealeys Antwort. »Die Regierung verfügt über eine ganze Reihe von Ausweichquartieren, ich nenne nur Bath und Cheltenham.« Er zögerte. Erst als Bryce ein Kopfnicken andeutete, sprach er weiter. »Über den Sitz der Notregierung im Falle eines Kernwaffenangriffs sind viele Vermutungen angestellt worden, darunter auch solche, die den Nagel auf den Kopf trafen. Allerdings konnte sich die Öffentlichkeit nie eine Vorstellung machen, welch große Ausmaße und bauliche Besonderheiten der Londoner Atombunker für die Regierung hat.«

»Wo liegt der Bunker?« fragte Culver. Er war heiser vor Aufregung.

Die Ärztin steckte sich eine Zigarette an. Farraday gab seinen Sitzplatz auf dem Tisch auf und lehnte sich an die Wand. Ein zufriedenes Lächeln spielte um Bryces Mundwinkel. Er schien stolz auf die Rolle, die er bei der Planung des Bunkers, der den Mitgliedern der Regierung das Überleben sicherte, gespielt hatte.

»Unter dem Victoria Embankment«, sagte Dealey mit sanfter Stimme. »Ganz in der Nähe des Parlamentsgebäudes. Der Bunker ist durch Tunnels mit dem Buckingham Palace, Downing Street No 10 und allen Regierungsgebäuden der City verbunden. Die unterirdischen Ausbauten reichten vom Parlamentsgebäude bis Charing Cross, wo sich ein zweiter Eingang befindet. Charing Cross wiederum ist durch zwei Tunnels zu erreichen, einer davon ist der U-Bahntunnel, der die Themse unterquert und zur Waterloo Station führt.«

»Zwei Tunnels?«

»Ganz recht. Der zweite Tunnel ist geheim.«

»Wie war es möglich, ein solches Bauwerk unter Ausschluß der Öffentlichkeit zu errichten?«

Dealey antwortete mit einer Gegenfrage. »Ist Ihnen eigentlich nie aufgefallen, daß der Bau neuer U-Bahntunnels immer doppelt soviel Zeit und Geld verschlang, wie ursprünglich angesetzt war?«

»Wollen Sie damit sagen, daß die Verzögerungen geplant waren? Daß man die Verzögerungen benutzt hat, um die neugierige Öffentlichkeit von den geheimen Tunnels und Atombunkern abzulenken, die in der zusätzlichen Zeit errichtet wurden?«

»Ich möchte nur soviel sagen. Wenn ein Tunnel für eine neue U-Bahnstrecke gebaut wurde, dann wurde immer auch ein geheimer Bunker gebaut.«

»Hat die Presse denn nie Wind davon bekommen?«

»Es gibt Gesetze, um die Veröffentlichung derartiger Nachrichten zu verhindern.«

Culver ließ die Luft durch die Zähne entweichen. »Und alles, damit die Elite des Landes überleben konnte.«

»Nicht die Elite, Culver«, sagte Dealey mit eisiger Stimme. »Der Bunker unter dem Victoria Embankment ist für technische Experten bestimmt, die man braucht, um ein Land nach einer nuklearen Katastrophe wieder aufzubauen. Für die Minister, die den Staatsapparat zu lenken haben. Und natürlich für die Mitglieder der Königlichen Familie.«

»Ob die den Bunker alle noch rechtzeitig erreicht haben?«

»Um das sicherzustellen, sind schon in Friedenszeiten alle nur erdenklichen Vorkehrungen getroffen worden«, erwiderte Dealey. Ohne daß er sich dessen bewußt wurde, hatten seine Finger auf der Tischplatte zu trommeln begonnen. »Leider ist es uns bisher nicht gelungen, Verbindung zum Regierungsbunker zu bekommen. Es ist wichtig, daß der Kontakt bald hergestellt wird. Wir beabsichtigen, einen Spähtrupp nach oben zu schicken, der Informationen über die dort herrschenden Bedingungen beschaffen soll. Eine weitere Aufgabe des Spähtrupps wird die probeweise Begehung der Tunnels sein, die zum Regierungsbunker führen.«

Er sah Culver in die Augen. »Ich hoffe, daß Sie an dem Spähtruppunternehmen teilnehmen.«

»Haben Sie Hunger, Steve?«

»Wo Sie schon so nett fragen, ja.« Er sah zu Clare Reynolds auf, die das Gespräch aufs Essen gebracht hatte. »Um die Wahrheit zu sagen, ich bin am Verhungern.«

»So sollte es sein. Wenn Sie tüchtig essen, sind Sie in ein paar Tagen wieder so stark, daß Sie Bäume ausreißen können.« Sie hob das Kinn und deutete auf die Kantine. »Ich komme mit Ihnen. Ich werde dafür sorgen, daß Sie das Richtige zu essen bekommen. Danach möchte ich, daß Sie sich hinlegen und ausruhen. Es wäre schlimm, wenn Sie einen Rückfall erleiden.«

Sie ging voran, Culver und Kate folgten ihr in kurzer Entfernung. »Nach der anstrengenden Sitzung des Krisenstabs würde mir etwas Alkoholisches guttun«, sagte die Ärztin, während sie den Korridor entlanggingen. »Schade, daß das Zeug so streng rationiert ist.«

»Ein Drink mit was drin wäre nicht schlecht«, pflichtete ihr Culver bei. »Ich nehme an, die klugen Menschen, die für die Versorgung des Bunkers verantwortlich waren, haben sehr wenig Alkohol eingelagert.« Er wandte sich zu Kate. »Habe ich recht?«

»Hast du nicht«, sagte Kate. »Es gibt harte Sachen in Hülle und Fülle, aber Dealey läßt den Bestand unter Verschluß halten. Zuviel Feuerwasser nicht gut für Eingeborene.«

»Dealey hat recht«, sagte die Ärztin. »Die Eingeborenen sind sowieso schon rebellisch.«

»Sie sagen das, als ob demnächst der große Aufstand ausbricht.«

»Ich glaube nicht, daß ein Aufstand bevorsteht, Steve. Aber ich mache mir Sorgen. So weitläufig der Bunker ist, die Leute leiden unter Platzangst. Wenn dazu noch ein Schuß Melancholie und Hysterie kommt, ergibt das eine explosive Mischung. Ich kann verstehen, daß Dealey mit den Alkoholrationen knausert.«

Culver schwieg. Clare hatte recht. Die Stimmung im Bunker war gedrückt, er selbst machte da keine Ausnahme. War er vor der Tagung des Krisenstabs noch bester Dinge gewesen, so empfand er jetzt die gleiche Traurigkeit, unter der die Mehrzahl der Bunkerinsassen litt.

Der Ausblick in die Zukunft war düster. Dealey hatte

angedeutet, daß als Folge des atomaren Angriffs einschneidende Sicherheitsgesetze in Kraft getreten waren. Wer überlebt hatte, würde sich der neuen Ordnung fügen müssen. Es sei denn, daß nicht nur London, sondern das ganze Land, die ganze Welt von Atombomben zerstört war. Culver erschauderte bei dem Gedanken, daß es über der Erde vielleicht keine Menschen mehr gab, die irgendeinem Gesetz gehorchen würden, wenn überhaupt noch gehorchen konnten.

Die Ärztin war stehengeblieben, und als Culver aufgeschlossen hatte, sah er auch, warum. Ein Techniker sprach mit ihr. Der Wortwechsel dauerte nur wenige Sekunden, dann drehte sich der Mann um und ging den Weg zurück, den er gekommen war.

»Was ist los?« fragte Culver.

»Ich weiß es nicht«, antwortete die Ärztin. »Ellison sagt, ich soll zum Ventilationsschacht kommen.«

Sie folgten dem Techniker zum Ventilationsschacht. Erst als Culver dort angekommen war, bemerkte er, daß es sich um Fairbank handelte, den er auf dem Weg zur Kommandozentrale kennengelernt hatte. Ellison, ein anderer Techniker, erwartete sie.

»Was gibt's?« fragte Clare Reynolds.

»Hören Sie doch«, sagte Fairbank und deutete auf den Schacht.

Das Summen des Generators war zu vernehmen, aber es gab noch ein anderes Geräusch, das Culver nicht gleich zu identifizieren vermochte.

»Was kann das sein«, fragte Kate.

Culver wußte jetzt, was es war, die Ärztin ebenfalls, aber es war Fairbank, der die Frage des Mädchens beantwortete.

»Regen«, sagte er. »Da oben regnet es, wie es noch nie geregnet hat.«

Zweiter Teil

DIE ZEIT DANACH

Ihre Stunde war gekommen.

Die Wesen spürten es.

Sie wußten es.

Oben auf der Erde hatte sich ein Holocaust ereignet, den sie nicht begreifen konnten; aber der Instinkt sagte ihnen, daß ihre gefürchteten Feinde geschwächt worden waren. Die Nachricht war von jenen verbreitet worden, die sich in den Tunnels auf die flüchtenden Menschen gestürzt hatten. Die Kreaturen hatten den Blutdurst befriedigt, der seit vielen Jahren in ihnen schlummerte. Der Damm aus Angst brach.

Und dann waren die Tunnels eingestürzt. Licht war aus der Oberwelt in das Königreich der Ratten gefallen.

Schnuppernd erklommen sie die Schächte und Treppen, badeten ihr Fell in strömenden Regen. Das Licht, so trübe es war, flößte ihnen Furcht ein, und so verbargen sie sich vor den Menschen, die seit Urzeiten ihre Widersacher gewesen waren.

Vorsichtig und geduckt schlichen sie durch die Ruinenfelder der Stadt, regentriefende, schwarze Bestien, die Nahrung witterten. Weiches, schmackhaftes Fleisch. Süßes, warmes Blut.

10

Der Druck auf die Blase hatte sich zu einem kaum noch erträglichen Schmerz gesteigert. Das Problem war, daß Sharon Cole panische Angst vor dem Weg zur Toilette hatte. Sie hatte Angst, weil der Weg durch eine stockdunkle Vorhalle führte, die sie und ihre Schicksalsgefährten ›die Grube‹ getauft hatten. Sie hob den Kopf und lauschte. Die anderen schliefen. Ihre Atemzüge und das Schnarchen vermischten sich zu einem unheimlichen Geräusch, das die steil abfallenden Sitzreihen des unterirdischen Kinos bis in die letzte Ritze auszufüllen schien. Wenn Sharon genau hinhörte, konnte sie ein hilfloses Wimmern vernehmen. Eine Frau, die unter Alpträumen litt. Sie war unschlüssig, ob sie die Schlafenden beneiden oder bemitleiden sollte. Wer abends in einen Schlummer der Erschöpfung sank, dem standen böse Träume bevor. Wer wach blieb, den belagerten die Schatten der Nacht.

Daß es Nacht war, wußten die Menschen, die im Kino Zuflucht gesucht hatten, nur aus der Beobachtung ihrer Uhren. In den ersten Tagen hatte sich eine stillschweigende Übereinkunft herausgebildet. Tagsüber wachen, nachts schlafen. Indem sie den Rhythmus beachteten, der vor der Katastrophe ihr Leben bestimmt hatte, nährten die Überlebenden die Hoffnung, daß so etwas wie Normalität in ihre von Ungewißheit vergiftete Existenz einfließen könnte.

Drei Kerzen brannten. Es waren die Männer, die entschieden hatten, daß die kostbare Energie der Batterien für die Stunden des Tages gespart werden mußte. Es hatte sogar Vorschläge gegeben, nachts auf jede Beleuchtung zu verzichten, aber die Mehrheit, sowohl die Männer als auch die Frauen, hatte darauf bestanden, daß während der Schlafenszeit Kerzen angezündet wurden. Wie ihre Vorfahren, die Höhlenmenschen, so vertrauten die Menschen des Atomzeitalters darauf, daß der Lichtschein die bösen Geister fernhalten würde. Natürlich hatte jeder eine vernünftige Begründung zur Hand, warum die Kerzen brennen sollten, aber im Grunde wußten alle, daß ihnen der flackernde Schein als Hoffnungsschimmer diente, als einziger Trost inmitten des Unglücks.

Sharon, die sich auf drei Sitzen langgestreckt hatte, wälzte sich auf die andere Seite, was den Druck auf die Blase allerdings noch verstärkte. Es gab keine andere Möglichkeit, sie würde durch ›die Gruft‹ gehen müssen, um sich zu erleichtern.

»Margaret«, flüsterte sie.

Die ältere Frau, die in der gleichen Stuhlreihe lag, antwortete nicht.

Sharon fühlte sich ermutigt, mit normaler Lautstärke zu sprechen. »Margaret!« Nichts. Kein Anzeichen, daß die Frau sie gehört hatte.

Sie biß sich auf die Lippen. In den vergangenen Wochen war zwischen ihr und Margaret so etwas wie eine Freundschaft entstanden, aus der Ahnung heraus, daß sie wohl nur zu zweit den Gefahren und Belastungen der ganzen Situation gewachsen sein würden. Sie gehörten zu einer Gruppe, deren Zahl nach dem Tod der Schwerverletzten auf fünfzig zusammengeschmolzen war. Sharon war erst neunzehn Jahre alt. Eine Auszubildende. Maskenbildnerin in dem Theater, dessen Räume das Erdgeschoß des Hauses einnahmen. Sie war hübsch und schlank, ein Mädchen, das sich für alles interessierte, was mit Kunst und Theater zu tun hatte. Im Unterschied zu Margaret, die über fünfzig war und zur Gruppe der Reinmachefrauen gehörte, die in dem großen Komplex aus Kinos, Theatern und Geschäften Dienst taten. Margaret war von stämmiger Statur, eine Frau, die vor der Katastrophe voller Lebensmut und Humor gewesen war.

Nachdem sie vom Schicksal zusammengewürfelt worden waren, hatten sie sich gegenseitig Trost und Hilfe gespendet. Die beiden waren sicher, daß ihre Familien bei der Explosion der Atombomben den Tod gefunden hatten. Margaret trauerte um ihren Mann und drei erwachsene Kinder, Sharon um ihre Eltern, ihre Schwestern und eine Reihe von Freunden. In gewisser Weise war Margaret jetzt die Mutter und Sharon die Tochter.

Aber Margaret schlief. Sharon wagte nicht, die alte Frau, die am Abend zuvor am Ende ihrer Kräfte gewesen war, zu wecken.

Sie setzte sich auf und warf einen Blick in die Runde. Im ungewissen Licht der Kerze, die auf der schmalen Bühne zu Füßen der Leinwand aufgepflanzt war, konnte sie die Gestalten von Männern und Frauen erkennen. In dem seitlichen Gang, der zu den oberen Stuhlreihen hinaufführte, lagen die Essensvorräte aufgestapelt, die ein Spähtrupp wenige Tage zuvor aus der zerstörten Cafeteria zwei Stockwerke höher herangeschafft hatte. Die Männer, die an dem Unternehmen teilnahmen, hatten ihren Mut teuer bezahlt.

Es war der Hunger, der sie nach oben getrieben hatte. Sechs Mann, die von einem Beamten des Zivilen Katastrophenschutzes angeführt wurden. Sie hatten soviel Vorräte hinuntergeschleppt, wie sie nur tragen konnten, nicht nur Nahrungsmittel, sondern auch Taschenlampen und Kerzen. Plastikeimer für die Trinkwasser-Reserven. Verbandszeug und Mittel zur Desinfektion von Verletzungen. Vorhänge, die man zerschnitten hatte und als Schlafdecken benutzte. Aber die Männer hatten auch den Krebs mitgebracht, den schleichenden Tod, der durch die atomare Katastrophe freigesetzt worden war.

Es dauerte zwei Tage, bis die Mitglieder des Spähtrupps den Mut fanden, von den grauenhaften Zerstörungen zu berichten, die sie oben vorgefunden hatten.

Niemand in den oberen Etagen des Komplexes hatte überlebt. Überall Schutt, der verstümmelte Leichen bedeckte. Drei Tage nach der Rückkehr von dem waghalsigen Unternehmen war der erste Teilnehmer der Gruppe an der Strahlendosis gestorben, die er in der Cafeteria mitbekommen hatte. Wenige Tage später hauchten die anderen sechs ihr Leben aus. Man hatte die Leichen ins Foyer hinausgetragen und zugedeckt. Die Vorhänge waren zu Leichentüchern geworden.

Und die Toiletten waren nur über das Foyer zu erreichen.

Margaret, um Himmels willen, wach auf, ich brauche dich.

Der Vorraum, den sie ›die Gruft‹ nannten, war wie eine Schleuse, er war das Niemandsland zwischen dem unterirdischen Kino und der von todbringenden Staub erfüllten Außenwelt. Die Überlebenden vermieden es nach Möglichkeit, diese Schleuse zu betreten. Sie sorgten dafür, daß die Verbindungstüren sofort wieder geschlossen wurden. Das Ausmaß der radioaktiven Strahlung, die im Foyer herrschte, wurde als gering beurteilt, weil die breite Treppe, die nach oben führte, mit dem Trümmerschutt der oberen Stockwerke aufgefüllt war. Um zur Cafeteria zu gelangen, hatte der Spähtrupp den Notausgang benutzt, der mit einer schweren Eisentür gesichert war. Im Foyer gab es eine Reihe von Münztelefonen, niedrige Tische und Schemel, die fest im Boden verankert waren, und die Türen, die zu den Toiletten führten. Man hatte sehr bald festgestellt, daß die Wasserhähne der Waschbecken noch funktionierten. Allerdings befürchtete man, daß diese Quelle bald versiegen würden. Aber auch wenn eines Tages kein Trinkwasser mehr aus den Hähnen tröpfelte, die Toiletten blieben von unschätzbarem Wert, weil sich auf diese Weise ein Mindestmaß von Hygiene aufrechterhalten ließ. Daß das Wasser wahrscheinlich radioaktiv verseucht war, kümmerte die Menschen in ihrem unterirdischen Versteck wenig. Es gab kein anderes Wasser. Wer nicht trank, würde verdursten, noch bevor die Strahlung sich auswirken konnte.

Sharon wußte jetzt, daß sie den Weg durch die Gruft allein antreten mußte.

Sie stand auf, schob sich an den Schlafenden, die in ihrer Sitzreihe lagen, vorbei und tastete sich vor bis zur Tür. Sie nahm eine der Kerzen, die auf dem Vorratsstapel lagen, und entzündete sie an dem flackernden Lichtstumpf, der den Gang diesseits der Sitzreihen beleuchtete. Dann ergriff sie den Türknopf, öffnete und schlüpfte durch den Spalt. Sie spürte, wie ihre Brüste den Türrahmen streiften, und zuckte zusammen, als sie das Türschloß klicken hörte. Sie hob die Kerze über den Kopf, um das von kühler Düsternis erfüllte Mausoleum zu betrachten.

Im Kino hatte sich eine Gestalt von der Schlafstätte in den hinteren Sitzreihen erhoben.

Sharon war froh, daß der Schein ihrer Kerze nicht bis zu den Leichen drang, die in einer Ecke des Vorraums lagen. Der Verwesungsgeruch genügte ihr. Rasch durchquerte sie das mit einem dicken Spannteppich ausgelegte Foyer. Sie sah die Spuren nicht, die sie auf der Staubschicht zurückließ. Sie öffnete die Tür zur Toilette und ging auf die beiden Kabinen zu, die in der äußersten Ecke des Raumes zu erkennen waren.

Die beiden Türen standen offen. Sie betrat eine Kabine und schob den Riegel vor. Sie zog den Bauch ein, öffnete den Knopf ihrer Jeanshose, zog den Reißverschluß nach unten, ließ sich auf die Toilettenschüssel nieder und erleichterte sich. Als der Strom, der zwischen ihren Schenkeln hervorquoll, verebbt war, beugte sie sich vor und starrte auf die Kerze, die sie in den Spalt zwischen Tür und Fußboden gestellt hatte. In der winzigen Flamme erschienen Gesichter und Bildnisse. Erinnerungen. Mein Leben, als man es noch Leben nennen konnte. Sharon kämpfte mit den Tränen. Habe ich es überhaupt verdient, daß ich überlebt habe? Als die Sirenen zu heulen begannen, hatte sie nur noch an sich selbst gedacht. Rette sich, wer kann. Inmitten einer wild flüchtenden Menge hatte sie den Eingang des Barbican Centre erreicht. Sie war die Stufen hinuntergerannt und zu Fall gekommen. Sie hatte in jenen Sekunden nur noch ein Ziel gehabt. Das unterirdische Kino. Wohlweislich hatte sie darauf verzichtet, einen der Fahrstühle zu nehmen, die das Erdgeschoß mit dem Kino verbanden. Sie war sicher, daß der Strom ausfallen würde. Die Fahrstühle würden auf halbem Wege steckenbleiben und sich in Särge verwandeln. Dann die Erschütterung der Fundamente, die furchtbare Explosion, Hitze, Atemnot und...

Die Kerze hatte zu flackern begonnen. Zug. Sharon vermeinte ein Geräusch zu hören. Die Tür, die das Foyer mit den Toiletten verband.

Sharon stand auf und zog sich die Jeans über die nackten Hüften. Sie zupfte am Reißverschluß und lauschte.

Schritte?

»Ist da jemand?« sagte sie leise.

Einbildung?

Spielten die Nerven ihr einen Streich?

Vielleicht.

Sie bückte sich, nahm die Kerze hoch und schob den Riegel zurück.

Sie verließ die Kabine und lauschte ins Dunkel. Das Gefühl, in einem Hohlraum zu stehen, der von Millionen von Tonnen Schutt bedeckt sein mußte, war bedrückend. Sharon schien es, als habe sich die Luft in eine warme, teigige Substanz verwandelt, die ihre Lungen verstopfte. Ich muß jetzt unter allen Umständen kühlen

Kopf bewahren, dachte sie. Es ist die Angst, die mich Geräusche hören läßt, die es nicht gibt.

Aber das Gefühl, daß sie nicht allein im Vorraum der Toilette war, blieb.

Sie konnte die Person atmen hören.

Ein kurzer Zischlaut. Die Kerze erlosch. Der Gestank des glimmenden Dochtes stieg ihr in die Nase. Schritte auf den Fliesen. Der muffige Geruch eines fremden Körpers.

Eine Hand berührte ihr Gesicht.

Finger erstickten ihren Schrei. Sharon spürte, wie sich der Arm des Fremden um ihren Brustkorb legte. Sie ließ die erloschene Kerze zu Boden fallen.

»Keine Bewegung«, flüsterte die Stimme eines Mannes. »Ich bring' dich sonst um.«

Jetzt wußte sie, was er von ihr wollte.

Panik befiel sie, als sie hochgehoben wurde. Sie versuchte, nach dem Angreifer zu treten, aber sie traf ihn nicht. Sie versuchte, um Hilfe zu schreien, aber der Druck seiner Hand auf ihren Mund war unerbittlich. Sie biß zu und schmeckte das Blut, das aus der Wunde spritzte.

Der Mann, der ihr aus dem Zuschauerraum auf die Toilette gefolgt war, hatte sie während der traumatischen Wochen, die sie unter der Erde verbracht hatten, ständig beobachtet. Er wußte, daß sie alle an den Folgen der Katastrophe sterben würden. Er wußte, daß es kein Gesetz mehr gab, nach dem er für seine Handlungen zur Verantwortung gezogen werden konnte. Er konnte sich nehmen, wonach ihm der Sinn stand. Er schrie vor Schmerzen, aber er gab das Mädchen nicht frei.

Sie trat gegen das Waschbecken, kam zu Fall und riß den Mann mit sich zu Boden. Die Wucht des Falles war so groß, daß sie in der WC-Kabine landeten, die Sharon kurz zuvor verlassen hatte. Der Mann stöhnte auf, als er mit dem Kopf gegen die gefliese Wand schlug. Immer noch hielt er das Mädchen umklammert.

Es gelang ihr, ihm einen Stoß mit den Ellenbogen zu versetzen. Der furchtbare Druck auf ihrem Mund lockerte sich. Der Mann nahm Sharon in den Schwitzkasten. Sie wurde fast wahnsinnig vor Angst, als er seinen Würgegriff verstärkte.

»Bitte nicht«, krächzte sie. Ihre Worte waren kaum zu verstehen. »Bitte... bringen... Sie... mich... nicht... um.«

Er hatte seine freie Hand in ihre Bluse geschoben und betastete die Nacktheit ihrer Brüste. Seine Finger legten sich um die Brustspitzen und drückten zu. Der Schmerz war so groß, daß er Sharon neue Kräfte verlieh.

Sie saßen gegen die Wand gelehnt, der Mann hinter Sharon. Das Mädchen stieß sich mit beiden Beinen von der Kabinenwand ab und prallte mit dem Hinterkopf gegen das Kinn des Angreifers. Es gab ein krachendes Geräusch, als der Mann mit dem Kopf an die Wand geschleudert wurde. Sie stieß einen Schmerzensschrei aus. Sein Griff löste sich.

Sharon glitt zur Seite. Sie ertastete die Wand, dann das Becken. Die offene Tür. Sie kroch hinaus ins Dunkel, in die Richtung, wo sie das Foyer vermutete.

Ihr Kreischen explodierte in der Finsternis, als er sich mit dem ganzen Gewicht seines Körpers auf sie warf.

Er war auf ihren Schenkeln gelandet und benutzte die eigene Schwere, um sie bewegungsunfähig zu machen. Sie fühlte, wie sich seine Hände unter ihre Schultern schoben. Er bekam ihre Haare zu fassen und riß ihren Kopf nach hinten. Es gelang ihm, das Mädchen auf die andere Seite zu wälzen. Er versetzte ihr einen Stoß, so daß sie mit der Nase auf dem Boden aufschlug. Sie spürte, wie ihr die Sinne schwanden. Sein heißer Atem überflutete ihren Nacken. Der Mann strömte einen erstickenden Geruch aus. Er drehte sie so, daß sie ihm ins Gesicht sehen mußte, und Sharon nutzte die Gelegenheit, um ihm die Finger in die Augen zu stoßen. Er schlug ihr die Hände fort und riß ihr die Bluse vom Leib. Sie begann zu schreien und empfing einen Faustschlag auf die Nase. Seine Finger hatten ihren Gürtel erreicht.

Weder das Mädchen noch der Mann hörten das kratzende Geräusch an der Tür.

Er brachte seinen Kopf nach unten und biß das Mädchen in das weiche Fleisch oberhalb des Nabels. Er fummelte den Knopf ihrer Jeanshose auf. Mit zitternden Fingern zog er am Reißverschluß, streifte ihr den Stoff nach unten. Sie versuchte, ihre Beine zusammenzubringen, aber der Mann hatte ihr sein Knie zwischen die Schenkel geschoben. Ein scharfer Schmerz durchzuckte sie, als seine Finger in ihren Schoß eindrangen.

Die Tür zwischen Foyer und Toilette hatte dem vereinten Druck der zottigen, schwarzen Kreaturen nachgegeben. Eine der buckligen Bestien schob sich durch den Spalt, den Bauch auf den Boden gedrückt, die anderen folgten, unwiderstehlich angezogen vom Geruch des frischen, warmen Blutes. Dutzende von Tieren, die an den Leichen im Foyer genagt hatten, drängten sich durch die Öffnung. Was sie lockte, war das Fleisch lebender Menschen, ein eigenartiger, verführerischer Geschmack, der die Kreaturen das Aas, von dem sie sich bisher ernährt hatten, vergessen ließ.

Der Mann hatte sich hingekniet, um sich auszuziehen. Er konnte das Mädchen, das er zu Boden gedrückt hielt, nicht sehen, aber seine Fantasie sagte ihm, wie ihr Körper geformt war, und seine Hände bestätigten ihm, daß es sich dabei nicht um eine Illusion handelte.

Sharon hatte die Augen geschlossen. Blut rann ihr in den Mund. Sie konnte hören, wie der Mann sich bewegte. Sein tierisches Grunzen hallte in ihren Ohren wider.

Der Mann hatte sich auf sie geworfen und berührte ihren Bauch mit seinem erigierten Glied. Sie wandte sich ab, als sie seinen stinkenden Atem auf ihren Wangen spürte.

»Bitte... nicht...«, flüsterte sie. Es war eine letzte, verzweifelte Bitte, sie zu verschonen. Und dann war ihr, als hätte sich ihr Gehirn in zwei Teile aufgespalten. Warum wehre ich mich dagegen, vergewaltigt zu werden? dachte sie. Die Katastrophe hat Millionen Tote gekostet. Wie wichtig ist es da noch, daß mein Körper unversehrt bleibt? Sie wußte die Antwort, noch ehe sie die Frage zu Ende gedacht hatte. *Ich wehre mich, weil mein Körper mir gehört!*

Als er in sie eindrang, drückte sie ihm die gespreizten Finger ihrer rechten Hand in die Augenhöhlen. Ekel überkam sie, als ihr Zeigefinger auf eine weiche, bewegliche Masse stieß.

Er warf sich zur Seite und begann zu schreien. Sharon hatte ihre Hand zurückgezogen. Sie hatte dem Mann ein Auge ausgerissen, der Augapfel hing auf seiner Wange, gehalten von blutigen Muskelfäden. Der Mann war in die Lücke zwischen den Waschbecken gekrochen. Er versuchte, den hin und her schwingenden Augapfel zu ertasten.

Aber die Ratte war schneller.

Das Tier durchtrennte die Muskelfäden mit einem einzigen Biß. Eine Sekunde später hatte es den bluttriefenden Ball verschlungen. Es brauchte nicht lange zu suchen, um die leere Augenhöhle zu finden, es war an die Dunkelheit gewöhnt. Mit einer raschen Bewegung seines Kopfes vergrub es seine Schnauze in der klaffenden Vertiefung.

Sharon war sicher, daß der Mann so laut schrie, weil sie ihm eine schmerzhafte Verletzung zugefügt hatte. Sie trat nach ihm und merkte nicht, daß ihre Schuhspitzen sich in die Körper der Ratten bohrten. Sie bekam ihre

Jeans zu fassen und zog sie hoch. Als sie einen Biß am Knöchel des rechten Fußes verspürte, dachte sie, der Mann hätte ein zweites Mal zugebissen. Noch ein Stoß, dann kam sie frei.

Taumelnd erhob sie sich und rannte in die Richtung, wo sich die Tür zum Foyer befinden mußte. Die Schreie ihres Angreifers erfüllten die Toilette. Sie verspürte keine Reue, daß sie den Mann verletzt hatte. Ihr Schluchzen war so laut, daß es das Quietschen der pelzigen Kreaturen übertönte.

Beim Laufen geriet sie mit den Füßen an einen Widerstand aus weichem Fleisch. Der Mann, dachte sie. Sie stieß mit dem Kopf an die Tür. Nur den Bruchteil einer Sekunde lang stellte sich die Frage, warum die Tür, die mit einem hydraulischen Schließmechanismus versehen war, überhaupt offenstand. Ihre Gedanken waren auf die anderen Menschen gerichtet, die im Kino schliefen. Sobald sie den Saal erreicht hatte, würde man ihr helfen. Man würde sie vor dem Angreifer schützen, dessen Gesicht sie nicht hatte erkennen können. Margaret würde sie trösten, würde sie in den Arm nehmen, wie es einst die Mutter getan hatte, wenn sie mit einer schmerzenden Schramme zu ihr gerannt kam.

Inzwischen war das Quietschen der flinken Kreaturen so laut geworden, daß Sharon das Geräusch nicht länger aus ihrem Bewußtsein ausblenden konnte. Als sich messerscharfe, kleine Zähne in ihre Waden bohrten, wurde ihr klar, daß es nicht der Mann war, der ihr diesen Schmerz zufügte.

Sie sah Licht. Die Menschen im Zuschauerraum hatten die Türen geöffnet, als sie die Schreie hörten. Sie erstarrten in namenlosem Entsetzen, als sich ein Strom aus schwarzen Leibern in das Kino ergoß.

Sharon schwamm inmitten dieses Stromes. Sie ließ sich treiben.

Als sie die Stufen hinaufstolperte, die von der Bühne zu den oberen Sitzreihen führten, hatte sich eine Ratte in ihrem Oberarm festgebissen, eine andere zappelte an ihrem Hals und grub ihre Zähne in das aufgelöste Haar des Mädchens. Es sah aus, als kämpfe Sharon mit einem kleinen, rasch zerstäubenden Wasserfall.

Ein tödlicher, schwarzer Wasserfall.

11

Es war ein unangenehmes Gefühl, das Gewicht der 38er Smith and Wesson Modell-64 mit sich herumzutragen, unangenehm schon deshalb, weil Culver nicht daran gewöhnt war, mit einer Waffe herumzulaufen. Dealey hatte ihm erklärt, daß dieses Modell über ein Magazin mit sechs Kugeln verfügte, im Unterschied zu dem früheren Modell-36, das nur fünf Kugeln faßte. Was Culver anging, so fand er es überflüssig, auch nur eine einzige Kugel abzufeuern, so hatte er es Dealey gesagt. Der Krieg war vorüber, es gab keinen Feind, und es gab keinen Sieger. Dealey hatte ihm in diesem Punkt zugestimmt, aber er hatte hinzugefügt, daß die Gefahren, denen er ausgesetzt sein würde, nicht von den Soldaten einer ausländischen Macht ausgingen. Wenn ihn jemand angreifen würde, dann würde das ein Engländer sein. Das Stichwort hieß Bürgerkrieg. Culver hatte geantwortet, daß er keine Lust hatte, das Thema zu vertiefen.

Er ließ den Strahl der Taschenlampe über die Tunnelwand gleiten und beschleunigte seinen Schritt. Bryce, Fairbank und McEwen, der ROC-Offizier, folgten ihm. Sie wateten bis zu den Knien im schwarzem Wasser, immer in der Angst, daß sich hinter einem Mauervorsprung eine der schwarzen Kreaturen verbergen könnte.

Wenig zuvor war Fairbank mit dem Schuh an eine Leiche gestoßen, die auf dem Boden des Tunnels lag. Weiße Gebeine waren zum Vorschein gekommen, wie ein Geist, der sich aus den Fluten erhob, um seine Knochenhand nach ihnen auszustrecken. Seitdem achteten die Männer etwas genauer darauf, wohin sie ihre Füße setzten.

Trotz des Ekels, den sie alle bei der Entdeckung des Toten verspürt hatten, es war eine Erleichterung, nicht mehr im Bunker eingesperrt zu sein. Vier Wochen hatten sie unter der Erde verbracht. Die Moral der Gruppe war auf den Nullpunkt gesunken, und vor ein paar Tagen hatten sich ernsthafte, ja gefährliche Spannungen aufgebaut.

Eine Reihe von Technikern und die Männer, die vor der Katastrophe in der unterirdischen Telefonzentrale Dienst getan hatten, nahmen es Dealey übel, daß er ihnen das Verlassen des Bunkers verbot, zumal Bryce erklärt hatte, daß der radioaktive Niederschlag mit großer Wahrscheinlichkeit von den schweren Regenfällen, die nun schon Wochen anhielten, weggespült worden war.

Aber Alex Dealey hatte sich durchgesetzt. Die Männer und Frauen, die in dem geheimen Bunker Zuflucht gefunden hatten, sollten unten bleiben, bis oben ganz offiziell Entwarnung gegeben wurde. Wenn man im Bunker den Regen hören konnte, dann würde man auch die Sirenen hören, die das Absinken der Radioaktivität auf ungefährliche Werte verkündeten, so seine Argumentation. Culver allerdings spürte, daß Dealey als Mann der Regierung nur einen Teil der Wahrheit enthüllt hatte. Es gab andere Gründe, die es ratsam scheinen ließen, die Leute unten zu behalten. Zum Beispiel die Notwendigkeit, unter den Überlebenden die Autorität des Staates aufrechtzuerhalten. Wenn jeder tat, wonach ihm der Sinn stand, würde das Chaos ausbrechen.

Objektiv betrachtet, konnte man Dealey nicht einmal vorwerfen, daß er seine Macht mißbrauchte. Er tat, was notwendig war. Vielleicht war das zugleich seine Methode, die Verzweiflung zu überspielen, die sein Unterbewußtsein blockierte. Tatsache war, daß sich unter den Überlebenden im Bunker eine Unruhe ausbreitete, die große Risiken in sich barg. Es hatten sich Grüppchen gebildet. Jeder versuchte, unter der Erde die kleine Welt wieder aufzubauen, die er sich vor der Katastrophe in seinem Beruf oder in seiner Familie errichtet hatte. Es konnte nicht ausbleiben, daß die Menschen dabei in verschiedene Richtungen gingen. Dr. Clare Reynolds, die Ärztin, schien sich nur um die gesundheitlichen Probleme zu kümmern, mit denen die kleine Gemeinschaft konfrontiert war. Farraday hielt sich an seine Maschinen und Geräte, als könnte er mit ihrer Hilfe das Desaster rückgängig machen. Bryce war mit der Kontrolle der Vorräte ausgelastet. Er sorgte dafür, daß die Waffen in Ordnung gehalten wurden. Er studierte die Karten, die von superklugen Experten für den Notfall vorbereitet worden waren, und war nicht von der Idee abzubringen, daß man früher oder später Kontakt zu Überlebenden in anderen Bunkern aufnehmen würde. Kate half der Ärztin, sie half Farraday, sie half Bryce, und sie half Dealey. Sie beschäftigte sich, um nicht über die katastrophale Situation nachdenken zu müssen, in der sie sich alle befanden.

Culver dachte nicht allzuviel über die Vergangenheit nach. Trotzdem gehörte auch er zu jenen, die auf die Kleidung verzichteten, die für die Insassen des Bunkers bereit lag. Er zog es vor, die abgerissenen Jeans und die angesengte Lederjacke zu tragen, die Sachen, die er angehabt hatte, als er die Schwelle des Bunkers überquerte.

Die Idee, einen Aufklärungstrupp an die Oberfläche zu schicken, hatte nicht eigentlich den Zweck, mit dem, was von der Welt übriggeblieben war, Kontakt aufzunehmen. Vielmehr ging es darum, die Moral im Bunker zu heben. Culver war klar, daß es für eine Verständigung mit anderen Überlebenden noch zu früh war. Er war sicher, daß die meisten Menschen noch unter Schock standen. Andere lagen im Sterben. Trotzdem hatte er seine Beteiligung an dem Unternehmen zugesagt. Der Bunker war zum Gefängnis geworden, und Culver war nicht der einzige, der so empfand. Als der Erkundungstrupp zusammengestellt wurde, hatten sich viele Freiwillige gemeldet. Dealey war bei der Bestimmung der Teilnehmer sehr wählerisch gewesen, eine Vorsichtsmaßnahme, die ihm Culver nicht übelnahm. Alles in allem, so fand dieser, war das Unternehmen aber nicht die Aufregung wert, die man im Bunker deswegen veranstaltete. Die Gruppe würde höchstens zwei Stunden an der Oberfläche bleiben. Falls das Ionenmeßgerät, das McEwen mit sich führte, eine bedrohliche Dosis radioaktiver Strahlung anzeigte, würden sie, gemäß den erhaltenen Anweisungen, sofort in den Bunker zurückkehren.

Bevor der kleine Trupp die unterirdische Zuflucht verließ, hatte Culver eine besorgniserregende Beobachtung gemacht. Dealeys Hoffnung, das Unternehmen würde die Moral der ganzen Mannschaft aufbauen, hatte sich nicht erfüllt. In den Gesichtern der Techniker, die im Bunker zurückblieben, spiegelte sich Angst.

Und Kate, seine Gefährtin, machte keine Ausnahme. Sie hatte, was den Ausgang des Experiments anging, die schlimmsten Befürchtungen, und sie sagte es ihm. Sie sagte ihm, daß sie um sein Leben bangte.

»Ich kann die U-Bahnstation sehen!«

Das war Fairbanks Stimme. Culver schrak aus seinen Gedanken auf. Die vier Männer richteten den Strahl ihrer Taschenlampen nach vorn.

»Sie haben recht«, sagte Culver kühl. »Die graue Fläche, das muß der Bahnsteig sein. Beeilen wir uns, damit wir aus dem verdammten Wasser rauskommen.«

Sie gingen im Gänsemarsch zwischen den Geleisen entlang, die bis zu einer Höhe von einem halben Meter von schmutzigem, träg dahinströmendem Wasser bedeckt waren. Ein fauliger Geruch erfüllte den Tunnel. Culver war der erste, der die U-Bahnstation erreichte. Er erklomm den Bahnsteig und ließ den Lichtkegel seiner Lampe über das Pflaster wandern. Die Station schien menschenleer.

Er wandte sich zu seinen Begleitern. Es gab nichts zu sagen. Er half den Männern, den Bahnsteig zu erklimmen. Schweigend gingen sie auf die Anordnung von Treppen und Rolltreppen zu, die nach oben führten. Nur das Plätschern des Wassers, das durch den Tunnel floß, war zu hören. Das Licht der Stablampen erfaßte Plakate, die neue Filme ankündigten. Es folgte eine Werbetafel für Whisky, dann eine Reklame für Strumpfhosen. Ein Gefühl aus Trauer und stiller Verzweiflung beschlich Culver. Das Erkundungsunternehmen glich einem Ausflug ins Jenseits.

Er hatte erwartet, unzählige Leichen auf dem Bahnsteig vorzufinden, vielleicht sogar Menschen, die das Unglück überlebt hatten. Die unheimliche Leere, auf die sie gestoßen waren, schnürte ihm die Kehle zu. Wo waren die Unglücklichen, denen er auf der Flucht in den Bunker begegnet war? Waren sie etwa an die Oberfläche zurückgekehrt? War es vorstellbar, daß sie inmitten des Trümmerfeldes, das einst den Namen London getragen hatte, eine neue Form des Zusammenlebens aufbauten? Ein Funke Hoffnung erhellte seine Gedanken.

»*O Gott!*«

McEwen hatte den gewundenen Verbindungsgang durchschritten, der den Bahnsteig mit den Treppen verband. Der Strahl seiner Stablampe tanzte die Stufen hinauf. Die drei Männer eilten zu ihm. Was sie zu sehen bekamen, ließ sie erschaudern. Ein ersticktes Stöhnen drang über Fairbanks Lippen. Bryce war so erschüttert, daß er sich an die Wand sinken ließ. Culver bedeckte seine Augen.

Die Treppe war über und über von Toten bedeckt. Ein Knäuel von Leichen versperrte den Zugang. Soweit der Lichtkegel reichte, nichts als verwesende Körper, deren Anordnung einem Strom erstarrter Lava glich. Obwohl die vier Männer in einiger Entfernung von den blutverkrusteten Stufen standen, konnten sie unschwer erkennen, daß der furchtbare Zustand der Opfer nicht allein auf die Verwesung zurückzuführen war. Irgendwer oder irgend etwas hatte die Toten zerfleischt und verstümmelt.

Bryce erbrach sich.

»Was ist mit diesen armen Menschen passiert?« sagte Fairbank. »Die Verletzungen können unmöglich von der Explosion der Bombe stammen. Die einzige Erklärung ist...« Er verstummte. Er hatte begriffen, was für seine drei Begleiter längst grauenhafte Gewißheit war. »Das ist doch nicht möglich«, stammelte er nach einigen Sekunden, die Culver wie eine Ewigkeit vorkamen. »Die Ratten würden es nie wagen, so viele Menschen anzugreifen.« Er maß die anderen Männer mit einem Blick voller Verzweiflung. »Es sei denn, die Opfer waren bereits tot. Jawohl, das ist die Erklärung! Diese Menschen sind an der empfangenen Strahlendosis gestorben, und dann haben die Ratten ihre Leichen angenagt.«

Culver schüttelte den Kopf. »Sie übersehen das Blut, Fairbank. Leichen bluten nicht.«

»Gott steh uns bei...« Fairbanks Knie zitterten, so daß er Halt an der Wand suchte. »Wir sollten sofort zum Bunker zurückkehren. Vielleicht sind die Ratten noch hier.«

McEwen hatte den Rückweg zum Bahnsteig angetreten. »Er hat recht«, murmelte er. »Wir müssen uns so schnell wie möglich in Sicherheit bringen.«

»Halt!« Culver war ihm nachgelaufen und hielt ihn am Arm fest. »Ich bin kein Experte, aber wie es aussieht, sind die Verstümmelungen schon ein paar Tage alt.« Er kämpfte gegen die Übelkeit, die seine Kehle hinaufkroch. »Meine Vermutung ist, daß es sich um Menschen handelt, die durch die empfangene Strahlung oder durch Verletzungen geschwächt waren. Die Ratten haben die Verletzten in großer Zahl überfallen, getötet und ihren Hunger an den Leichen gestillt. Inzwischen dürften sie weitergezogen sein, auf der Suche nach neuen Opfern.« Er erschauderte. »Auf der Suche nach frischem Menschenfleisch. Wir tun gut daran, an die Oberfläche zu gehen. Es ist nicht ausgeschlossen, daß sich die Ratten irgendwo in den Tunnels verstecken.«

»Dann stehen uns auf dem Rückweg in den Bunker ja noch schöne Überraschungen bevor«, bemerkte der Techniker. Er lenkte den Strahl seiner Lampe in die Richtung, aus der sie gekommen waren.

Bryce wischte sich die Reste des Erbrochenen von den Lippen. »Ich bin der gleichen Meinung wie Culver«, sagte er mühsam. »Wir sollten die Erkundung der Oberfläche wie geplant durchführen. Die Bestien, die dieses Blutbad angerichtet haben, sind Wesen, die an das Leben in der Dunkelheit gewöhnt sind. Lichtscheues Ungeziefer. Tiere, die nur kranke oder geschwächte Menschen angreifen.«

Seine Gestalt straffte sich. Seine Haltung bildete einen merkwürdigen Gegensatz zum Gesicht, in dessen Zügen sich die Angst eingenistet hatte. »Zwei von uns haben Waffen. Wir können uns verteidigen.«

Culver stellte sich vor, wie die kleine Gruppe mit zwei Handfeuerwaffen auf eine Horde aus Hunderten von Riesenratten losging. Aber er war zu erschöpft, um seine

Zweifel zu äußern. »Wenn wir jetzt in den Bunker zurückgehen, haben wir überhaupt nichts erreicht. Wenn wir statt dessen zur Oberfläche vordringen, bekommen wir wenigstens einen Eindruck, was von der Welt übriggeblieben ist. Vielleicht gibt es mehr Überlebende, als wir uns vorstellen können. Vielleicht ist da oben so etwas wie eine neue Ordnung entstanden.«

»Zu schön, um wahr zu sein«, ließ sich Fairbank vernehmen. Er schlug mit der flachen Hand gegen die Wandung des Tunnels. »Trotzdem haben Sie recht. Wir haben uns bis zu dieser U-Bahnstation durchgeschlagen, also sollten wir auch den Mut haben, den Rest der Strecke hinter uns zu bringen. Ich will wieder Tageslicht sehen.«

»Um die Treppe hinaufzugehen, müssen wir über die Leichen kriechen«, wandte McEwen ein.

»Sie brauchen ja nicht hinzusehen«, schlug Fairbank vor.

»Und der Gestank?« beharrte der andere.

Culver war schon zur Treppe unterwegs. »Sie haben die Wahl, Mr. McEwen. Entweder Sie kommen mit uns, oder Sie müssen den Weg zum Bunker allein zurückgehen.«

Bryce und Fairbank waren Culver gefolgt. Nach einem kurzen Zögern schloß sich McEwen den drei Männern an.

Culver fühlte sich von den Leichen magisch angezogen. Eine morbide Neugier hatte von ihm Besitz ergriffen. Behutsam stiegen sie über die zerfleischten Körper hinweg. Sie erklommen die Treppe, bis ein Wall aus blutüberströmten Leibern ihnen den Weg versperrte. Culver deutete auf die Leiche einer Frau, die zuoberst lag. »Wir müssen die Frau aufheben«, sagte er, zu Fairbank gewandt. »Helfen Sie mir.«

»Warum versuchen wir nicht, drüber wegzuklettern«, protestierte Fairbank.

»Und was ist, wenn der ganze Haufen in Bewegung gerät? Wenn wir mitsamt den Leichen die Treppe hinunterstürzen?«

»Vielleicht haben Sie recht...«

Sie ergriffen den leblosen Körper und hoben ihn auf den Mittelsteg zwischen den beiden Rolltreppen. Die Frau war federleicht, die Bestien hatten die Eingeweide aufgefressen.

»Und jetzt geben Sie ihr einen Stoß«, sagte Culver.

Fairbank tat wie geheißen. Er lehnte sich über den Handlauf, um der Leiche nachzustarren, die über die Schräge des Mittelstegs abwärts glitt und in der Düsternis verschwand. »Eine Rutschpartie, von der sie leider nichts mehr hat«, sagte er leise. Er senkte den Blick, als er Culvers vorwurfsvollen Blick auf sich spürte. »Es tut mir leid. Ich habe das nur gesagt, um meine Angst zu überspielen.«

Der nächste Leichnam, den sie aufhoben, war wieder eine Frau. Die Ratten hatten ihr die Brüste zerfleischt. Culver erschrak, als sich der Arm der Frau, der Schwerkraft gehorchend, um seine Schultern legte, und stieß einen Schrei des Entsetzens aus, als er die Hand der Toten sah. Die Finger fehlten.

Sein Blick fiel auf das Kind, das unter der Frau gelegen hatte. Ein kleines Mädchen. Die Mutter hatte ihre Tochter vor den angreifenden Ratten beschützen wollen. Das Kind war unter dem Gewicht der übereinanderstürzenden Menschen erstickt.

Culver kniete nieder und strich dem toten Mädchen über die Stirn. Die anderen bildeten einen Halbkreis, sie wußten nicht, was sie tun sollten. Sie sahen ihm zu, wie er das Kind auf den stählernen Stufen zur Ruhe bettete. Ein grimmiger Ausdruck trat in sein Gesicht. Bryce betrachtete ihn aus den Augenwinkeln. Seit Culver vor Wochen zu den Überlebenden im Bunker stieß, war eine erstaunliche Verwandlung mit ihm vorgegangen. Von Anfang an hatte es einen unerklärlichen Abstand zwischen diesem Mann und den anderen Überlebenden in der unterirdischen Zufluchtsstätte gegeben, und jetzt erinnerte sich Bryce, daß Dealey diesen Außenseiter nach und nach mit Privilegien ausgestattet hatte. Dealey hatte versucht, Culvers Vertrauen zu gewinnen und ihn in das Team der ›Offiziellen‹ eingeschleust, aber dieser hatte sich nicht vereinnahmen lassen. Zugleich hatte es Culver vermieden, sich zur Gruppe jener zu schlagen, die Dealey hinter vorgehaltener Hand ›die Zivilisten‹ nannte. Er war sich selbst treu geblieben, was ihm die Achtung beider Seiten einbrachte. Anfangs hatte Bryce die Ruhe, die von Culver ausging, als Gleichgültigkeit gedeutet. Vorhin, als dieser das tote Mädchen auf die Stufen legte, war deutlich geworden, daß sich hinter der Maske der Teilnahmslosigkeit tiefempfundenes Mitleid mit den Opfern der Katastrophe verbarg. Jetzt wußte Bryce, warum er sich in der Gegenwart dieses Mannes immer unsicher und unterlegen gefühlt hatte. Culver hatte Qualitäten, die erst in Situationen außergewöhnlicher Belastung zu Tage kamen. Eine komplexe Persönlichkeit. Bryce verstand nicht recht warum, aber seit wenigen Sekunden war er immer mehr dazu bereit, sich dem Schutz dieses Menschen anzuvertrauen.

Culver hatte den Leichnam eines Mannes auf den Mittelsteg gehoben. Die Augenhöhlen des Toten waren leer. Mehr noch, die beiden Öffnungen, die den Weg zum Gehirn freigaben, waren mit Gewalt erweitert worden. Fairbank machte einen Schritt nach vorn. Er half dem Piloten, einen weiteren Körper aufzuheben. Als er ein Geräusch vernahm, das vom oberen Teil der Treppe zu kommen schien, wandte er den Kopf.

»Was ist das?«

Die drei Männer folgten seinem Blick. Ein schwarzer

Schatten kam den Steg herab und gewann an Geschwindigkeit, je mehr sich das Gebilde den Männern näherte.

Fairbank sprang zur Seite. McEwen zog seinen Revolver.

Culver winkte ab. »Nicht schießen. Das ist nur ein Toter.«

Fairbank reagierte mit einem Seufzer der Erleichterung. Er kehrte zum Mittelsteg zurück und streckte beide Arme aus, um die Abwärtsbewegung des leblosen Körpers aufzuhalten.

»Lassen Sie das«, sagte Culver ruhig.

Der Techniker war einen Schritt zurückgewichen. Als der Leichnam an ihnen vorbeiglitt, verstand er, warum Culver ihn gewarnt hatte. Der Tote hatte keinen Kopf mehr.

Fassungslos sahen die Männer, wie die Leiche in der Finsternis am Fuße der Treppe eintauchte.

»Wie ist eine solche Verstümmelung zu erklären?« flüsterte Fairbank.

»Die Ratten«, antwortete Culver. Er ließ den Kegel seiner Stablampe in einer langsamen Kreisbewegung über die blutige Szenerie der Treppe wandern. »Gehen wir nach oben«, fügte er hinzu. »Die Lücke ist jetzt so groß, daß wir durchkommen.« Er ergriff den Handlauf und schritt über zwei Leichen hinweg.

»Warten Sie«, sagte Bryce. »Vielleicht sind die Ratten da oben. Es gibt einen Grund, wenn sich ein lebloser Körper in Bewegung setzt.«

Culver ließ sich nicht aufhalten. »Ich vermute, daß der Tote weiter oben auf dem Mittelgang lag«, rief er über die Schulter. »Durch die Erschütterung, die wir mit unseren Schritten verursacht haben, ist er ins Rutschen geraten.«

Die drei Männer sahen sich an, dann setzten auch sie den Aufstieg fort. McEwen hielt seine 38er in der Hand.

Sie mußten noch zwei Leichenberge wegräumen, ehe

sie das obere Ende der Treppe erreichten. Dann betraten sie die kreisförmige Schalterhalle.

Was sie erblickten, verschlug ihnen den Atem. Die Schalterhalle war eine gigantische Gruft. Ein Schlachthaus.

Es gab zwei Eingänge, durch die das graue Tageslicht einfiel. Culver schien es, als seien die Toten aus Stein gehauen. Eine gespenstische Stille umfing die Männer, die sich der grauenvollen Todeslandschaft gegenübersahen.

Die Opfer hatten offensichtlich in der U-Bahnstation vor dem tödlichen Staub Schutz gesucht, der nach der Explosion auf die Stadt niederging. Culver kamen die Menschen ins Gedächtnis, die in panischer Flucht aus dem Tunnel gekommen waren. Sie waren von Ratten angefallen worden, sie kannten die Gefahr. Hatten sie darauf vertraut, daß die Bestien nicht in die Schalterhalle vordringen würden? Wenn es so war, dann hatten sich die Ärmsten grausam getäuscht. Das Blut der Verwundeten hatte die Ratten unwiderstehlich angezogen, so daß sie ihre Furcht vor der Menschenmenge, die sich in dem schwachbeleuchteten Rund drängte, überwanden.

Culver starrte auf die Türen der Diensträume. In einen dieser Räume waren er und Dealey eingedrungen, um sich eine Taschenlampe zu holen. Damals waren die Türen alle geschlossen gewesen, jetzt standen sie sperrangelweit offen. Was wohl aus dem Stationsvorsteher geworden war? Culver richtete seine Lampe auf die entsprechende Tür. Sie war aus den Angeln gerissen worden.

Fairbank war zu einem der Schalter unterwegs. Als er sich der Toten näherte, flog ein Schwarm Schmeißfliegen auf. Er empfand einen unaussprechlichen Haß auf die winzigen Parasiten, die sich am Fleisch der unschuldigen Opfer gütlich taten. Fairbank haßte sie ebenso sehr wie die Ratten, die diesen hilflosen Menschen den Tod gebracht hatten, und fast so sehr wie die Menschen, die auf den Knopf gedrückt und die ganze Katastrophe ausgelöst hatten.

Er überquerte die Schwelle. Tote, nichts als Tote. Die Menschen waren in die mit Drahtglas gesicherten Diensträume des U-Bahnpersonals geflüchtet, wo sie sich vor den Riesenratten sicher glaubten. Aber die angreifenden Tiere hatten Fenster und Türen eingedrückt und sich den Weg zur Beute erzwungen.

Er rümpfte die Nase, als der Gestank des verwesten Fleisches zu ihm aufstieg. Sekunden später wurde ihm ein Anblick zuteil, der ihm beinahe das Herz stillstehen ließ.

»Culver! Um Gottes willen, kommen Sie schnell!«

Die drei Männer kamen herbeigerannt. Sie richteten ihre Stablampen auf das Gebilde, das Fairbank einen so großen Schrecken eingejagt hatte.

Die Ratte hatte ein schwarzes Fell und war ungefähr sechzig Zentimeter lang. Culver schätzte den schuppenbesetzten, leicht gekrümmten Schwanz des Tieres auf weitere fünfzig Zentimeter. Das Fell war ohne Glanz, überzogen vom schiefergrauen Schatten der Totenstarre. Das Tier stand auf den Hinterbeinen, als wollte es zum Sprung ansetzen, festgefroren in einer Bewegung aus Gier und Mordlust. Die bösartigen, gelben Augen schienen in die Unendlichkeit zu schauen. Die Männer erschauderten. Der verdrehte Hals des Tieres, der den Schluß zuließ, daß ihm das Genick gebrochen worden war, vermochte ihnen keine Sicherheit einzuflößen. Sie wichen zurück.

Es war Culver, der als erster die Fassung wiederfand. Er kniete nieder, um das im Tode erstarrte Tier aus der Nähe zu betrachten. Die Schädeldecke war zertrümmert. Einer der Menschen hatte sich gewehrt und eine der angreifenden Ratten getötet. Wahrscheinlich war er oder sie nachher vom Rudel überwältigt worden. Es blieb die

Tatsache, daß jemand den Mut gehabt hatte, sich den Bestien zu widersetzen.

Das Tier war tot, aber es strahlte immer noch Überlegenheit aus. Culver betastete die Vertiefung in der Schädeldecke. Bei dem Schlag, den die Ratte erhalten hatte, war das Fell unverletzt geblieben. Mit den Fingerspitzen ließ sich die weiche Hirnmasse berühren. Die Schädeldecke war merkwürdig dünn und mürbe. Es gab keine Blutspuren. Culver untersuchte den Kadaver und fand keine weiteren Verletzungen. Ob alle Ratten dieser Spezies eine so dünne Schädeldecke hatten? War das die schwache Stelle, wo man ihnen beikommen konnte? Culver verwarf den Gedanken, der ihm zunächst wie ein Silberstreif am Horizont erschienen war. Möglich, daß ein Mensch zwei oder drei dieser Riesenratten töten konnte, bevor er vom Rest des Rudels zerfleischt wurde. Es glich dem Versuch, mit einem Sieb einen Brunnen auszuschöpfen. Ratten bildeten Horden. Große Horden.

Er stand auf und versetzte dem toten Tier einen Tritt, dann verließ er den Raum.

Er wurde von seinen Gefährten erwartet. Sorgsam bahnte er sich seinen Weg zwischen den Leichen hindurch. Er begann zu würgen, als sein Blick auf die Myriaden von Fliegen fiel, die wie ein schwarzer Schleier die Toten bedeckten. Die Fliegen würden ihre Eier in das verwesende Fleisch legen. Sie würden sich mit beängstigender Geschwindigkeit vervielfachen. Seuchen würden sich ausbreiten und die wenigen Überlebenden der atomaren Katastrophe dahinraffen. Immer noch regnete es, aber was würde geschehen, wenn der Regen aufhörte? Erbarmungslos und unersättlich würden die Insekten die Herrschaft über das antreten, was von der Welt übriggeblieben war. Erst wenn der Winter kam, würde sich die Vermehrungskurve abflachen, um im Frühling wieder steil anzusteigen.

Culver war vor Bryce angekommen. Er sah ihn scharf an. »Wie viele dieser Bestien lebten vor der Katastrophe in den U-Bahntunnels und Abwässerkanälen? Wie lange existiert diese Spezies schon?«

Der Civil Defense Officer konnte seine Verlegenheit nicht verbergen. Er antwortete mit leiser Stimme. Seine Verärgerung klang durch.

»Ich weiß es nicht. Soweit ich weiß, gab es keine Berichte über Mutanten.«

»Sie lügen. Es sind so viele, daß sie nicht unentdeckt bleiben konnten.«

»Ich schwöre es Ihnen, es gab keine Berichte. Allerdings habe ich von gewissen Gerüchten gehört. Angeblich...«

»Gerüchte? Ich will die Wahrheit wissen, Bryce.«

»Ich sage die Wahrheit! Es waren wirklich nur Gerüchte. Irgend jemand hat behauptet, in den Abwässerkanälen lebten große Tiere. Vielleicht handelte es sich um verwilderte Hunde, wir haben dem jedenfalls keine Bedeutung beigemessen. Es bestand kein Anlaß zur Besorgnis, nachdem die Rattenplage in den letzten Jahren stark zurückgegangen war.«

»Es wundert mich nicht, daß die normalen Ratten dezimiert wurden. Hat sich denn niemand von Ihnen die Frage gestellt, warum die Population der normalen Spezies so stark schrumpfte?«

»Wollen Sie... wollen Sie damit sagen, daß die Riesenratten die normale Spezies dezimiert hat?«

»Das ist jedenfalls eine Möglichkeit. Erzählen Sie mir doch keine Märchen, Bryce. Sie sind Regierungsbeamter, Sie müssen mehr wissen. Gab es keine Berichte über verschwundene Personen? Über vermißte Kanalarbeiter zum Beispiel?«

»Mein Gott Culver, in einer Stadt wie London gibt es immer verschwundene Personen. Es gibt Arbeitsunfälle in den U-Bahntunnels und in den Abwasserkanälen. Ich möchte Sie daran erinnern, daß das U-Bahnnetz eine Länge von Hunderten von Kilometern hat, das Netz der Kanäle ist noch länger. In den Abwasserkanälen sind tödliche Unfälle an der Tagesordnung. Die Arbeiter ertrinken und werden fortgespült. Man findet keine Leiche, na und? Was Ratten angeht, so etwas hat es immer schon in den U-Bahntunnels und in den Kanälen gegeben. Kein Mensch weiß, wieviel Generationen von diesem Ungeziefer im Untergrund von London existiert haben...«

»Bryce...«

»Ich sage Ihnen die volle Wahrheit! Ich war für den Zivilschutz zuständig, das ist alles! Kann sein, daß Dealey mehr über die Angelegenheit weiß.«

Culver starrte den Mann, der einige Jahre älter war als er, ein paar Herzschläge lang an. Schließlich löste sich seine Spannung. »Dealey«, echote er. Jetzt erinnerte er sich an die Bemerkung, die Dealey während der Flucht gemacht hatte. Der Mann war infolge des Atomblitzes erblindet gewesen. Culver hatte ihm von den Riesenratten berichtet, die den Zugang zum Bunker versperrten, und Dealey hatte auf diesen Bericht anders als erwartet reagiert, nämlich ohne Erstaunen. Er hatte sich nach dem Aussehen der Tiere erkundigt, ganz so, als sei es nicht das erste Mal, daß Mutanten in den Tunnels auftauchten.

»Ich werde Dealey um eine Erklärung bitten, sobald wir wieder im Bunker sind«, sagte Culver. Er wandte sich zu den anderen Männern. »Wir gehen jetzt nach oben. Ich möchte wissen, was von London übriggeblieben ist.«

Sie erklommen die Stufen, die aus der Schalterhalle in die Oberwelt führten. Regen prasselte auf die Treppe.

»Nicht nur die Stadt ist zerstört worden, auch der Himmel.«

Die drei fanden es erstaunlich, daß Fairbank so etwas sagte. Es paßte nicht zu ihm. Culver spürte, wie ein Schauder über seinen Rücken kroch.

»Messen Sie die Radioaktivität«, sagte Bryce, zu McEwen gewandt. »Zuerst auf dem Treppenabsatz, der vom Regen nicht erreicht wird, dann oben.«

Der ROC-Mann schaltete seinen Geigerzähler ein. Ich hätte schon unten im Tunnel erste Messungen durchführen sollen, dachte er. Aber die erschreckenden Erlebnisse beim Beginn der Erkundungstour hatten das verhindert.

Ein langsames Knattern war zu hören. »Kein Grund zur Sorge«, sagte McEwen. »Das Gerät registriert die energiegeladenen Partikel, die sich zu jedem Zeitpunkt in der Atmosphäre befinden. Die Werte sind vollkommen normal.«

»Hat jemand Lust auf eine Dusche?« Fairbank deutete nach oben, wo im fahlen Licht des Tages der sintflutartige Regen zu erkennen war.

McEwen runzelte die Stirn. Dann tat er einen Schritt nach vorn und hielt den Geigerzähler in den Regen.

»Der Regen ist warm!« Er zog die Hand zurück, als sei er von einer Natter gebissen worden.

»Alles kein Problem«, sagte Bryce. »Die Skala zeigt normale Werte.«

»Und Sie finden es nicht besorgniserregend, daß der Regen warm ist?« Culver musterte Bryce mit unverhohlenem Mißtrauen.

Der zuckte die Achseln. »Wer weiß, wie es in den höheren Schichten der Atmosphäre aussieht? Die Welt ist durcheinandergeraten. Vielleicht fällt jetzt kalter Regen auf die Länder am Äquator.« Sein Ton wurde schärfer. »Mir gefällt die Art nicht, wie Sie mit mir umspringen, Culver. Sie tun gerade so, als ob ich für dies alles verantwortlich wäre. Ich bin nur ein Rädchen im Getriebe der Regierung, das sollten Sie sich merken. Mein Job war und ist es, Leben zu schützen, nicht Leben zu vernichten. Weil ich meine Pflichten ernst nehme, habe ich mit den Ministern mehr Kämpfe ausgefochten, als Sie sich vorstellen können. Vor ein paar Jahren war die Regierung drauf und dran, das Civil Defense Corps aufzulösen. Ich habe damals die Öffentlichkeit mobilisiert, um das zu verhindern.«

Culver wollte etwas antworten, als Fairbank dem Streit der beiden ein Ende machte. »Ich hätte Lust, mich da oben etwas umzusehen. Wer kommt mit?«

Es dauerte ein paar Sekunden, dann erschien ein Lächeln in Culvers Mundwinkeln. »Fairbank hat recht. Sehen wir einmal nach, was von London noch stehengeblieben ist.«

Er trat unter dem Dach hervor und ließ den Regen über sich rinnen.

Es war ein gutes Gefühl. Reinigung, Läuterung. Er legte den Kopf in den Nacken und ließ sich die Tropfen auf die Stirn prasseln. McEwens Beobachtung war korrekt gewesen. Der Regen war warm, unnatürlich warm. Aber es war Regen, Culver fand das wunderbar. Er ging die letzten Stufen hinauf und blieb stehen, bis die anderen ihn eingeholt hatten. Sie warfen einen entsetzten Blick in die Runde. Eine geisterhafte Stille lag über dem, was einst London gewesen war, nur der Regen war zu hören.

Bryce fiel auf die Knie und schluchzte. »*Nein, nein, nein...*«

12

Vor vielen Jahren, als Culver noch ein kleiner Junge war, hatte ihm jemand einmal einen Sepiadruck gezeigt. Es war die Reproduktion einer Fotografie, die in Beaumont

Hamel, einer Kleinstadt im Gebiet der Schlacht an der Somme, aufgenommen war. In Beaumont Hamel hatte der Erste Weltkrieg gewütet, das Foto war im November 1916 aufgenommen, und das Bild hatte sich unauslöschlich in Culvers Gedächtnis eingeprägt.

Die Schlacht war längst vorüber. Von den Wäldern waren nur nackte, verkohlte Baumstämme übriggeblieben. Es gab kein einziges grünes Blättchen mehr, keinen Grashalm. Wo sich Wiesen befunden hatten, war jetzt Lehm, der von den Granaten aufgewühlt war. Keine Häuser mehr, nur noch Schutt, geborstene Trümmer. Keine Vögel. Kein Leben. Nur trostlose Einsamkeit.

An dieses Bild dachte Culver, als er von der U-Bahntreppe auf die Straße trat.

Die Stadt war ein gedemütigtes Trümmerfeld, in dem sich nichts mehr bewegte. Die meisten Häuser waren zerstört. Was nicht vollständig zerstört war, war schwer beschädigt. Es gab gigantische Puppenhäuser. Gebäude, bei denen eine Wand fehlte. Zimmer mit Möbeln und allem Drum und Dran, aber ohne Menschen. Es gab verbogene Stahlskelette, die dem Feuersturm bis zuletzt getrotzt hatten. Eine Regel oder ein Gesetz, warum das eine Haus in Schutt und Asche lag, während das Gebäude daneben bis zum dritten oder vierten Stockwerk erhalten geblieben war, war nicht zu erkennen. In der Ferne gab es Häuser, die weniger Schäden davongetragen hatten, als hätte sich die Gewalt der Druckwelle im äußeren Radius verringert.

Inmitten der Trümmer lagen umgestürzte Autos, Busse und andere Fahrzeuge, wie Spielzeug, das ein überdrüssiges Kind fortgeworfen hatte. Die Straßen, soweit sie noch als solche zu erkennen waren, glichen langgestreckten Friedhöfen, auf denen anstelle der Grabsteine ausgebrannte Autos standen. Die meisten Lichtmasten waren geknickt, einige waren ganz umgestürzt. Im

Schutt der Gebäude lagen Büromaschinen, Möbelstücke, Fernsehgeräte, die inmitten der Zerstörungen seltsam deplaciert wirkten.

Und überall die verkohlten Überreste der Menschen, die einst in den Gebäuden gelebt hatten.

Die vier Männer waren erleichtert, als sie feststellten, daß hier keine Fliegen auf den Leichen saßen. Es war der Regen, der die Insekten ferngehalten hatte.

Sie standen auf einer Straße, im Herzen der englischen Hauptstadt. Zum erstenmal in ihrem Leben sahen sie die wahre Gestalt der Landschaft, die vorher von Häusern verdeckt gewesen war, ein Muster aus verschiedenen Grautönen vor einem blauen Hintergrund. Der Blick ging ungehindert auf die sanftgewellten Hügel am Stadtrand. Der Osten und der Westen der Stadt wirkten, als sei eine gigantische Walze darüber hinweggefahren.

Es war ein erschreckender Anblick. Die vier Männer fühlten sich auf einmal sehr allein. Voller Sehnsucht dachten sie an ihre Familien, die in dem Chaos umgekommen waren.

Der Himmel war schwarz, die Wolken hingen niedrig, und der neue Horizont glänzte wie Silber. Der warme Regen tränkte die Kleidung der Männer und konnte doch nicht die Angst fortspülen, die sie beim Verlassen des U-Bahnschachtes überfallen hatte.

Bryce lag auf den Knien, seine Stirn berührte das mit Abfall übersäte Straßenpflaster.

McEwen weinte, seine Tränen vermischten sich mit dem Regen, der über seine Wangen floß.

Fairbank hatte die Augen geschlossen und den Kopf in den Nacken gelegt. Sein Körper war steif wie ein Brett.

Culver blickte in die Runde. Es war ihm nicht anzumerken, was er empfand.

Im Osten waren die Überreste der St.-Paul's-Kathedrale zu erkennen. Der Turm war zerstört, die Mauern geborsten. Culver war erschrocken über das Ausmaß der Verwüstung. Nach der ersten Explosion, so erinnerte er sich, hatte es noch unbeschädigte Häuser gegeben. Aber es war nicht bei einer Explosion geblieben. Nach den Schätzungen der Experten im Bunker waren insgesamt fünf Atombomben über London abgeworfen worden. Wenn man das ins Kalkül zog, war es eigentlich ein Wunder, daß die Stadt nicht dem Erdboden gleichgemacht worden war. Culver hatte den Eindruck, daß die Zerstörungen im Osten von London und in den südwestlichen Vierteln geringer waren als im Zentrum, aber er war sich dieser Beobachtung nicht sicher, weil der strömende Regen die Sicht behinderte.

In größerer Entfernung loderten Brände. Culver vermutete, daß der Regen das Feuer in den anderen Häusern gelöscht hatte. Es gab einen zweiten Grund, warum er die Niederschläge willkommen hieß. Mit dem Wasser wurde der radioaktive Staub fortgespült.

Er ging zu McEwen und berührte ihn am Arm. »Messen Sie jetzt die Strahlung.«

Der Offizier des Royal Observer Corps schaltete den Geigerzähler ein. Er war glücklich, daß er etwas zu tun bekam, weil ihm das die Grübelei über die Ursachen der Katastrophe ersparte. Knattern. Die Nadel schlug aus, zuckte über die rote Markierung hinweg und pendelte sich auf einem niedrigen Wert ein. »Die Strahlung nimmt ab«, verkündete McEwen. »Schauen Sie doch, die Messung liegt unter dem kritischen Wert.«

Er wischte sich die Tränen aus dem Gesicht.

»Fairbank?« Culver sah zu dem Techniker hinüber, der wenige Schritte von ihm entfernt stand.

Fairbank öffnete die Augen. Ein unheimliches Lächeln spielte um seine Lippen, traurig und geheimnisvoll. Es schien, als stellte die Katastrophe für diesen Mann keine Überraschung dar.

»Was nun?« fragte Fairbank.

»Wir sollten zuerst einmal Bryce auf die Beine helfen, dann werden wir uns genauer umsehen. Wir müssen uns beeilen. Ich habe keine Lust, länger als unbedingt nötig hier draußen zu bleiben.«

Sie halfen Bryce aufzustehen und stützten ihn, bis seine Kräfte zurückkehrten. Er wirkte geistesabwesend.

»Irgendwelche Vorschläge, wo wir hingehen sollen?« murmelte er. »Es gibt nichts mehr, was wir uns ansehen können. Es gibt keine Hoffnung mehr, für niemanden von uns.«

»London liegt in Schutt und Asche«, sagte Culver mit großem Ernst, »aber das bedeutet nicht, daß England bombardiert worden ist. Wir haben eine Chance.«

Bryce schwieg.

»Da drüben ist ein Kaufhaus«, sagte Fairbank. Er sprach mit lauter Stimme, um den Regen zu übertönen. »Woolworth. Ich bin täglich dran vorbeigefahren. Gehen wir rüber. Ich schätze, da können wir uns was zum Essen holen, auch Kleidung und andere nützliche Dinge.«

»Wir haben noch genügend Vorräte im Bunker«, sagte Culver. »Trotzdem sollten wir nachsehen, ob's da was zu essen gibt.«

»Ich warte draußen«, verkündete Bryce. »Mir wird schlecht, wenn ich zwischen den Leichen herumlaufen muß.«

»Kommt nicht in Frage. Wir gehen zusammen.«

»Ich bin zu schwach, ich schaffe das nicht. Es tut mir leid, aber ich muß mich erst ausruhen. Die Anstrengung...«

Culver sah Fairbank an. Der zuckte die Achseln und sagte: »Wenn wir ihn mitnehmen, müssen wir ihn tragen. Besser, wir lassen ihn hier.«

»Also gut, Sie können draußen bleiben. Aber Sie dürfen auf keinen Fall weggehen. Wenn wir das Kaufhaus durchsucht haben, kehren wir sofort in den Bunker zurück. Unser Plan sieht vor, daß wir höchstens zwei Stunden über der Erde verbringen. Wir haben keine Zeit, nach Ihnen zu suchen.«

»Ja, das verstehe ich. Ich verspreche Ihnen, daß ich mich nicht von der Stelle rühre.«

»Es ist aber nicht gut, wenn Sie im Regen stehenbleiben. Am besten ist, wenn Sie sich in das Auto da drüben setzen.«

Bryce nickte Einverständnis. Er war erleichtert, daß ihm der Gang durch das Kaufhaus erspart blieb. Er sah den drei Männern nach, wie sie den Platz überquerten, der einst einer der Verkehrsknotenpunkte von London gewesen war. Der Regen verhüllte die Gestalten, und dann war Bryce allein, umgeben von bedrückender Einsamkeit.

Schon nach wenigen Sekunden beschlich ihn das Gefühl, der einzige Mensch zu sein, der das Inferno überlebt hatte. Er wußte, daß seine Gefährten nur ein paar hundert Schritte von ihm entfernt waren, aber das war ein Argument des Verstandes, das gegen die Gespenster der Angst wenig auszurichten vermochte. Verzweiflung überkam ihn, das Gefühl grenzenloser Verlassenheit. War die Katastrophe nicht zugleich das Ende der menschlichen Rasse? Welche Zukunft konnte das Leben auf diesem Planeten noch haben? Würden die Nachkommen der Überlebenden nicht aufgrund der Strahlenschäden als Mißgeburten auf die Welt kommen? Konnten so nicht, in der Folge der Generationen, Mutanten entstehen? Wer konnte in einem Land überleben, dessen Boden und Flüsse radioaktiv verseucht waren?

Der Regen war ein Trommelfeuer aus tausend Fragezeichen. Es waren Fragen, auf die es keine Antwort gab.

Bryce schlug sich den Mantelkragen hoch, um sich vor dem Regen zu schützen. Es war zugleich eine symbolische Geste.

Er ging zu einem der verlassenen Autos, zu einem Wagen, dessen Tür offen stand. Der Besitzer, der den Wagen so zurückließ, hatte offensichtlich keinen Gedanken an die Möglichkeit verschwendet, daß das ungesicherte Fahrzeug von einem Fremden benutzt werden konnte. Aber es hatte wahrscheinlich auch Autofahrer gegeben, die ihren Wagen noch abschlossen, bevor sie flüchteten. Bryce war einem Schmunzeln nahe, als er sich vorstellte, wie ein braver Bürger mit dem Autoschlüssel an seinem Fahrzeug hantierte, während um ihn herum die Stadt in Trümmer fiel.

Bryce hatte den Wagen umrundet. Die Windschutzscheibe war zu Bruch gegangen, die Splitter lagen auf den Vordersitzen verstreut. Gott sei Dank, es gab keine Blutspuren. Er schob sich durch den Türspalt und nahm auf dem Fahrersitz Platz. Das Trommeln des Regens auf dem Blechdach war zu hören. Tropfen fielen durch den leeren Rahmen der Frontscheibe auf seine Knie, aber Bryce störte das nicht, seine Kleidung war sowieso schon durchnäßt.

Eine Zeitung lag auf dem Boden des Fahrzeugs. Er hob sie auf und las die Schlagzeile.

DER PREMIERMINISTER: »RUHE BEWAHREN!«

Bryce begann zu lachen.

Er lachte, bis ihm die Tränen über die Backen rannen.

Sein Fuß stieß gegen den Türschweller.

Der Wagen erzitterte.

Die Erschütterung weckte das Lebewesen, das auf dem Rücksitz lag.

13

Fairbank war der erste, der sich in die Lücke zwängte. Der Zugang zum Untergeschoß des Kaufhauses war von herabgefallenen Mauerteilen verschüttet, die nur einen engen Durchschlupf freiließen. Eine gefährliche Mischung aus zerbrochenen Ziegeln, scharfkantigen Betonplatten und Glassplittern bedeckte den Eingangsbereich. Über allem lag eine unheilverheißende Staubschicht. Aber die Männer trotzten der Gefahr, allen voran Fairbank, der nach dem wochenlangen Zwangsaufenthalt im Bunker davon träumte, endlich wieder ein blütenreines Oberhemd und frische Unterwäsche anzuziehen. Beides hoffte er in den Regalen und Verkaufsständen des Kaufhauses vorzufinden, dessen Untergeschoß, wie es schien, der atomaren Druckwelle standgehalten hatte. Die Aussicht darauf, sich nach Belieben mit den Produkten der Konsumgesellschaft eindecken zu können, war für ihn so wichtig, daß er sich nicht von seinen drei Gefährten, die zur Vorsicht mahnten, beeindrucken ließ. Culver konnte ihn gut verstehen. Insgeheim sehnte auch er sich nach den Gegenständen, die Fairbanks Fantasie beflügelten.

Er hatte Fairbank allerdings darauf hingewiesen, daß der Warenbestand des Kaufhauses wahrscheinlich verbrannt war.

»Es gibt nur eine Möglichkeit, wie wir uns Gewißheit verschaffen können«, hatte der Techniker ihm geantwortet. Offensichtlich hatte er den Schock, den er beim Verlassen der U-Bahnstation erlitten hatte, schon überwunden. Für die Sinneswandlung, die sich bei Fairbank vollzogen hatte, sah Culver zwei Gründe. Entweder hatte dieser Mann überhaupt keine Antenne für die Umwälzungen, die das atomare Unglück für die Überlebenden bedeutete, oder er verdrängte die niederschmetternden Eindrücke, weil das die einzige Möglichkeit war, die Katastrophe seelisch zu verarbeiten. Wenn die zweite Vermutung zutraf, so mußte man ihn um sein Überlebensrezept beneiden.

Culver hatte den Trümmerhaufen erklettert, der sich

vor dem Eingang zum Tiefgeschoß auftürmte, Fairbank war ihm zwei oder drei Schritte voraus. Mit prüfendem Blick betrachtete er den Staub, der wie eine graue Puderschicht auf den Betonbrocken lag. Er wandte sich zu McEwen. »Kommen Sie, McEwen. Sie müssen die Radioaktivität messen, bevor wir reingehen; vielleicht ist das Kaufhaus vollkommen verseucht.«

Zögernd erklomm der Officer des Royal Observers Corps die steile Pyramide aus Schutt. Sie sahen Fairbank nach, der seine Stablampe angeknipst hatte und in diesem Augenblick in dem schwarzen Loch verschwand.

Einige Sekunden vergingen, dann hörten sie seine Stimme. »Himmel, was für ein entsetzlicher Gestank!«

Sie folgten Fairbank, indem sie sich durch die schmale Öffnung zwängten. Und dann hockten sie auf dem Geröll und starrten auf die Inseln aus Licht, die ihre drei Stablampen in der Düsternis des Tiefgeschosses entstehen ließen.

»Da hinten ist die Decke eingestürzt«, stellte McEwen fest.

»Dafür sieht der Rest ziemlich stabil aus«, entgegnete Fairbank. Seine Stimme hatte einen heiteren Klang bekommen. »He, was ist das denn?« Er ließ den Strahl seiner Lampe auf einem Regal voller Süßwaren kreisen. Er sprang auf und lief zu dem Verkaufsstand hinüber. Seine beiden Begleiter waren so überrascht, daß sie nicht einmal den Versuch machten, ihn daran zu hindern.

»Wenn Sie das alles aufessen, Fairbank, kriegen Sie fürchterliches Bauchweh«, bemerkte Culver, der sich das Lachen kaum noch verkneifen konnte.

Fairbank gab eine Beschreibung der Köstlichkeiten. »Nougat, Schokolade und jede Menge Fruchtbonbons! Ich glaube, ich träume. Walnut Whips, Bounville Plain, Pacers, Glacier Mint...« Er verstummte.

Culver und McEwen liefen zu ihm, um sich die Süßwaren anzusehen, die von einer hauchdünnen Staubschicht überpudert waren. Als sie nahe genug heran waren, entdeckten sie, was Fairbank Begeisterung einen Dämpfer versetzt hatte.

»Jemand hat die Packungen geöffnet«, war McEwens Kommentar. »Wir sind nicht die ersten, die sich hier mit Vorräten eindecken wollten.«

»Ich bezweifle, daß diese Packungen von Menschen aufgerissen worden sind.« Culver ließ seine Finger über eine aufgeschlitzte Klarsichthülle streifen und erschauderte bei der Vorstellung, daß eine riesige Meute schwarzer, vierbeiniger Kreaturen sich an den Süßwaren gütlich getan hatte.

»Ratten?« fragte Fairbank.

»Vielleicht.« Culver öffnete seinen Schulterhalfter.

»Ratten hätten viel mehr Unordnung gemacht«, sagte McEwen.

»Er hat recht.« Fairbanks Stimme verriet, daß seine soeben geäußerte Befürchtung nicht vollständig ausgeräumt war. »Trotzdem sollten wir uns beeilen. Ich schlage vor, wir nehmen soviel Süßigkeiten mit, wie wir schleppen können, und verschwinden.«

»Ich dachte, Sie wollten sich noch ein wunderschönes Oberhemd aussuchen.«

»Das wollte ich, aber ich denke, ich kann auch ohne frische Wäsche weiterleben.« Er begann die Taschen seines Overalls mit Schokoladetafeln zu füllen.

»Warten Sie.« Culver legte ihm die Hand auf den Arm. »Wenn es keine Ratten waren...«

»Menschen?« sagte McEwen.

Culvers Blick folgte dem Strahl der Lampe, der über die mit Unrat übersäten Gänge zwischen den Verkaufsständen kroch. Das Untergeschoß war sehr weitläufig und hatte die Form eines L. Merkwürdigerweise fiel kein Licht durch die Öffnung, die beim Einsturz der Decke entstanden war. Während Culver darüber nachdachte, ob es Ratten oder Menschen waren, die den Stand mit Süßigkeiten geplündert hatten, wurde ihm der Gestank bewußt, der das Untergeschoß erfüllte. Wie seine beiden Gefährten, so hatte auch er sich an die Geruchsbelästigung gewöhnt und zugleich die Frage nach der Ursache verdrängt. Er verspürte wirklich keine Lust, in dieser Hinsicht Nachforschungen anzustellen, aber sein Gewissen sagte ihm, daß ihm diese unangenehme Aufgabe nicht erspart bleiben würde.

Seine Schritte klangen unnatürlich laut. Die Wände des Warenhauses, das zu einer Höhle geworden war, warfen den Schall als dumpfes Echo zurück.

Fairbank bediente sich. Er füllte sich die Taschen, bis nichts mehr hineinging, dann folgte er Culver in das wabernde Halbdunkel. Im Vorbeigehen erfaßte sein Blick Regale mit Handtaschen und Koffern. Er nahm sich vor, beim Weg zurück einen Koffer mitgehen zu lassen.

McEwen, der am Süßwarenstand zurückgeblieben war, begann sich unbehaglich zu fühlen. Er gab sich einen Ruck und lief in die Richtung, wo die Schritte der beiden Männer zu hören waren. Sekunden später hatte er zu Culver und Fairbank aufgeschlossen.

Sie durchschritten die Abteilung für Lampen und elektrisches Zubehör. Zerbrochene Fassungen und aufgeschlitzte Lampenschirme lagen auf dem Boden. Es sah aus, als hätte eine Horde ungezogener Kinder die Waren aus den Regalen gerissen und im Kaufhaus zerstreut. Inmitten des unbeschreiblichen Durcheinanders lagen Gestalten. Menschen.

Feuchte Finger legten sich um Culvers Handgelenk.

Instinktiv wich er zurück.

Es gelang ihm, die Hand des Fremden fortzuschlagen. Aber die Gestalt folgte ihm. Es war ein Mann, der wie ein Schimpanse durch die Düsternis torkelte. Culver wurde eingeholt. Der Mann ergriff ihn am Ärmel und begann daran zu zerren, dann sank er vor Culver in die Knie.

»Hilfe!« sagte er mit rasselnder Stimme.

Er war vom Tode gezeichnet. Blutverkrustete Lippen, braunes Zahnfleisch. Rumpf und Glieder waren mit frischen Wunden übersät. Culver spürte, wie seine Angst Oberhand über das Mitleid gewann, das er für den Fremden empfand.

Die Gestalt hatte zu stöhnen begonnen und schien zu schrumpfen.

Culver überwand seine Abscheu. Er faßte den Mann unter und bettete ihn vorsichtig auf den Fußboden. Die Kleidung des Fremden war zerrissen und mit Exkrementen verschmiert.

»Bitte... helfen... Sie... uns!«

Culver beugte sich zu dem Sterbenden. »Wie viele seid ihr?«

»Weiß nicht«, stöhnte die Gestalt.

Culver wandte sich zu seinen beiden Gefährten. »Strahlenkrankheit«, sagte er und wußte, daß er damit nur eine Tatsache feststellte, die offensichtlich war und keiner Erläuterung bedurfte. »Er hat keine Chance mehr«, fügte er hinzu. Er richtete seinen Blick auf McEwen. »Schalten Sie den Geigerzähler ein. Wir müssen herausfinden, wie stark die Strahlung hier unten ist.«

McEwen knipste das Zählrohr an. Sie erschraken, als das Gerät laut und deutlich zu knattern begann. Die Impulse, die von einem Verstärker übertragen wurden, kamen in sehr kurzen Abständen. Die Nadel schlug wild aus, bevor sie sich auf einen Wert im unteren Viertel der Skala einpendelte.

»Zuviel Rem«, sagte McEwen. »Wir sind in Gefahr. Wir müssen das Gebäude sofort verlassen.«

»Ich bin schon unterwegs«, sagte Fairbank.

»Halt!« schrie Culver. »Wir müssen erst nach den anderen sehen. Vielleicht sind welche darunter, die nur eine geringe Strahlendosis abbekommen haben.«

»Sie machen wohl Witze«, entgegnete ihm Fairbank, der nach wenigen Schritten stehengeblieben war. Er deutete auf die Gestalten, die aus dem gespenstischen Halbdunkel herangewankt kamen.

Es war ein grauenhafter Anblick. Einige krochen, andere taumelten wie uralte Menschen, die binnen weniger Sekunden zusammenbrechen würden. Das Winseln ihrer hohen, brüchigen Stimmen erfüllte die stickige Luft. Es war schwer, in diesen stöhnenden, blutenden Skeletten den Mitmenschen zu sehen, den Bruder, der durch die atomare Katastrophe in ein Zerrbild des Homo sapiens verwandelt worden war. Culver erinnerten die Gestalten an Leprakranke, die das Unglück ihrer Krankheit aus der Abgeschiedenheit ihrer Kolonie in die Welt hinaus trugen, an eine Horde von Untoten, die ausgezogen waren, um die Lebenden zu vernichten...

Es war mehr, als Fairbank und McEwen ertragen konnten. Entsetzt wichen sie in eine Lücke zwischen den Verkaufsständen zurück.

Die torkelnden Gespenster waren nähergekommen. Das Licht der Stablampen fiel auf ihre von der Krankheit verunstalteten Gesichter. Sie bettelten um Mitleid. Sie flehten um Erlösung.

»Culver, es sind zu viele! Wir können ihnen nicht helfen.« Es war Fairbank, der mit zitternder Stimme aussprach, was jener nur zu denken wagte.

»Wir müssen hier draus«, sagte McEwen aus einiger Entfernung. »Die Strahlendosis ist zu hoch! Wenn wir nicht sofort verschwinden, erleiden wir das gleiche Schicksal wie diese Unglücklichen.«

Eine Frau war zu Fairbank gekrochen und umklammerte flehend seine Knie.

»Bitte...«

Er versetzte ihr einen Stoß. Sie kam zu Fall, ein Schmerzensschrei entrang sich ihren Lippen. Reue durchflutete ihn. Er streckte die Hand aus, um ihr aufzuhelfen. Als der Klagegesang der anderen anschwoll, änderte er seinen Entschluß und trat zwei Schritte zurück, so daß die Frau ihn nicht mehr erreichen konnte.

»Es hat keinen Zweck, Culver«, sagte er resigniert. »Wir können ihnen nicht helfen. Es sind zu viele.« Er machte kehrt und begann zu laufen. Er rannte so schnell, daß einige Beutel mit Süßigkeiten aus seinen überfüllten Taschen rutschten.

Eine Hand berührte Culver an der Wange. Er zuckte zusammen, ohne sich der makabren Liebkosung zu entziehen. Immer noch kniete er vor dem Mann, der die Gruppe der Strahlenkranken angeführt hatte.

»Lassen Sie uns nicht im Stich...«

Culver ergriff die Hand des Unglücklichen. »Wir können jetzt nichts für Sie tun«, sagte er zögernd. »Aber wir werden zurückkommen. In unserem Bunker befindet sich eine Ärztin. Ich werde sie holen, damit sie ihnen hilft.«

Der Mann umklammerte seine Finger. »Nein... nein... Sie dürfen uns hier nicht zurücklassen...«

Und dann spürte Culver, wie ihm der Fremde die Hand auf die Schulter legte.

Es gelang ihm, seine Hand aus dem Klammergriff des Strahlenkranken zu befreien. Aber der Mann hatte ihn mit seiner anderen Hand beim Kragen gepackt und zerrte an ihm. Eine Sekunde lang dachte Culver daran, die Pistole zu ziehen. Für den Sterbenden würde der Schuß eine Erlösung sein. Aber er brachte es nicht übers Herz, den Gedanken zu verwirklichen. Er sprang auf und stolperte über eine Gestalt, die sich von hinten genähert hatte. Es war eine junge Frau. Er übersah die bittend ausgestreckte Hand.

»Es tut mir leid«, schrie er, und dann rannte er hinter seinen Gefährten her, die zum Ausgang stürzten.

Er hörte das Weinen und Stöhnen der Strahlenkranken, er hörte ihr Flehen, aber er wagte es nicht, sich umzudrehen. Er lief weiter, bis er das Loch erreicht hatte, durch das sie in das Untergeschoß des Kaufhauses gelangt waren. Fairbank und McEwen waren schon über den Trümmerhaufen geklettert. Fairbank streckte die Hand durch die Öffnung und half ihm hinaus, sein Gesicht war eine Maske aus Angst und Scham.

Wir benehmen uns wie Verrückte, ging es Culver durch den Kopf. Da unten sind Menschen. Verletzte. Es sind keine Leprakranken, sie sind nicht unrein. Sie können uns nicht gefährlich werden. Ich weiß das, und trotzdem habe ich Angst. Wovor eigentlich? Er warf einen Blick zurück, dann wußte er die Antwort. Die bluttriefenden Gesichter, die ihre bittenden Hände nach ihnen ausstreckten, waren die Inkarnation menschlichen Elends, die Opfer der furchtbaren Katastrophe, die seit Jahrzehnten erwartet worden war. Sie waren der Alptraum, der sich in Wirklichkeit verwandelt hatte.

Und niemand konnte den Menschen, die den eigenen Alptraum bevölkerten, ins Antlitz sehen.

Der Anstieg war so steil, daß Culver ins Rutschen kam. Fairbank packte ihn am Arm und zog ihn hoch. Graues Licht umgab die Männer. Es regnete.

Culver hob den Blick, als Fairbank ihm auf die Schulter klopfte.

»Es war doch richtig, daß wir weggelaufen sind, oder?«

»Es war richtig«, sagte Culver. Er spürte, wie ein Schauder über seinen Rücken kroch. »Wir werden zurückkommen und diesen armen Menschen helfen. Dr. Reynolds wird alle ärztlich versorgen. Sie kann zumindest ihre Schmerzen lindern.«

»Ganz meine Meinung.«

Fairbank wischte sich die Regentropfen von der Stirn. Er spuckte aus und betrachtete den Qualster, der in den Staub zu seinen Füßen gefallen war. »Wir gehen jetzt am besten in den Bunker zurück.«

Er setzte sich in Bewegung und ließ Culver vor der Ruine des Kaufhauses zurück. Culver stand da und starrte auf die brandgeschwärzten Lettern an der Fassade. Von dem Namen WOOLWORTH war nur die Buchstabenfolge WORT übriggeblieben.

Er rannte los und erreichte seine beiden Gefährten in dem Augenblick, als diese sich durch die Lücke zwischen einem ausgebrannten Bus und einem himmelblauen Lieferwagen zwängten. Er vermied es, zu der verwesten Leiche des Busfahrers hinüberzusehen. Der Tote hielt das Lenkrad umklammert, als hätte er sich vorgenommen, seine Fahrgäste in die Ewigkeit zu befördern. Sie gingen weiter. Culver wollte etwas sagen, als ein dumpfer Knall die drei Männer zusammenfahren ließ.

Westlich von ihnen, in einer Entfernung von knapp tausend Metern, war ein beschädigtes Gebäude wie ein Kartenhaus in sich zusammengefallen. Eine Staubwolke erhob sich. Es gab eine Reihe von Ursachen, die das Ereignis bewirkt haben konnten. Vielleicht war eine Gasleitung explodiert, oder aber die Stahlträger, die den Torso bis dahin gestützt hatten, waren unter dem Gewicht der Schuttmassen, die den Regen aufsaugten, zusammengebrochen.

Der Drang, in den Bunker zurückzukehren, war jetzt stärker denn je. Der Bunker sicherte den Männern das Überleben. Sie hatten Hoffnung.

Sie umrundeten fünf Autos, die bei der atomaren Explosion zu einer gespenstischen Skulptur zusammengeschweißt worden waren, und waren erleichtert, als wenig später das Schild Chancery Lane Underground vor ihnen auftauchte.

»Gut zu wissen, daß man noch ein Zuhause hat«, frotzelte Fairbank. Es war ein Versuch, die Beklommenheit loszuwerden, die ihn bei der Flucht aus dem Kaufhaus befallen hatte.

»Können Sie Bryce sehen?« fragte Culver. Sein Blick war auf die Autos gerichtet, auf deren Dächer der Regen niederprasselte.

Fairbank verneinte. »Er ist nicht da. Aber er kann nicht weit gegangen sein. Er wirkte ziemlich erschöpft, als wir ihn verlassen haben.«

Culver war aufgefallen, daß McEwen am ganzen Leibe zitterte. »Werden Sie es bis zum Bunker schaffen?« fragte er ihn.

»Es ist nichts. Ich will nur so schnell wie möglich hier verschwinden.« Seine Hand beschrieb einen Halbkreis. »Das alles kommt mir vor wie ein gigantischer Friedhof.«

»Nur schade, daß einige Tote so stur sind und sich nicht in die Gräber legen wollen«, sagte Fairbank.

Culver überhörte die Bemerkung. Jeder hatte seine Methode, mit der Katastrophe fertig zu werden. Fairbank hatte sich für schwarzen Humor entschieden.

»Da ist er.« Fairbank deutete nach vorn. Er kniff die Augen zusammen. »Ich hoffe jedenfalls, daß er das ist.«

Der Civil Defense Officer kauerte auf dem Trittbrett eines Doppeldeckerbusses. Er saß vornübergebeugt, aus der Entfernung sah es so aus, als ob er Magenkrämpfe hätte.

Während sie auf den Bus zugingen, fiel McEwens Blick auf einen Hund. Er schloß die Augen und öffnete sie wieder, der Hund war immer noch da. Das Tier stand wenige Meter vom Eingang zur U-Bahn entfernt. Es war eine Promenadenmischung, bis auf die Rippen abgemagert. McEwen mußte lächeln, so merkwürdig war das Bild. Er war gerührt. Der Hund hatte die Bombe überlebt, die von einer geistesgestörten Menschheit entwickelt und zur Explosion gebracht worden war, ein tapferer, kleiner Kerl, der nicht die geringste Schuld an den Zerstörungen trug, die Menschen, die Krone der Schöpfung, angerichtet hatten. McEwen schlug sich abseits, schob sich durch die Lücke zwischen zwei ausgebrannten Fahrzeugen und ging auf den Hund zu.

Das Tier stand über ein Stück rohes Fleisch gebeugt. Es schien den Menschen, der sich mit langsamen Schritten näherte, nicht zu bemerken.

Armer, kleiner Bursche, dachte der Officer. Halbverhungert und verängstigt. Er kann nicht verstehen, was mit dieser verdammten Stadt passiert ist.

Er sah, wie der Hund einen Bissen hinunterwürgte. Er trat näher. Auf dem Boden lagen Fleischstücke, deren Form an kleine Würste erinnerte. Die Würste waren frisch, blutig. McEwen war es ein Rätsel, wo das Tier inmitten der zerstörten Stadt frisches Fleisch gefunden hatte.

»Ganz ruhig«, sagte er. »So. Brav.«

Der Hund hob den Kopf.

14

Bryce stöhnte vor Schmerzen. Culver und Fairbank sahen, daß er verletzt war. Eine blutige Wunde verlief vom Ohr zum Hals. Sie liefen zu ihm. Culver kniete nieder und ergriff den Verletzten an der Schulter.

»Was ist mit Ihnen passiert?« fragte er. »Sind Sie gestürzt?«

Fairbank warf einen ängstlichen Blick in die Runde, bevor er sich zu Bryce niederbeugte. Er hielt die Hände auf die Knie gestützt.

Bryce sah die beiden Männer an, als wären sie Fremde. Angst flackerte in seinen Augen. Erst nach einer Weile erkannte er seine Gefährten.

»Gott sei Dank«, flüsterte er.

Sie erschraken, als sie die Verletzung aus der Nähe betrachteten. Es war eine tiefe Fleischwunde. Ein Augenlid war aufgeschlitzt, der Augapfel blutig. »Bringen Sie mich zum Bunker. Ich muß so schnell wie möglich in den Bunker!«

»Wer, zum Teufel, hat Ihnen diese Verletzung beigebracht?« fragte Culver. Er hatte sein Taschentuch hervorgezogen und tupfte das Blut auf, das aus der Wunde sprudelte.

»Bringen Sie mich in den Bunker! Ich brauche ärztliche Hilfe.«

»Culver, er hat etwas an der Hand.« Fairbank war näher getreten. Er versuchte, den Arm des Verletzten hochzuziehen, aber das mißlang. Bryce hielt beide Hände mit erstaunlicher Energie in den Schoß gedrückt.

»Bryce, sind Sie von Ratten angefallen worden?« fragte Culver. »Mein Gott, wir waren sicher, daß Ihnen nichts passieren würde.«

Ein Schmerzensschrei. »Es waren keine Ratten. Bitte, bringen Sie mich in den Bunker.«

»Zeigen Sie uns Ihre Hände.«

Sie zerrten zu zweit an seinen Armen und zuckten zusammen, als eine fingerlose rechte Hand zum Vorschein kam.

Fairbank wandte sich ab, ihm war schlecht geworden. Culver hielt das Handgelenk des Verletzten umklammert. Er faltete das Taschentuch, das inzwischen vom Regen durchtränkt war, und verband Bryce die blutigen Fingerstümpfe.

»Wo hatten sich die Ratten versteckt, Bryce? Wie ist es passiert?«

»Keine Ratten«, wiederholte Bryce. Das Sprechen bereitete ihm große Mühe. »Ich bin von einem Hund angegriffen worden. Von einem tollwütigen Hund. Deshalb muß ich so schnell wie möglich in den Bunker zurück.«

Culver verstand. So ernst die Verletzung war, er empfand Erleichterung. Keine Ratten. Bryce war einem tollwütigen Hund begegnet. Natürlich brauchte er ärztliche Betreuung, und das sehr schnell. Hoffentlich hatte Dr. Reynolds ein Serum gegen Tollwut. Wenn nicht – Culver versuchte diesen Gedanken zu verdrängen – würde Bryce in vier, spätestens in zehn Tagen tot sein.

»Können Sie gehen?« fragte er.

»Ich glaube, ja. Wenn Sie mir aufstehen helfen.«

Fairbank überwand sich. Er half Culver, den Verletzten auf die Beine zu stellen.

»Okay«, sagte Culver, zu Bryce gewandt. »Wir werden Sie jetzt in den Bunker zurückbringen. Ich bin sicher, daß unsere Ärztin ein Serum gegen Tollwut bei Ihren Vorräten hat, Sie brauchen sich also keine Sorgen zu machen.«

»Ich muß behandelt werden, ehe sich Symptome zeigen.«

»Ich weiß. Aber jetzt ist das Wichtigste, daß Sie Ruhe bewahren.«

Trotz seiner Schmerzen fiel Bryce die Schlagzeile ein, die er gelesen hatte, als der tollwütige Hund über ihn herfiel. Die Ermahnungen, die von der Regierung an die Bevölkerung gerichtet wurden, waren von bitterer Ironie. Ruhe bewahren, das war, als ob der Tod einem auf die Schulter klopfte. Bryce begann zu weinen, und das nicht nur, weil die Schmerzen schlimmer geworden waren.

Sie faßten ihn unter und schleppten ihn zum Eingang der U-Bahnstation, wobei sie nach dem Hund Ausschau hielten. Sie schlugen die Türen der Autos zu, bevor sie daran vorbeigingen. Immer noch regnete es, und obwohl der Regen warm war, spürte Culver, wie sich eisige Kälte in seinen Knochen einnistete. Bei dem Ausflug in die Oberwelt hatten sich alle Befürchtungen bewahrheitet, die er gehegt hatte. Die Stadt war durch die Katastrophe nicht nur verkrüppelt, sie war zermalmt worden.

Culver und Fairbank erblickten McEwen zur gleichen Zeit. Er stand vor einem Hauseingang, den Blick zur Erde gerichtet. Sie konnten nicht erkennen, was ihn dort so interessierte.

McEwen schmunzelte. Er versuchte, den Hund vom Hauseingang wegzulocken. »Komm jetzt. Niemand will dir etwas tun. Im Gegenteil, wir werden dich gut behandeln. Ein tapferer Hund, der es mit den bösen Ratten aufnimmt, ist genau, was wir brauchen.«

Das Tier ließ ein warnendes Knurren hören. Es maß den Mann, der sich zu ihm beugte, mit einem mißtrauischen Blick. Erst jetzt fiel McEwen auf, daß der Hund krank sein mußte. Die Krankheit spiegelte sich in den großen, braunen Augen.

»Ich weiß, du bist am Verhungern. Ich will dir dein Fressen ja auch nicht wegnehmen. Schling die Würste herunter, wenn's dir so gut schmeckt. Braver Hund.«

Während das Tier den Bissen zwischen seinen Kiefern zermalmte, machte der Officer eine seltsame Beobachtung. An dem Fleischfetzen, der soeben im Rachen des Tieres verschwand, hing ein Fingernagel.

McEwen hatte den Hund streicheln wollen. Jetzt war er unsicher geworden. Diese flackernden Augen. Außerdem zitterte das Tier. Und es knurrte. Das gesamte Verhalten war nicht eben ermutigend.

Schaumiger Speichel tropfte von den Lefzen des Tieres. Speichel, der vom Blut der Beute rot gefärbt wurde.

»McEwen!«

Er fuhr herum und erblickte Culver, der durch dichte Regenschleier auf ihn zugelaufen kam. Culver hatte den Revolver gezogen. Was dann kam, geschah aus McEwens Blickwinkel wie in Zeitlupe. Der rennende Mann, der zitternde Hund, das Anschwellen der Muskeln, als das Tier zum Sprung ansetzte, die Krümmung des Rückens, das Knistern des Fells, die weitgeöffneten Fänge und der mit blutigem Speichel benetzte Rachen...

Culver war stehengeblieben und zielte. Der Hund war bereit zum Sprung. Jetzt!

Culver drückte ab.

Das Tier war in der Luft, drehte sich und landete vor McEwens Füßen.

McEwen taumelte zurück. Er stieß mit dem Absatz an einen Ziegelstein und kam zu Fall.

Der tödlich verwundete Hund kroch auf ihn zu.

Culver machte sich bereit zum Fangschuß.

Er zielte auf den Kopf des Tieres. Er drückte ab.

Und noch einmal.

Noch ein Schuß. Der Hund bäumte sich auf.

Noch ein Schuß. Der Leib des Tieres erschlaffte.

Culver schob die Waffe in den Halfter zurück.

McEwen hatte sich aufgerappelt. Er bedachte Culver, der auf ihn zutrat, mit einem erstaunten Blick.

»Hat der Hund Sie gebissen?« fragte Culver.

McEwen starrte ihn ein paar Sekunden an, bevor er ihm antwortete. »Nein. Ich habe das Tier nicht einmal berührt. Ich wußte nicht...«

»Der Hund hat Bryce angefallen und verletzt.«

»Scheiße.«

»Helfen Sie uns, Bryce zum Bunker zu schaffen.« Culver wandte sich ab, um zu Fairbank und Bryce zu gehen.

McEwen betrachtete den Kadaver und nagte an der Unterlippe. Um ein Haar hätte er sich mit Tollwut infiziert. Es gab nichts mehr, worauf man sich verlassen konnte. Seit die Bombe gefallen war, hatte sich die Welt verändert. Was vorher alltäglich gewesen war, war jetzt lebensgefährlich, das war das Vermächtnis, das den Menschen im Augenblick der Explosion aufgebürdet worden war.

McEwen spürte in seinem Innern die gleiche Kälte, die Culver gespürt hatte. Er eilte den drei Männern nach, die auf die Treppe der U-Bahnstation zugingen.

Der süßliche Verwesungsgeruch war da, noch ehe sie den Fuß auf die letzte Stufe der Treppe, die in die Schalterhalle hinunterführte, gesetzt hatten. Es waren widerstrebende Gefühle, die in diesem Augenblick die Gedanken der Männer erfüllten. Auf der einen Seite der Drang, in die Sicherheit des Bunkers zurückzukehren, auf der anderen Seite der Ekel vor dem Bild der Verwesung, vor den Fliegenschwärmen, die auf den Leichenbergen herumkrochen. Das Stöhnen ihres verwundeten Gefährten trieb sie vorwärts.

Die Rolltreppe, in der Sekunde des Atomblitzes erstarrt, war immer noch von Toten übersät, aber nach den Schrecken, die Culver und seine Begleiter in der Oberwelt erlebt hatten, war die Erinnerung an die grauenhaften Erlebnisse beim Aufstieg verblaßt. Die Männer hatten das Gefühl, in die Höhle des Hades hinabzusteigen. Die Menschen, deren sterbliche Hüllen auf den metallenen Stufen lagen, waren arme Seelen, die aus der Unterwelt geflohen waren. Sie waren umgekommen, ehe sie das Sonnenlicht erreichten. Es war paradox. Die Hölle war oben.

Abwärts. Vor einem der Hindernisse — die Hindernisse bestanden immer aus Toten — wären Fairbank und Bryce beinahe zu Fall gekommen. Wäre das geschehen, so hätten sie eine Lawine aus Leibern ausgelöst. Es war Culver, der den Sturz verhinderte, indem er sich am

Handlauf festhielt und sich gegen das Gewicht der nachdrängenden Gefährten stemmte. Sie verharrten, um Luft zu holen. Sie alle waren erschöpft von dem Erkundungsunternehmen, das sie ins Inferno geführt hatte, geschwächt an Leib und Seele.

Und doch wollte keiner von ihnen auch nur eine Sekunde länger als nötig auf der Rolltreppe verbringen. Die Leichen, an denen die Rattenbisse nur zu deutlich zu erkennen waren, erinnerten sie daran, daß sie noch nicht in Sicherheit waren. Sie gingen weiter. Culver und Fairbank stützten Bryce. Ihnen voran schritt McEwen, dessen Stablampe die düsteren Stufen erhellte.

Sie hörten das Rauschen, noch ehe sie den unterirdischen Bahnsteig erreichten. Sie blieben stehen und sahen sich an. Das Geräusch kam aus dem Gang, der zu den Zügen führte, die in östlicher Richtung verkehrt hatten. Als sie dem Bahnsteig näher kamen, dämmerte ihnen, was passiert war. McEwen lief voraus, die anderen drei folgten ihm, so schnell das Bryces Zustand erlaubte.

Das Rauschen wuchs zu einem donnernden Getöse an, als sie den gewundenen Gang durchschritten hatten. McEwen stand auf dem Bahnsteig und blickte auf das Gleisbett hinab. Die drei Männer traten hinter ihn. Sie richteten die Taschenlampen auf den reißenden Strom, der in der künstlichen Senke entlangschoß.

»Die Abwasserkanäle sind übergelaufen!« McEwen mußte schreien, um sich bei dem Getöse verständlich zu machen. »Der Regen...«

»Der Regen und die Atombomben«, schrie Fairbank. »Durch die Erschütterung sind die Rohre geplatzt.«

»Wir müssen in den Bunker!« Das war Bryce. Panische Angst sprach aus seiner Stimme.

»Keine Sorge, das schaffen wir.« Culver richtete den Strahl seiner Lampe auf den Tunnel, aus dem die Fluten kamen. »Das Wasser geht uns höchstens bis zur Hüfte.

Wir können uns an den seitlichen Verstrebungen und Kabeln entlangziehen.«

»Und Bryce?« fragte Fairbank. »Er hat nur noch eine Hand, um sich festzuhalten. Ich bezweifle, daß er auch nur die Kräfte hat, um sich der Strömung entgegenzustemmen.«

»Wir nehmen ihn in die Mitte. Einer geht vor, dann Bryce, dann der Rest der Mannschaft. Ich sehe keine Probleme.«

Fairbank zuckte die Achseln. »Wenn Sie meinen.«

»Fairbank, Sie machen das Schlußlicht. Vor Ihnen geht McEwen. Sie beide schieben Bryce nach vorn. Wir werden nur eine Stablampe benutzen, nämlich meine. Auf diese Weise haben Sie die Hände frei. Verstanden?«

Fairbank und McEwen nickten. Sie verstauten die Stablampen in ihren Taschen.

Sie gingen den Bahnsteig entlang. Vor dem Tunnelbogen angekommen, sprang Culver in den schäumenden Strom.

Das Wasser war eiskalt, so kalt, daß es ihm den Atem verschlug. Die Strömung zerrte an seinen Beinen, sie war stärker, als er angenommen hatte. Er ergriff eine der Metallstreben, die an der Tunnelwand befestigt waren, und zog sich nach vorn. Er blieb erst stehen, als seine drei Gefährten ins Wasser gesprungen waren. Er lehnte sich an die Wand und drehte sich um. Er hatte Mühe, sich mit den Männern zu verständigen, nicht nur weil der Tunnel durch sein Echo das Geräusch der tosenden Fluten verstärkte, sondern weil er außer Atem war. Seine Füße fühlten sich wie Eisklumpen an.

»Verschränken Sie Ihren linken Arm mit meinem rechten Arm«, rief er Bryce zu. Der tat wie geheißen. Culver ließ die Stablampe in seiner rechten Hand, er brauchte die Linke, um sich an den parallel zu den überspülten Schienen verlaufenden Streben festzuhalten.

Es ging los. Es war eine merkwürdige Prozession. Die Männer spürten, wie der Druck des rasch dahinströmenden Wassers mit jedem Schritt stärker wurde. Bald war klar, daß Culver nicht zugleich die Stablampe halten und Bryce stützten konnte; die Belastung des Arms war zu hoch.

Er gebot den Männern Halt. »Holen Sie Ihre Stablampe raus, McEwen«, schrie er nach hinten. »Richten Sie den Strahl voraus, auf die Wand.«

McEwens Lampe flammte auf. Culver steckte seine Lampe in den Gürtel. Er schob seinen Arm unter die Schulter des Verletzten.

Weiter. Der Schweiß rann Culver über die Stirn. Es kostete ihn ungeheure Anstrengung, sein eigenes Gewicht und Bryce gegen die Strömung zu bewegen. In seiner Erinnerung erstanden die Erlebnisse bei der Flucht, als er den gleichen Tunnel entlanggegangen war, die tiefe, trügerische Stille, die damals geherrscht hatte, die mutierten Ratten, das Mädchen, das wie versteinert auf dem schmalen Sims gestanden hatte. Kate! Himmel, wie er sich danach sehnte, sie wiederzusehen.

Bryce glitt aus der Klammer, die er mit seinem Arm gebildet hatte.

»Halten Sie ihn fest!« rief Culver zu Fairbank, als der Verletzte zu sinken begann.

Fairbank schlang seine Arme um Bryces Brustkorb. Es gelang ihm, ihn hochzuheben. Er drückte ihn an die Tunnelwand. Bryce rang um Luft. Seine Lippen formten Worte, die tonlos blieben.

»Er schafft es nicht!« schrie Fairbank.

Culver beugte sich zu Bryce. Er schrie ihm ins Ohr. »Wir haben nicht mehr weit, nur noch ein paar Schritte. Wir können es schaffen, aber Sie müssen mithelfen.«

Bryce schüttelte den Kopf. Er hatte die Augen geschlossen.

Culver löste den Schulterhalfter und warf seine Taschenlampe ins Wasser. Er mußte entweder auf die Lampe oder auf den Revolver verzichten. Die Waffe war ihm wichtiger, er steckte sie in seinen Gürtel. Dann verschränkte er seinen Arm mit Bryces unverletztem Arm und sicherte die Verbindung mit den Lederschnüren des Halfters.

»Sie müssen mithelfen, Bryce!« schrie er. »Allein schaffe ich das nicht. Lehnen Sie sich auf meine Seite, und achten Sie darauf, daß Sie die Füße auf dem Boden behalten! Fairbank, Sie müssen ganz nah hinter mir gehen.«

»Ich bin Ihnen so nahe, daß keine Rasierklinge mehr dazwischenpaßt«, antwortete Fairbank mit einem Grinsen.

Es war wie Bergaufgehen bei einem Taifun. Schritt um Schritt schoben sie sich voran. Nach einer Weile bemerkten sie, daß Schaum auf den Fluten tanzte. Das Wasser ging ihnen bis zur Hüfte.

»Wir müssen die Geleise überqueren«, rief Culver den Männern zu, die hinter ihm wateten. »Wir müssen auf die andere Seite.« Insgeheim verfluchte er sich, daß ihm das nicht früher eingefallen war. Als das Wasser noch niedriger war, wäre die Überquerung der Geleise leichter gewesen. Er deutete auf die andere Seite. Fairbank nickte, er hatte verstanden.

Culver ließ das dicke Kabel los, an dem er sich festgehalten hatte, holte tief Luft und trat in das Gleisbett. Er hätte beinahe den Boden unter den Füßen verloren, so stark war die Strömung. Er taumelte zurück, helfende Hände streckten sich ihm entgegen.

»Es ist besser, wenn ich als erster rübergehe«, schrie ihm Fairbank ins Ohr. »Wir bilden eine Kette. Zuerst ich, dann Bryce. Sie können Bryce stützen und sich mit der anderen Hand am Kabel festhalten. McEwen geht hinter Bryce und schiebt.«

Culver umfaßte das Kabel, das in Schulterhöhe verlief. »Vorwärts!«

Fairbank watete in das Gleisbett hinein, er hielt Bryces Handgelenk umklammert. McEwen folgte. Sie mußten langsam gehen, um nicht über die Geleise zu stolpern. Als Fairbank ins Schwanken geriet, blieb er stehen. Ihm war, als zerrten Finger aus Eis an seinen Beinen. Es war jetzt klar, daß er Bryce loslassen mußte, wenn er den Sims auf der anderen Seite erreichen wollte.

»Haltet ihn fest!« schrie er den anderen zu, dann warf er sich ins Wasser. Die Flut ging ihm bis zur Brust. Einige Meter weit wurde er fortgetrieben, dann gelang es ihm, an einem Mauervorsprung Halt zu finden. Er zog sich an dem Vorsprung hoch und verschnaufte. Er konnte die Umrisse seiner Gefährten sehen und den Lichtkegel, den McEwen mit schwankender Hand auf die Mauer lenkte. Bryce, so befürchtete er, würde der Stömung in der Mitte des Tunnels nicht lange standhalten können, und ob McEwen den Verletzten stützen konnte, war ungewiß. Er durfte keine Zeit verlieren. Er benutzte das Kabel, um sich entgegen der Strömung an der Wand entlangzuziehen.

Als er bei seinen drei Gefährten angekommen war, streckte er die Hand nach Bryce aus. Es fehlte ein Meter.

»McEwen, Sie sind der nächste. Ergreifen Sie meine Hand.«

Er konnte sehen, wie sich der Offizier hinter dem Verletzten hervorschob. Mit langsamen, tastenden Schritten kam McEwen näher. Sobald die Lücke überbrückt war, konnten die drei Männer, die sich noch auf der anderen Seite befanden, den wild dahinschießenden Strom überqueren.

McEwen war da, seine Finger schlossen sich um Fairbanks Handgelenk. Er übergab ihm seine Stablampe, die einzige Lichtquelle inmitten der tosenden Finsternis.

Culver, der noch drüben stand, spürte seine Kräfte erlahmen. Er war jetzt der einzige, der Bryce hielt.

»Beeilt euch!« schrie er den anderen zu. »Bryce hat keine Reserven mehr!«

McEwen packte den Verletzten am Handgelenk. Es war die fingerlose Hand, und der provisorische Verband war längst abgerissen worden.

Culver stieß sich von der Wand ab und durchschritt das Gleisbett. Er schob Bryce vor sich her. Er spürte, wie sein Fuß an die Schienen stieß. Der Druck des Wassers war ungeheuer stark.

Fairbank zog, und Culver schob. Sie hätten es schaffen können, hätte McEwen nicht in diesem Augenblick einen Stoß erhalten, der ihm die Balance raubte.

Er starrte dem dahintreibenden Hindernis nach, das ihm den Stoß versetzt hatte. Es war die Leiche eines Mannes. Die Gesichtszüge waren durch die Totenstarre entstellt, der Schädel schien zu grinsen. McEwen stieß einen Schrei aus und ließ Fairbank los.

Das Wasser war gnadenlos. Es trug McEwen davon, ehe er irgendwo Halt gewinnen konnte.

Bryce war so schwer geworden, daß Culver ihn nicht länger halten konnte. Beide stürzten in die Fluten.

Fairbank war von der Strömung an die Wand gedrückt worden. Er hielt den Kabelstrang umklammert. Hilflos mußte er zusehen, wie seine drei Gefährten davontrieben. McEwens Schreie waren so laut, daß sie das Tosen der Wassermassen übertönten.

Fairbank schloß die Augen. »Mein Gott«, murmelte er. »Mein Gott.«

Culver war untergetaucht. Er fühlte, wie er herumgeschleudert wurde. Ein Gewicht zerrte an seinem Arm. Bryce. Ob der Mann, mit dem er durch die Lederschnur verknüpft war, beim Sturz in die eisigen Fluten das Bewußtsein verloren oder ob er nur einen Schock erlitten hatte. Culver wußte es nicht. Die Erkenntnis, daß er auf Gedeih und Verderb an den verletzten Gefährten gefesselt war, schmerzte ihn wie ein giftiger Stachel. Prustend und schnaufend kam er an die Oberfläche.

Er ruderte mit dem freien Arm, um sich über Wasser zu halten, und zog Bryce hoch. Es war so dunkel, daß er das Gesicht des Verletzten nicht erkennen konnte, aber er fühlte, daß der Kopf des Gefährten aus den Fluten aufgetaucht war. Als Bryce wild um sich zu schlagen begann und nach Luft japste, wußte Culver, daß er noch lebte.

Die Lederschnur an seinem Arm hatte sich gelöst, Bryce trieb in der brodelnden Strömung dahin. Ein Gefühl der Erleichterung überkam Culver. Befreit von der Bürde des Verletzten, würde er in der Lage sein, sich zu retten. Aber da war die quälende Erinnerung an die Gespenster der Vergangenheit. Schon einmal hatte er versagt, als es galt, unter dem Einsatz des eigenen Lebens einen Menschen zu retten. Es war ihm verwehrt, zum zweitenmal den Weg des geringsten Widerstands zu gehen.

Mit einer entschlossenen Bewegung schob er Bryce seinen Arm unter die Schulter. Er ruderte mit der Kraft der Verzweiflung und hielt auf die Tunnelwand zu, die sich als feuchtglänzender Schatten jenseits des gurgelnden Stroms abzeichnete. Plötzlich spürte er Grund unter den Füßen. Geschoben von der Gewalt des Wassers, prallte er gegen die Wand. Er hielt Bryce umklammert und fühlte, wie sie beide von der Strömung herumgewirbelt wurden. Nachdem er sich dreimal um die eigene Achse gedreht hatte, gelang es ihm, an einem Vorsprung in der Ziegelmauer Halt zu finden. Sie waren bis zu der Stelle zurückgetrieben worden, wo der Tunnel sich erweiterte. Inmitten des geisterhaften Halbdunkels, das hier herrschte, waren die Metallrippen zu erkennen, mit denen dieser Teil der unterirdischen Röhre verkleidet war.

Culver vermutete, daß sie nur noch wenige Meter von dem Bahnsteig entfernt waren, der ihr Ausgangspunkt gewesen war. Keuchend klammerte er sich an den Stein, der aus der Tunnelwand hervorragte, mit der anderen Hand hielt er Bryce an sich gedrückt. Er betete, daß der Strom, der ihnen immer noch bis zu den Hüften ging, nicht weiter ansteigen möge.

Als er wieder bei Atem war, rief er nach McEwen, aber er bekam keine Antwort. Vielleicht hatte dieser seinen Ruf auch erwidert, aber das Rauschen des Wassermassen war so laut, daß es, wie Culver vermutete, alles andere übertönte. Denkbar, daß McEwen sich auf eine winzige Insel am Rande des Mahlstroms gerettet hatte. Denkbar, daß er, nur einen Steinwurf von Culver entfernt, um sein Leben kämpfte. Wenn McEwen von der Strömung bis zur Haltestelle der U-Bahn abgetrieben worden war, waren seine Chancen gleich null. Die Wände des Tunnels waren in diesem Bereich so glatt, daß sie nicht den geringsten Halt boten. Wenn es McEwen nicht gelungen war, den Bahnsteig zu erklettern, würde er unweigerlich in die gegenüberliegende Tunnelöffnung gespült werden. Auf einmal war Licht zu sehen. Culver wandte den Kopf in die Richtung, aus der sie gekommen waren.

Fairbank! Das ist Fairbank! Jedenfalls stammte das Licht von dessen Taschenlampe. Culver schrie den Namen des Technikers, obwohl er wenig Hoffnung hatte, daß dieser ihn hören konnte.

Bryce bewegte sich. Culver zog ihn hoch, bis ihre Köpfe auf gleicher Höhe waren.

»Sind Sie stark genug für einen zweiten Versuch, Bryce? Wir müssen den Tunnel zurückwaten, bevor das Wasser noch höher ansteigt.« Ein Gedanke durchzuckte Culver, eine Befürchtung, die er gleich wieder verwarf. Es war zu früh, über dieses Problem nachzudenken. Alles zu seiner Zeit, Culver, alles zu seiner Zeit.

Bryce versuchte ihm zu antworten, aber was er hervorbrachte, war nicht zu verstehen.

Culver begann den Rückweg in die Richtung, wo der Bunker lag. Er hielt den Arm seines verletzten Gefährten umklammert und zog ihn an sich. Ein Schatten huschte vorbei, es ging so schnell, daß Culver die Umrisse der Gestalt nur ahnen konnte. Und noch ein Schatten. Diesmal war klar, um was es sich handelte. Der Mann, der mit der schäumenden Flut vorbeitrieb, schwamm mit dem Gesicht nach oben, und das Gesicht war eine Totenmaske. O Gott, dachte Culver, das sind Menschen, die in irgendeinem unterirdischen Bunker Zuflucht gesucht haben. Sie sind vom Wasser überrascht worden und ertrunken. Vielleicht hatte sich auch ein paar in den Tunnels verborgen, möglicherweise sogar in den Abwässerkanälen. Die Flut ist ihnen zum Verhängnis geworden. Eine weitere Leiche schwamm vorbei. Der Tote hielt die Arme ausgestreckt, als wollte er der Wut über sein furchtbares Schicksal Ausdruck geben. Vielleicht war das gesamte System der U-Bahntunnels zu einer großen Katakombe geworden.

Der Lichtschein war näher gekommen, und Culver begriff, daß Fairbank ihnen entgegenging, um ihnen zu Hilfe zu kommen. Er verstärkte seine eigenen Anstrengungen, wobei er nicht nur gegen die Strömung, sondern auch gegen das Gefühl zunehmender Erschöpfung zu kämpfen hatte. Glücklicherweise hatte sich Bryce soweit erholt, daß er aus eigener Kraft zu gehen vermochte.

Fairbank hatte es leichter als Culver und Bryce, er watete mit der Strömung. Es dauerte nur kurze Zeit, dann war er bei den beiden Männern angekommen und leuchtete ihnen mit der Stablampe ins Gesicht.

»Gott sei Dank, daß Sie noch leben«, schrie er. »Ich dachte schon, ich würde Sie nie wiedersehen.« Er richtete den Strahl stromabwärts. »Wo ist McEwen?«

Culver schüttelte den Kopf.

Fairbank starrte in die Düsternis des Tunnels, in der Hoffnung, den Vermißten zu entdecken. Nach kurzer Zeit gab er die Suche auf. Er wandte sich zu Culver. »Wir müssen es noch einmal versuchen. Sind Sie bereit?«

»Es bleibt uns keine andere Wahl, oder?«

»So ist es.«

»Dann bin ich bereit.«

Der Techniker hatte sich umgedreht, um den Marsch zum Bunker zu beginnen. Culver packte ihn am Arm. »Mir ist da vorhin eine schlimme Idee gekommen.«

»Ach ja?«

Culver zögerte, er suchte nach den richtigen Worten. »Was ist, wenn der Bunker überflutet wird?«

»Unmöglich. Die Tür ist wasserdicht.«

»Aber sie können die Tür nicht für uns öffnen, ohne daß das Wasser in den Bunker fließt.«

Fairbank dachte nach. Schließlich schrie er Culver zu: »Sie haben es vorhin selbst gesagt. Wir haben keine Wahl.«

Culver ergriff den Verletzten und brachte ihn in eine Position, daß er ihn vor sich herschieben konnte. Es war Fairbank, der die kleine Gruppe anführte.

Es war ein langer, langer, beschwerlicher Weg. In einem Punkt hatten sie Glück, die Flut stieg nicht weiter an. Sie sahen viele Leichen vorbeitreiben, aber der Anblick schreckte sie nicht mehr, sie hatten sich daran gewöhnt.

Nach einer Zeitspanne, die ihnen wie eine Ewigkeit vorkam, erreichten sie die Nische, die den Noteingang zum Bunker markierte. Erschöpft sanken sie vor der Stahltür auf die Knie. Fairbank benutzte das Ende der Taschenlampe, um kräftig an die Tür zu klopfen.

Culver fühlte, wie der Verletzte, den er an sich gepreßt hielt, in seinen Armen erschlaffte. Auch ihm selbst schwanden die Kräfte. Sie hatten es bis vor die Tür des Bunkers geschafft, aber jetzt war er am Ende. Beim erstenmal war Culver vor dem Feuer geflohen, das sich im Tunnel ausbreitete. Jetzt war es das Wasser, das sein Leben bedrohte.

»Macht auf, ihr verdammten Idioten!« schrie Fairbank. »Macht die verfluchte Tür auf!« Er hämmerte auf die Metallfläche ein. Die Wut hatte ihm frische Kräfte verliehen.

Bryce war in sich zusammengesackt, Culver umklammerte ihn mit einer Entschlossenheit, die ihn selbst verwunderte. Er fühlte sich auf einmal unglaublich schwach. Eine Stimme in seinem Inneren flüsterte: Genug ist genug.

Eine Weile lang hielt er den Verletzten mit seiner puren Willenskraft über Wasser, dann gewann die Erschöpfung die Oberhand. Culver hatte schon aufgegeben, als er spürte, wie die Metalltür, gegen die er sich gestemmt hatte, nachgab.

Die Tür schwang auf. Die drei Männer wurden von den gurgelnden Fluten in den Bunker geschwemmt.

Sie fielen übereinander. Helfende Hände griffen nach ihnen. Culver war von dem hereinfluteten Wasser in die Lücke zwischen Wand und Spind gedrückt worden. Er lag da und sah zu, wie die Bunkerbesatzung die Tür zu schließen versuchte. Es war ein schwerer Kampf. Wie eine Kaskade schoß das Wasser herein. Es bestand die Gefahr, daß der ganze Bunker überflutet wurde.

Weitere Männer kamen hereingelaufen und stemmten sich gegen die Tür. Dealey war da, er stand bis zu den Knöcheln im hereinströmenden Wasser.

Culver war unendlich müde. Er verstand nicht, warum der Mann, der neben Dealey stand, diesem einen Revolver an die Schläfe hielt. Und noch weniger verstand er, warum einer der Techniker, nämlich Ellison, einen Revolver auf ihn, auf Culver, richtete.

15

»Verdammt noch mal, würde mir jemand erklären, was hier eigentlich vorgeht?«

Culver trank von dem dampfend heißen Kaffee, den Kate ihm gebracht hatte. Er versengte sich die Lippen, trotzdem setzte er den Becher erst ab, nachdem er ihn bis zum letzten Tropfen geleert hatte. Die wärmende Flüssigkeit im Magen zu spüren, welch eine Wohltat. Seine Kleidung war vollständig durchnäßt, man hatte ihm noch nicht erlaubt, sich umzuziehen. Man hatte ihn in die Kommandozentrale des Bunkers gebracht. Die Männer, die um den Tisch saßen und Culver ansahen, wirkten weder feindselig noch freundlich. Nur neugierig.

»Wo ist McEwen?« fragte einer der Techniker. Culver kannte den Mann, er hieß Strachan. Er fand ihn nicht gerade sympathisch, und daß er Culvers Frage, was denn eigentlich los sei, unbeantwortet gelassen hatte, war nicht geeignet, dessen Meinung über ihn zu verbessern. Strachan hatte auf dem Stuhl Platz genommen, der bei den früheren Versammlungen Alex Dealey vorbehalten gewesen war. Culver war außerdem aufgefallen, daß die Revolver von der Bildfläche verschwunden waren. Wer das Sagen hatte, war auch so offensichtlich. Während des Kommandounternehmens, das Culver und seine drei Begleiter an die Oberfläche geführt hatte, war die Macht im Bunker in andere Hände übergegangen.

»Wir haben ihn verloren«, antwortete Culver. Sein Haar klebte an der Stirn. Der Ausdruck seiner Augen verriet, wie erschöpft er war.

»Wo?« fragte Strachan, betont kühl.

»Im Tunnel. Er ist von der Flut fortgeschwemmt worden. Es besteht eine Chance, daß er noch am Leben ist. Und jetzt sagen Sie mir bitte, was im Bunker los ist.«

»Das Wort heißt Demokratie«, sagte Strachan ernst.

»Ein anderer Ausdruck für Chaos«, warf Dealey ein. Er schien erregt, als stünde er kurz vor einem Wutausbruch.

Farraday stand an die Wand gelehnt. Hinter ihm war eine Landkarte zu erkennen. Er hatte sich die Ärmel seines Oberhemds aufgerollt und hielt die Hände in den Taschen vergraben. »Ich würde es nicht unbedingt Chaos nennen, Alex. Es könnte sein, daß Strachan den richtigen Weg beschritten hat.«

Culver war erstaunt, daß Farraday den Hemdkragen geöffnet und den Knoten seiner Krawatte gelockert hatte. Er hatte ihn noch nie so lässig erlebt. Farraday war der Mann gewesen, der sich täglich rasierte und jeden Morgen ein frisches Hemd anzog.

»Das ist Unsinn«, ließ sich Dealey vernehmen. »Ohne ein Mindestmaß an Ordnung können wir hier nicht auskommen. Es muß jemanden geben, der Autorität ausübt.«

»Autorität oder Gewalt?« Strachan lächelte. Culver fand, es machte ihn noch häßlicher, als er war.

»Ich möchte da einhaken, Strachan«, sagte Culver. »Haben Sie vor, die Macht im Bunker an sich zu reißen?«

»Überhaupt nicht. Ich sage nur, daß ab sofort Mehrheitsentscheidungen gelten. Wir haben gesehen, wohin es führt, wenn machthungrige Individuen die Kontrolle über das Ganze ausüben. Die sogenannte Elite ist schuld daran, daß es zur atomaren Katastrophe kam.«

Dealey sprach mit ätzender Ironie. »Wenn ich Sie richtig verstanden habe, wollen Sie unser bisheriges System durch eine Abstimmungsdemokratie ersetzen. Nun, wir haben gerade eine Kostprobe bekommen, wie so etwas in der Praxis abläuft.« Er wandte sich zu Culver. »Sie hatten sich als Freiwilliger zu dem Kommandounternehmen gemeldet, nicht wahr? Es wird Sie interessieren, in welcher Weise Strachan Ihnen das dankt. Er hat darüber abstimmen lassen, ob man Sie wieder in den Bunker reinlassen sollte oder nicht. Es gab Befürchtungen, daß unser wunderschöner Schutzraum überflutet werden würde, sobald man die Tür öffnet. Sie haben Glück gehabt, daß die Neugier dann stärker war als die Angst. Man hat Sie reingelassen, weil man nur so erfahren kann, wie es über der Erde aussieht.«

Culver warf einen Blick in die Runde. Der Raum war bis zum letzten Platz gefüllt. Während er Strachan fixierte, tastete er nach seinem Revolver. Die Waffe war verschwunden. Möglich, daß er sie im Tunnel verloren hatte. Oder aber Strachan hatte ihm die Waffe fortnehmen lassen, als er benommen auf dem Boden der Schleuse lag.

Ein Zucken um den Mund verriet, daß Strachen sich über Dealeys Bemerkung nicht gerade freute. »Ab sofort«, verkündete er, »wird alles so entschieden, daß es dem Gemeinwohl dient. Wenn jemand das Marxismus nennt, dann ist das sein Problem, nicht meines. Wir sind so wenig Menschen im Bunker, daß eine Hierarchie keinen Sinn macht. Noch weniger Sinn macht es, daß wir die Befehle einiger weniger Schwachköpfe ausführen. Sie sind mit Ihrer Politik gescheitert, Dealey, und je eher Sie das begreifen, desto besser für Sie.«

»Wollen Sie mir drohen?«

»Verdammt noch mal, nein! Ich drohe Ihnen nicht, ich habe nur ein paar Tatsachen festgestellt.«

Culver konnte seine Ungeduld nicht länger verhehlen. Er war den Streit wirklich leid. »Würden Sie mir jetzt sagen, was Sie eigentlich vorhaben, Strachan?«

»Ich will ein autonomes Prinzip einführen, in dessen Rahmen...«

Culver fiel ihm ins Wort. »Philosophie langweilt mich. Ich will von Ihnen wissen, welche Maßnahmen Sie planen, um unsere Situation zu verbessern.«

Ellison schaltete sich ein. »Als erstes werden wir diesen Bunker verlassen.«

Culver lehnte sich zurück. »Ich weiß nicht, ob das eine gute Idee ist.«

»Warum ist es keine gute Idee, den Bunker zu verlassen?« wollte Farraday wissen.

Es war Fairbank, der die Frage beantwortete.

»Weil da oben kein Stein mehr auf dem anderen liegt.«

Betretenes Schweigen. Nach einer Weile sagte Strachan: »Erzählen Sie uns ganz genau, was Sie vorgefunden haben, Culver.« Sein Blick wanderte zu Fairbank. »Wir haben zwar bereits entschieden, welche Schritte wir unternehmen werden, aber es wäre eine Hilfe, wenn wir wissen, was uns über der Erde erwartet.«

»Sie haben bereits entschieden?« spottete Fairbank. »Sie sprachen doch vorhin von Demokratie. Culver und ich sind nicht gefragt worden.«

»Die Entscheidung ist gefallen, und die Mehrheit hat zugestimmt.«

»Sie haben Entschlüsse gefaßt, ohne daß Thema richtig zu beraten, und was noch schlimmer ist, ohne die vollständigen Fakten zu kennen«, warf Dealey ein.

»Die Fakten sind, daß die Mehrheit den Bunker verlassen will.«

»Dazu ist es noch zu früh«, begann Culver, und dann berichtete er über die grauenhaften Erlebnisse, die der Erkundungstrupp gehabt hatte. Gebannt lauschten die Männer und Frauen seinem Vortrag. Niemand stellte Fragen, als er geendet hatte. Stille erfüllte den Raum wie eine unsichtbare Gewitterwolke.

Schließlich brach Strachan das Schweigen. »Was wir gehört haben, ändert nichts an den gefaßten Entschlüssen. Die meisten von uns haben Familien, deren Schicksal es aufzuklären gilt. Ich gehe einmal davon aus, daß es im Stadtgebiet von London nur wenig Überlebende gibt.

Aber unter uns sind auch Männer und Frauen, deren Wohnungen sich am Stadtrand und in der weiteren Umgebung befinden. Es dürfte kein Problem darstellen, in die Vororte zu gelangen.«

Culver lehnte sich vor. »Die Entscheidung liegt bei Ihnen«, sagte er ruhig. »Denken Sie aber daran, daß es da oben tollwütige Tiere gibt und wandelnde Tote. Es gibt soviel Strahlenkranke, daß wir ihnen unmöglich helfen können. Es gibt beschädigte Gebäude, die zusammenfallen. Nichts da oben ist mehr so, wie es war, und der wochenlange Regen macht alles nur noch schlimmer.«

Er hatte seinen Becher geleert. Kate goß ihm Kaffee nach.

»Seuchen werden sich ausbreiten«, fuhr er fort, »Typhus, Cholera und andere Krankheiten. Frau Dr. Reynolds hat Ihnen bereits bei anderer Gelegenheit gesagt, wo die Schwerpunkte der gesundheitlichen Risiken liegen. Um das Maß vollzumachen, gibt es Scharen von Ratten in den Tunnels, und vielleicht ist das Ungeziefer auch schon bis zur Oberfläche vorgedrungen. Wir sind an der U-Bahnstation auf zwei tote Nagetiere gestoßen, und wir haben Menschen gesehen, die von den Ratten zerfleischt worden sind. Wenn Sie einem Rudel dieser Tiere begegnen, haben Sie keine Chance.«

»Er hat recht«, sagte Dealey triumphierend. »Sein Bericht bestätigt Punkt für Punkt, was ich Ihnen die ganze Zeit klarzumachen versuchte!«

»Schweigen Sie, Dealey«, sagte Culver. Ihm war klar geworden, daß es Dealey war, der die ganze Konfrontation ausgelöst hatte. Der Hang dieses Mannes, die Dinge in die Hand zu nehmen und Entscheidungen über die Köpfe der anderen hinweg zu treffen, war schuld daran, daß sich alles so zugespitzt hatte. Wobei Dealey von falschen Voraussetzungen ausging. Recht und Ordnung existierten nicht mehr, und Dealey besaß nicht die

Macht, um seinen Führungsanspruch durchzusetzen. Soweit Culver das beurteilen konnte, hatten sich jene, die am Anfang zu dem Regierungsvertreter gehalten hatten, sehr bald von ihm abgespalten, Farraday war das beste Beispiel. Er fixierte Dealey und wiederholte seine Warnung. »Halten Sie den Mund.«

Dealey war so überrascht, daß es ihm tatsächlich die Sprache verschlug. Culver hielt seinem fragenden Blick stand. Er hoffte inständig, daß der Regierungsvertreter begriffen hatte, wie ernst die Lage war. Die bedrohliche Spannung, die in der Versammlung herrschte, war fast mit Händen zu greifen. Durch den erzwungenen Aufenthalt im Bunker, der nun schon mehrere Wochen dauerte, waren die Leute an den Rand der Hysterie geraten. Die Tatsache, daß Strachan und seine Anhänger ihren Coup mit Waffengewalt gestartet hatten, war ein klarer Hinweis darauf, in welch hohem Maße die Handlungen dieser Gruppe von Emotionen bestimmt wurde. Das Glitzern in Strachans Augen verhieß Gefahr.

»Ein Kaffeekränzchen, und das ohne mich.« Das war die Stimme der Ärztin. Clare Reynolds schob die Männer zur Seite, die ihr den Eintritt in die Kommandozentrale versperren wollten, und drängte sich durch die Versammlung. Eine Gasse bildete sich. Die Ärztin ging auf Culver und Fairbank zu. Sie zog eine Flasche Brandy hervor, die sie unter dem Arm geklemmt hatte, und füllte die Becher der beiden bis zum Rand. Sie sprach in gemütlichem Tonfall und doch so laut, daß alle Anwesenden sie hören konnten. »Anweisung der Lazarettleitung. Sie beide werden jetzt erst einmal Ihre nassen Sachen ausziehen, ehe Sie sich eine Erkältung holen. Was Bryce angeht, so habe ich ihm ein Immunserum gegen Tollwut gespritzt. Wie auch immer, die nächsten Wochen werden für unseren Freund nicht gerade das sein, was man ein Zuckerschlecken nennt. Die Inkubationszeit liegt zwischen zehn Tagen und einem Monat.« Sie kniff die Augen zusammen. »Wenn er Pech hat, können es auch zwei Jahre werden.«

Sie wandte sich zu den Männern, die am Konferenztisch saßen. »Wie geht's weiter mit der Revolution?«

»Ich dachte, Sie sind auf unserer Seite«, sagte Strachan. Es war Beschwichtigung und Vorwurf in einem. »Ihnen war das Regime, das Dealey geführt hat, doch genauso zuwider wie den meisten von uns.«

»Was mir nicht gepaßt hat«, konterte die Ärztin, »waren seine Mittel. Die Ziele, die er verfolgt hat, fand ich ganz vernünftig. Was ich nicht gut finde, ist Gewalt. Nach der Katastrophe, die sich da ereignet hat, sollten wir im Bunker darauf verzichten.«

»Wir haben keine Gewalt angewendet«, sagte Ellison ärgerlich.

»Sie haben jene, die nicht Ihrer Meinung sind, mit der Waffe bedroht. Das ist Gewalt, wie sie im Buche steht. Wann werden Sie je dazulernen, Ellison?«

»Eines habe ich gelernt, nämlich nicht auf Hurensöhne wie den da zu hören!« Ellison deutete auf Dealey.

Clare wußte, es war sinnlos, die Diskussion weiterzuführen. Sie hatte vergeblich versucht, die Insassen des Bunkers zur Raison zu bringen, vor und nach dem Machtwechsel. Sie wandte sich zu Culver. »Bryce hat mir in großen Zügen geschildert, wie es da oben aussieht. Von Ihnen hoffe ich Genaueres zu erfahren.«

Culver wiederholte seinen Bericht. Mit einem Unterschied. Diesmal schilderte er die Leiden der Strahlenkranken in allen grauenhaften Einzelheiten.

»Damit ist klar, daß wir im Bunker bleiben müssen«, sagte sie, als er geendet hatte. »An die Oberfläche zu gehen ist Selbstmord. Wenn wir nicht von der Strahlung umgebracht werden oder im Tunnel ertrinken, werden wir bei lebendigem Leibe von den Ratten aufgefressen.«

Sie zuckte die Achseln. »Ich kann mir einen schöneren Tod vorstellen.«

»Das Wasser scheidet als Gefahrenquelle aus«, sagte Strachan rasch.

»Und wieso?«

»Weil es sofort versickert, wenn es zu regnen aufhört. Ich bin sogar der Meinung, daß die Überflutung der Tunnels uns Vorteile gebracht hat.«

Aller Augen richteten sich auf Strachan.

»Die Ratten sind ersäuft worden«, fuhr er fort. »Die Nester sind zerstört. Wir brauchen vor diesem Ungeziefer keine Angst mehr zu haben.«

»Was macht Sie so sicher?« fragte Clare Reynolds. Sie hatte sich eine Zigarette angezündet. »Diese Kreaturen können schwimmen.«

»Die Überflutung der Tunnels können sie trotzdem nicht überleben«, konterte Ellison.

»Und was ist, wenn das Wasser nur in einen Teil des Tunnelsystems eingedrungen ist?«

»Sie hat recht«, warf Dealey ein. »Viele Tunnels und Abwässerkanäle sind mit Schleusen gesichert. Diese Schleusen sind im Rahmen des Alarmplans geschlossen worden.«

»Wenn es um das Überleben der Elite geht, ist der Regierung nichts zu teuer«, sagte Strachan hämisch.

Dealey ignorierte ihn. »Und dann gibt es auch U-Bahntunnels, die über dem Niveau der Abwasserkanäle liegen.«

Clare Reynolds blies den Rauch ihrer Zigarette an die Decke. »Ich denke, es wird Zeit, daß wir ein paar harte Fakten über die Spezies der Schwarzen Ratte erfahren.« Ihre Augen hefteten sich auf Culver. »Sind Sie bei Ihrem kleinen Ausflug auf lebende Exemplare dieser liebenswürdigen Vierbeiner gestoßen?«

Culver schüttelte den Kopf.

»Gott sei Dank nicht«, sagte Fairbank.

Die Ärztin maß Alex Dealey mit einem kühlen Blick. »Ich frage Sie: Was weiß oder was wußte die Regierung über die Spezies der Schwarzen Ratte? Sehen Sie, bei den Vorräten, die in unserem wunderschönen Bunker gestapelt sind, befindet sich jede Menge Rattengift. Außerdem bin ich auf einen Bestand von Impfstoffen gestoßen, der mir zu denken gibt. Ich meine das Serum, das ich Ihnen und Culver gespritzt habe, als Sie zum erstenmal den Bunker betraten. Ich weiß, daß dieser Impfstoff speziell gegen die Schwarze Ratte entwickelt wurde, gegen Infektionen, die durch Mutanten verursacht werden. Ein solches Projekt wird von der Regierung nur genehmigt, wenn eine konkrete Gefahr besteht. Wir können also davon ausgehen, daß den Behörden die Existenz dieser Spezies sehr wohl bekannt war. Was ich nun von Ihnen wissen möchte, Dealey, ist folgendes: War sich die Regierung darüber klar, daß die Schwarze Ratte durch die Maßnahmen, die beim Auftreten der Spezies vor einigen Jahren durchgeführt wurden, nicht vollständig ausgerottet worden sind? Wußten die Behörden, daß diese Kreaturen die Abwässerkanäle von London verseuchen?«

»Ich war nur einer von vielen Beamten, Frau Dr. Reynolds«, antwortete Dealey. »In die Beschlüsse, die auf der Ebene der Minister gefaßt wurden, bin ich nie eingeweiht worden.«

»Sie hatten immerhin die Funktion eines Inspektors im Rahmen der Zivilen Verteidigung. Zu Ihren Pflichten gehörte die regelmäßige Kontrolle der Atombunker. Sie müssen etwas von den Ratten gewußt haben, Dealey! Verstehen Sie doch, wir sitzen jetzt alle im selben Boot. Die Zeit, wo es Informationen gab, die nur die Regierung wissen durfte, ist vorbei. Sagen Sie uns ganz einfach, was Sie damals über die Sache erfahren haben, und sei es nur, um die Insassen dieses Bunkers von dem lebensgefährlichen Entschluß abzubringen, zum jetzigen Zeitpunkt in die Oberwelt zurückzukehren.«

Dealey war irritiert, aber er ließ sich nicht einschüchtern. »Nun gut, ich werde Ihnen sagen, was ich weiß. Aber erwarten Sie sich nicht zuviel. Wie ich vorhin schon bemerkte, war ich kein Beamter im Gehobenen Dienst.« Er rutschte auf seinem Stuhl hin und her, so unangenehm war ihm das Thema. »Den meisten von Ihnen dürfte die Bezeichnung Londoner Pest erinnerlich sein. Der Ausdruck wurde beim erstmaligen Auftreten der Schwarzen Ratte geprägt. Die Regierung hat damals nachforschen lassen, wie es überhaupt zu der Plage kommen konnte. Man fand heraus, daß ein Zoologe namens Schiller normale Ratten mit mutierten Ratten gekreuzt hatte. Die Mutanten stammten von einer Inselgruppe vor Neuguinea, nördlich von Australien, also aus einer Gegend, die durch Atombombenversuche stark radioaktiv belastet ist. Die neue Rasse, die aus der Kreuzung entstand, hat sich damals sehr schnell auf ganz London ausgebreitet. Es handelte sich um eine Spezies, die stärker und intelligenter ist als die normale Ratte. Unglücklicherweise zeichnete sich die Schwarze Ratte auch durch ihren schier unstillbaren Hunger auf Menschenfleisch aus. Es gelang damals, den Großteil dieser Ratten auszurotten, wobei ich nicht verheimlichen möchte, daß es zu einigen Unfällen kam...«

Strachan fiel ihm ins Wort. »Was im Klartext heißt, daß es viele Opfer unter der Bevölkerung gab.«

Dealey fuhr fort. »Die Regierung war seinerzeit sicher, daß die Spezies vernichtet war. Erst später hat sich herausgestellt, daß einige Exemplare überlebt haben. Der Beweis war da, als es nordöstlich von London, in Epping Forest, zu einer Rattenplage kam, die nach den Feststellungen der Behörden von der neuen Spezies ausgelöst wurde.«

»Damals stand in den Zeitungen, das Problem sei endgültig gelöst«, sagte Dr Reynolds.

»Die Regierung war überzeugt, daß die Schwarze Ratte nach den Bekämpfungsmaßnahmen, die in Epping Forest durchgeführt wurden, ausgerottet war.«

»Wenn die Spezies wirklich vernichtet war, wie erklären Sie sich dann die Exemplare, die jetzt in den Tunnels herumlaufen?« Fairbanks Augen waren zu schmalen Schlitzen geworden. In seinem Gesicht, sonst durchweg heiter, malte sich der Zorn ab.

»Ich erkläre es mir so, daß einige Exemplare entkommen sind. Möglich ist auch, daß Epping Forest nur eine Kolonie war. Vielleicht hat es die ganze Zeit eine Population in den U-Bahntunnels und Abwässerknanälen von London gegeben.«

»Und warum wurden die Bürger nicht über die Gefahr informiert?« fragte Strachan.

»Weil die Regierung die Gefahr selbst nicht kannte.«

Die Ärztin schaltete sich ein. Sie sprach mit betont ruhiger Stimme. »Nehmen wir an, es wäre so. Warum hat die Regierung dann Rattengift und Serum in so großen Mengen in den Bunkern einlagern lassen?«

»Nur als Vorsichtsmaßnahme.«

Ellison hieb mit der Faust auf den Tisch. »Sie müssen von der Sache gewußt haben, Dealey! Halten Sie uns wirklich für so einfältig?«

»Es gab gewisse Gerüchte«, räumte Dealey ein. »Es gab vereinzelte Berichte, daß Exemplare der Schwarzen Ratte gesichtet worden seien, aber nie etwas Konkretes...«

»Nie etwas Konkretes?« Strachan war wütend, und er war nicht der einzige in der Versammlung, der so auf Dealeys Erklärungen reagierte.

»Jedenfalls ist nie ein Arbeiter in den U-Bahntunnels oder in den Abwasserkanälen von einer Schwarzen Ratte angefallen worden.«

»Keine vermißten Arbeiter?« fragte Culver.

Dealey zögerte. »Soweit ich mich erinnere, wurden ein oder zwei Arbeiter als vermißt gemeldet. Aber das war nichts Ungewöhnliches. Nach schweren Regenfällen kommt es zu Überschwemmungen in den Abwässerkanälen. Oder ein Tunnel stürzt ein. In beiden Fällen können Arbeiter zu Schaden kommen. Es kann Vermißte geben.«

»Wie viele Arbeiter wurden vermißt gemeldet?« hakte Culver ein. »Geben Sie uns die genaue Zahl.«

»Mein Gott, das kann ich wirklich nicht mehr sagen. Die Sache lag außerhalb meiner Zuständigkeit.«

»Sie waren zuständig für den Bau von neuen Atombunkern und für den Ausbau der alten Schutzräume, die noch im Zweiten Weltkrieg angelegt worden waren. Wurden im Rahmen dieser Bauvorhaben irgendwelche Arbeiter als vermißt gemeldet?«

»Bei jedem Bauvorhaben gibt es Unfälle, und wenn es sich um Arbeiten unter der Erde handelt, auch tödliche Unfälle.«

»Ich frage Sie, wieviel Arbeiter als vermißt gemeldet wurden!«

»Ich lasse mich nicht in dieser Weise...«

»Warum reden Sie um den heißen Brei herum, Dealey?« fragte Clare Reynolds. »Was haben Sie zu verbergen?«

»Ich habe überhaupt nichts zu verbergen. Ich sehe nur nicht, wohin eine solche Diskussion führen soll. Natürlich hat es über die Jahre hinweg Vermißtenmeldungen gegeben. Wie ich bereits ausgeführt habe, ist das keineswegs ungewöhnlich.«

»Wurden die Leichen dieser armen Menschen je gefunden?« bohrte Culver.

»In einigen Fällen, ja.«

»Und wie sahen die Leichen aus? Waren sie verstümmelt?«

Dealey war genervt. »Wenn eine Leiche Wochen oder Monate in einem Tunnel oder in einem Abwasserkanal liegt, beginnt sie zu verwesen.«

»Waren die Leichen angefressen?«

Ein ärgerliches Schnaufen. »Ich bestreite nicht, daß es in den Tunnels und Kanälen Ratten gibt, aber ich glaube nicht, daß es sich dabei um die mutierte Spezies handelte. Jedenfalls hat es dafür nie Beweise gegeben.«

»Vorhin sprachen Sie von gewissen Berichten. Sie sagten, daß einige wenige Exemplare der Schwarzen Ratte noch nach den Vernichtungsaktionen gesichtet worden seien.«

»Wir waren nicht sicher, ob die Leute wirklich Schwarze Ratten gesehen hatten. Möglicherweise hat es sich nur um verwilderte Hunde oder Katzen gehandelt. Jedenfalls nicht um die Riesenratten, auf die Sie anspielen.«

Clare Reynolds machte einen Zug an ihrer Zigarette, obwohl die Glut fast am Filtermundstück angekommen war. »Wenn vermißte Arbeiter tot aufgefunden wurden, dann hat man doch sicher eine Autopsie gemacht, um die Todesursache festzustellen. Bei einer solchen Autopsie läßt sich sehr klar herausfinden, ob eine Leiche von normalen Ratten oder von der mutierten Spezies angefressen wurde.«

»Mag sein, daß es solche Autopsien gab, aber ich habe den Inhalt nie erfahren.«

»Das ist eine Behauptung, die wir nicht unbedingt glauben müssen«, bemerkte Ellison.

»Warum sollte ich lügen?« konterte Dealey wütend.

»Aus Selbstschutz.«

»Warum sollte ich das und wovor?«

Stille.

Die Ärztin hatte ihre Zigarette ausgedrückt. »Kommen wir auf den Punkt, Dealey. Wenn wir uns mit Erfolg gegen die Riesenratten verteidigen wollen, müssen wir über diese Spezies soviel Informationen wie irgend möglich haben. Wir müssen unter anderem wissen, welches Gift am wirksamsten ist.«

»Ich schwöre Ihnen, ich weiß nicht mehr, als ich bereits gesagt habe.«

Die Frage der Ärztin war klar und deutlich. Sie sprach übertrieben langsam, als hätte sie es mit einem Gesprächspartner zu tun, der nicht in der Lage war, eine längere Wortfolge zu begreifen. »Wissen Sie, wieviel mutierte Ratten in den Abwasserkanälen leben?«

»Es dürften nur wenige sein, sonst hätte man sie über die Jahre hinweg öfter zu Gesicht bekommen.«

»Welche Erklärung gibt es dann für die große Zahl von angenagten Leichen, die wir draußen zu sehen bekommen haben?« fragte Fairbank.

Dr. Clare Reynolds wandte sich zu den Männern, die jenseits des Konferenztisches standen. »Ist unter Ihnen jemand, der sich in den Vermehrungsgewohnheiten von Nagetieren auskennt?«

Ein kleinwüchsiger Mann hob die Hand. Er war unrasiert. Sein Gesicht war fast so weiß wie der Kittel, den er trug. Clare kannte ihn, er gehörte zum Wartungspersonal für die technischen Anlagen des Bunkers. »Eine meiner Aufgaben ist es, den Schutzraum frei von Ratten zu halten, die Anweisung besteht schon seit Jahren. Eine gewisse Belästigung durch Ratten ist durch die Nähe des U-Bahntunnels und durch die Abwasserrohre immer gegeben. Ich bin allerdings noch nie auf Riesenratten gestoßen.«

»Wie steht es mit den Vermehrungsgewohnheiten dieser Tiere?«

»Darüber weiß ich nur wenig. Nur, was ich gelesen habe. Als die Londoner Pest in Epping Forest ausbrach, habe ich mir ein paar Bücher besorgt. Es war damals ein ungemütliches Gefühl, in einem Bunker wie diesem hier

Dienst zu tun.« Er grinste. Als er die Blicke der Versammlung auf sich gerichtet sah, kehrte der Ernst in sein Gesicht zurück. »Wie die Ratten sich vermehren, wollen Sie wissen? Fünf Würfe pro Jahr und bis zu elf Ratten pro Wurf.«

Dealeys Einwand kam sehr hastig. »Was er sagt, bezieht sich auf normale Ratten. Nach allem, was ich weiß, ist die Spezies der Schwarzen Ratte nicht so fruchtbar.«

Die Ärztin wandte sich zu dem Mann im weißen Kittel. »Gab es über die Jahre hinweg irgendwelche Hinweise darauf, daß mutierte Ratten in der Nähe dieses Bunkers lebten? Haben Sie je welche gesehen?«

»Nein. Mir sind hier nur Ratten von normaler Größe untergekommen und auch davon nur wenige. Was erstaunlich ist, bei den vielen Rohren und Schächten, die vom Bunker nach oben führen. Ich vermute, daß die giftigen Köder die Zahl niedriggehalten haben.« Er kniff die Augen zusammen. »Ich habe regelmäßig Gift ausgelegt.«

»Haben Sie je Gas gegen Ratten eingesetzt?« fragte Clare Reynolds. Sie hatte auf der Tischkante Platz genommen und drehte Strachan den Rücken zu.

Es war Farraday, der die Beantwortung der Frage übernahm. »Gas darf hier gegen Ratten nicht eingesetzt werden, wegen der Gefahr für die Menschen. In Abwässerkanälen ist es anders, da ist der Einsatz von Gas üblich.«

Clare sehnte sich nach einer Zigarette, aber sie hatte ihre Ration verbraucht. »Ich frage nach dem Gas, weil ich bei den Vorräten im Bunker auf eine Packung Wasserstoffcyanid gestoßen bin, genauer gesagt auf ein Pulver, das nach Zuführung von Feuchtigkeit Wasserstoffcyanid entwickelt.«

»Was soll der ganze Unsinn?« sagte Ellison. »Wir werden den Bunker sehr bald verlassen, deshalb brauchen wir uns nicht den Kopf darüber zerbrechen, ob wir die Ratten besser mit giftigen Ködern oder mit Gas bekämpfen. Wenn wir durch den Tunnel gehen, können wir uns mit Schußwaffen gegen die verdammten Biester schützen.«

Die Ärztin wirbelte herum. »Glauben Sie wirklich, Sie können sich mit einer Schußwaffe gegen eine Horde Ratten zur Wehr setzen? Es wird Zeit, daß Sie den Ernst der Situation erkennen, Sie Idiot...«

Ellison schob seinen Stuhl zurück. »Daß Sie hier der einzige Arzt sind, gibt Ihnen noch lange nicht das Recht...«

Culver stand auf. Er war müde. Er ließ seinen Blick über die Versammlung streifen. »Entscheiden Sie gemeinsam, was geschehen soll. Mir ist es egal, wie die Entscheidung ausfällt. Ich habe Ihnen gesagt, wie es da oben aussieht, alles weitere liegt bei Ihnen. Ich werde mich jetzt ausruhen.«

Fairbank folgte ihm zur Tür, als wollte er ihm damit sein Vertrauen bekunden. Als Culver auf der Schwelle angekommen war, wandte er sich um. Sein Blick war auf Dealey gerichtet. »Als Sie vorhin von den vermißten Arbeitern sprachen, von den Leichen, die in den Tunnels und Abwasserkanälen aufgefunden wurden, ist mir etwas eingefallen.« Er massierte seinen steifen Nacken. »Ich weiß nicht, ob es in diesem Zusammenhang von Bedeutung ist.« Er zögerte. »Es hat mit den Toten zu tun, die wir auf der Rolltreppe und in der Schalterhalle vorgefunden haben.«

Kate erschauderte. Konnte es etwas geben, was noch grauenhafter war als das, was ihr Freund bei seinem Bericht vor der Versammlung bereits beschrieben hatte?

»Die meisten Leichen hatten keine Köpfe mehr«, sagte Culver, bevor er den Raum verließ.

16

Jemand hatte ihn bei der Schulter gepackt und schüttelte ihn. Er hörte, wie sein Name gerufen wurde. Der Ton kam aus weiter Ferne, ein schrilles, quälendes Geräusch, ein scharfgeschliffener Dolch, der unbarmherzig den Schutzmantel des Schlafs aufschlitzte, den Culver um sich gelegt hatte.

»*Steve, wach auf!*«

Er versuchte die Hand fortzustoßen, die an ihm zerrte, aber ein Teil seines Bewußtseins war bereits alarmiert und hinderte ihn daran, in die weichgepolsterte Tiefe des Vergessens zurückzusinken. Er riß die Augen auf.

Kate war über ihm, ihr Gesicht war ein Gitterwerk aus breiten Linien, die aus aufsteigendem Nebel zu bestehen schienen. Er blinzelte. Die Linien schrumpften zusammen, wurden schärfer.

»Steve, du mußt sofort aufstehen«, drängte sie, und die Angst, die in ihrer Stimme mitschwang, besiegte den letzten Rest seiner Müdigkeit.

Er stützte sich auf und stieß mit dem Kopf an das Pritschenbett über ihm. »Was ist los?«

Die Tür zum Gang stand offen. Laute Rufe waren zu vernehmen, Hilfeschreie und ein Rauschen, das in Culver die bedrückende Erinnerung an Tod und Verderben wachrief. Sein Blick fiel auf Fairbank, der auf einem Feldbett auf der anderen Seite des Schlafraums lag. Noch bevor Kate ihm Auskunft auf seine Frage gab, wußte Culver, was passiert war.

»In den Bunker ist Wasser eingedrungen! Eine Überschwemmung!«

Er brachte die Beine auf die Erde. Ein Schwall kalten Wassers umspülte seine Füße.

»Wo, zum Teufel, kommt das Wasser her?« schrie er.

In fliegender Hast zog er sich die Stiefel an. Er sah, wie Fairbank von seiner Pritsche aufsprang.

»Der Brunnen!« keuchte Kate. »Der artesische Brunnen ist überflutet. Der ganze Bunker steht unter Wasser.«

Er war auf den Beinen und preschte durch die rasch ansteigende Flut. Kate folgte ihm. Sie rannten in den Flur hinaus.

»Warte!« Das Mädchen hatte seinen Arm ergriffen. Sie deutete nach vorn. »Da!«

Aber Culver hatte bereits gesehen, wovor sie ihn warnen wollte.

Aus einem klaffenden Loch in der Stützmauer ergoß sich ein schäumender Wasserfall. Drei oder vier Männer waren von der Flutwelle erfaßt worden. Hilflos um sich schlagend, trieben sie den Korridor entlang, der zum Bett eines Wildbachs geworden war, verfolgt von einer Horde gigantischer Ratten, die wie schlüpfrige, schwarze Torpedos durch das gurgelnde Chaos glitten.

Angewidert und fasziniert zugleich beobachtete Culver, wie eines der Tiere seine blitzenden Fangzähne in den Hals eines Mannes grub. Das Opfer versuchte, die zottige Bestie fortzustoßen, aber die Bewegung ging ins Leere. Ein breiter Strahl schoß aus der aufgeschlitzten Arterie und färbte das Wasser blutrot.

»Wie konnten die Ratten in den Bunker kommen?« schrie Fairbank.

»Vielleicht durch die Wasserleitung.« Culver wurde zur Seite gestoßen, als ein Mann und eine Frau vorbeitrieben. Schwarze, pelzige Schatten folgten dem engumschlungenen Paar, wie herausragende Flossen mordgieriger Haie.

Culver, Kate und Fairbank wichen in den Schlafsaal zurück. Mit einer Mischung aus Angst, Wut und Ekel betrachteten sie die Ratten, die sich mit spielerischer Leichtigkeit auf der Oberfläche des rasch dahinfließenden Wassers bewegten. Schüsse waren zu vernehmen, das Geräusch schien aus einem weiter entfernten Bereich des unterirdischen Schutzraums zu kommen.

»Ich hatte gedacht, diese Bunker wären gegen eindringendes Wasser abgeschottet«, sagte Culver zu Fairbank.

»Dieser Bunker nicht. Hier war die Telefonzentrale untergebracht, und dafür galten weniger strenge Sicherheitsbestimmungen.«

Das Mädchen zupfte Culver am Ärmel. »Das Wasser steigt. Wir müssen machen, daß wir hier rauskommen!«

»Halb so schlimm«, sagte Fairbank. »Es ist unwahrscheinlich, daß der Bunker bis zur Decke vollläuft.«

»Wollen Sie's drauf ankommen lassen?« fragte Culver. Er hielt sich am Türrahmen fest und spähte in den Gang. Die Strömung war stärker geworden. Er wollte etwas sagen, als die Deckenbeleuchtung zu flimmern begann.

Fairbank fluchte. »Wenn der Generator ausfällt, sind wir geliefert. Dann funktioniert nicht mal mehr die Notbeleuchtung.«

Culver zog Kate näher zu sich. »Wo waren Dealey und die anderen, als du sie zuletzt gesehen hast?«

»In der Kommandozentrale.«

»Okay, dann werden wir versuchen, uns zur Kommandozentrale durchzuschlagen.«

»Warum das denn, verdammt noch mal!« wollte Fairbank wissen. »Es wäre besser, wenn wir sofort aus dem Bunker verschwinden.«

»Wir müssen uns erst mit Waffen versorgen. Unbewaffnet haben wir draußen keine Chance. Wir können die Abkürzung durch den Generatorenraum nehmen.«

Fairbank gab sich einverstanden. »Also gut, Culver. Sie übernehmen die Führung.«

Culver watete zu dem Metallspind hinüber. Er nahm eine schwere Stablampe heraus. »Gut möglich, daß wir die brauchen«, sagte er, und alle drei hofften, daß dies nicht der Fall sein möge.

Als er in den Korridor hinaustrat, geriet er ins Schwanken. Er suchte mit der linken Hand an der Wand Halt. Kate hatte seinen Arm ergriffen, sie folgte ihm mit vorsichtig tastenden Schritten. Fairbank bildete die Nachhut. Er spähte alle paar Sekunden über seine Schulter, um sich zu vergewissern, daß sie nicht von den schwarzen Mutanten verfolgt wurden. Er zuckte zusammen, als ein unter Wasser treibender Gegenstand an seinen Fuß stieß. Sekunden später tauchte das Ding auf. Ein Schuh.

Sie hatten sich den Transformatoren genähert, als aus den Spiralen blaue Funken sprühten. »Verdammt!« schrie Fairbank. »Wenn die Anlage durchbrennt, kriegen wir alle einen tödlichen Schlag!«

Culver hielt auf die Lücke zwischen den Relaisschränken zu, er zog Kate hinter sich her. Flüchtende Gestalten rannten vorbei, wenige Sekunden später waren sie in dem engen Korridor verschwunden.

»Die wollen zum U-Bahntunnel«, schrie Fairbank.

»Da könnten sie vom Regen in die Traufe kommen«, gab Culver zurück. Fairbank wußte, was er meinte. Der Wasserspiegel im Tunnel war möglicherweise weiter angestiegen. Abgrundtiefe Angst beschlich ihn. Er kannte die Gefahren, die sie in der überfluteten, von Riesenratten verpesteten Röhre erwarteten, und wußte doch, daß der Tunnel der einzige Fluchtweg war.

Culver beschleunigte seine Schritte. Seine Gedanken konzentrierten sich auf die Waffen, mit denen sie sich gegen die Mutanten verteidigen konnten. Er und seine beiden Gefährten würden in dem unterirdischen Schutzraum ausharren, solange es ging. Wenn das Wasser anstieg, würden sie auf die Maschinen klettern. Dort waren sie in einer Position, die es ihnen erlaubte, das angreifende Ungeziefer mit der Waffe in Schach zu halten. Culver wußte, daß der Bunker außer der Luke zum Tunnel noch zwei andere Ausgänge hatte, aber beide waren von zusammengefallenen Häusern verschüttet worden. Warum die Planungsingenieure der Regierung diese Gefahr nicht vorausgesehen hatten, war ein Rätsel, auf das Culver keine Antwort wußte.

Der Gang erweiterte sich, zugleich verwandelte sich das Wasser, in dem sie entlangwateten, in einen tosenden Wildbach. Auf der gegenüberliegenden Seite des Raums war eine Rampe zu erkennen, die in einer Höhe von zwei Metern an der Wand entlangführte. Die mit einem Geländer bewehrte Konstruktion bestand aus Metallstreben und Gitterplatten, sie erlaubte es dem technischen Personal, jene Maschinen und Versorgungseinrichtungen zu warten, die nur von oben zugänglich waren. Die Leiter, die zur Rampe hinaufführte, lag nur noch wenige Schritte von Culver entfernt. Er deutete nach vorn, Kate und Fairbank nickten. Keiner der drei hatte die schwarzen Bestien bemerkt, die auf Culver zurasten.

Eine der Ratten war an seinem Körper hochgeklettert, noch ehe er die Gefahr begriff, in der er schwebte. Das Tier hockte auf seinen Schultern, während ein zweiter Nager aus dem Wasser schnellte und sich in Culvers Lederjacke verbiß.

Kate stieß einen warnenden Schrei aus. Unwillkürlich wich sie in den Gang zurück, wo das Wasser etwas langsamer floß als in dem Maschinenraum. Culver schlug um sich, aber seine Hiebe trafen das Wasser, nicht die beiden Ratten, die sich mit wilder Angriffslust an ihn klammerten.

Fairbank sprang in die schäumenden Fluten und holte mit der schweren Stablampe zum Schlag gegen die fetten, schwarzen Ungeheuer aus. Er traf die Ratte, die ihre Fangzähne gerade in Culvers Gurgel schlagen wollte, auf den Schädel. Er vermeinte zu hören, wie das Tier vor

Schmerz aufheulte, aber das Rauschen des Wassers war so laut, daß er diesem Eindruck nicht hundertprozentig trauen konnte. Er war erleichtert, als er sah, wie die Ratte von Culvers Schulter rutschte. Fairbank war auf die Knie gesunken, er spürte das vorbeiströmende Wasser an seiner Brust. Er holte zum zweiten Schlag aus und traf die schwimmende Bestie an der Schnauze. Das Tier änderte seine Angriffsrichtung, jetzt war Fairbank das Ziel.

Culver stand mitten im brokelnden Chaos, er keuchte und prustete, spuckte das Wasser aus, das ihm in den Mund gedrungen war. Durch das Gewicht der angreifenden Mutanten hatte er die Balance verloren. Er ruderte mit beiden Armen, bis er wieder sicheren Halt gefunden hatte. Er wollte auf die Leiter zugehen, als er ein Gewicht spürte, das an seiner Lederjacke zerrte. Die Ratte hatte ihre scharfen Klauen in das steife Material geschlagen und beobachtete ihn aus ihren bösen, gelben Augen. In einer instinktiven Abwehrbewegung warf er sich auf das wild zappelnde Monstrum. Es gelang ihm, das Tier unter die Wasseroberfläche zu drücken.

Mit erstaunlicher Kraft setzte sich die schwarze Bestie zur Wehr. Culver hatte seine Hände in das geschmeidige Fell des Tieres gekrallt. Alles, was er tun konnte, war das Tier unten zu halten, bis es ertrank. Er spürte, wie die Ratte den Kopf drehte und nach ihm schnappte. Die Bewegung kam so überraschend, daß sich sein Griff löste. Culver setzte alles auf eine Karte, er warf sich auf das zuckende Monstrum, dessen Rumpf sich als grauer Schatten im Wasser abzeichnete, und stieß es in die Tiefe. Er hatte zwei Gegner, die Strömung und die Ratte.

Er war untergetaucht und hielt das sich windende Tier mit beiden Händen gepackt. Platzangst befiel ihn wie ein schwarzer, alles erstickender Schleier. Er spürte, wie schaumige Blasen an seiner Jacke entlangstrichen. Es dauerte endlose Sekunden, bis die Bewegungen der Ratte langsamer wurden und schließlich erstarben.

Culver erhob sich aus dem Wasser. Erlösende Luft strömte in seine Lungen, aber das Schwindelgefühl blieb. Er fiel mit dem Rücken in die düsteren Fluten, wurde abgetrieben, strampelte um sein Leben. Plötzlich bekam er eine helfende Hand zu packen. Es war Kate. Sie half ihm sich aufzurichten. Während er sich erhob, fiel sein Blick auf Fairbank, der bis zum Hals im Wasser stand und mit einer mutierten Ratte kämpfte. Er begriff sofort, es war das Tier, das zunächst ihn, Culver, angegriffen hatte. Jetzt galt die Wut der Bestie dem Mann, der sie um ihre Beute gebracht hatte.

Er warf sich auf die Ratte, die zum Biß auf Fairbanks Schlagader angesetzt hatte, und bekam ihre Vorderläufe zu fassen. Im Fallen bemerkte er, daß die Brust seines Gefährten blutüberströmt war. Der Techniker nutzte die Chance, die sich durch Culvers Eingreifen in den Kampf ergab, er legte seine Hände um den Hals der Ratte und drückte zu. Es gelang den beiden, das Tier ins Wasser zu zerren. Sie konnten sehen, wie es in rasender Wut um sich biß. Die Fangzähne waren weißschimmernde Todessicheln, und die Schlitzaugen zeigten keine Spur von Angst, nur Bosheit und Mordgier.

Sie mußten ihre ganze Kraft aufwenden, um die Ratte unter Wasser zu halten. Culver benutzte sein Knie, um einen Hinterlauf des Mutanten auf dem Boden festzunageln. So gut es ging, wich er den scharfen Krallen der Vorderläufe aus, die wie zwei winzige Mühlräder das Wasser peitschten. Es gelang Culver und seinem Gefährten, den Kopf des Tieres auf den Estrich zu pressen, und beide waren dankbar, daß es ihnen auf diese Weise erspart blieb, in die stechenden, von grenzenlosem Haß erfüllten Augen der Kreatur zu sehen. Stinkende Blasen durchbrachen die Oberfläche. Ein schwaches Zucken, dann war alles zu Ende. Das Tier regte sich nicht mehr. Sie gaben den schweren, pelzigen Körper frei und sahen, wie der Kadaver auftauchte und mit der Strömung davontrieb.

Culver und Fairbank standen auf. Zitternd, außer Atem, lehnten sie sich an eine Maschine. Aber Kate machte der Ruhepause ein jähes Ende.

»Das Wasser steigt!« rief sie. »Wir müssen hier weg!«

Culver warf einen Blick in den Gang, der zur Kommandozentrale des Bunkers führte. Dort herrschte das totale Chaos. Er sah schwimmende Menschen, die in letzter Verzweiflung den Mutanten, die ihnen an Schnelligkeit und Wendigkeit überlegen waren, zu entkommen suchten. Einer der Techniker hatte sich auf einen Betonsockel gerettet, er hantierte an dem Abzugsmechanismus einer Maschinenpistole, während hinter ihm eine Riesenratte, die auf dem Gehäuse eines erloschenen Monitors hockte, zum Sprung ansetzte.

Culver rief dem Mann eine Warnung zu, aber dieser war zu weit von ihm entfernt, als daß er den Ruf hören konnte. Die Ratte sprang. Noch im Flug öffnete sie ihr Maul zum tödlichen Biß. Sekundenbruchteile später schlossen sich die Kiefer mit den dolchartigen Reißzähnen um den Hals des Opfers.

Der Mann öffnete den Mund zu einem lautlosen Schrei. Als seine Halswirbel durchtrennt wurden, warf er die Arme in die Luft. Die Maschinenpistole ging los, zu spät. Die Schüsse schlugen in die Bunkerdecke, bevor die Garbe zwei Techniker und eine Frau erreichte und ihrem Leben ein Ende machte.

Das Wasser spritzte auf, als der tödlich verletzte Mann zusammenbrach, die Ratte saß ihm immer noch im Nakken. Das Rattern der Maschinenpistole erstarb. Culver sah, wie die Leiche des Technikers von der Flut davongetrieben wurde. Sekunden später tauchte die Ratte auf.

Sie schwamm in den Maschinenraum zurück, um sich ein neues Opfer zu suchen, und Culver durchzuckte die bittere Erkenntnis, daß es an Todeskandidaten, die dem Monstrum nach kurzem Kampf ihr frisches Blut opferten, keinen Mangel geben würde.

Plötzlich begann das Licht zu flimmern. Die Glühfäden in den Birnen wechselten von weiß zu gelb, von gelb zu rot. Irgendwo in der komplizierten Maschinerie knisterten Drähte. Eine Explosion folgte, die den Raum für Sekunden mit gleißender Helligkeit überflutete. Blauer Rauch stieg auf. Die künstliche Sonne erlosch. Flammen züngelten hoch.

»Das ist das Ende, Culver!« schrie Fairbank. »Nichts wie weg!«

Es schien, als wollten die Generatoren den Techniker Lügen strafen. Die Deckenbeleuchtung ging wieder an, als ob nichts geschehen wäre. Culver deutete in den Korridor, über den er und seine beiden Gefährten den Maschinenraum erreicht hatten. Auf dem schäumenden Wasser waren die spitzen, schwarzen Köpfe der herangleitenden Mutanten zu erkennen.

»Auf den Steg! Schnell!« Er umfaßte Kate und schob sie vor sich her, dem Strom entgegen.

Fairbank war stehengeblieben. Gebannt starrte er auf die Ratten, die aus einem Durchbruch in der Mauer schlüpften und sich zu ihren schwimmenden Artgenossen gesellten. *Drei, vier, fünf... Mein Gott, sechs!* Hätte er nach oben geblickt, so hätte er Dutzende von Mutanten entdeckt. Sie krochen über die Kabelstränge, erklommen die Maschinen. Fairbank rannte los. Sekunden später war er bis zur Brust im Wasser. Er begann mit aller Kraft zu rudern und hielt auf Culver und das Mädchen zu.

Kate hatte die Steigleiter erreicht, die zu dem Metallsteg hochführte. Culver versetzte ihr einen Stoß, bedeutete ihr, hinaufzuklettern. Er drehte sich um. Wo war

Fairbank? Er hielt den Atem an, als er den Techniker entdeckte. Eine Horde von Ratten schwamm hinter dem Ahnungslosen, der nur noch wenige Meter von der rettenden Leiter entfernt war.

»*Schneller!*« schrie Culver ihm zu.

Etwas in seinem Blick mußte Fairbank den Grund für die Warnung verraten haben, denn er machte den Fehler, hinter sich zu blicken. Das Entsetzen lähmte ihn, er verlor den Halt unter den Füßen.

Eine Flutwelle, die in dieser Sekunde aus der Gegenrichtung kam, rettete ihn.

Culver ahnte, was die Flutwelle ausgelöst hatte. Jemand hatte versucht, durch den Notausgang in den U-Bahntunnel zu flüchten. Da der Wasserstand draußen höher war als drinnen, war die Luke überflutet worden. Das Wasser kam jetzt aus zwei Richtungen, aus dem artesischen Brunnen und aus der U-Bahn.

Es gelang ihm, Fairbanks ausgestreckte Hand zu erfassen, bevor der Gefährte in der wild kreisenden Strömung versank. Die Ratten wurden wie Treibgut aus dem Gang in den Maschinenraum geschwemmt.

Kate hatte den Steg erklettert. Culver half Fairbank hinauf.

Keuchend lagen sie auf dem Gitter, wie Fische, die an Land geworfen waren. Culver war der erste, der seine Erschöpfung überwand. Der Gang über den Steg begann.

Die Rampe war so schmal, daß sie hintereinander gehen mußten. Sie hatten die Richtung zur Kommandozentrale eingeschlagen. Culver schrie eine Warnung, als er den Schatten entdeckte, der sich in den Verstrebungen über Fairbanks Kopf bewegte.

Die Ratte sprang, aber der Techniker war vorbereitet. Er fing sie mit ausgebreiteten Armen auf und taumelte zurück, bis er mit den Schultern an die Wand stieß und wieder Halt fand. Die Fangzähne der Bestie waren nur noch eine Handbreit von seinem Gesicht entfernt. Es war die Todesangst, die Fairbank die Kraft verlieh, die Kreatur über das Gelände zu hieven und ins Wasser zu werfen.

Sie liefen weiter, gejagt von den Mutanten, die aus den Kabelkanälen in der Bunkerdecke gekrochen kamen. Weiter voraus war das Belfern automatischer Waffen zu hören.

Clare Reynolds hatte die vierte Zigarette der Ration von morgen geraucht, als das Wasser in die Kantine eindrang. Als sie das Stäbchen anzündete, hatte sie über das Problem der Tabakvorräte nachgedacht. Und über Dealey, den Mann mit den zwei Gesichtern. Was war von einem Regierungsvertreter zu halten, der so unverschämt log? Als sie ihn um eine Erklärung bat, warum Rattengift und Impfstoff gegen die Londoner Pest in so großen Mengen im Bunker eingelagert worden war, hatte er ihr mit Ausflüchten geantwortet. Der Zivile Verteidigungsschutz, so hatte er argumentiert, ließ alle möglichen Medikamente einlagern, schließlich müsse man gegen Epedemien aller Art gewappnet sein. Sie wußte, daß er damit die Unwahrheit sagte. Der gleiche Mann hatte sie zu Stillschweigen verdonnert, als sie ihn auf den haarsträubenden Mangel an den gebräuchlichsten Medikamenten aufmerksam machte. Es sei im Interesse aller, wenn darüber unter den Insassen des Bunkers nichts bekannt wurde. Zum Teufel mit der Rationierung, die Dealey in punkto Tabak verhängt hatte! Inzwischen stand fest, daß sie den Bunker sehr bald verlassen würden, die Mehrheit war dafür. Was wurde in diesem Fall aus den vielen Zigaretten, die in den Regalen lagerten? Wer würde das wunderbare Zeug rauchen? Niemand. Schlimm, sich vorzustellen, wie der duftende Tabak unter der Erde vermoderte. Zwar gab es irgendwo in Clares Gewissen ein leises Stimmchen, das vor dem Rauchen warnte. Schließlich war sie Ärztin. Mußte sie nicht mit gutem Beispiel vorangehen? Sie war entschlossen, das Stimmchen zu überhören, so wie sie es in all den Jahren getan hatte. Sie lächelte, als sie an den Aufdruck dachte, der die Zigarettenpackungen zierte. DER GESUNDHEITSMINISTER: RAUCHEN GEFÄHRDET IHRE GESUNDHEIT. Sie konnte sich Empfehlungen vorstellen, die wichtiger waren. Zum Beispiel diese. DER GESUNDHEITSMINISTER: RADIOAKTIVITÄT GEFÄHRDET IHRE GESUNDHEIT. Wasserstoffbomben töten... Fehlernährung macht krank... Ihr wären mühelos noch ein Dutzend weitere Ratschläge eingefallen, die man der staunenden Öffentlichkeit hätte verpassen können. Aber dazu war es wohl zu spät. Die Ärztin drückte die qualmende Kippe im Aschenbecher aus und zündete sich die nächste Zigarette an.

Asche zu Asche, ein Symbol. Sie starrte auf die Glut, die schon in wenigen Minuten unweigerlich erlöschen würde. Der Tabak würde sich selbst vernichten, so wie sie, Clare Reynolds, sich in all den Jahren vernichtet hatte.

Merkwürdig, was die Menschen für Anforderungen an die Angehörigen der gehobenen Berufe stellten. Welchen Grund hatte es, daß der Mann auf der Straße denjenigen, die Verantwortung trugen, keine eigenen Gefühle zubilligten? Von einem Flugkapitän erwartete man, daß er in einer gefährlichen Situation nur an das Wohl der Passagiere, nicht ans eigene Überleben dachte; ein Geistlicher durfte keine seelischen Probleme haben, seine Pflicht war es, ganz und gar in der Betreuung seiner Schäfchen aufzugehen, deren Seelenmüll beiseite zu räumen. Und natürlich hatten auch jene, die den Beruf des Arztes – oft sprach man sogar von einer Berufung – ausübten, kein Recht auf eigene Empfindungen. Überhaupt hatten Ärzte unfehlbar zu sein. Ein Mediziner hatte Leprakranke zu behandeln, ohne sich mit Lepra anzustecken, er hatte Tuberkulosekranke zu heilen, ohne Tuberkulose zu erwischen, und natürlich bekam er nie einen Schnupfen, auch wenn in seinem Wartezimmer zwanzig erkältete Patienten saßen. Ärzte waren immun. Wirklich? Clare gestattete sich ein Lächeln, als sie sich an eine Kollegin erinnerte, die sich irgendwo, irgendwie, bei irgendwem mit Herpes angesteckt hatte.

Physisch und seelisch gesehen, waren Ärzte eine besondere Rasse, und Ärztinnen selbstverständlich auch.

Allerdings...

(Wie viele Psychiater erlitten Nervenzusammenbrüche? Viele.)

(Wie viele Geistliche machten sich der Sünde schuldig? Einige.)

(Wie viele Rechtsanwälte verzweifelten an der Ungerechtigkeit der staatlichen Justiz? Nun, in jedem Beruf gab es Ausnahmen.)

Tatsache war, die Menschen interessierten sich nur für ihre eigenen Probleme, nicht für die Schwierigkeiten, die ein Arzt, ein Geistlicher, ein Rechtsanwalt haben mochte. Auch im Bunker war das so. Mit einer Ausnahme. Kate Garner. Sie war die einzige gewesen, die sich erkundigt hatte, ob Clare bei der Katastrophe nicht auch einen Angehörigen verloren hätte.

Dr. Clare Reynolds hauchte gegen ihre Brillengläser und wischte sie mit einem Papiertaschentuch sauber. Es gab ein Dutzend Leute in der Kantine, und doch war sie allein. Sie war allein, weil sie es so wollte. Sie hielt auf Abstand, die Menschen spürten das. Sie spielte allen Theater vor, und sie war eine perfekte Schauspielerin. Sie trug eine Maske, und die Maske war ihre Rüstung. Allerdings, es gab eine Waffe, gegen die eine solche Rüstung keinen Schutz zu bieten vermochte. Welchen Schutz gab es gegen die wunderschönen Träume, die sich in die Gedanken eines Menschen einschlichen? Simon hieß der Mann, von dem Clare träumte. Wenn sie schlief, war Simon bei ihr, flüsterte mit zärtlicher Stimme ihren Namen. Er liebkoste sie, bis sie vor Vorfreude zitterte. Sie war es, die diesen Mann wie ein Magnet anzog. Sie sah ihn aus der Unendlichkeit heranschweben. Da war er, nur noch ein Schleier aus Staub trennte sie von ihm. In ihren Träumen nahm sein verstümmelter Körper klare Konturen an. Schade, daß er keine Augen mehr hatte, nur leere, ausgebrannte Höhlen. Schade, daß sein Lächeln immer ein Grinsen war, das lag daran, daß er keine Lippen mehr hatte. Der Mund war verbrannt, so wie das Fleisch des Rumpfes und der Gliedmaßen verbrannt war. Nur die Knochen waren übriggeblieben, ein verkohltes Skelett. Immerhin, er trug noch einen Anzug, und in seiner Brusttasche steckte ein Kugelschreiber. Die Krawatte saß sehr locker, irgendwie sah Simon aus wie ein Gehenkter, den man vom Galgen abgeschnitten hatte. Er griff nach ihr mit seiner Knochenhand, und Clare jubelte, als er den Schleier aus Atomstaub beiseitewischte, der das letzte Hindernis ihrer Vereinigung gewesen war. Sein Gerippe schepperte, als er ihre Hand ergriff. Er neigte den Kopf, so daß sie ihm über das Haar streichen konnte, über die lächerlichen roten Strähnen, die ihm geblieben waren. Und jetzt öffnete er die Kiefer, um sie zu begrüßen. Käfer kamen herausgekrabbelt...

Clares Brille war auf den Tisch gefallen. Die Männer am Nebentisch maßen die Ärztin mit einem erstaunten Blick. Sie setzten ihre Unterhaltung fort, als Clare die Brille hochgenommen und sich eine Zigarette angezündet hatte.

Sie schloß die Augen und sog den Rauch ein. Nikotin war schlecht fürs Herz, aber gut für die Konzentration.

Und sie wollte sich konzentrieren. Simon, ihr Ehemann, bester Freund und zärtlicher Liebhaber, war tot. Der grausame Traum hatte nur bestätigt, was sie schon wußte. Simon war Chirurg gewesen, ein Mann, der vielen Menschen das Leben gerettet hatte. Als die Bomben fielen, hatte er im St.-Thomas-Krankenhaus operiert. Sie wußte, er hatte keine Überlebenschance gehabt. Das Gebäude war von der Druckwelle dem Erdboden gleichgemacht worden. Gott sei mit dir, Simon, ich liebe dich. Ich hoffe, du hast nicht lange gelitten.

Als sie das erste Mal aus ihrem Alptraum aufwachte, war Kate dagewesen. Das Mädchen hatte sie in die Arme genommen und sie getröstet. Und dann war Clare aufgestanden. Sie war mit Kate in die Kantine gegangen, die Tag und Nacht geöffnet war. Sie hatten Kaffee getrunken und geredet, stundenlang. Clare wußte damals noch nicht, daß der Alptraum wiederkehren würde. Aber sie spürte, daß Kates Zuneigung für sie sehr wichtig war. Als sie mit ihr sprach, waren die Rollen ins Gegenteil verkehrt, Clare war die Patientin, und das Mädchen war die Ärztin. Morgen früh würde Clare wieder die kühle, vielleicht etwas zynische Medizinerin sein, die Frau, die nichts so leicht umwerfen konnte, aber nachts, wenn sie aus ihren grauenhaften Träumen hochfuhr, war sie nur eine Frau, eine einsame Seele, jemand, der sich an der Schulter eines lieben Menschen ausweinen wollte.

Der Mann am Nebentisch hatte die Hand der Frau ergriffen, die ihm gegenübersaß. Clare kannte die Frau, sie hatte vor der Katastrophe in der Telefonzentrale gearbeitet, die zum Bunker gehörte. Und jetzt streichelte er ihren Oberarm. Seine Fingerspitzen näherten sich ihren Brüsten. Die Frau lächelte, Clare wandte sich ab. Nicht, weil sie Ekel oder Neid empfand. Der Grund war, daß die liebevolle Geste Clare auf Gedanken brachte, die sie seit Wochen ohne Erfolg auszublenden versuchte. Gedanken, die ihre eigene Sexualität betrafen.

Die Beziehung zwischen Simon und ihr war in jeder Hinsicht befriedigend gewesen, geistig und körperlich befriedigend. Simon hatte sie glücklich gemacht, er war ein aufmerksamer Liebhaber gewesen. Nicht, das, was manche Frauen als As im Bett bezeichneten, aber ein Mann, der bei der Liebe nicht nur an sich dachte. Gewiß, der ärztliche Beruf war sowohl für ihn als auch für Clare eine starke Belastung gewesen, das war auch der Grund, warum sie einvernehmlich auf Kinder verzichtet hatten. Aber sie waren glücklich miteinander gewesen, glücklich auch im Bett. Sex mit Simon, das war eine wunderbare Erfahrung gewesen. In den Wochen nach der Katastrophe hatte Clare keinen Gedanken mehr an Sex verschwendet. Das Bedürfnis nach körperlicher Liebe schien ausgelöscht. Jedenfalls tagsüber. Die Nächte, das war eine andere Geschichte.

Die Alpträume.

Ihr toter Gemahl war zu ihr gekommen und hatte ihre Hand ergriffen. Sie hatte sein geschwärztes Skelett gestreichelt, die Schulterknochen, den Brustkorb. Sie hatte die Fleischfasern betrachtet, die dem Feuer widerstanden hatten, winzige blutverkrustete Reste, auf denen weiße Würmer herumkrochen. Von seine Muskeln war nichts übriggeblieben. Nur...

Nur die Genitalien. Das Skelett verfügte über einen wunderschönen Penis, der sich durch die Kleidung schob. Das stolz erhobene Glied war der einzige Teil seines Körpers, in dem noch warmes, lebensspendendes Blut pulste.

Sie verdrängte das Bild, die Erinnerung war zu schmerzhaft. Sie wußte, daß sie in ihren Träumen mit Simon geschlafen hat, nicht mit ihm, sondern mit seinem Skelett, aber sie hatte sich das nie eingestanden. Jetzt, als sie sah, wie der Mann am Nebentisch die Frau streichelte, war ihr klar geworden, daß Sex nichts war, was mit dem Tod des Partners endete. Andererseits, die Freuden des Betts waren nicht so wichtig. *Mein Gott, es ist wirklich nicht so wichtig.*

Clare wußte – dies gehörte zu ihrer medizinischen Ausbildung – daß die Nähe des Todes die Lebenden zu körperlicher Liebe anspornt. Es war nur natürlich, daß sie Lust auf Sex hatte. Der Körper hatte Bedürfnisse, die befriedigt werden wollten. Aber all das erklärte nicht, warum sie so obszöne Träume hatte.

Warum?

Plötzlich meinte sie, die Antwort gefunden zu haben. Ihre Träume waren obszön, weil die Welt, in der sie gelebt hatte, eine einzige Obszönität geworden war. Im Augenblick der Katastrophe war alles, was sie liebte, zerstört und beschmutzt worden. Vergiftet. Welchen Respekt konnte man noch vor der Spezies Mensch haben, wenn die Menschheit den kollektiven Selbstmord inszenierte? Welche Befriedigung konnte man aus der Betrachtung eines Kunstwerks ziehen, wenn es zu Asche verbrannt war? Wie konnte man die kühle Brise auf den Wangen genießen, wenn der Wind todbringende Substanzen mit sich trug? Wie konnte man sich an Sex erfreuen, wenn der Körper des Partners in Verwesung übergegangen war? Und doch blieb das Bedürfnis nach körperlicher Liebe. Es hieß, daß die Reichen in Rom ihre Gladiatoren am Vorabend der Kämpfe zu sexuellen Aktivitäten ermuntert hatten. Sie hatten zugeschaut, wie ihre todgeweihten Sklaven mit Dirnen kopulierten, und die Befriedigung, die sie dabei verspürten, war die gleiche gewesen, die sie am Tag darauf auf dem Höhepunkt des mörderischen Schauspiels erlebten. Gab es nicht sogar Videofilme, wo gezeigt wurde, wie Menschen aus Fleisch und Blut, nicht Schauspieler, abgeschlachtet wurden, und war es nicht der sexuelle Kitzel, der die Menschen dazu trieb, sich solche Filme anzusehen?

Clare drückte die Glut ihrer Zigarette aus. Tatsache war, daß sie einmal eine Autopsie an der Leiche eines Mannes durchgeführt hatte, der noch im Tode eine Erektion gehabt hatte.

Sie mußte lächeln, als sie sich ihrer abwegigen Gedanken bewußt wurde. Warum eigentlich erfand sie komplizierte Entschuldigungen für Empfindungen, die ganz natürlich waren? Ich habe sexuelle Bedürfnisse, was ist so schlimm daran? Ich habe seit ein paar Wochen mit keinem Mann mehr geschlafen, und ich habe Lust drauf. Man kann Lust nicht verbieten. Auch Witwen mögen Sex. Das Problem war, daß es keinen Mann im Bunker gab, mit dem Clare Reynolds gern ins Bett gestiegen wäre. Niemand. Der Grund war sehr einfach. Sie wollte keinen Penis, sie wollte einen lieben, zärtlichen Mann.

Es war ein irritierendes Gefühl, zu wissen, daß Kate der einzige Mensch war, zu dem sie sich hingezogen fühlte. Jawohl, auch körperlich. Das Gefühl war irritierend, weil sie wußte, daß sie keine Lesbierin war. Trotzdem, der Gedanke war verlockend. Ob Kate mit ihr schlafen würde? Wahrscheinlich nicht. Die Sache würde auf der seelischen Ebene bleiben. Was ein wichtiger Teil der Liebe war, aber eben nur ein Teil. Wie schade. Ein Lächeln des Bedauerns spielte um Clares Lippen. *C'est le holocaust*.

Sie trennte die Glut vom Filtermundstück, indem sie die Zigarette zerbrach. Genug geraucht, Dr. Reynolds. Ihre professionellen Künste werden gebraucht. Sie können später wieder in Ihren Selbstvorwürfen herumwaten, im Augenblick ist Alistair Bryce wichtiger. Alistair Bryce muß seine Spritze bekommen. (Wenn er wüßte, was für Schmerzen ihm bevorstehen!) Und dann gab es noch ein paar Patienten, die auf ihre Beruhigungspille warteten. (Ich könnte eigentlich auch eine nehmen, nur ausnahmsweise, damit ich besser schlafe.) Gott sei Dank zeigten die Strahlungspaletten der drei Männer, die von ihrem Ausflug auf den Friedhof (hübscher Witz) zurückgekommen waren, keine besorgniserregenden Rem-Werte. Was Bryce anging, so mußte man abwarten. Wenn die Tollwut bei ihm ausbrach, würde Clare ihm den Übergang in die andere Welt erleichtern. Nein, sie hatte keine Skrupel, einem leidenden Mitmenschen diesen Dienst zu erweisen. Sie würde ihm ihren ›Brompton Cocktail‹ zu trinken geben, eine tödliche Mischung aus Heroin, Kokain und Gin. Aber Frau Dr. Reynolds, Sie haben vergessen, daß es kein Kokain im Bunker gibt. Macht nichts. Es gibt andere Rauschmittel, die den gleichen Zweck erfüllen. Was es sonst noch zu tun gab? Nun, sie hatte noch einige Überzeugungsarbeit zu leisten. Bestimmte Personen in diesem Bunker waren so unglaublich dumm...

Das war der Augenblick, als Clare die ersten Hilfeschreie hörte. Die Menschen, die zu dieser späten Stunde noch in der Kantine saßen, erstarrten. Die Schwingtüren öffneten sich. Die Flut rauschte herein.

Die Hölle brach los.

Tische und Stühle wurden fortgeschwemmt. Tassen tanzten auf dem Wasser wie Plastikenten, die ein Kind in die Badewanne geworfen hatte. Clare wurde gegen den Tisch geschleudert, an dem das Liebespaar gesessen hatte, der Tisch kippte um.

Als die Flutwelle die Wand erreicht hatte, war die Gewalt gebrochen. Die Woge schwappte zurück, aber sie bewegte sich so langsam, daß die Menschen ihr ausweichen konnten. Jene, die nicht bewußtlos waren, standen vom Boden auf und wateten zur Tür.

Clare Reynolds tastete nach ihrer Brille. Sie fand sie nicht. Das Wasser ging ihr bis zu den Knien. Sie blinzelte. Das dunkle Rechteck, das mußte wohl der Ausgang sein. Sie überlegte. Es gab zwei Fluchtwege. Die Schwingtüren, durch die man in den Korridor gelangte, und die Tür zum Wirtschaftsbereich. In der Kantine zu bleiben, war keine gute Idee. Sobald das Wasser auf eine Höhe von zwei Metern stieg, war dieser Raum eine Todesfalle. Sie watete auf die Schwingtüren zu und sah, wie zwei Männer, die am Tisch gegenüber gesessen hatten, ihr folgten.

Die Deckenbeleuchtung hatte zu flimmern begonnen. Die Frau, die vor Clare ging, stieß einen Schrei aus. Alle waren stehengeblieben. Sie bewegten sich erst weiter, als das Flimmern aufhörte. Normale Beleuchtung.

Na, Gott sei Dank. Clare kam an der chromblitzenden Kaffeemaschine vorbei. Der Anblick brachte sie auf eine Idee. Ob es nicht besser war, durch den Wirtschaftsbereich zu flüchten? Die Strömung des Wassers, das durch die Schwingtüren hereinflutete, war stärker geworden. Möglich, daß der Pegel im Korridor, der das Bett des Flusses bildete, noch höher war.

Sie wandte sich zu dem Mann, der hinter ihr ging, und erklärte ihm, was sie vorhatte. Wir flüchten durch die Küche. Der Mann nickte. Ich habe verstanden. Clare warf einen Blick in die Runde. Nein, zehn, elf Überlebende. Elf, das war's dann wohl. Ja, und dann gab's noch ein paar, die mit dem Gesicht nach unten im Raum herumtrieben. Die Überlebenden, fand die Ärztin, sahen wie begossene Pudel aus, und das nicht nur, weil sie naß waren. Ein Anflug von Schadenfreude durchzuckte Clare. Bis vor wenigen Minuten hatte es im Bunker zwei Parteien gegeben. Jene, die unten bleiben wollten, und die anderen, die sich das Trümmerfeld namens London zu Gemüte führen wollten. Die Überschwemmung hatte derartige Diskussionen überflüssig gemacht. Dafür gab es ein neues Problem. Wie rauskommen?

Clare Reynolds stieß sich von der Wand ab. Das Wasser umspülte ihre Schenkel. Sie geriet ins Rutschen, ein Mann fing sie auf.

»Danke, Tom! Sagen Sie den anderen, es ist besser, wenn wir durch die Küche gehen.«

Sie gehorchten ihr. Sie bildeten eine Kette, die quer durch die Kantine reichte. Die Gesunden stützten die Verletzten. Das Wasser bewegte sich jetzt im Kreise, in der Mitte bildete sich ein Strudel.

Die Kette zerbrach. Zwei Männer, die eine bewußtlose Frau geführt hatten, wurden in den Strudel gezogen. Nur einer konnte sich retten, der andere und die Frau verschwanden in dem gurgelnden Loch.

»Schneller gehen?« schrie Clare den Menschen zu, die hinter ihr gingen. »Das Wasser steigt. Wir müssen hier raus, bevor es zu spät ist.«

Aber die Strömung hemmte ihre Schritte. Mit quälender Langsamkeit bewegte sich die Menschenkette auf die Küchentür zu.

Clare hatte die Barriere erreicht, die parallel zum Selbstbedienungsbüffet verlief. Sie schwang sich über das chromblitzende Rohr, die anderen folgten ihrem Beispiel. Sie beobachtete einen Mann, der aus Bequemlichkeit unter dem Handlauf hinwegschlüpfte. Prustend und schnaubend tauchte er aus dem Wasser auf. Gegen die zunehmende Strömung kämpfend, schob sie sich zwischen Büfett und Barriere entlang. Sie war vor dem halbhohen Durchlaß angekommen, der den Weg zur Küchentür freigab, als plötzlich ein Schatten über den leuchtendgelben Plastikbelag der Theke huschte. Der Schatten gefror zu einem Tier, das sich hinsetzte und die Vorderpfoten hob. Gebannt starrte Clare auf das lauernde Monstrum, in der verzweifelten Hoffnung, ihre Wahrnehmung möge sich in Sekundenschnelle als Sinnestäuschung entpuppen.

Aber es war Wirklichkeit.
Die Ratte war groß, schwarz und geschmeidig.
Gelbe Schlitzaugen, in denen Mordlust funkelte.
Nasses Fell, Haare wie Nadelspitzen.
Klauen wie geschliffene Dolche.
Das Tier blieb nicht lange allein. Ein zweiter Mutant trippelte die Theke entlang. Und ein dritter.
Viele.
Clare Reynolds begann zu schreien. Alle Lichter im Raum hatten zu tanzen begonnen.

17

Es war das erste Mal in seinem Leben, daß Ellison eine Waffe trug. Ein angenehmes Gefühl, wie er fand. Ebenso angenehm wie der Kitzel, den er gespürt hatte, als er und seine Gefährten das Waffenarsenal des Bunkers geplündert hatten.

Farraday, der in seiner Jugend als Berufssoldat gedient und damit die Weichen für seine Karriere gestellt hatte, kannte sich in Revolvern und Gewehren, Schnellfeuergewehren und Maschinenpistolen aus. Er war es, der den Männern Bezeichnung und Funktion der Waffen erklärt hatte.

Bei der Sichtung des Bestands hatte sich Ellison blitzschnell für eine Maschinenpistole entschieden. Er fühlte sich sexuell stimuliert, als er das Ding betrachtete. Die Waffe war einfach zu laden und einfach zu bedienen. Farraday hatte Ellison allerdings eine Warnung mit auf den Weg gegeben. Die 9-Millimeter-Sterling war eine todbringende Feuerspritze, ein Instrument von großer Zerstörungskraft. Einziger Nachteil der Waffe war, daß sie nicht sehr präzise schoß. Wie auch immer, Ellison fühlte sich erhöht und in seiner Männlichkeit gestärkt. Ein Mann hatte einen Schwanz, und ein Mann hatte eine Waffe, so war das. Für jene Richtung der Psychatrie, die das männliche Interesse an Waffen mit der These begründet, das Schießrohr sei für das starke Geschlecht gleichsam die Verlängerung des Glieds, wäre Ellison ein gefundenen Fressen gewesen. Vielleicht war die Maschinenpistole für ihn nicht gleich wichtig wie der Penis, aber die Waffe war ein hübsches Zubehör.

Die Aktion, bei der sich Ellison und die anderen Männer mit Waffen ausrüsteten, lag schon viele Stunden zurück. Sie hatten Dealey gezwungen, ihnen den Schlüssel für das Arsenal auszuhändigen, und Ellison war nicht der einzige gewesen, dessen Herz freudig zu klopfen begann, als er auf die Regale zuging, die mit schwarzschimmernden Waffen, mit Munition und Zubehör, mit Mogadischu-Handgranaten, Kanistern voller Reizgas, Gasmasken und Plastikschilden vollgepackt waren.

Die Gruppe hätte sich nicht unbedingt bewaffnen müssen, um die Gewalt im Bunker zu übernehmen. Der Coup, so glaubte Ellison, wäre auch so über die Bühne gegangen. Daß sie sich trotzdem mit Revolvern, Maschinenpistolen und Schnellfeuergewehren ausgerüstet hatten, entsprang einer anderen Überlegung. Ellison und seine Freunde waren unsicher, zu welcher der beiden Parteien sich die Mitglieder des Aufklärungstrupps schlagen würden, wenn sie in den Bunker zurückkehrten. Besonders Culver schien unberechenbar. Zwar hatte er sich der Gruppe um Ellison gegenüber immer freundlich gegeben, aber er blieb gleichgültig, wenn sie ihm ihre Argumente, die Gründe für eine Änderung der Befehlsstrukturen, vortrugen. Überhaupt, dieser Culver hatte etwas Herausforderndes. Zwar ließ er sich nur selten zu agressivem Verhalten hinreißen, aber er trug eine Stärke, eine Selbständigkeit zur Schau, die das Mißtrauen der oppositionellen Gruppe auf den Plan rief. Er ließ sie spüren, daß er auf niemand angewiesen war, und verspottete damit ihre These, daß vernünftige Entscheidungen nur im Kollektiv gefällt werden konnten. Aber die Befürchtungen der Aufrührer hatten sich nicht bewahrheitet. Zu ihrer Erleichterung leistete Culver keinen Widerstand, als sie ihn bei der Rückkehr vor vollendete Tatsachen stellten. Ellison konnte aufatmen. Er wäre nicht in der Lage gewesen, Culver niederzuschießen, hätte sich dies als notwendig erwiesen. »Einen Menschen mit der Waffe zu bedrohen, war eine Sache, ihn tatsächlich umzubringen, eine andere. Inzwischen allerdings ging der Trend wieder zur Gewalt. Die Zeiten hatten sich geändert (drastisch), und Ellison änderte sich mit ihnen (schnell). Er wußte natürlich, daß es zum Problem der Gewalt zwei Meinungen im Bunker gab. Die einen argumentierten, daß nach dem millionenfachen Tod, der mit der Katastrophe über die Menschen gekommen war, der Mord an einem Überlebenden ein Ereignis von unvorstellbarer Tragik war. Die anderen sagten, nach soviel Toten käme es auf einen mehr oder weniger nicht mehr an. Ellison neigte zu der zweiten Gruppe. Man konnte nur überleben, wenn man grausam und skrupellos war. Und er *wollte* überleben.

Die Meuterer waren in die Kommandozentrale zurückgekehrt, um die Diskussion mit Dealey fortzusetzen. Ellison war der einzige, der eine Waffe trug. Nicht, weil er damit rechnete, daß die Auseinandersetzung die Anwendung von Gewalt notwendig machen würde, sondern weil es ein gutes Gefühl war, das Gewicht einer Maschinenpistole in den Händen zu spüren.

Und jetzt hatte er ein Ziel gefunden. Er stand bis zum Gürtel im Wasser und legte auf ein Rudel Mutanten an.

Sein Finger krümmte sich um den Abzug. Feuer. Ellison konzentrierte sich auf die Ratten, die auf den Maschinen, auf den Rohren und Kabelsträngen entlangliefen. Die Schüsse peitschten in die weichen Körper der Bestien, trafen auf Metallplatten, drangen als Querschläger in die Bunkerdecke. Die Mutanten, die er traf, fielen quiekend in das rasch dahintreibende Wasser. Er sah, wie eine der Kreaturen in der Schlinge eines elektrischen Kabels hängenblieb. Der Rumpf begann zu zittern, und die Kiefer öffneten und schlossen sich in rascher Folge, während der Strom durch den pelzigen Leib schoß.

Über Ellison verlief die Galerie, die Culver, Fairbank und Kate als Fluchtweg diente. Er sah, wie Ratten von den Kabelsträngen auf das Metallgitter sprangen, das den Boden des Stegs darstellte. Er watete näher und hielt auf die Mutanten. Das Töten konnte beginnen.

Culver zog Kate zu Boden, als die Kugeln an seinen Ohren vorbeipfiffen. Er erschrak, als das Gitter unter seinen Füßen in Schwingung geriet. Als er sich umwandte, erblickte er eine Ratte, die nur noch einen Meter von ihm entfernt war. Das Tier hatte die Zähne gefletscht, abgrundtiefe Bosheit glomm in seinen Augen. Culver duckte sich. Sobald die Ratte sprang, würde er ihr einen Stoß mit dem Stiefel versetzen. Aber die Bestie bewegte sich nicht. Sie war tot.

Einer der Mutanten hatte sich von einem Wasserrohr, das an der Bunkerdecke entlangführte, auf Kates Rücken fallen lassen. Das Tier krallte sich in die Kleidung des Mädchens und begann den Stoff mit seinen messerscharfen Zähnen aufzuschlitzen. Culver zuckte zusammen, als er sah, wie sich Kates zerrissene Bluse blutig färbte. Als die Ratte wie der Klöppel einer Glocke zur Seite schwang, bemerkte er die kreisrunden Einschüsse im Fell. Das Blut, das über den Rücken des Mädchens floß, war Rattenblut. Culver warf sich nach vorn. Er bekam den Mutanten zu fassen und warf ihn über das Geländer.

Ellison hatte zu schießen aufgehört. Er starrte zu den

drei Menschen hinauf, die auf der Galerie standen. Culver kniete vor dem Mädchen, er untersuchte sie auf Wunden. Fairbank war an das Geländer getreten, um Ellison in schreiender Lautstärke darüber zu informieren, was er von seinen Schießkünsten hielt.

Zitternd schmiegte sich Kate an den Mann, der sie von der Ratte befreit hatte. Als er sie am Kinn faßte und ihr in die Augen sah, entdeckte er keine Hysterie, nur Angst, vielleicht Verzweiflung. Es gab keine Zeit, um das Mädchen zu trösten, um ihr Mut zuzusprechen. Die Flut war weiter angestiegen, und Culver rechnete damit, daß die Stromversorgung des Bunkers binnen weniger Minuten ausfallen würde. Er zog Kate an sich und schrie ihr ins Ohr: »Wir müssen zurück ins Wasser!«

»Warum?« Jetzt war Panik in ihrem Blick.

»Wir brauchen Waffen, und die sind in der Kommandozentrale. Der Raum ist nur zu ebener Erde zu erreichen.«

Sie kletterten die Leiter hinunter, Fairbank folgte ihnen. Culver war ins Wasser gesprungen, als er Ellison bemerkte. Der Ingenieur hielt die Mündung der Maschinenpistole auf die Köpfe heranschwimmender Ratten gerichtet. Er gab einen Feuerstoß ab. Culver war überrascht, als der Ingenieur sich umwandte. Der Mann lächelte.

»Wo sind Dealey und die anderen?« schrie Culver. Ellison deutete mit der Mündung der Waffe in die Richtung, wo die Kommandozentrale lag, dann hob er den Blick, um die Versorgungsleitungen nach Ratten abzusuchen. Ein merkwürdiger Ausdruck lag auf seinen Zügen. Wie ein Hecht, der Stichlinge jagt, dachte Culver. Es war offensichtlich, daß das Töten Ellison Genuß bereitete. Die wochenlange Unsicherheit und das Gefühl, für immer im Bunker eingesperrt zu sein, waren schuld daran.

Der Weg zur Kommandozentrale begann. Culver, Fairbank und Kate wateten durch den Korridor. Die Tür kam in Sicht, sie war offen. Fünf oder sechs Gestalten kamen in den Flur gestolpert. Entsetzt blickten sie auf das Chaos. Auch Dealey war da. Auf seinen Zügen zeichnete sich namenlose Angst ab, genau wie damals, als Culver ihm zum erstenmal begegnete. Wieviel Zeit war seitdem vergangen? Jahrhunderte? Culver ging gegen die Strömung. Bücher und Stühle trieben vorbei. Er erschrak, als der Kadaver einer Ratte an seine Hüfte stieß. Mit einer raschen Bewegung schob er den schwammigen, schweren Körper von sich.

Schließlich war er vor Dealey angekommen. Hinter dem Rücken des Regierungsbeamten war Farraday zu erkennen.

»Hat es noch Sinn, im Bunker zu bleiben?« schrie Culver. »Werden wir hier nicht elend ertrinken?«

»Ich weiß es nicht. Wir haben eine Chance, wenn niemand die Überflutungsventile in den Tunnel geschlossen hat.«

»Es ist niemand da, der die Ventile schließen könnte.«

»Dann kommt es darauf an, wie stark die Regenfälle waren.«

»Was ist höher, der Bunker oder die Abwasserkanäle?«

»Die Abwasserkanäle.«

»Wir könnten versuchen, uns auf die Galerie zu retten. Vielleicht haben wir Glück, und der Wasserstand sinkt. Wenn wir im Bunker bleiben, müssen wir den Strom abschalten, bevor es einen riesigen Kurzschluß gibt. Und wir brauchen Waffen, um uns gegen die Ratten zu verteidigen!«

»Wir können nicht im Bunker bleiben!« Dealey wollte an ihm vorbeigehen, aber der Pilot hielt ihn fest.

»Wie wollen Sie den Bunker denn verlassen? Etwa durch den Notausgang, der in den U-Bahntunnel führt? Der Tunnel ist überschwemmt. Wir werden nie durchkommen!«

»Es gibt noch einen anderen Ausgang!«

Culver packte sein Gegenüber beim Revers und schüttelte ihn, so zornig war er. »Was? Sie verdammter Idiot, warum haben Sie das nicht früher gesagt?«

Dealey versuchte von ihm freizukommen. »Ich bin nicht sicher, ob der Geheimausgang noch passierbar ist.«

»Wo ist...«

»O Gott!« Farraday deutete auf den Gang, der zur Kantine und zum Wirtschaftstrakt führte.

Da war Clare Reynolds. Sie war verletzt. Stöhnend kam sie ihnen entgegengewatet, das Wasser hinter ihr färbte sich blutig. Ihr Mund war zu einem lautlosen Schrei geöffnet, der Blick starr. Eine Ratte hatte sich in ihren Rücken gekrallt und fraß sich in ihren Nacken hinein.

Zwei, drei, vier – Culver zählte fünf schwarze Schatten – Mutanten schwommen an der Ärztin vorbei. Ihnen folgte in einigem Abstand ein Rudel, das aus mehreren Dutzend Tieren bestand. Die Bestien waren wie schwarze Torpedos aus dem Raum gekommen, wo die Schaltschränke des Bunkers untergebracht waren. Culver wußte, daß der artesische Brunnen sich hinter der Schaltzentrale befand. Dort lag die Schwachstelle des Schutzraums, dort mußten die Ratten eingedrungen sein.

Er ging weiter, der Ärztin entgegen. Aus den Augenwinkeln beobachtete er Ellison, der auf die schwimmenden Mutanten feuerte. Er war nur noch fünf Meter von Clare entfernt, als sich ihr Körper aufbäumte. Auf ihrer Brust erschien eine punktierte Linie, die sich mit quälender Langsamkeit über den Hals bis zu den Wangen verlängerte. Die Spur setzte sich auf der Wand fort. Sie wandte den Kopf und sah Culver an. Sie schien den Schmerz, den ihr die Ratte zufügte, nicht mehr zu spüren, der Schock, in den sie durch die unzähligen Einschüsse versetzt wurde, war größer. Sekunden, bevor sie starb, drang Blut aus den frischen Wunden. Clare verstand sehr genau, was geschehen war. Sie konnte den Mann, der die Schüsse auf sie abgegeben hatte, klar erkennen. Die Ratte hatte ihre Schnauze aus der Wunde im Nacken hervorgezogen. Das Tier war von einem Streifschuß getroffen worden. Clare empfand keine Angst mehr. Es war der Augenblick der Erkenntnis. Es gibt Dinge, dachte sie, die waren, die sind und die immer sein werden. Und trotzdem bleibt nichts, wie es ist.

Der Todesschmerz kam, hell, scharf, kurz.

Clares Augenlider schlossen sich, sie glitt ins Wasser. Die Ratte, die in ihrem Nacken saß, begann mit den Pfoten zu paddeln.

Culver starrte auf die Stelle, wo die Ärztin versunken war. In einer plötzlichen Eingebung warf er sich in die Fluten. Es gelang ihm, die Leiche zu ergreifen, ehe die Strömung sie davontrug. Er wuchtete den Körper hoch, durchbrach die Oberfläche und verschnaufte. Als die Leiche über seine Schultern rutschte, erblickte er die Ratte, die mit ihrem Kopf und den Vorderpfoten in die Wunde am Nacken eingedrungen war. Er überwand seinen Ekel und packte das Tier bei den zappelnden Hinterläufen. Er zog und zerrte. Vergeblich. Die Ratte ließ ihr Opfer nicht los.

Kochend vor Wut legte er beide Hände um den Hals des Tieres und drückte zu. Der Zangengriff der Kiefer löste sich, Clares Leiche kippte ins Wasser. Hautfetzen hingen an den Klauen des Tieres. Culver holte aus. Er hielt die sich windende Bestie im Nacken gepackt und schlug sie an die Wand, bis das Gewicht in seiner Rechten schlaff wurde. Er warf den Kadaver in die Fluten und tauchte unter, um nach Clares Leiche zu suchen.

Er fand Clare, hob sie aus dem Wasser und barg sie in seinen Armen. Er schob ihr ein Augenlid zurück, um sich zu vergewissern, daß sie tot war. Keine Reaktion. Kälte durchfloß ihn, und der Hauch des Todes umwehte ihn. Er gab Clare frei und sah, wie die Leiche, von blutigem Schaum umgeben, davontrieb.

Er lehnte sich an die Wand und bedeckte seine Augen mit dem Handrücken. Als er die Hand wieder fortnahm, war ihm die Flut bis zur Brust gestiegen. Er watete in den Gang hinaus und erblickte Fairbank und Ellison, die mit Fäusten aufeinander einschlugen. Fairbank schrie etwas, aber das Rauschen des Wassers war so laut, daß Culver die Worte nicht verstehen konnte. Strachan hatte sich genähert. Vergeblich versuchte er, die Streitenden zu trennen. Kate stand unweit von den drei Männern, sie hatte sich an eine Maschine geklammert, um nicht fortgeschwemmt zu werden. Culver erschauderte, als er über ihr, nur einen Meter von ihrem Kopf entfernt, ein Rudel Mutanten entdeckte. Die Ratten hingen an den Versorgungsleitungen und Kabelsträngen und bildeten eine dunkle Wolke. Die Tiere schienen zu zögern, als ahnten sie, daß einer der Menschen, die sich unter ihnen wie in Zeitlupe fortbewegten, über eine tödliche Waffe verfügte.

Culver wußte jetzt, es gab keine andere Möglichkeit, er und die anderen mußten den Bunker verlassen, wenn sie nicht ertrinken oder von den Riesenratten zerfleischt werden wollten. Er ging auf Dealey zu.

Dealey versuchte zurückzuweichen, als er den Ausdruck in Culvers Augen sah, aber ihm blieb kein Fluchtweg, einmal abgesehen von der Kommandozentrale, in der sich ein gefährlicher Strudel drehte. Der Regierungsbeamte hatte die Leiter erspäht, die zur Galerie hochführte. Er warf sich nach vorn und bekam die Holme der Leiter zu fassen. Als er den Blick hob, bemerkte er die Ansammlung von Mutanten auf dem Gitter. In dieser Sekunde wurde er von Culver gepackt und herumgerissen.

»*Der Geheimausgang, Dealey! Wo ist er?*«
»Schauen Sie doch, Culver! Die Ratten!«

»Ich weiß. Uns bleibt nicht viel Zeit.«

Dealeys Hand rutschte ab. Er begann zu taumeln und wäre von der Flut davongetragen worden, hätte Culver ihn nicht festgehalten.

»Der Ventilationsschacht«, keuchte Dealey. »Der Hauptschacht. Es gibt eine Leiter an der Innenseite.«

»Verdammt, warum haben Sie uns das nicht früher gesagt?«

Culver hob die Faust, aber er schlug nicht zu. Er würde später mit Dealey abrechnen. Wenn sie draußen waren. »Sie haben uns durch den Tunnel gehen lassen. Warum? Sie kannten die Gefahr!«

»Wir mußten in Erfahrung bringen, in welchem Zustand sich die Tunnels befinden. Sie stellen unsere einzige Verbindung zu den anderen Bunkern dar.«

»Sie haben uns als Versuchskaninchen mißbraucht!«

»Nein, nein. Sie hätten den Schacht für das Erkundungsunternehmen nicht benutzen können, Culver.«

»Warum nicht?«

»Weil Ihnen der Rückweg abgeschnitten gewesen wäre. Der Ventilationsschacht endet in einem erhöhten Aufbau.«

»Und?«

»Der Ausgang liegt so hoch über dem Erdboden, daß man ihn nicht erreichen kann. Die Abdeckung kann nur von innen geöffnet werden. Man kann hinaus, aber man kann nicht herein.«

»Mein Gott, wir hätten doch...«

Culver hielt inne. Es hätte keinen Zweck, mit Dealey zu streiten. Nicht jetzt. Nicht in einem Bunker, in dem von Sekunde zu Sekunde der Wasserspiegel stieg. Nicht in Gegenwart von Hunderten von Riesenratten, die nur auf den richtigen Moment warteten, um die Menschen zu zerfleischen. »Gehen wir zum Ventilationsschacht.«

Er blickte in die Runde. Farraday war aufgetaucht.
»Wußten Sie von dem Notausgang?« fragte Culver.

Der Techniker schüttelte den Kopf. »Nein, dafür war ich nicht zuständig.«

»Wie dem auch sei, wir werden durch den Schacht flüchten. Sie, Farraday, werden die Überlebenden zusammenholen, die es noch im Bunker gibt. Wenn wir draußen eine Chance haben wollen, brauchen wir soviel Leute wie möglich. Auch die Krankenstation wird evakuiert, nehmen Sie ein paar Männer mit, die die Verletzten tragen können. Wir treffen uns vor dem Ventilationsschacht. Durchsuchen Sie die Schlafsäle, die Laboratorien, alle Räume, wo sich Menschen aufhalten könnten. Und das alles sehr, sehr schnell.«

»Soll ich auch in der Kantine nachsehen?« wollte Farraday wissen.

»Sie haben gesehen, was die Ratten mit Dr. Reynolds gemacht haben. Ein Rudel Mutanten ist zur Kantine unterwegs. Ich glaube nicht, daß wir den Menschen dort helfen können.«

Culver warf einen Blick nach oben. Die Schatten waren über seinem Kopf angekommen. Er sah, wie die Ratten zum Sprung ansetzten. »*Fairbank!*« Aber der Techniker hörte ihn nicht. Culver preschte durch die schwarz dahinströmende Flut. Sekunden später war er bei Ellison. Er riß ihm die Maschinenpistole aus den Händen. Fairbank, Ellison und Strachan beobachteten ihn voller Verwunderung, während er die Waffe hob und zu feuern begann.

Die Wirkung war ungeheuerlich. Ein Kugelhagel ging auf die schwarzen Mutanten nieder, wirbelte die Tiere durch die Luft, zerfleischte sie, säte Panik unter jene, die nicht getroffen wurden.

Culver nahm den Finger vom Abzug und senkte die Waffe. Den Blick auf die fliehenden Riesenratten gerichtet, erklärte er den Männern, was er von Dealey erfahren hatte. »Und jetzt los, zum Schacht! Wer unterwegs eine Waffe sieht oder Gegenstände, die sich als Waffe benutzen lassen, soll das mitnehmen. Das Waffenarsenal ist sicher schon überflutet, es ist also sinnlos, dort nachzusehen.«

»Es bleibt keine Zeit, um die anderen zusammenzuholen!« Strachan zitterte vor Angst. »Wir müssen sofort zum Ventilationsschacht gehen.«

Culver hob die Waffe und richtete sie auf Strachans Kopf. »Sie holen die Leute zusammen.« Seine Stimme war leise und eindringlich.

»Wir brauchen die Maschinenpistole, wenn wir von Ratten angegriffen werden«, jammerte Ellison.

Culver richtete die Waffe auf ihn. »Sie brauchen gar nichts«, sagte er kühl.

Strachan und Ellison sahen in den Augen des Piloten etwas, das ihnen mehr Angst machte als das Wasser und die Ratten; sie ließen sich in die Fluten fallen und wateten davon. Wenig später waren sie in einem Gang, der zwischen zwei Lagerregalen hindurchführte, verschwunden.

Fairbank räusperte sich. »Ich bin auf Ihrer Seite, Culver.«

»*Yeah*«, sagte Culver. »Gut zu wissen. Gehen wir.«

Er ging voran. Dealey, Kate, Fairbank und eine Handvoll Männer folgten ihm.

Kate hatte zu ihm aufgeschlossen. Ihre Lippen formten den Namen Clare. Er schüttelte den Kopf.

»Dealey!« schrie Culver. »Wir brauchen Taschenlampen.«

Dealey deutete auf eine offene Tür. »In den Regalen!«

Culver gab Fairbank ein Zeichen. Der watete zur Tür. »Wir gehen weiter, Fairbank. Sie kennen die Richtung.«

Sie setzten den Weg zum Ventilationsschacht fort. Sie waren acht: Culver, Dealey, Kate, vier Techniker, ein

Hilfsarbeiter. Sie gingen nebeneinander und hielten sich an den Händen. Alle paar Meter gab Culver einen Feuerstoß ab. Die Kugeln zerfetzten die Mutanten, die ihnen in den Seitengängen auflauerten, bis zur Unkenntlichkeit und trieben jene Ratten, die weiter entfernt waren, in ihre Schlupfwinkel zurück. Während er durch den Korridor watete, machte Culver eine merkwürdige Erfahrung. Je öfter er schoß, desto mutiger wurden die Mutanten. Es war, als ahnten die Tiere, daß das Leben der scheinbar überlegenen Menschen an einem seidenen Faden hing.

Ein klickendes Geräusch. Die Waffe war leer. Culver fluchte. Sie waren jetzt nicht mehr weit vom Ventilationsschacht entfernt. Trotzdem hatten sich seine Zweifel verstärkt, daß sie es schaffen würden. Sie mußten an zwei Fronten kämpfen, gegen das Wasser und gegen die Ratten.

An drei Fronten. Culver hatte sich schon über den Gestank gewundert, der aus der Deckenverkleidung zu kommen schien. Als die Flammen sich durch die Plastikschicht fraßen, wußte er, daß sie es ab sofort mit einem dritten Gegner zu tun hatten. Und mit zwei neuen Alternativen, was die Todesart anging. Sie konnten ersticken oder im Feuer umkommen.

Die Explosion war so gewaltig, daß sie die Fundamente des Bunkers hochschleuderte. Ein breiter Riß erschien in der Betondecke, ein Sturzbach ergoß sich auf die Flüchtenden.

Als Culver wieder festen Halt unter den Füßen hatte und aus dem Wasser hochkam, war es dunkel geworden. In der Ferne war Feuer zu erkennen. Der rote Schein erinnerte Culver an eine Erkenntnis, die er immer als Wortspiel abgetan hatte. Nichts ist so schlimm, daß es nicht noch schlimmer werden könnte.

18

Bryce fand, die Wirklichkeit war schlimmer als alle Alpträume, die er je gehabt hatte. Ihm war klar geworden, daß er Tollwut hatte. Die Krankheit war noch nicht ausgebrochen, aber die ersten Symptome, die er spürte, ließen keinen Zweifel daran, um was es sich handelte. Seine Kehle wurde von Sekunde zu Sekunde trockener. Ein Feuer brannte in seinen Eingeweiden. Rasende Kopfschmerzen waren der Vorbote der unvorstellbaren Qualen, die sich jetzt bald über ihn senken würden wie alle Schwingen eines schwarzen Riesenvogels. Schon in wenigen Tagen würden sich Halluzinationen einstellen, Muskelkrämpfe, Versteifungen im Rücken und am Hals, konvulsivische Zuckungen. Er würde nicht mehr trinken können. Schaum würde aus seinem Mund dringen, und er würde Ekel vor seinem eigenen Speichel empfinden. Nach einer Reihe von Tobsuchtsanfällen würde er in ein Koma hinübergleiten. Wenig später würde ein gnädiger Tod ihn von allen Leiden erlösen.

Er tastete nach seiner verletzten Hand. Die Fingerstümpfe schmerzten nicht mehr, das lag an der Betäubungsspritze, die Dr. Reynolds ihm gegeben hatte. Nachdem die Spritze ihre Wirkung entfaltete, hatte die Ärztin die Wunden mit einem desinfizierenden Mittel behandelt. Aber die Betäubung hatte nicht verhindert, daß Bryce in Tränen ausbrach. Er schluchzte, als sie ihm Serum in die Fingerstümpfe spritzte, und er war am Rande einer Ohnmacht, als sie ihm eine weitere Injektion in einen Muskel am Handgelenk gab.

Als sie ihm das Immunserum in den Unterbauch injizierte, hatte Bryce vor Schmerzen geschrien, die Ärztin hatte sich nicht darum gekümmert, sie hatte ihm nur erklärt, daß die Behandlung lebenswichtig war. Sie hatte ihm auch gesagt, daß das Serum aus dem Gehirn tollwütiger Tiere zusammengebraut wurde. Als ob das ihn interessierte. Als die Ärztin mit den Injektionen – vierzehn? fünfzehn? sechzehn? – fertig war, hatte Bryce an gar nichts mehr Interesse, weder an seiner Krankheit noch an den Menschen noch an sich selbst. Er sank auf die Pritsche zurück und spürte, wie er vom schwarzen Nichts aufgenommen wurde.

Er wachte auf, als er das Plätschern hörte. Schüsse im Korridor. Er setzte sich auf. Die Frau im Bett gegenüber begann zu schreien. Das Wasser hatte ihre Matratze erreicht.

Bryce saß an das Kopfende des Bettes gelehnt, während sanfte Wellen über sein Bettlaken fluteten. Die Kopfschmerzen waren schlimmer geworden. Er spürte, wie die Krankheit sich in seinem Körper ausbreitete. Jemand war aufgestanden und kam an seinem Bett vorbeigewatet. Die Spritzer, die hochgeschleudert wurden, schmerzten wie kochendes Wasser. Weitere Gestalten folgten dem Mann, der zur Tür strebte. Bryce kauerte sich zusammen. Sein Blick wanderte zu der Gruppe von Patienten, die sich am Ausgang des Krankenzimmers gesammelt hatte. Er sah, wie ein Mann am Türknopf drehte. Er hob seine verstümmelte Hand, um den Mann zu warnen. Aber es war zu spät. Die Tür sprang auf, eine Flutwelle schwemmte die Menschen in den Gang, der zwischen den dreistöckigen Bettreihen verlief. Das Wasser stieg. Bryce erklomm das nächsthöhere Bett. Die Matratzen hatten sich vollgesogen, wurden zu großen, schwimmenden Inseln. Als die Konstruktion in sich zusammenstürzte, wurde er in die Fluten geschleudert. Er versuchte aufzutauchen, aber das Gewicht eines eisernen Bettes hielt ihn unter der Oberfläche fest. Ihm war, als hätte er eine leise Stimme gehört. Vielleicht war es auch nur ein Gedanke.

Warum kämpfen, wenn der Tod unvermeidlich ist?

Bryce stemmte sich gegen das Gewicht, das ihn unter Wasser hielt.

Ist es nicht besser, du ertrinkst, anstatt an Tollwut zu sterben? fragte die Stimme.

Es gelang ihm, das Bett eine Handbreit aus dem Wasser zu heben. Wenige Herzschläge später gab es einen Ruck. Das Gewicht, das Bryce zu halten hatte, war schwerer geworden. Er vermutete, daß jemand auf das Bett gestiegen war, um sich vor dem Wasser zu retten.

Die Sache dauert nur ein oder zwei Minuten, dann schläfst du ein. Du wirst besser schlafen, als du je geschlafen hast, Bryce. Die Last des Lebens wird von dir genommen sein.

Ja, das war eine gute Idee. Wünschenswert. Aber ich habe Schmerzen. Jetzt. Was ist mit meinen Schmerzen?

Du mußt dich nicht gegen die Schmerzen wehren, das ist das ganze Geheimnis. Ein paar unangenehme Sekunden, dann ist alles vorüber. Du wirst feststellen, daß ich die Wahrheit gesagt habe.

Habe ich schon Halluzinationen? Bin ich schon wahnsinnig? Ist die Tollwut so schnell bei mir ausgebrochen?

Nein, nein, du bist nicht wahnsinnig. Im Gegenteil, dein Gehirn arbeitet vollständig normal. Sterben, anstatt zu leben und zu leiden, das ist die klügste Idee, die du je gehabt hast.

Meine Lungen schmerzen. Es tut weh, so weh!

Das geht bald vorüber. Atme das Wasser ein. Ein tiefer Atemzug, und du hast keine Schmerzen mehr.

Ich kann nicht. Ich habe Angst.

Es ist leicht. Leichter als du denkst.

Wer bist du?

Ich bin dein Freund. Ich bin du.

Wirst du bei mir bleiben?

Immer.

In Ewigkeit...

In Ewigkeit...

Amen?

Amen...

Die letzte Luft war aus seinen Lungen entwichen. Bryce schlug mit Armen und Beinen um sich, der Schmerz war da, vor dem er sich gefürchtet hatte, aber die innere Stimme behielt recht, es dauerte nur ganz kurze Zeit. Das Gefühl, hilflos zu sein, war alles andere als unangenehm, und der Schmerz, der vorhin noch ein Stein gewesen war, wurde zu einem Blütenblatt, das davonflog. Es war, wie die Stimme gesagt hatte: leicht.

Nicht mehr in einer zerstörten Welt leben müssen. Nicht mehr auf die Symptome einer Krankheit warten müssen, gegen die es kein Heilmittel gab. Ein paar Sekunden Abschiedsschmerz, sanft verklingende Wehmut. Dann: Schweben. Aufwärts. Weiter aufwärts. Jemand zerrte an ihm. Jemand berührte seine Schulter. Nein, nein, bitte nicht! Ich war zufrieden, wo ich war! Ich hatte mich damit abgefunden! Laßt mich...

Er wurde an die Oberfläche gehoben, das Wasser schoß aus seinen Lungen. Er versuchte sich von den Händen zu befreien, die ihn von seiner Wolke geholt hatten. Zwei Männer hielten ihn. Die Schmerzen kehrten zurück.

»Du mußt ihm auf den Rücken klopfen!« schrie Farraday. »Er erstickt!«

Grelles Licht blendete Bryce. Er spürte, wie jemand um ihn herumging. Er erhielt einen Schlag, der ihn zwischen die Schulterblätter traf. Er erbrach. Er japste nach Luft, nach der Luft, auf die er wenige Sekunden zuvor freudig und für alle Ewigkeit verzichtet hatte.

Webber, einer der beiden Techniker, die Farraday in den Krankenflügel begleitet hatten, schlug Bryce mit der flachen Hand auf den Rücken. Der begann zu husten und zu spucken. Sein Körper übernahm die Aufgabe, die Lungen zu reinigen, äußere Einwirkung war nicht mehr notwendig.

»Der typische Fall, wo jemand dem Tod von der Schippe springt«, schrie Webber. Farraday nickte. Thomas, der dritte Mann, hatte die Kranke die auf Bryces Bett gestiegen und ihm beinahe den Tod gebracht hatte, zur Tür geschleppt. Die Strömung war jetzt nicht mehr so stark, weil der Wasserstand im Krankenzimmer auf das gleiche Niveau wie im Flur gestiegen war. Trotzdem kamen sie zu Fall, die Türschwelle war das Hindernis. Die Frau hing an Thomas wie ein Sack Blei. Sie hielt ihren Arm um seinen Hals geklammert, während er versuchte, den Kopf über die Wasseroberfläche zu bekommen. Es gelang ihm, ihre Hand fortzudrücken. Er stand auf, die Frau ebenfalls. Sie fiel auf ihn, umklammerte ihn aufs neue. Thomas hatte sie retten wollen, jetzt änderte er seinen Entschluß.

Er legte ihr die Finger der linken Hand um den Hals und drückte sie von sich fort, dann versetzte er ihr mit der rechten Faust einen Hieb ins Gesicht. Zähne splitterten. Die Frau versank im Wasser. Thomas war bestürzt über das, was er getan hatte, zugleich verspürte er Erleichterung, daß er sich nicht mehr um diese Frau kümmern mußte. Er preschte in den Flur hinaus und ignorierte die Rufe, die seine beiden Begleiter ihm hinterherschickten.

Farraday hatte die Szene beobachtet. Er hatte nicht helfen können, weil er alle Hände voll mit Bryce zu tun hatte. Der Kranke hatte versucht, sich ins Wasser zu stürzen. Farraday hatte das in letzter Sekunde verhindert. Er wollte sich gerade umdrehen, als die Frau, die Webber niedergeschlagen hatte, aus den Fluten auftauchte. Der Gesichtsausdruck war benommen, aber sie atmete noch.

Farraday hielt Bryce mit der einen Hand, die andere streckte er nach der Frau aus. Es gelang ihm, die Verletzte zu fassen und zu sich heranzuziehen. Sie ließ ihren

Kopf gegen seine Brust sinken. Es war offensichtlich, daß sie ihm vertraute.

»Gehen wir!« schrie Farraday, zu Webber gewandt. »Wir können hier nichts mehr tun!« Er wies die anderen an, ihm zu folgen, wobei er es vermied, in den hinteren Teil des Krankenflügels zu blicken. Er hatte Angst, daß er dort einen Patienten entdecken würde, den er dann auch noch durch die Flut schleppen mußte. Er fand, mit Bryce und der Frau war er ausgelastet.

Zu viert bewegten sie sich auf die Tür zu. Bryce ließ sich führen. Er wehrte sich nicht, er half auch nicht. Seine Gedanken waren in Aufruhr. Der Konflikt zwischen Leben und Tod. Bryce hatte eine wichtige Erfahrung gemacht. Sterben war nicht schwer.

War es nicht doch ein bißchen grauslich?

Wirklich nur ein kleines bißchen.

Aber viel besser, als zu leben und zu leiden, oder?

O ja. Leben und leiden, das ist wirklich das Schlimmste, was man sich vorstellen kann.

Vergessen wir auch nicht, daß es mit der Würde eines Menschen unvereinbar ist, wenn er wahnsinnig wird.

Ganz recht. Das dürfen wir nicht vergessen.

Sterben ist schön, nicht wahr?

Ja.

Kein schwarzes Loch, wie man immer sagt.

Nein, kein schwarzes Loch.

Warum gehst du dann fort von mir?

Ich... ich weiß nicht. Diese Leute wollen mir helfen...

Willst du denn, daß man dir hilft? Willst du das wirklich? Willst du unendliche Qualen ertragen? Willst du wahnsinnig werden, würde dir das Spaß machen?

Ich...

Ja oder nein?

Laß mich!

Aber ich bin du. Wie könnte ich mich von dir trennen?

»LASS MICH IN RUHE!«

»Beruhigen Sie sich, Bryce. Ihnen kann jetzt nichts mehr passieren. Es gibt einen geheimen Notausgang aus dem Bunker. Sie werden es schaffen.«

Er starrte Farraday an. Er versuchte zu sprechen, aber er wußte nicht, was er sagen sollte.

»Nur die Ruhe«, beschwichtigte ihn Farraday. »Wenn irgend möglich, sollten Sie ein bißchen mithelfen. Versuchen Sie, selbst zu gehen.«

Bryce gehorchte. Er blendete die innere Stimme aus, die zuletzt einen sehr ärgerlichen Tonfall angenommen hatte. Sie hatte ihn sogar einen Narren gescholten.

»Ich will nicht sterben.«

»Nicht sprechen«, keuchte Farraday. »Sparen Sie Ihre Kräfte.«

Das Licht im Korridor war düsterer als im Krankenzimmer, Farraday führte das zunächst auf den Ausfall eines Generatoren zurück. Als er den Qualm roch, begriff er den wirklichen Grund. Feuer. Er hielt Bryce untergefaßt und ging auf Thomas zu, der in einiger Entfernung stehengeblieben war und in eines der Laboratorien spähte. Das Wasser ging ihm bis zur Brust.

Farraday sah, wie Thomas in das Laboratorium hineinwatete. Sekunden später erschütterte eine furchtbare Explosion den Bunker, ein weißer Blitz hüllte Thomas ein, versengte die schützende Schicht auf seinen Augäpfeln und verbrannte seine Haut. Sein Haar geriet in Brand. Er stieß einen Schmerzensschrei aus und versank im Wasser.

Für Bryce war es die Fortsetzung eines wohlbekannten Alptraums. Der Techniker, der vor ihm stand, hatte den größten Teil des Explosionsdrucks von ihm abgehalten. Bryce steckte seine verstümmelte Hand ins Wasser, um den brennenden Verband zu löschen. Das nasse Element hieß ihn willkommen.

Die Flutwelle kam, sie erfaßte die Menschen und schleuderte sie gegen die Wand. Bryce spürte, wie sein Brustkorb zersplitterte, ein lautes Geräusch, aber doch nicht so laut, daß es die Stimme in seinem Inneren übertönte.

Bist du jetzt bereit? fragte die Stimme. Es klang ein bißchen beleidigt.

Er wurde herumgeschleudert. Sein Arm zersplitterte. Früher wäre Bryce in einer solchen Situation schwindlig geworden oder ohnmächtig, zumindest ärgerlich. Jetzt blieb er ganz gefaßt.

Genügt dir das?

O ja.

Dann atme das Wasser ein.

Das habe ich schon. Meine Lungen sind voll Wasser.

Seufzen. *Bald ist es vorbei.*

Ich kann noch fühlen.

Ja, aber du spürst keine Schmerzen mehr.

Stimmt.

Angenehm?

Sehr.

Ich hab's dir ja gesagt. Immer noch Angst?

Ein bißchen.

Es dauert nur noch eine Sekunde.

Wo bringst du mich hin?

Das wirst du gleich sehen.

Ist es schön, wo ich hinkomme?

Keine Antwort.

Ist es schön?

Es ist anders. Schönheit ist nicht wichtig.

Ich vertraue dir.

Keine Antwort, aber es war auch keine Antwort nötig.

Bryce folgte der Stimme, die auf so freundliche und angenehme Weise verstummt war. Der Stimmenschatten flog voraus, in eine fremdartige, weiträumige Leere hinein, und Bryce bekam bestätigt, was sein Du gesagt hatte. Schönheit war wirklich nicht wichtig.

Die Menschen im Bunker wurden herumgewirbelt, bis Schädel, Rumpf und Glieder zerschmettert waren. Jeder starb seinen eigenen, individuellen Tod.

Das Wasser schäumte durch den Komplex. Feuer folgte.

19

Culver war auf der Suche nach Kate, und der rote Schein, der von dem Feuer in einem anderen Teil des Bunkers abgestrahlt worden war, war die einzige Lichtquelle. Vor wenigen Sekunden war eine hohe Flutwelle über ihn und die anderen Männer hinweggerast. Sie waren wie Korken an die Wand geschleudert worden. Jetzt war das Wasser wieder ruhig. Qualm strich über den dunklen Spiegel dahin. Dealey stand an der Wand, sein Gesicht war rot, aber seine Augen waren weiß. Neben ihm stand der schwarze Techniker Jackson. Die anderen Männer waren verschwunden, wie Culver vermutete, waren sie fortgespült worden, als die menschliche Kette brach, die sie gebildet hatten.

»Kate!« schrie Culver. Und dann tauchte sie aus dem düsteren Wasser auf, nur ein paar Schritte von ihm entfernt. Sie begann zu husten, nachdem sie den Qualm eingeatmet hatte. Er eilte zu ihr, tauchte ins Wasser ein, stieß sich mit beiden Beinen vom Boden ab, schoß vor und bekam das Mädchen an der Taille zu fassen. Er lehnte sie an die Mauer. Er hielt sie fest, bis sie zu husten aufhörte. Der Qualm war fortgetrieben, aber Culver wußte, es war nur eine kurze Atempause, die das Feuer ihnen gewährte. Wenn der Zug in die andere Richtung ging, würde sich der Gang wieder mit Qualm füllen, falls der Bunker bis dahin nicht schon bis zur Decke mit Wasser vollgelaufen war.

Sie stand an ihn gelehnt, ihre Stirn berührte seine Wange. »Wir sind am Ende, Steve, stimmt's? Wir haben nicht die geringste Chance.«

»Doch«, sagte er. »Wir haben noch eine Chance, und wir werden sie nutzen.«

Der Schacht war ihre *einzige* Chance.

Dann: ein Hoffnungsstrahl. Fairbank. Er stand in der Tür der Kommandozentrale und hielt eine Taschenlampe auf Culver und das Mädchen gerichtet.

»Ich komme zu Ihnen!« schrie er.

»Warten Sie!« schrie Culver zurück. »Es gibt eine gefährliche Strömung. Wir werden Ihnen rüberhelfen!«

»Okay! Ich habe eine Laterne und eine wasserdichte Taschenlampe. Ich werde die Laterne jetzt hinüberwerfen.«

Er warf Culver die Laterne zu. Der fing sie auf und gab sie Dealey.

»Jackson, halten Sie mich am Arm fest!«

Sobald er Jacksons Griff spürte, löste sich Culver aus dem Schutz der Mauer. Die Strömung zerrte an seinen Beinen. Er lehnte sich vor und streckte Fairbank die Hand entgegen. Geschafft.

Sie standen da und schnauften. Dann sagte Fairbank: »Das verdammte Wasser steigt immer weiter.«

Culver wollte etwas antworten, als Kate einen gellenden Schrei ausstieß. Die beiden Männer wirbelten herum. Im Licht der Laterne, die von Dealey gehalten wurde, sahen sie die Schatten heranschwimmen. Drei Mutanten. Die gelben Augen befanden sich nur einen Fingerbreit über der Wasserlinie. Sie hatten Kate als Beute ausersehen. Sie spürten, daß sie die Schwächste der Gruppe war.

Fairbank reagierte mit beachtlicher Geschwindigkeit. Er tat einen Sprung nach vorn und das mit solcher Kraft, daß das Wasser seine Bewegung kaum zu verlangsamen vermochte. Er hielt die Taschenlampe in der linken Hand. Er hob den rechten Arm und schlug zu. Culver hatte den Gegenstand nicht erkennen können, den Fairbank in der rechten Hand gehalten hatte. Erst als er sah, wie der Kopf der ersten Ratte vom Rumpf getrennt wurde, begriff er, daß es ein Schlachtmesser gewesen war. Der nächste Schlag zertrennt der zweiten Ratte das Rückgrat.

Das getroffene Tier begann zu quieken. Das Geräusch erinnerte Culver an das Schreien eines Babys. Blut sprudelte aus der Wunde, eine dunkle, schier unerschöpfliche Fontäne. Es war schwer, das Messer aus der Wunde zurückzuziehen, erst nach mehreren Versuchen hatte Fairbank Erfolg. Der dritte Mutant hatte abgedreht, als seine beiden Artgenossen im Wasser versanken. Die Ratte schwamm ins Dunkel zurück, aus dem sie gekommen war.

Die vier Männer standen um das Mädchen herum. Culver hielt Kate umfaßt, er versuchte ihr Mut zuzusprechen.

»Wir haben keine Zeit zu verlieren!« drängte Dealey.

»Wir fassen uns alle an den Händen«, befahl Culver. »Geben Sie mir die Lampe, Dealey. Ich gehe als erster, Sie hinter mir. Die nächste ist Kate, dann Jackson und Fairbank.«

Sie brauchten nicht lange, bis sie den Maschinenraum, der dem Ventilationsschacht vorgelagert war, erreichten. »Dort!« sagte Dealey und deutete nach vorn. »Das ist der Schacht.«

Culver ließ den Lichtkegel seiner Taschenlampe an der Metallkonstruktion hochwandern. »Ich hoffe, daß wir im Inneren raufklettern können.« Er runzelte die Stirn.

»Vielleicht sind Maschinen im Schacht, die uns den Weg versperren.«

»Nein«, sagte Dealey. »Der größte Teil der Maschinen ist in einem Raum über uns. Ich meine die Filter, die Heiz- und Kühlsysteme und die Luftbefeuchter. Der Schacht selbst ist leer.«

Sie wateten und schwammen auf den großen Schacht zu, das Wasser ging ihnen bis zu den Schultern.

»Hat jemand eine Idee, wie wir reinkommen?« fragte Culver. Das Belüftungsgitter, durch das sie hätten einsteigen können, war nirgends zu sehen. Alle, die jetzt vor der mächtigen Konstruktion standen und nach oben starrten, hatten bisher die Frage verdrängt, wie man in ein Belüftungssystem eindrang, das bis zur Höhe von 1.50 m unter Wasser stand. Keiner hatte es gewagt, weiter vorauszudenken, aus Angst, von den Gefahren, die sich dann abzeichnen würden, entmutigt zu werden. Jetzt waren sie mit der Tatsache konfrontiert, daß der Eingang zum Ventilationsschacht überflutet war. Sie gruppierten sich um den Schacht, völlig durchnäßt, sie kamen sich wie in einer Falle vor. Culver versuchte sich zu erinnern, wie das Lüftungsgitter aussah und wie es gesichert war.

»Ist das Lüftungsgitter angeschraubt?« fragte er.

Dealeys Antwort war niederschmetternd. »Es ist mit einem Schloß versehen. Ich habe keinen Schlüssel dafür.«

Culver reichte Fairbank die Laterne und ließ sich von ihm die wasserdichte Taschenlampe geben. Ob das Ding wirklich unter Wasser leuchtete? Er steckte die Lampe in die Fluten. Der Strahl war diffus, aber doch so, daß er einem unter Wasser eine gewisse Orientierung erlaubte. Culver tauchte unter. Innerhalb von Sekunden fand er das Lüftungsgitter. Er tastete den Rahmen ab und stieß an das Schloß. Prustend und nach Luft schnappend, tauchte er wieder auf.

»Wir haben Glück«, verkündete er. »Das Gitter ist nicht angeschraubt. Es gibt ein Schloß, aber ich denke, das läßt sich aufbrechen.« Er wandte sich zu Fairbank. »Geben Sie mir Ihr Messer.«

Der Techniker händigte ihm das Messer aus. Er glaubte zu wissen, was Culver vorhatte.

Im Gang waren Geräusche zu hören. Wenig später kam Strachan in den Maschinenraum gewatet, gefolgt von Ellison und einer Anzahl von Männern, deren Gesichter Culver nicht erkennen konnte. Strachan stieß einen Ausruf der Erleichterung aus, als er die Gruppe um Culver sah.

Als ein Hilfeschrei durch den Gang gellte, änderte sich sein Gesichtsausdruck.

Männer drängten sich durch die Türöffnung, wie von Furien gehetzt. Schmerzensschreie erhöhten die Panik.

Culver wußte, was für ein blutiges Drama sich in diesen Sekunden in den Tiefen des Korridors vollzog. Er tauchte unter, das Messer in der Rechten. Er fand das Schloß des Lüftungsgitters und versuchte, die Klinge in den Spalt zwischen Rahmen und Profil zu schieben. Vor lauter Hast verfehlte er den Spalt. Zu seiner Nervosität trug bei, daß er mit der linken Hand die Taschenlampe halten mußte. Sein Entschluß war rasch gefaßt. Er tauchte wieder auf und drückte Jackson die Lampe in die Hand.

»Holen Sie tief Luft, und kommen Sie mit mir!« befahl Culver dem Mann. »Halten Sie den Strahl auf das Schloß, während ich das Gitter aufbreche.«

Er tauchte in die Fluten und fuhr mit den Fingern auf dem Spalt des Lüftungsgitters entlang. Gleich darauf erschien ein Lichtfleck auf dem Rahmen. Culver packte Jacksons Hand und führte sie näher an das Schloß heran. Der Fleck wurde kleiner und heller. Es gelang ihm, die Klinge oberhalb des Schlosses in die Fuge zu schieben.

Als das Messer in ganzer Länge im Spalt steckte, verstärkte er den Druck und spürte, wie die Klinge tiefer eindrang. Als nächstes versuchte er, das Gitter auszuheben. Der Rahmen gab etwas nach, aber er ließ sich nicht öffnen. Culver spürte, wie der Schmerz in seinen Lungen größer wurde. Im gleichen Maße wuchs die Versuchung, wieder aufzutauchen. Aber dann dachte er an die armen Menschen, die sich noch im Korridor befanden. Er wußte, wovor sie flohen. Der Raum vor dem Ventilationsschacht würde bald von Riesenratten wimmeln.

Er hatte die Klinge bis zum äußersten beansprucht. Die Gittertür sprang auf, aber das Wasser hemmte die Bewegung. Es entstand eine Öffnung, die Culver auf fünfzehn Zentimeter schätzte.

Er erweiterte die Öffnung, riß Jackson die Taschenlampe aus der Hand und schwamm in den Schacht hinein. Nachdem er die Luke passiert hatte, tauchte er auf. Er ließ frische Luft in seine Lungen strömen, und die Luft war wunderbar.

Er stand im Schacht und schnaufte. Er richtete den Strahl nach oben. Eine Leiter aus Metall kam in Sicht, die zum Ausgang des Schachtes führte. Die Höhe der ganzen Konstruktion betrug über zwanzig Meter; der Schacht hatte mehrere Seiteneingänge, metallene Adern, die zu einer nach oben strebenden Arterie zusammenflossen.

Am oberen Ende der Leiter war ein Gitter zu erkennen, in das eine Klapptür eingelassen war.

Culver ließ sich ins Wasser fallen und schwamm in den Maschinenraum zurück. Als er auftauchte, fand er die Blicke aller auf sich gerichtet.

»Wir können raus«, sagte er. »Es ist zu schaffen.« Er gab Fairbank das Messer zurück und zog Kate näher an den Schacht heran. »Du mußt, bevor du reinspringst, ganz tief Luft holen. Du schwimmst durch die Öffnung und tauchst auf der anderen Seite wieder auf. Dort kletterst du sofort die Leiter hoch. Du wartest nicht, bis die anderen kommen!«

Er wandte sich zu Jackson und gab ihm die Taschenlampe. »Sie begleiten das Mädchen. Richten Sie den Strahl auf die Öffnung im Schacht.«

Seine Aufmerksamkeit wurde von den Geräuschen im Gang beansprucht.

Das Wasser war mit herumgewirbeltem hellrotem Schaum bedeckt. Für einige der Männer, die von Strachan angeführt wurden, war der Korridor, der sie in die Freiheit führen sollte, zur tödlichen Falle geworden. Die Ratten zerrten an ihren Beinen, verbissen sich in die Weichteile der Wehrlosen, zerfleischten ihre Opfer bei lebendigem Leib. Diese Mutanten hatten sich in einem Ausmaß an die Existenzbedingungen unter der Erde angepaßt, das Culver nie für möglich gehalten hätte. Schmutziges Wasser oder Regenwasser, das nach einer Überschwemmung in die Kanalisation floß, war ihr Lebenselement geworden. Angst vor dem nassen Element hatte von diesen Kreaturen keine einzige mehr.

»Los!« schrie er Kate zu.

Sie tauchte unter, Jackson folgte ihr. Die anderen Männer scharten sich um Culver.

»*Stop!*« Er hob die Hand. »Nicht alle auf einmal, sonst gibt es eine Katastrophe!« Er tippte dem Mann, der ihm am nächsten stand, auf die Schulter. »Sie sind der nächste. Beeilen Sie sich!«

Der Techniker tauchte weg.

Als der nächste durch die Öffnung in den Schacht schwamm, bemerkte Culver, daß sich nur noch zwölf Personen im Maschinenraum befanden. Ob es in den anderen Teilen des Bunkers noch Überlebende gab, ließ sich nicht mehr feststellen. Es war sinnlos, über das Schicksal dieser Menschen nachzudenken. Sie konnten ihnen nicht mehr helfen; der Versuch, sich zu den Überlebenden durchzuschlagen und sie in den Maschinenraum zu holen, konnte den Tod aller bedeuten.

Ein Mann, der am äußeren Rand des Kreises stand, stieß jäh einen Schmerzensschrei aus. In seinen Augen spiegelte sich Überraschung. Er stand völlig bewegungslos, nur sein Kopf neigte sich. Er blickte auf das Wasser, das zu brodeln begonnen hatte und sein Kinn netzte. Plötzlich malte sich Todesangst in seinem Gesicht ab. Seine Schreie erfüllten den Raum und kehrten als Echo von den Wänden zurück. Seine Arme peitschten das Wasser, während er versank.

Der Mann neben ihm stöhnte auf und tauchte unter. Als er wieder zum Vorschein kam, hielt er eine sich windende Ratte in den Händen. Das Tier schnappte in die Luft, seine Bewegungen waren so kräftig, daß der Mann es nicht zu halten vermochte. Die Ratte sprang ihm auf die Schulter und schlitzte ihm mit einem blitzschnellen Biß die Wange auf. Als Blut in einem kräftigen Strahl aus der Wunde schoß, beschleunigte das Tier die Bewegung seiner Kiefer.

Während die anderen, vor Entsetzen gelähmt, das abstoßende Schauspiel betrachteten, schwamm Dealey durch die Öffnung.

»Die verdammten Bastarde kommen von unten!« Fairbank hob das Messer und leuchtete ins Wasser. Ein kräftig geführter Stich und der unheimliche Schatten, der sich seiner Brust genähert hatte, glitt davon. Wieder und wieder stach Fairbank zu. Es war ihm gleichgültig, daß die Verletzungen, die er den Tieren zufügte, in den meisten Fällen nicht tödlich waren. Ihm kam es darauf an, die Ratten solange in Schach zu halten, bis alle Männer durch die geflutete Öffnung in den Schacht gekommen waren.

Die Männer hatten einen Halbkreis gebildet, sie standen mit dem Rücken zum Ventilatorschacht. Ellison stand neben Culver, er hielt eine Taschenlampe in der Hand. Ebenso wie Strachan, der zwei oder drei Schritte weiter entfernt war.

»Wer eine Taschenlampe hat, hält sie ins Wasser«, befahl Culver. »Vielleicht ist den Ratten das Licht unangenehm, und wir gewinnen Zeit.«

Die Männer gehorchten. Sie schauderten, als das Licht die dunklen Formen der Ratten enthüllte, die wie gigantische Piranhas um die Leichen der beiden Techniker herumschwammen.

Fairbank hielt die Laterne über sich. »O Gott«, flüsterte er, als die Ratten von den Leichen abließen und auf die kleine Gruppe der Überlebenden zuschwammen.

»Sie beide – zusammen!« Culvers Anweisung galt den beiden Technikern, die zwischen Ellison und Strachan standen.

»Ich kann nicht schwimmen«, sagte einer der beiden.

»Dann werden Sie es jetzt lernen!« donnerte Culver. Er sah, wie der Nichtschwimmer von seinem Gefährten gepackt und durch die überflutete Öffnung gezogen wurde.

»Geben Sie mir Ihre Taschenlampe«, sagte Culver zu Ellison, der diese Aufforderung mit einem mißtrauischen Blick quittierte. »Schwimmen Sie durch die Öffnung. Dann Sie, Strachan.«

Die beiden Männer gehorchten. Blasen stiegen auf, wo sie vor Sekunden gestanden hatten.

Jetzt befanden sich nur noch Culver und Fairbank außerhalb des Schachtes. Jenseits der Stelle, wo die beiden Leichen von den Mutanten zerfleischt wurden, war die Oberfläche des Wassers von den Köpfen heranschwimmender Riesenratten bedeckt. Ungehindert drängten die Tiere aus dem Korridor in den Ventilatorraum, eine Armee des Ungeziefers.

Worte waren nicht mehr nötig, die beiden Männer wußten, was sie zu tun hatten. Sie tauchten unter.

Fairbank war als erster durch die Öffnung geschlüpft und wandte sich um, er wollte Culver helfen. Der Pilot war schon fast im Schacht, als etwas an seiner Ferse zupfte. Er wirbelte im Wasser herum, als ein sengender Schmerz durch sein Bein schoß. Der Biß der Ratte ging durch bis zum Knochen.

Culver stieß mit dem freien Bein nach dem Mutanten, aber die Bewegung geriet unter Wasser so langsam, daß sie fast ohne Wirkung blieb. Er spürte, wie sein Stiefel über den Rücken der Ratte hinwegglitt.

Fairbank war da, er zerrte an Culvers Bein, das in der Luke feststeckte, und stach zugleich mit dem Messer auf die Ratte ein. Culver war geistesgegenwärtig genug, um die Taschenlampe auf die zappelnde Kreatur gerichtet zu halten. Er sah, wie das Messer in die Schulter des Mutanten eindrang. Inzwischen war es Fairbank gelungen, Culvers Bein in den Schacht nachzuziehen. Die Klinge des Messers fuhr in den Rücken der Ratte. Eine Wolke aus Blut trat aus der Wirbelsäule des Tieres aus. Fairbank wandte sich ab, ehe das Blut seine Augen erreichte.

Er ließ Culvers Bein los und zog an der Gittertür. Es gelang ihm, die Tür bis auf einen schmalen Spalt zu schließen. Das Hindernis war Culvers Bein. Plötzlich spürte Fairbank, wie glattes, weiches Fell seine Fingerspitzen berührte. Blitzschnell zog er die Hände vom Gitter zurück.

Culver hatte sein Bein über den Rand der Luke gehoben. Immer noch hing die Ratte an seiner Ferse, der Kopf des Tieres war im Schacht, der Körper draußen. Fairbank nahm die flache Seite der Messerklinge und zerquetschte die Nackenwirbel des Mutanten.

Es dauerte einige Sekunden, bis der Körper der Bestie erschlaffte. Fairbank half Culver, die Kiefer des Tieres zu öffnen und die Zähne aus der Ferse herauszuziehen. Der Pilot stieß den Rattenkadaver durch die Luke. Einem anderen Mutanten, der in diesem Moment herangeschwommen kam, versetzte er einen Fausthieb auf die spitze Schnauze. Überrascht wich das Tier zurück.

Mit vereinten Anstrengungen gelang es den beiden Männern, die Gittertür zu schließen. Wütend versuchten die Ratten, sich einen Weg durch das Raster zu bahnen, ihre Stöße waren so kräftig, daß der Schacht erzitterte. Culver und Fairbank zogen ihre Finger zurück, ehe sie gebissen wurden, dann tauchten sie auf.

Die Männer, die im Schacht warteten, begrüßten die beiden mit Schulterklopfen. Culver hielt sich die Hand über die Augen, weil das Licht der Taschenlampen ihn blendete. Er hob den Blick und erspähte Kate, die einige Sprossen hochgeklettert war. Das Mädchen lachte und weinte zur gleichen Zeit, sie war einem Nervenzusammenbruch nahe.

»Wir sind noch nicht in Sicherheit!« sagte Culver. Seine Worte waren an die Männer gerichtet, und was er sagte, klang ungewöhnlich laut in dem Schacht. »Es gibt keine Möglichkeit, die Luke zum Maschinenraum geschlossen zu halten. Klettern Sie also sofort die Leiter hinauf – *schnell!*«

Es gab drei Personen, die sich bereits auf der Leiter befanden, unter ihnen Kate. Culver strich mit der Hand über die Holme. Hoffentlich hielt die Verankerung dem Gewicht der vielen Menschen stand. »Jackson, steigen Sie an Kate vorbei. Der Schacht ist mit einem Fallgitter abgedeckt. Sie müssen eine Möglichkeit finden, das Gitter aufzubrechen.«

Der Aufstieg begann. Jene, die noch im Wasser standen, waren begierig, ihren Fuß auf die erste Sprosse zu setzen. Ein heller Blitz von oben, dem ein rollender Donner folgte. Die Menschen im Schacht meinten, das Herz müßte ihnen stehenbleiben. Sie fürchteten das Schlimmste, einen weiteren nuklearen Angriff. Aber sie begriffen bald, daß das Geräusch von einem Gewitter stammte. Sie setzten ihren Aufstieg fort.

»Die Ratten werden in wenigen Minuten hier sein«, sagte Fairbank zu Culver. Sie standen im Schacht und beobachteten ihre Gefährten, die die Leiter erkletterten.

»Wenn wir nur etwas hätten, um die Gittertür zu verkeilen...«

»Vielleicht können wir einen Gürtel durch die Maschen stecken und eine Schlinge formen. Es würde dann nicht viel Kraft kosten, die Tür geschlossen zu halten.«

»Möchten Sie derjenige sein, der die Finger durch die Maschen steckt?«

Strachan trat zu ihnen. Er hatte den Verschluß von seiner Taschenlampe abgedreht. »Ich hätte da eine Idee«, sagte er.

Die Lampe erlosch. Culver hielt seine Stablampe auf den Techniker gerichtet. Strachan hatte die Drahtspirale freigelegt.

»Der Draht ist nicht sehr dick, aber er würde halten, bis alle den Schacht hochgeklettert sind.«

»Einverstanden«, sagte Culver.

Culver, Strachan und Fairbank sprangen ins Wasser und ließen sich zu Boden sinken. Die Ratten draußen stießen mit ihren Körpern gegen das Gitter, sie wußten, daß nur noch ein winziges Hindernis sie von ihrer Beute trennte. Sie schnappten nach dem geborstenen Draht, den Strachan durch die Maschen schob.

Er verzwirbelte die Enden.

Die drei Männer waren wieder aufgetaucht und holten Luft.

»Gut gemacht«, sagte Culver.

»*Yeah*«, war Fairbanks Kommentar. »Die Frage ist nur,

wer von uns den Draht von innen festhält, bis die anderen in Sicherheit sind.«

»Die eigentliche Frage ist, wie schnell das Wasser dem strahlenden Helden über den Kopf steigt«, sagte Culver.

Strachan stand vor der Luke. Er hielt den Draht fest. Das Wasser reichte ihm bis zum Kinn. »Klettern Sie die Leiter rauf«, sagte er zu Culver und Fairbank. »Ich halte die Luke geschlossen, solange es geht.«

Culver und Fairbank sahen sich an. »Schon überredet«, sagte der letztere. Er hielt Strachan das Messer hin. »Möchten Sie das haben?«

»Nein, das Messer würde mich nachher beim Klettern behindern.«

»Wie Sie meinen.« Fairbank ergriff eine Sprosse, er hielt die schwere Klinge in den Zähnen.

»Wäre es nicht doch besser, wenn Sie das Messer nehmen?« sagte Culver zu Strachan.

»Machen Sie, daß Sie die Leiter raufkommen, Culver. Ich kann spüren, wie die Ratten am Gitter zerren.«

Culver legte dem Techniker die Hand auf die Schulter, bevor er die Leiter bestieg. »Okay. Wir sehen uns oben.«

»Culver?«

Der Pilot wandte den Kopf.

»Was sind das eigentlich für Monstren, mit denen wir es zu tun haben?«

Culver zuckte die Achseln. »Vielleicht kann Dealey Ihnen die Frage beantworten. Ich kann es nicht.« Er packte die nächste Sprosse und zog sie hoch.

Jackson war am oberen Ende der Leiter angekommen. Er berührte die Abdeckung des Schachtes, die aus einem leichten Gitter bestand. Ein Stoß, das Gitter schwang auf. Er kletterte aus dem Schacht und betrat die Balustrade, mit der die Konstruktion umgeben war. Kate folgte ihm. Sie stand da und sog die herrliche Nachtluft ein, spürte beglückt, wie die Kühle ihre Wangen küßte.

Strachan stand immer noch auf dem Grund des Schachtes. Er verwandte alle seine Kraft darauf, die Drahtschlaufe zusammenzuhalten. Alle paar Sekunden hob er den Kopf, um nach Luft zu schnappen. Das Wasser war ihm bis über das Kinn gestiegen. Die Ratten jenseits des Gitters gebärdeten sich wie wild, sie zerrten an den Maschen des Gitters, steckten ihre Läufe in die Öffnungen und bogen den Draht auseinander. Das Blut, das wie eine rote Wolke das Wasser erfüllte, fachte ihre Gier an.

Strachan zuckte zusammen, als die Schlinge in seiner Hand nachgab. Ein knackendes Geräusch war zu hören. Eine der Ratten hatte mit ihren messerscharfen Zähnen das Metall durchgebissen.

Strachan verlor keine Zeit. Er hechtete nach der Leiter. Das Gitter schwang auf.

Der Techniker, der von seinem Gefährten durch die Luke gezogen worden war, hatte die Mitte der Leiter erreicht. Wenn er hinsah, konnte er Ellison erkennen, weiter unten Fairbank und Culver. Er ertastete die nächste Sprosse. Sein Blick war auf die Betonwand gerichtet. Seine Lippen flüsterten ein Gebet. Nur jetzt nicht schwindlig werden! Vielleicht hätte er Culver sagen sollen, daß er Höhenangst hatte. Noch ein Blitz. Der Donner. Die Leiter erzitterte. Der Techniker legte seinen Kopf an die Wand des Schachtes. Der Donner war verhallt. Jetzt gab es ein anderes Geräusch, das die Aufmerksamkeit des Nichtschwimmers fesselte. Ein Kratzen.

Sein Blick fiel auf die quadratische Öffnung in der Schachtwand. Die Öffnung war mit einem Gitter gesichert. Dahinter war eine horizontal verlaufende Versorgungsleitung zu erkennen, die sich in der Dunkelheit verlor. Das Kratzen schien von dort zu kommen.

Er brachte seinen Kopf näher an die Öffnung heran. Ein Blitz erhellte den Schacht. Der Mann verdeckte den größten Teil des Gitters, trotzdem fiel soviel Licht in die horizontal verlaufende Röhre, daß er die gelben Augen der Ratten erkennen konnte. Es waren Hunderte von Mutanten, die ihn durch die engen Maschen anstarrten. Sie setzten zum Sprung an. Das Gitter erzitterte.

Der Techniker taumelte zurück, verlor den Halt und stürzte in die Tiefe. Sein gellender Schrei endete erst, als er auf dem Wasserspiegel aufschlug.

Strachan spürte den sich drehenden Körper näher kommen, mehr als daß er ihn sah. Er drückte sich an die Leiter und zog den Kopf ein.

Glatte, weiche Körper berührten seine Beine. Es war, als seien Tausende von Ratten in Sekundenschnelle in den Schacht geschleudert worden. Die Schmerzensschreie des Technikers, der verletzt zwischen den wild um sich beißenden Tieren herumkroch, vermischten sich mit dem Quieken der Mutanten.

Strachan versuchte, die nächste Sprosse zu erklimmen, aber sein Bein wurde von einem Gewicht behindert. Scharfe Zähne hatten ihm den Schenkel aufgeschlitzt.

Er zog an seinem Bein, um es nach oben zu bringen. Vergeblich. Er riß den Mund auf, um zu schreien, aber nur ein kaum hörbares Ächzen entrang sich seiner Kehle. Endlich, das Bein bewegte sich. Aber schon eine Sekunde später spürte Strachan ein neues Gewicht. Eine Ratte hatte sich in seine Geschlechtsteile gekrallt. Er konnte spüren, wie ihre Zähne in die Haut eindrangen. Sein Hilfeschrei schwebte zu den Gefährten empor, die sich mehrere Sprossen von ihm entfernt hatten.

Fairbank hatte versucht, den Mann aufzufangen, der die Balance verloren hatte. Es war ihm nicht gelungen, statt dessen hatte er bei der plötzlichen Bewegung das kostbare Messer verloren. Bestürzt betrachtete er das schäumende Chaos in den Tiefen des Schachtes.

Culver hatte Strachans Schrei nicht gehört, aber er sah seine flehenden Augen. Er begann den Abstieg, ungeachtet der Warnung, die Fairbank ihm zurief.

Strachan sank tiefer. Culver war nur noch eine Armeslänge von ihm entfernt gewesen, jetzt mußte er eine weitere Sprosse hinabsteigen, um den Unglücklichen zu erreichen.

Ihre Fingerspitzen berührten sich. Die Finger verschränkten sich. Culver hatte Strachans Handgelenk ergriffen.

Eine Ratte erschien hinter der Schulter des Technikers. Sie schien zu grinsen. Sie lief über Strachans Arm, überquerte die Finger der beiden Männer und erkletterte Culvers Ellenbogen. Sie war auf seiner Schulter angekommen, ehe er reagierte.

Er vollzog eine rasche Drehung des Kopfes. Die Schnauze des Tieres, die auf seine Lippen gerichtet gewesen war, glitt über seine Schläfen. Die Ratte schlitzte ihm das Ohr auf. Er stieß einen lauten Schrei aus und ließ Strachan los. Er hieb auf die schwarze Bestie ein, die sich an seinen Wangen festgekrallt hatte. Das Tier ließ von ihm ab. Er versetzte ihm einen Stoß.

Die Ratte drehte sich in der Luft, sie schrie wie ein menschlicher Säugling, fiel der Tiefe entgegen.

Strachans Schultern waren unter Wasser geraten. Mit übermenschlicher Anstrengung erhob er sich aus den schaumigen Fluten.

Culver wurde übel, als er den Pulk von über einem Dutzend Ratten sah, die auf Strachans Rücken gesprungen waren und ihre Schnauzen in die klaffenden Wunden bohrten. Das Wasser im Schacht war zu einem blutigen See verwandelt worden.

Ihm schien es, als hätte Strachan zu lächeln begonnen, aber dann gefror das Lächeln zu einer schmerzlichen Grimasse, die Augen füllten sich mit unendlicher Angst,

Strachan wußte jetzt, daß es keine Hoffnung mehr für ihn gab, er sank ins Wasser zurück, besiegt vom Gewicht der schmatzenden Mutanten.

Seine Augen blieben offen, bis die Fluten sie bedeckten. Sein Mund schloß sich nicht, als der Wasserspiegel die Lippen erreichte. Sein Gesicht wurde zu einem weißen Fleck, der nur eine Handbreit vom nassen Element bedeckt war. Strachan war ein schreiendes Gespenst, dessen Hilferufe unter der Wasserlinie blieben. Wenig später verschwand das Gespenst in einer zinnoberroten Wolke.

Eine Hand hatte Culvers Schulter ergriffen. Hastig wandte er den Kopf.

»Sie haben alles für ihn getan, was überhaupt möglich war«, sagte Fairbank. »Verlassen wir den Schacht, ehe die Ratten sich auf uns stürzen!«

Culver nickte, und die beiden Männer setzten den Aufstieg fort. Als sie an der Öffnung eines horizontal verlaufenden Schachtes vorbeikamen, hörten sie scharrende Geräusche. Fairbank spuckte auf das Gitter, aber er konnte die Augen nicht von den Ratten wenden, die ihre Schnauzen gegen das Gitter preßten.

Dann waren sie oben. Culver half Fairbank hinaus, dann schwang er sich durch die Luke. Er schloß das Gitter und schob den Riegel vor. Er hatte das Gefühl, als müßte er das Tor zur Hölle für alle Zeiten versperren, und wußte doch, daß die Ratten nicht auf diesen Ausgang angewiesen waren. Die schwarzen Kreaturen würden die Leiter erklettern, sobald sie ihre grausige Mahlzeit auf dem Grund des Schachtes beendet hatten.

Blitz, Donner, Regen. Die beiden Männer starrten ins Dunkel hinaus.

Wieder blitzte es. Culver sah nun, warum der Ventilationsschacht, der vier oder fünf Meter aus der Erde ragte, von der Druckwelle verschont geblieben war. Die umstehenden Häuser waren eingestürzt, die Trümmer hatten einen Schutzwall gebildet. Früher einmal war der Schacht von einer Mauer umgeben gewesen. Auch diese war zerstört. Der Schutt bildete eine Rampe, deren höchste Stelle nur drei Meter von den beiden Männern entfernt war.

Culver bedeutete Fairbank, hinabzuspringen. Dieser schwang sich über den Rand der Balustrade. Er blieb ein paar Sekunden am Sims hängen, ehe er sich fallen ließ.

Culver starrte auf die Blitze, die den Himmel an fünf verschiedenen Stellen erhellten, ein Naturereignis, das er noch nie gesehen hatte. Die Luft schien von Elektrizität zu bersten, und doch verhieß sie auch Leben. Den Wind zu atmen, das schien dem Mann, der als letzter aus dem Schacht geklettert war, einmillionmal besser, als die Grabesluft des Bunkers einzusaugen.

Er trat über den Rand und ließ sich in die dunkle, regengefüllte Nacht fallen.

Dritter Teil

DOMÄNE

Die schwarzen Kreaturen huschten leichtfüßig durch die Ruinen, auf der Suche nach Beute. Seit sie begriffen hatten, daß es für sie mehr Nahrung gab, als sie je fressen konnten, hatte sich ihrer eine ungeheure Erregung bemächtigt. Sie ahnten, daß ihre Opfer wehrlos waren, und kannten keine Gnade; sie zerfleischten Männer, Frauen und Kinder ohne Unterschied, immer in dem glückhaften Bewußtsein, daß die geschwächten Körper der Menschen gegen die Bosheit und die Kraft von Mutanten nichts auszurichten vermochten. Es half den Überlebenden der atomaren Katastrophe nichts, daß sie sich zu Gruppen, zu neuen Gemeinschaften zusammengeschlossen hatten. Die Ratten wußten, daß die Gewichte sich zu ihren Gunsten verschoben hatten. Die Menschen, die einst die Herren gewesen waren, sie waren jetzt das Wild, das man jagen konnte.

Ganz in der Nähe des Mutternestes hatten sie lebende Beute gefunden, einen Vorrat an Menschen, von dem sie sich viele Tage und Nächte nährten; aber als das Fleisch ihrer Opfer in Verwesung überging, waren die Mutanten aufgebrochen, um frische Nahrung zu suchen, atmendes, rosiges Fleisch, Körper, in denen noch das warme Blut pulste, Köpfe, deren Gehirnmasse noch saftig und schmackhaft war. Die Kreaturen hatten die Angst vor dem Tag verloren. Immer noch bevorzugten sie die Dunkelheit, aber mit jedem neuen Opfer, das sie verschlangen, wuchs ihre Entschlossenheit, die Beute auch bei Licht zu jagen. Sie waren jetzt Herrscher nicht nur über die Menschen, auch über die kleineren Nagetiere; sie selbst wurden von merkwürdi-

gen, grotesk häßlichen Wesen beherrscht, die sich in der Finsternis des Erdreichs verbargen, von unförmig dicken, mißgestalteten Kreaturen, die zwischen abgenagten Knochen und verwesten Menschenleibern herumkrochen. Die Wesen verständigten sich mit hohen Quieklauten. Ernährt wurden sie von den gigantischen Schwarzen Ratten, auch sie Mutanten. Sie waren schwächer als die schwarze, flinkfüßige Armee, die ihnen diente, und doch wagte keines der dienenden Tiere, sich gegen die Herrschaft aufzulehnen. Es schien, als wäre in den plumpen Körpern ein ererbtes Geheimnis verborgen, das für die Schwarzen Ratten heilig war. Seit sie Menschenfleisch zu fressen bekamen, hatte sich das Verhalten der schwergewichtigen Monstren verändert. Ruhelos streiften sie durch die Gänge, die ihre Diener gegraben hatten, wetzten ihre bizarr geformten Klauen an den Gebeinen, die nach den Mahlzeiten zurückblieben, ließen ihre mißtönenden Stimmen zu einem schrillen Laut anschwellen, um dann still in den schwärenden Unrat ihrer Behausungen zurückzusinken.

Wenn sie wach waren, blickten sie wieder und wieder nach der Inneren Kammer, die das Allerheiligste innerhalb ihres sorgsam gehüteten Verstecks darstellte, und jene von ihnen, die nicht sehen konnten, weil sie ohne Augen oder blind geboren waren, verneigten sich in die Richtung, wo die Kammer lag. Immer, wenn sie das taten, stieg ihre Erregung auf einen genußvollen Höhepunkt, dem Entspannung und satte Schlaffheit folgten.

Sie warteten und empfingen die Gedanken von der Mutter-Kreatur, sie nahmen teil an ihrem Schmerz. Auf ihre Weise waren sie glücklich.

20

Der tröpfelnde Strom des kalten Wassers war versiegt, und die Frau schnalzte mit der Zunge. Sie stellte den Kessel auf die elektrische Kochplatte. Obwohl sie die Kochstelle eingeschaltet hatte, blieb die Platte kalt.

Als sie durch den Flur ging, blieb die Frau vor dem Telefon stehen. Sie hob den Hörer ab und schlug das Adreßbuch auf, das auf dem Tischchen lag. Sie fand die Nummer, die sie gesucht hatte, und wählte.

»Es ist jetzt das zweite Mal, daß ich mich beschwere«, sagte sie in die Muschel. »Erst der Strom, jetzt das Wasser. Kaum noch Druck. Wozu bezahle ich Wassergeld, wenn Sie kein Wasser liefern?«

Die Röte des Zorns überzog ihre Wangen. Sie starrte auf den Hörer, der keinerlei Geräusche abzugeben schien. »Entschuldigen Sie, aber Sie haben es sich selbst zuzuschreiben, daß ich aus der Fassung geraten bin. Es ärgert mich eben, daß trotz meiner Beschwerden nichts geschieht. Ich will jetzt von Ihnen keine Entschuldigungen mehr hören. Statt dessen wünsche ich, daß jemand von Ihrem Kundendienst vorbeikommt, und zwar heute noch. Geschieht das nicht, werde ich mich bei Ihrem Vorgesetzten beschweren.«

Schweigen.

»Was sagen Sie da? Sie müssen lauter sprechen.«

Das Telefon blieb tot.

»Sehen Sie, mit etwas Anstrengung ist vieles möglich. Denken Sie künftig daran, daß Höflichkeit nichts kostet, aber viel einbringt. Ich erwarte Ihren Monteur heute vormittag. Kann ich mich darauf verlassen?«

Die Muschel schwieg.

»Einverstanden, danke. Ich hoffe, ich muß nicht noch einmal anrufen.«

Mit einem Schmunzeln der Befriedigung legte die Frau auf.

»Ich weiß wirklich nicht, was aus diesem Land noch werden soll«, sagte sie und zog den Gürtel des Morgenrocks enger, weil sie Zug verspürte. Warme Luft, die von der Treppe kam. Die Frau ging in die Küche zurück.

Während sie das kalte Wasser aus dem Wasserkessel in den kleinen Teekessel goß, der auf dem Frühstückstisch stand, unterrichtete die Frau ihren Mann von dem Ergebnis des Telefongesprächs, das sie geführt hatte. Er saß hinter seiner Zeitung, die an einer Milchflasche lehnte. Eine Fliege, groß wie eine Wespe, war gerade auf der Backe des Mannes gelandet und krabbelte über die weiße Fläche. Der Mann ignorierte das Tier.

»Nicht daß Strom und Wasser umsonst wären heutzutage«, sagte die Frau. »Ganz im Gegenteil. Beides ist teuer, und wir müssen es auch dann bezahlen, wenn die Versorgung unterbrochen ist. Ich erinnere mich noch an den Tag, als sie den gleitenden Tarif eingerichtet haben. Wir hätten damals protestieren sollen. Das ist ihre Methode, die Preise raufzutreiben, aber man braucht es sich ja nicht gefallen zu lassen. Nicht daß es mich wundert. Überhaupt nicht. Alles ist teurer geworden. Ich hasse den monatlichen Einkauf, weil ich mich jedesmal über die gestiegenen Preise ärgere. Für dich, Barry, läuft es darauf hinaus, daß du mir mehr Haushaltsgeld geben mußt. Ja, ich weiß, aber es tut mir leid, wenn du so essen willst, wie wir es gewöhnt sind, mußt du mir mehr Geld rausrücken.«

Sie rührte den Tee um und zuckte zusammen, als sie sich an einem Tropfen kalten Wassers verbrannte. Sie legte den Deckel auf die Teekanne und nahm auf dem Stuhl gegenüber ihrem Mann Platz.

»Tina, wirst du jetzt endlich deine Maisflocken essen,

oder willst du bis heute abend dasitzen und auf den Teller starren?«

Die Tochter schwieg.

»Wenn du dich nicht beeilst, kommst du zu spät in den Kindergarten. Und wie oft habe ich dir schon gesagt, daß Cindy nicht mit am Tisch sitzen darf. Wenn die Puppe dabei ist, vergißt du das Essen.«

Mit einer raschen Bewegung nahm sie ihrer kleinen Tochter die Puppe fort, die sie ihr erst wenige Minuten vorher in den Schoß gelegt hatte. Tina sank zur Seite.

Die Mutter stürzte auf und setzte das Kind wieder gerade. Das Kinn des Mädchens lag auf der Brust. Vergeblich versuchte die Frau, ihrer Tochter den Kopf anzuheben.

»Wenn es dir Spaß macht, zu schmollen, bitteschön. Aber du wirst sehen, daß du damit bei mir nicht durchkommst.«

Ein Tausendfüßler kam aus dem Ohr des Mädchens gekrochen. Das Tier drehte eine Runde auf dem Hals, bevor es im schlohweißen Haar des Kindes verschwand.

Die Frau goß ihrem Mann Tee ein, der aus klarem Wasser bestand. Als sie das Milchkännchen aufhob, kam ein Silberfischchen herausgeklettert.

»Sammy, du hörst jetzt zu plappern auf und ißt dein Toastbrot zu Ende. Und zieh dir deine Schulkrawatte gerade; wie oft muß ich dir das noch sagen? Von einem zehnjährigen Jungen darf ich erwarten, daß er sich selbständig anzieht.«

Der Sohn hielt den Blick auf das verschimmelte Brot gerichtet. Er grinste. Es sah aus wie das Grinsen einer Bauchrednerpuppe. Daß die Gemütsäußerung nicht natürlicher wirkte, lag an den Backenmuskeln des Jungen, die einen längeren Schrumpfungsprozeß durchgemacht hatten. Ein weißer Film lag über seinen Augäpfeln. Der Löffel lag mit der Wölbung nach unten in der klauenartigen Hand. Der Junge war mit einer Schnur an seinem Stuhl festgebunden.

Die Frau hatte zu würgen begonnen. Sie erbrach auf die Erde. Der Schmerz in ihren Eingeweiden war wie tausend Scheren.

Der gleiche Schmerz wütete in ihrem Kopf. Für eine Sekunde kehrte die Erinnerung an den Blitz wieder, an den Donner und an die unheimliche Stille, die damals begonnen hatte. Zum gleichen Zeitpunkt hatte die schleichende Krankheit Besitz von ihr ergriffen.

Vergessen, vorbei. Die Frau wischte sich den Mund mit dem Handrücken ab und nahm wieder auf ihrem Stuhl Platz. Der Schmerz ebbte ab, aber sie wußte, das Gefühl würde im Hintergrund lauern und zurückkehren, wenn sie es am wenigsten erwartete, ein bißchen wie der chinesische Diener von Inspektor Clouseau, der auch immer im ungeeignetsten Moment das Zimmer betrat. Beinahe hätte die Frau gelächelt, das lag an den schönen Erinnerungen.

Sie nippte an ihrer Tasse und verscheuchte den Fliegenschwarm, der sich auf Tinas Kopf niedergelassen hatte, mit einer ungeduldigen Handbewegung. Es irritierte sie, daß ihr Mann sie seit vielen Wochen aus pupillenlosen Augen ansah. Sie wußte, daß er seine Pupillen hinter den Lidern verstecken konnte. Er hatte das oft getan, wenn er sie ärgern oder erschrecken wollte. Aber so lange? Man konnte einen Scherz auch zu weit treiben.

»Was unternehmen wir heute?« fragte sie und warf einen Blick in die Runde. Sie hatte vergessen, daß es ein normaler Werktag war. »Wir könnten einen Spaziergang durch den Stadtpark machen. Ich weiß nicht, ob ihr es gemerkt habt, aber es hat endlich zu regnen aufgehört. Mein Gott, ich dachte, es würde bis in alle Ewigkeit weiterregnen. Du auch, Barry, oder? Ich muß später ein paar Einkäufe machen, aber ich denke, vorher machen wir unseren Spaziergang. Man muß das gute Wetter ausnützen, nicht? Sammy, du kannst deine Rollschuhe mitnehmen. Ja, du auch, Tina, du bist schließlich nicht unser Stiefkind. Vielleicht spendiere ich euch beiden auch Kinokarten. Nein, du sollst jetzt nicht aufspringen und wie ein Derwisch herumtanzen, Tina. Wir verlassen das Haus erst, wenn du deinen Teller leergegessen hast.«

Sie lehnte sich zu ihrer Tochter und tätschelte ihr die Faust.

»Ich weiß, daß du ungeduldig bist. Ich verspreche dir, wir werden uns einen schönen Tag machen. Es wird sein wie in alten Zeiten.« Sie senkte ihre Stimme zum Flüsterton. »Wie in alten Zeiten.«

Tina war vom Stuhl gerutscht und landete unter dem Tisch.

»Lieb von dir, daß du an deine Puppe denkst. Cindy darf natürlich mitkommen in den Park. Steht was Interessantes in der Zeitung, Barry? Was sich die Menschen alles ausdenken, wirklich erstaunlich. Manchmal könnte man es mit der Angst zu tun bekommen. Man fragt sich, was aus der Welt noch wird. Man fragt sich, was, zum Teufel, morgen in der Zeitung steht. Manieren, Samuel! Wenn du aufstößt, mußt du die Hand vor den Mund halten.«

Sie kratzte den Schimmel von einer Brotschnitte und biß ab. »Laß deinen Tee nicht kalt werden, Barry. Du hast noch den ganzen Tag Zeit zum Zeitunglesen. Ich werde mich gleich etwas hinlegen; ich fühle mich heute nicht besonders wohl. Wahrscheinlich kriege ich eine Grippe.«

Die Frau warf einen Blick auf das zerbrochene Fenster. Der warme Wind, der von der Straße hereinstrich, spielte mit der schütteren Haarsträhne, die ihr in die Stirn hing. Sie sah die vom Atomkrieg zerstörte Stadt, ohne sie zu bemerken.

Sie wandte sich wieder ihrer Familie zu. Die schwarze Fliege, die auf der Wange ihres Mannes gesessen hatte, krabbelte über seine Zähne und verschwand in der klaffenden Öffnung des Mundes.

»O Barry«, sagte die Frau, »du wirst doch nicht den ganzen Tag am Frühstückstisch sitzenbleiben wollen, oder?«

Sie vergoß eine Träne. Die Familie bemerkte es nicht.

Immer war er ausgelacht worden. Aber wer zuletzt lacht, lacht am besten. Wer hatte überlebt? Wer hatte die atomare Katastrophe vorausgesehen, die sich aus dem Konflikt im Nahen Osten entwickeln würde? Er, Maurice Joseph Kelp.

Maurice J. Kelp, der Versicherungsvertreter (wer kannte sich besser in Risiken aus als er?).

Maurice Kelp, geschieden (endlich brauchte man sich nur noch um sich selbst zu kümmern).

Maurice, der Eigenbrötler (ich bin mir selbst die angenehmste Gesellschaft, die ich mir vorstellen kann).

Es war jetzt fünf Jahre her, daß er im Garten seines Hauses in Peckham ein großes Loch ausgehoben hatte, groß genug für einen Vier-Personen-Bunker (obwohl er im Bunker keine Gesellschaft wollte, meine Luft atme ich allein). Die Nachbarn hatten gelacht, aber darum hatte sich Kelp nicht gekümmert. Er hatte über fünf Jahre hinweg dreitausend Pfund für seinen wunderschönen Schutzraum aufgewendet. Die Anschaffung des Zubehörs hatte die Kosten in die Höhe getrieben. Besonders teuer war das Filtersystem (gebraucht, 350 Pfund) gewesen. Und der Strahlendosismesser, ein Modell, das als Clip am Oberhemd getragen werden konnte (145 Pfund plus 21,75 Pfund Mehrwertsteuer). Er erinnerte sich nicht mehr, was das zusammenklappbare Waschbecken und die Chemikalientoilette gekostet hatten. Billig war sie nicht gewesen. Aber der Bunker war sein Geld wert, wirklich.

Es war ihm, zu seinem eigenen Erstaunen, gar nicht schwer gefallen, die vorfabrizierten Stahlelemente zusammenzufügen. Auch das Anrühren und Verfüllen des Flüssigbetons hatten ihm keine Schwierigkeiten bereitet, was unter anderem darauf zurückzuführen war, daß Kelp die dem Bausatz beigefügte Montageanleitung sehr aufmerksam durchgelesen hatte. Zum Schluß, als der Bunker schon stand, hatte er noch eine Bilgenpumpe angeschafft. So etwas war nützlich für den Fall, daß der Schutzraum überschwemmt wurde. Aber es hatte keine Überschwemmung gegeben, und so hatte Kelp das teure Gerät nicht in Betrieb setzen müssen. Zur Inneneinrichtung des Bunkers gehörte ein Feldbett samt Schaumgummimatratze, ein Tisch (das Bett diente als Stuhl), ein Heizgerät und ein Gaskocher Marke Grillogaz, ein größerer Vorrat an Butangasflaschen und Lampen, die von Batterien gespeist wurden. Die Vorratsregale hatte Kelp mit Konserven und Flaschen gefüllt, mit Trockenmilch, Zucker und Salz, alles in allem würde der eingelagerte Bestand für zwei Monate reichen. Er hatte auch ein batteriebetriebenes Radio samt Reservebatterien mit in den Schutzraum genommen, eine Investition, die sich bisher nicht recht amortisiert hatte, weil sich das Programm der verschiedenen Sender seit der Stunde Null auf Störgeräusche beschränkte. Im Bunker lagerten außerdem eine Erste-Hilfe-Ausrüstung mit Verbandsmaterial und Medikamenten, Reinigungsgerät, ein umfangreicher Vorrat an Büchern und Magazinen (nichts mit nackten Mädchen – Kelp mochte so etwas nicht), Bleistifte und Papier (reichlich Toilettenpapier inbegriffen), Desinfektionsspray (das mit der Hochwirksamkeitsformel), Eßbesteck, Geschirr, ein Dosenöffner, ein Flaschenöffner, Pfannen, Kerzen, Tisch- und Bettwäsche, zwei Uhren (deren Tikken ihn in den ersten Tagen schier verrückt gemacht hatte — inzwischen nahm er das Geräusch gar nicht mehr wahr), ein Kalender und (sehr wichtig) ein 55-Liter-Behälter mit Wasser (dem Kelp, gleich, ob er es als Trinkwasser oder zu Reinigungszwecken benutzte, regelmäßig Sterilisierungstabletten der Marke Milton and Mow Simpla) zusetzte.

Ach ja, und neuerdings gab es im Bunker auch ein totes Haustier, eine Katze.

Wie das Tier in den hermetisch abgeschlossenen Schutzraum gelangt war, entzog sich Kelps Kenntnis (die Katze sprach nicht), er vermutete, daß das dumme Geschöpf infolge einer Nachlässigkeit, für die er selbst die Verantwortung trug, in sein Versteck eingedrungen war, und zwar einige Tage, bevor die Bomben fielen. Als sich die politische Situation in der Welt zuspitzte, hatte er die Maßnahmen durchgeführt, die in der Betriebsanleitung unter dem Stichwort LETZTE VORKEHRUNGEN FÜR DEN ERNSTFALL aufgelistet waren. Er hatte schon Übung darin, weil er die gleichen Maßnahmen bei früheren Krisen vier- oder fünfmal durchexerziert hatte. Trotzdem war ihm diesmal ein Fehler unterlaufen. Als er zwischen Bunker und Haus hin und her rannte, um die Vorräte zu vervollständigen, hatte er die Einstiegsklappe offenstehen lassen. Nur wenige Sekunden, aber die Zeit hatte dem Tier genügt, um sich durch den Spalt zu zwängen. Erst am Morgen nach dem Holocaust hatte Maurice den kleinen Eindringling entdeckt.

Er hatte eine genaue Erinnerung daran, wie es in der Stunde Null zugegangen war. Der Alptraum, der sich in Wirklichkeit verwandelte, hatte sich unauslöschlich in sein Gedächtnis eingeprägt. Gott, was hatte er für Ängste ausgestanden! Aber später, als die Explosion verhallt war, hatte sich Kelp pudelwohl gefühlt.

Die monatelange Arbeit, die mit dem Ausschachten,

mit dem Bau und dem Einräumen des Bunkers verbunden war, hatte sich bezahlt gemacht. Er triumphierte über die Nachbarn, die ihn verspottet hatten. ›Mausoleum Maurice‹ hatten sie sein Bauwerk genannt. Nun, es war kein Mausoleum, sondern ein wunderschöner Schutzraum. Eine Konstruktion, die in den entscheidenden Sekunden ihre Belastungsfähigkeit bewiesen hatte. Allerdings war der Bunker nicht für den Aufenthalt von Haustieren geeignet...

Er hatte auf seinem schaumgummigepolsterten Bett gelegen. Mit einer brüsken Bewegung setzte er sich auf. Der Gestank im Bunker war ekelerregend, trotzdem mußte Maurice Luft holen. Das Gaslicht erhellte sein bleiches verschwitztes Gesicht.

Wie viele Menschen die Katastrophe wohl überlebt hatten? Er war immer gern allein gewesen. Jetzt bestand die Möglichkeit, daß er den Rest seiner Tage ungestört bleiben würde. Er ertappte sich bei dem Gedanken, daß ein solches Ausmaß an Einsamkeit vielleicht doch nicht wünschenswert war.

In den Minuten zwischen Alarm und Katastrophe hätte er natürlich ein paar Nachbarn im Bunker aufnehmen können, vielleicht ein oder zwei Personen, aber das Gefühl der Genugtuung, als er den Leuten die Luke vor der Nase zuschlug, war schier unwiderstehlich gewesen. Nachdem er die Luke von innen gesichert hatte, war der Schutzraum luftdicht von der Außenwelt abgeschlossen. Das Heulen der Sirenen war danach nur noch so laut wie das Summen einer Fliege gewesen, und das Geräusch, das die Nachbarn verursachten, indem sie mit Fäusten auf die versperrte Luke schlugen, erinnerte Maurice an die kurzen, kaum vernehmlichen Töne, die Mücken von sich gaben, wenn sie mit ihren winzigen Köpfen gegen eine Fensterscheibe prallten. Aber nach dem großen Knall, nach dem gewaltigen Be-

ben, das die Erde erzittern ließ, hatten auch diese Geräusche aufgehört.

Als die Druckwelle die Außenwände des Bunkers erreichte, war Maurice von seinem Feldbett auf den Fußboden katapultiert worden. Eingewickelt in das Bettuch, lauschte er dem dumpfen Donnern, verfolgt von der Vorstellung, daß die Metallschale des Bunkers von der gewaltigen Explosion, die sich draußen entlud, aufgespalten werden könnte. Er mußte dann wohl das Bewußtsein verloren haben, jedenfalls gab es eine Erinnerungslücke, die sich auf einen Zeitraum von ein paar Stunden erstreckte. Als er aufwachte, lag er auf seinem Feldbett. Ein Gewicht lastete auf seiner Brust, und stinkender, warmer Atem wehte ihn an.

Als er einen Schrei ausstieß, war das Gewicht jäh von ihm fortgenommen worden. Zurück blieb ein Schmerz an der Schulter, den Maurice sich nicht erklären konnte. Nach einigem Suchen hatte er die Taschenlampe gefunden, die auf den Boden gerollt war. Wenig später hatte er die pfefferfarbene Katze entdeckt, die unter seine Pritsche geflüchtet war und ihn aus ihren gelben Augen ansah.

Er hatte nie viel für Katzen übrig gehabt. Die Abneigung war gegenseitig gewesen. Aber jetzt hatte sich eine Katastrophe ereignet (zumindest für die Menschen draußen war es eine Katastrophe), und Maurice machte sich mit dem Gedanken vertraut, daß er für einige Zeit mit dem schlanken, geschmeidigen Geschöpf, das zu ihm geflüchtet war, auskommen mußte.

»Komm her«, lockte er. »Du brauchst doch jetzt keine Angst mehr zu haben.« Er sah, wie das Tier den Kopf zwischen die Pfoten legte. Es duckte sich zum Sprung. »Übrigens wüßte ich gern, ob du ein Junge oder ein Mädchen bist.« Es dauerte ein paar Tage, bis er herausfand, daß es sich um eine Katze, nicht um einen Kater handelte.

Die Katze ließ sich nicht locken. Sie hatte den Donner und die Erschütterung als überaus störend empfunden, und den Geruch des Mannes, der mit seinen Gesten ihr Mißtrauen einzuschläfern versuchte, fand sie schlicht unsympathisch. Sie ließ ein warnendes Fauchen hören, dann verschwand sie in der Düsternis zwischen Waschecke und Vorratsregal. Es war dann der Hunger, der sie nach ein paar Stunden wieder aus ihrem Versteck auftauchen ließ.

»Das ist mal wieder typisch«, sagte Maurice in tadelndem Ton. »Katzen und Hunde sind immer da, wenn es etwas zu fressen gibt.«

Die Katze, die seit drei Tagen nichts gefressen und getrunken hatte, vermochte dieser Feststellung nichts entgegenzusetzen. Trotzdem blieb sie auf Distanz.

Maurice warf dem Tier einen Batzen Büchsenfleisch zu. Die Katze sprang zurück. Einige Sekunden später kam sie angeschlichen, um das Fleisch herunterzuwürgen.

»Hunger ist schlimmer als Heimweh, nicht wahr?« Ein spöttisches Lächeln spielte um seine Mundwinkel. »Mit Phyllis war es genauso.« Phyllis, so hieß die Frau, die ihn vor fünfzehn Jahren nach eineinhalbjähriger Ehe verlassen hatte. »Wenn es Geld gab, war sie da, und sobald das Geld zu Ende ging, schwirrte sie davon. Das verdammte Frauenzimmer hat mir den letzten Penny aus dem Kreuz geleiert. Ich hoffe, sie wurde bei der Explosion zu Staub zerblasen.« Sein Lachen klang hohl. Er hatte überlebt, aber die Angst war geblieben.

Maurice hatte die Pfanne auf den Gaskocher gestellt. Er benutzte das Messer, um das Pökelfleisch aus der Dose zu lösen. Er kippte die Hälfte des Inhalts in die Pfanne. »Der Rest bleibt für heute abend«, murmelte er, wobei er offenließ, ob der Rest für ihn oder die Katze bestimmt waren. Als nächstes öffnete er eine Büchse Bohnen. Er vermischte die Bohnen mit dem Fleisch. »So ein Holocaust macht Appetit.« Er ließ der Bemerkung ein nervöses Kichern folgen. Die Katze sah ihn an. »Also gut, du kriegst was zu fressen. Ich kann dich schließlich nicht verhungern lassen.«

Maurice schmunzelte, während er über die sarkastischen Formulierungen nachdachte, mit denen er seinen Monolog gewürzt hatte. Bisher hatte er die Auslöschung des Menschengeschlechts ganz gut überstanden.

»Jetzt müssen wir dir erst mal einen Freßnapf suchen«, hörte er sich sagen. »Und ein Gefäß, wo du deine kleinen und großen Geschäfte verrichten kannst. Ein Katzenklo. Wichtig ist nur, daß du das Ding auch wirklich benutzt. Habe ich dich nicht schon mal irgendwo gesehen? Ich glaube, du gehörst der Negerin zwei Häuser weiter. Wenn du dir einbildest, sie sucht nach dir, hast du dich getäuscht. Die sucht nach niemandem mehr. Es ist richtig gemütlich hier unten, findest du nicht? Du hast hoffentlich nichts dagegen, wenn ich dich Mog nenne. Es sieht so aus, als ob wir noch einige Zeit miteinander zubringen müssen...«

So entstand das Team. Maurice J. Kelo hatte sich mit Mog verständigt. In freundschaftlicher Verbundenheit würden sie die Folgen der Katastrophe aussitzen.

Nach einer Woche gab die Katze das Herumstreifen im Bunker auf.

Nach zwei Wochen war Maurice soweit, daß er Sympathie für das Tier empfand.

Nach drei Wochen war die Harmonie zu Ende. Die Katze war auf dem gleichen Erkenntnisstand angelangt, den Phyllis hatte, als sie ihren Mann verließ. Maurice war ein Ekel.

Vielleicht lag es an den gechmacklosen Witzen, die er machte. Vielleicht stieß sich das Tier daran, daß dieser Mensch ständig nörgelte. Möglicherweise war Maurices stinkender Atem schuld. Wie auch immer, die Katze hatte es sich angewöhnt, ihn aus sicherer Entfernung anzustarren. Sie sprang fort, wenn er sie berühren und liebkosen wollte.

Maurice verstand nicht, warum das Tier so undankbar war. Schließlich hatte er ihm zu fressen gegeben, ihm ein Heim gegeben! Er hatte dieser Katze das Leben gerettet! Trotzdem wich sie vor ihm zurück, wenn er durch den Bunker ging. Sie versteckte sich unter dem Feldbett, wo er sie nicht erreichen konnte. Sie belauerte ihn aus argwöhnischen Augen, als ob... als ob... jawohl, als ob er drauf und dran wäre, wahnsinnig zu werden. Der Blick kam ihm irgendwie bekannt vor. Nach einigem Grübeln kehrte die Erinnerung zurück. Genauso hatte Phyllis ihn immer angestarrt. Und nicht nur das, die Katze plünderte die Vorräte. Mehrere Male war Maurice mitten in der Nacht aufgewacht, alarmiert von dem Scharren und Kratzen des Tieres. Er stellte fest, daß die Katze mit ihren scharfen Krallen die Verschlußdeckel der angebrochenen Büchsen entfernt und von dem Inhalt gefressen hatte.

Das letzte Mal, als er sie dabei erwischte, war Maurice richtig ausgeflippt, er hatte die Beherrschung verloren. Er hatte der Katze einen Fußtritt versetzt, das Tier hatte ihm daraufhin ein paar blutige Schrammen zugefügt. Wäre Maurice nicht so schlechter Laune gewesen, hätte er die elegante Art bewundert, wie Mog den Wurfgeschossen (Pfanne, Dose mit Obstkonserven) auswich, die er auf sie schleuderte.

Die Katze war nach dieser Auseinandersetzung völlig verändert gewesen. Sie hatte ihn angefaucht, sobald er in ihre Nähe kam. Die meiste Zeit hatte sie schmollend unter seinem Bett gelegen. Sie hatte das Spielzeug verschmäht, das er aus Plastikabfall für sie angefertigt hatte. Alles in allem hatte sie sich wie ein Tier benommen, das befürchten muß, bei der nächsten Gelegenheit von dem bösen Zweibeiner erschlagen zu werden.

Bald darauf war Mog zum Angriff übergegangen.

Maurice erwachte, als er einen schneidenden Schmerz an der Wange spürte. Das Tier saß auf ihm, bearbeitete ihn mit seinen scharfen Krallen, spie ihm seinen Speichel ins Gesicht. Es gelang ihm, Mog fortzustoßen. Er hörte, wie die Katze auf den Boden fiel. Aber sie gab nicht auf. Mit wütendem Kreischen kam sie auf ihn zugekrochen.

Sie setzte zum Sprung an und landete auf seinen Schultern. Die Klauen verfehlten knapp seine Augen. Sie brachte ihm einen Biß ins Ohrläppchen bei, bevor er sie zurückschleudern konnte.

Der nächste Angriff. Mog schien nur noch aus scharfen Zähnen und Klauen zu bestehen. Maurice brachte das Bettuch zwischen sich und das wütende Tier und begann zu schreien, als das Tuch in Fetzen ging. Dann wandte er sich zur Flucht. Leider waren die Möglichkeiten, sich im Bunker vor der Katze zu verstecken, äußerst begrenzt. Er kletterte die Leiter hinauf, die zum Kommandoturm des Schutzraums führte, verharrte auf der obersten Sprosse und zog die Beine an. Sein Kopf stieß an die Metallplatte.

Mog folgte ihm und biß ihm ins Gesäß. Maurice heulte auf vor Schmerz.

Er fiel die Leiter herunter, nicht wegen der Verletzung, die ihm das Tier zugefügt hatte, sondern weil in diesem Augenblick eine Hauswand zusammenstürzte und den Bunker unter Steinen und Schutt begrub. Die Katze hatte sich mit ihren Fängen wie mit Schraubzwingen in sein Gesäß verbissen, sie ließ ihn nicht los, auch nicht, als er, sich überschlagend, dem Boden des Bunkers entgegensauste. Das Tier war unter ihm, als er aufschlug, und Maurice hörte, wie sich die Katze, als er mit seinem ganzen Gewicht auf sie aufprallte, das Genick brach.

Er rollte sich zur Seite. Als er sah, daß sich das Tier immer noch bewegte, schlug er mit der Pfanne auf die sich windende Kreatur ein. Schließlich ergriff er eine der flachen Gasflaschen, holte zum Schlag aus und zertrümmerte Mog den Schädel.

Keuchend schleppte er sich zu seinem Bett. Er nahm auf der Bettkante Platz, tastete nach dem Blut, das ihm über das Gesicht strömte, und kicherte. Er war Sieger geblieben.

Eine furchtbare Woche folgte. Der Kadaver begann zu verwesen. Es stank wie die Pest.

Es half nichts, daß Maurice die tote Katze in drei Bahnen Plastik einwickelte, und es half auch nichts, daß er den schlaffen Körper des Tieres mit Desinfektionsspray tränkte. Nach drei Tagen war der Geruch so stark, daß es dem stolzen Sieger beinahe den Verstand raubte. Mog hatte sich gerächt, auf ihre Art.

Und noch etwas hatte sich im Bunker geändert. Nicht nur, daß es entsetzlich stank, auch die Luft war dünner geworden. Die Ventilation schien nicht mehr richtig zu funktionieren.

Ursprünglich hatte Maurice vorgehabt, sechs Wochen im Bunker auszuharren, unabhängig davon, ob die Sirenen draußen Entwarnung gaben oder nicht. Jetzt stieß er diesen Entschluß um. Zwar waren seit der Explosion der Bombe erst vier Wochen vergangen, aber die Luft im Bunker war so schlecht, daß Maurice sich mit dem Gedanken vertraut machte, vorzeitig in die Außenwelt zurückzukehren. Überhaupt stand in der Broschüre, die als Postwurfsendung an alle Haushalte gegangen war, daß die radioaktive Belastung nach vierzehn Tagen auf ungefährliche Werte abfiel.

Maurice erhob sich von seinem Bett. Er mußte sich am Tisch festhalten, weil ihm schwindlig wurde. Der weiße Schein der Butangasleuchte schmerzte in seinen Augen.

Es kostete ihn ungeheure Anstrengung, die Leiter des Kommandoturms zu erklimmen. Als er unter der gepanzerten Luke angekommen war, hielt er inne, um zu verschnaufen. Es dauerte eine ganze Weile, bis er genügend Kraft gesammelt hatte, um die Luke aufzuschrauben.

Gott sei Dank, dachte er. Gott sei Dank werde ich jetzt diesen verpesteten Bunker verlassen.

Der Deckel schwang auf und stieß an eine Betonplatte. Maurice stieß einen Schrei aus, in dem sich Überraschung, Wut und Hilflosigkeit mischten. Erst jetzt begriff er, was die Ursache für die Erschütterung des Bunkers vor einer Woche gewesen war. Die Ruine seines eigenen Hauses war zusammengestürzt. Die Trümmer blockierten den Ventilationsschacht und die Einstiegsluke.

Er zerrte an dem großen Betonbrocken, der auf sein Versteck gefallen war, ohne daß es ihm gelang, das schwere Ding auch nur einen Millimeter zur Seite zu rücken. Fast ohnmächtig vor Empörung stieg er die Leiter herunter. Weinend und winselnd durchsuchte er den Schutzraum nach Werkzeug, mit dem er die Trümmer, die den Ausgang versperrten, zerkleinern konnte. Er versuchte es mit einem Messer, mit einer Gabel. Vergeblich. Der Beton war zu hart, und Maurice war zu schwach.

Schließlich hieb er mit den Fäusten auf das schwere Hindernis ein.

Benommen sank er in das stählerne Nest, das zur Gruft geworden war, und schrie seine Verzweiflung hinaus. Weil er kaum noch Luft bekam, klang seine Stimme sehr dünn, ein bißchen wie das Miauen einer Katze.

Der in Plastikfolie eingewickelte Kadaver des Tieres rührte sich nicht. Trotzdem war es Maurice, als hätte er ein halbersticktes Fiepsen vernommen.

»Ich habe Katzen nie gemocht«, flüsterte er. »Nie.«

Er leckte das Blut von seinem Handknöcheln und

spürte, wie sich der süße Geschmack über Zunge und Gaumen ausbreitete. Eine Weile lang lauschte er dem eigenen Herzschlag, dann wurde es still. Er lag in seinem selbsterrichteten Grab und wartete. Das Ende kam sehr schnell, auch wenn die Sekunden, bevor seine Lunge barst, Maurice lang wie eine Ewigkeit schienen. Er fühlte sich sehr allein, und das, obwohl Mog ihm auf unbegrenzte Zeit Gesellschaft leisten würde.

Sie hatten geglaubt, sie würden in dem Speisesaal, der sich im Erdgeschoß des Hotels befand, sicher sein, und ahnten dennoch, daß es für sie keine Sicherheit gab. Das Hotel, dessen obere Stockwerke eingestürzt waren, lag in der Nähe des Flusses. Sie wußten, daß ein Gewicht von Tausenden von Tonnen auf die Decke des Speisesaals drückte, ein Berg Schutt, Eisenträger, geborstener Stahlbeton. Es war ein Wunder, daß dieser Teil des Gebäudes erhalten geblieben war, zu erklären allenfalls aus einem unwahrscheinlich günstigen Zusammenwirken der neuen statischen Gegebenheiten, die durch die nahezu vollständige Zerstörung des Komplexes geschaffen worden waren. Als die Detonation die Erde erbeben ließ, waren die schweren Kristallüster herabgestürzt und hatten eine Reihe von Menschen unter sich begraben, aber ein Teil der Gäste, die sich im Speisesaal aufhielten, war mit dem Leben davongekommen. Die Spiegel an den Wänden waren zersplittert. Ein Teil der Saaldecke war eingestürzt, eine Lawine aus Staub, Geröll und Steinen wälzte sich durch die Öffnung.

Sekunden nach der ersten Detonation war das Licht im Saal erloschen. Lang hallende Donnerschläge folgten, ihr dumpfes Geräusch mischte sich mit den Schreien der Verletzten und Sterbenden.

Als der Donner verklungen war, hockten die Überlebenden auf dem Fußboden, einige waren unter die Tische geflüchtet. Eine merkwürdige Ruhe überkam die Menschen. Feuerzeuge und Streichhölzer wurden angezündet. Ein Kellner kam und pflanzte Kerzen auf den Tisch auf; es war kein romantischer Schein, den die Wachslichter verbreiteten.

Die Menschen brauchten nicht lange, um herauszufinden, daß sie in der Falle saßen. Alle Ausgänge waren verschüttet. Es gab Verbindungen zur Küche und zur Bar, aber dort wurden auch diese Wege zur Sackgasse. Sie waren gefangen, und das war der Preis dafür, daß sie beim Alarm nicht aus dem Hotel geflohen waren. Die meisten von ihnen hatten das Risiko, lebendig begraben zu werden, ganz bewußt auf sich genommen. Sie wußten, daß es in der Hauptstadt keinen Ort gab, wo sie wirklich sicher sein würden. Es war besser, im Hotel zu bleiben, einen letzten Schluck Wein zu trinken und ein letztes Mal von den Delikatessen zu kosten, die im Saal bereitstanden. Diese Menschen zogen es vor, das Ende in einer eleganten Umgebung zu erwarten. Einige waren sogar so gelassen, die Zeit bis zum großen Knall mit zwangloser Konversation zu überbrücken.

Die Bombe hatte diesem Idyll ein Ende gemacht.

Benommen und verängstigt ließen die Überlebenden ihre Blicke in dem von flackernden Kerzen erleuchteten Saal umherschweifen. Für einige von ihnen war dies ein uneinnehmbarer Bunker, mit Essensvorräten, die bis zum Eintreffen der Rettungsmannschaften ausreichen würden, und für diese Gruppe spielte der ebenfalls reichlich vorhandene Alkohol eine teils tröstende, teils ermutigende Rolle; für die Pessimisten allerdings war der unter Schuttmassen begrabene Raum ein Gefängnis, aus dem es kein Entrinnen geben würde.

Die Menschen gewöhnten sich an ein bescheidenes Leben. Sie halfen den Verletzten, soweit es in ihren Möglichkeiten stand, und sie betreuten die Sterbenden. Sie wickelten die Toten in Tischtücher ein und trugen sie in die Bar, deren Alkoholvorräte ausgeräumt und in den Saal geschafft worden waren. Die Doppeltüren der Bar wurden jeweils dicht versiegelt. Man faßte den Entschluß, mit dem Graben eines Fluchttunnels zwei bis drei Wochen zu warten, denn erst nach dieser Zeit würde die Radioaktivität an der Oberfläche abgeflaut sein. Die Menschen hatten sich vergewissert, daß die Belüftung des Saals immer noch funktionierte. Die Kerzen brannten, und nicht selten wurde die Flamme von einem Lufthauch bewegt. Als Wasser von der Decke zu tröpfeln begann, war das für die Eingeschlossenen ein Hinweis darauf, daß es in der Oberwelt regnete, und zugleich die Bestätigung, daß es in den Schuttmassen Hohlräume gab, die zu einem Ausgang erweitert werden konnten.

So warteten sie in der neubegründeten Gemeinschaft, wo Titel und Reichtum keine Rolle mehr spielten. Sie hatten ein gemeinsames Ziel: Überleben. Nach und nach entstand ein Zusammengehörigkeitsgefühl, das die sozialen und dann auch die moralischen Schranken bedeutungslos machte. Aber dann kamen die Krankheiten. Die Menschen vergifteten sich an verdorbenen Nahrungsmitteln oder am Alkohol, den einige von ihnen in großen Mengen tranken. Sie litten an Wundfieber. Vier von ihnen verübten Selbstmord. Als drei Wochen vergangen waren, ohne daß eine Rettungsmannschaft zu den Eingeschlossenen vorgedrungen wäre, breitete sich lähmende Angst aus. Nach vier Wochen zeichnete sich ab, daß die Vorräte, obwohl sie streng rationiert worden waren, nur noch wenige Tage reichen würden. Das eingedrungene Wasser bedeckte jetzt den ganzen Fußboden des Saales. Die Menschen beschlossen, einen Tunnel zu graben.

Jene, die noch genügend Kraft hatten, bewaffneten sich mit dem Werkzeug, das sie zum Graben benutzen würden, unter anderem mit Tischbeinen und Tranchiermessern sowie mit Schöpflöffeln, die einst zum Servieren von Suppe gedient hatten. In unermüdlicher Arbeit gelang es ihnen, einen Durchschlupf durch die aufgehäuften Schuttmassen zu schaffen. Es war ein Kellner, der an der Spitze der Gruppe schuftete.

Als er ein merkwürdiges Geräusch hörte, ließ er das Messer sinken. Er lauschte ins Dunkel hinein. Nichts. Ob er einer Sinnestäuschung erlegen war? Er grub weiter. Wieder das Geräusch. Es schien von oben zu kommen.

Er rief den anderen zu, sich ruhig zu verhalten. Es war ein kratzender, schürfender Ton, der den Tunnel erfüllte und nur einen Schluß zuließ: Eine Rettungsmannschaft befand sich im Hotel – Helfer, die einen Tunnel nach unten trieben.

Er stieß einen Freudenschrei aus, und dann versuchte er, die Retter mit Rufen zu verständigen. Sie gaben keine Antwort. Nur das kratzende Geräusch war zu vernehmen.

Er hievte den Stein weg, der den Durchgang versperrte. Das Geräusch erstarb.

Er starrte auf die entstandene Lücke. Im Schein der Kerze war ein zersplitterter Balken zu erkennen. Als das Holz barst, begann der Mann zu schreien.

Die Klaue eines Tieres erschien in der Öffnung und erweiterte den Spalt. Die spitze Schnauze der Bestie stieß nach unten. In den gelben Augen der Ratte funkelte rasende Bosheit, es war ein Anblick, wie der Kellner ihn noch nie erlebt hatte. Und dann spürte er, wie sich die Zähne des Tieres in sein Gesicht gruben.

Der Instinkt und der feinentwickelte Geruchssinn hatte den Ratten gesagt, daß sich Menschen dort unten befanden. Die Geräusche, die beim Graben des Tunnels verursacht wurden, hatten ihnen den Weg gewiesen.

Sie schlüpften durch den Spalt und stürzten sich in die Tiefe. Sie fraßen sich durch den Mann, der im Schacht feststeckte. Ihre Blutgier feierte Orgien. Sie verschlangen das lebende Fleisch, das ihnen den Weg in die Tiefe versperrte, und dann drangen sie in großer Zahl in den Saal vor, wo die Menschen warteten.

Als die schwarzen Horden aus dem Loch hervorgestürzt kamen, versuchten sich die Überlebenden in den Ecken des Saales zu verbergen. Kaum jemand begriff, daß es sich um Ratten handelte, denn die Tiere sahen wie Dämonen aus, wie Wesen, die es eigentlich nur in der Fantasie geben durfte.

Erst als sie von den Ratten zerfleischt wurden, eröffnete sich den Menschen die furchtbare Wahrheit. Nicht der Hunger, nicht die Krankheiten oder die Radioaktivität waren der Feind, der ihrem Leben ein Ende bereiten würde, sondern gigantische, von unvorstellbarer Mordlust beseelte Nagetiere. Die Überlebenden flüchteten hinter Tische und Stühle, aber die Ratten waren schneller. Ein älterer Mann war in die Hotelküche gelaufen, wo er sich in das Innere eines großen Backherdes zwängte. Er hatte nicht ahnen können, daß die Ratten dieses Versteck bereits besetzt hielten. Die Tiere fraßen ihn, während er mit den Fäusten gegen die Türen trommelte, die er selbst vor wenigen Sekunden so sorgfältig verriegelt hatte.

Eine flüchtende Frau rannte in die Bar, wo die Toten lagen. Sie kroch über die verwesten Leichen und vermeinte die Knochenhände zu spüren, die ihre Wangen liebkosten. Sie überwand ihren Ekel und schob sich unter die kalten, schlüpfrigen Körper. Sie wartete. Sie hätte eine Chance gehabt, von den Ratten verschont zu bleiben, wären nicht andere Menschen ebenfalls in die Bar geflohen. Die schwarze Flut der Bestien ergoß sich in den Raum und stürzte sich auf die Überlebenden.

Dann Stille.

Die Frau verharrte regungslos in ihrem grausigen Versteck. Sie hatte Hoffnung, bis sie das Scharren hörte. Das Geräusch war sehr nah. Sie fühlte, wie die Ratten den Stapel der starren, stinkenden Leiber auseinanderschoben. Sie spürte, wie eine witternde, feuchte Schnauze über ihren Hals glitt.

21

Sie kratzte sich die juckende Stelle an der Wange und hörte, wie die Mücke davonschwirrte. Mit einem Schlag war Kate hellwach. Sie starrte in die Landschaft und wunderte sich, warum der Nebel, der ihre Augen bedeckte, nicht verschwand.

Sie brauchte einige Minuten, bis sie begriff, daß es zu regnen aufgehört hatte. Die Sonne hatte die Nässe in aufsteigenden Wasserdampf verwandelt.

Es war ihnen gelungen, aus dem Bunker zu fliehen und den entsetzlichen Mutanten zu entrinnen. Sie hatten die Stadt, die ein einziges Trümmerfeld war, in strömenden Regen durchquert. Auf der Lichtung eines Parks hatten sie haltgemacht, um sich auszuruhen. Es war Nacht gewesen. Kate hatte sich in Culvers Arme gekuschelt und war eingeschlafen. Irgendwann in der Nacht hatte der Regen aufgehört. Und jetzt war Tag. Eine klebrige Hitze lastete auf dem verbrannten Grün; die Sonne war hinter einem Dunstschleier verborgen, ein blauer Kreis verriet ihren Stand.

Kate warf einen Blick auf ihre Armbanduhr; elf Uhr zwanzig; sie hatten bis tief in den Tag hinein geschlafen.

Culver lag neben ihr, dahingestreckt wie ein Toter. Vorsichtig zog sie ihren Arm unter seiner Schulter weg. Sie warf einen Blick in die Runde.

Nur dreißig Schritte Sicht; treibender Nebel. Kate erschauderte.

Der Park, in dem sie übernachtet hatten, war einst eine grüne Oase inmitten des Häusermeers gewesen. Hier hatten einmal Leute Tennis und Ball gespielt. Kinder waren lärmend zwischen den Büschen herumgelaufen. Aber ihr Lachen war verstummt. Jetzt war nur noch das Summen der Insektenschwärme zu hören, die von der feuchten Erde aufstiegen.

Was Kate auffiel: Die Mücken waren ungewöhnlich groß. Hatte die Radioaktivität das Wachstum beschleunigt? Würden die Insekten die Nachfolge der Menschen auf der Erde antreten?

Culver war aufgewacht. Er gähnte. Kate wandte sich zu ihm.

Sie sah, wie er die Augen öffnete. Seine erste Reaktion war Angst. Sie neigte sich zu ihm und streichelte ihm die Schläfe.

»Alles okay«, sagte sie sanft. »Kein Grund zur Panik.«

Seine Verkrampfung löste sich. Er starrte in den weißen Himmel. »Es ist heiß.«

»Tropisch.«

»Hast du eine Idee, wo wir sind?«

»Ich bin ziemlich sicher, daß wir in Lincoln's Inn Fields sind.«

»Kenne ich. War ganz schön, ehe die Bäume verbrannten.« Er stützte sich auf, und sie sah die unausgesprochene Frage in seinen Augen.

»Ich bin unverletzt«, sagte sie. »Ein paar Schrammen habe ich abbekommen, aber ich hab's überlebt.«

»Und die anderen?«

»Strachan hat's nicht aus dem Bunker geschafft.«

Seine Erinnerung kehrte zurück, und das Bild war schmerzlich. »Strachan und Farraday und Bryce...«

»Sie hatten keine Chance«, sagte Kate. »Es hat Explosionen gegeben, bevor wir den Ventilatorraum erreichten. Und Feuer...«

Sie fühlte seinen Blick auf sich ruhen und war sich des merkwürdigen Bildes bewußt, das sie ihm bot. Zerrissene Kleidung, nasses Haar, dreckverschmiertes Gesicht.

Culver sah die Weichheit ihrer Lippen, die Traurigkeit in ihren schönen, braunen Augen. Er zog sie an sich.

»Was nun?« fragte sie nach einer Weile. »Wohin können wir gehen?«

»Das ist eine Frage, die Dealey besser beantworten kann als ich«, sagte Culver.

»Ein Mann, der sich mit Geheimnissen umgibt.«

Culver zuckte die Schultern. »Opfer seines Berufs. Die Geheimnistuerei ist ihm in Fleisch und Blut übergegangen.«

»Ich hätte gedacht, er würde in einer so ungewöhnlichen Situation alles vergessen, was sie ihm im Staatsdienst beigebracht haben.«

»Im Gegenteil, er ist ja für eine solche Katastrophe geschult worden.«

»Haben wir eine Chance?«

»Solange wir Dealey bei uns haben, auf jeden Fall. Vergiß nicht, wir haben es ihm zu verdanken, daß wir in den Bunker reingekommen sind.«

»Damals brauchte er dich.«

Kopfschütteln. »Man kann sich zwar nicht hundertprozentig auf ihn verlassen, aber ich möchte bezweifeln, daß er uns unter den gegebenen Umständen im Stich läßt. Er würde es nicht wagen, allein loszugehen. Die Gefahren sind zu groß.«

»Gefahren?«

»Zum Beispiel die Ratten.«

»Glaubst du denn, die Ratten werden an die Oberfläche kommen?«

Er nickte. »Sie werden kommen, weil sie spüren, daß es hier oben reichlich Nahrung für sie gibt.«

Sie wußte, was er mit ›Nahrung‹ meinte.

»Diese Bestien wissen, daß sie in der Übermacht sind«, fuhr er fort. »Das macht sie so aggressiv. Denk doch nur daran, mit welcher Angriffslust sie im Bunker über uns hergefallen sind.« Er rieb sich die Stirn. »Aber die Mutanten sind nicht die einzige Gefahr, die uns hier oben droht. Ich denke an das Problem der Tollwut. Wir haben bei Bryce gesehen, wie groß das Risiko ist. Abgesehen davon, kann jetzt, wo es keine Ärzte und keine Krankenhäuser mehr gibt, schon ein gebrochenes Bein ein ungeheures Problem bedeuten. Nein, Dealey weiß, daß er in der Gruppe besser aufgehoben ist.« Culver beugte sich vor und tastete nach seinem Fuß. »Ich habe höllische Schmerzen an der Ferse. Würdest du mal nachsehen?«

Sie untersuchte seinen Fuß und fand die punktförmigen Bißwunden, welche die Ratten hinterlassen hatten.

»Kannst du dich erinnern, wann die Ratten dich angefallen haben?« fragte sie.

»Als wir die Luke zum Ventilatorschacht geschlossen haben. Ich habe es Fairbank zu verdanken, daß diese Bestien mich nicht bei lebendigem Leibe aufgefressen haben.«

»Die Wunden müssen gesäubert werden«, sagte Kate.

Sie zog ihr Taschentuch hervor. »Ich werde dir einen provisorischen Verband machen. Sobald wie möglich müssen die Wunden dann gewaschen und desinfiziert werden.«

»Gott sei Dank hat uns Clare regelmäßig gegen die Rattenpest geimpft.«

Das Gesicht des Mädchens verdüsterte sich, als sie an den furchtbaren Tod dachte, den die Ärztin erlitten hatte. Sie faltete das Taschentuch und band es um sein Bein.

»Du hast eine Verletzung am Ohr und an der Schläfe«, sagte sie. »Beides muß sehr schnell behandelt werden.«

Culver tastete nach den Wunden. Er starrte in den weißen Dunst, der von der verkohlten Rasenfläche aufstieg. Sie wußte, daß er an die Gefährten dachte, die im Bunker umgekommen waren.

»Du hast getan, was du konntest, Steve. Du brauchst dir keine Vorwürfe zu machen, weil es dir nicht gelungen ist, diese Männer zu retten.«

»Das weiß ich«, sagte er scharf.

Sie kam ganz nahe. »Was ist los mit dir, Steve? Du hast ein Problem, über das du nicht sprechen möchtest. Clare hat's mir gesagt. Du hast Alpträume. Du glaubst, du bist für den Tod irgendwelcher Menschen verantwortlich...«

»Der Hubschrauber«, sagte er unvermittelt.

»Bitte, erzähl mir, was passiert ist.«

»Die Sache ist ein paar Jahre her. Der Ölboom in der Nordsee. Damals wurden dringend Hubschrauberpiloten gebraucht, um die Mannschaften zu den Bohrinseln zu bringen. Ich hatte mich damals bei der Charterfluggesellschaft Bristow's beworben und wurde angenommen. Die Firma hatte einen Dreimonatslehrgang für Männer wie mich, die vom normalen Flugzeug auf Hubschrauber umsteigen wollten. Das Training war gratis, man mußte nur einen Zweijahresvertrag unterschreiben. Ich habe den Vertrag unterschrieben, aber leider habe ich die zwei Jahre dann nicht abgedient.«

Er vermied es, Kate anzusehen. Als eine Mücke sich auf seinen Hals setzte, vertrieb er sie mit einem Schlag.

»Das Gehalt und die Arbeitsbedingungen waren prima«, fuhr Culver fort. »Ein großzügiger Arbeitgeber. Es war nicht einmal besonders gefährlich. Wir flogen selten bei schlechtem Wetter. An dem Tag, als mein Hubschrauber abstürzte, war blauer Himmel und ruhige See. Wäre es anders gewesen, würde ich nicht mehr leben.«

Er versank in zögerndes Schweigen. Sie tastete nach seiner Hand.

»Ich war mit einer vollbesetzten Maschine gestartet«, fuhr er fort. »Sechsundzwanzig Passagiere. Ingenieure, Arbeiter, ein Ärzteteam, darunter waren auch Frauen. Alle waren bester Laune, das hatte mit dem prächtigen Wetter zu tun. Die Sonne strahlte, das Meer war wie ein Spiegel. Die Bohrinsel kam in Sicht. Ich flog dran vorbei, wie vorgeschrieben. Nach fünf Meilen drehte ich wieder um. Landeanflug mit Rückenwind, alles ganz nach Vorschrift. Plötzlich stieg dichter Nebel auf, wie aus dem Nichts. Ich drückte den Hubschrauber nach unten. Ich wußte, daß wir nur noch wenige Minuten bis zur Bohrinsel hatten. Ich hatte nicht daran gedacht, daß der Nebel sich mit dem Wind bewegte. Ich war in der Waschküche und kam nicht heraus. Ich hätte in diesem Augenblick auf Instrumentenflug umschalten müssen, aber ich verließ mich auf meine Instinkte. Ich dachte, das einzige, worauf du achten mußt, ist die Höhe. Hauptsache, du hältst die Höhe. Ich habe mich überschätzt. Es ist nicht selten, daß einem Piloten so etwas passiert, es gibt sogar einen Fachausdruck dafür. Das Syndrom heißt ›Pilot desorientation‹. Man vertraut den eigenen Sinnen mehr als den Instrumenten. Das besondere in meinem Fall war, daß achtzehn Menschen wegen meines Leichtsinns sterben mußten.«

»Steve, du hast selbst gesagt, daß es sich um eine Ausfallerscheinung handelt. Du hast diese Menschen nicht umgebracht, es war ein Unfall.«

»Jeder Pilot, der den Absturz seiner Maschine überlebt, während seine Passagiere zu Tode kommen, trägt den Rest seines Lebens an der Schuld. Auch wenn es keine Gerichtsverhandlung gibt. Auch wenn niemand mit dem Finger auf ihn zeigt.«

Sie sah ein, daß es keinen Sinn hatte, diesen Punkt zu

vertiefen. »Erzähl weiter«, sagte sie, und dieses Mal zögerte er nicht, die Schilderung fortzusetzen.

»Der Hubschrauber prallte auf den Wogen auf. Die Erschütterung war so heftig, daß der Boden herausgerissen wurde. Als beim zweiten Aufprall eine der beiden Schwimmkufen abbrach, neigte sich die ganze Kabine vornüber. Wir sanken. Alles war so schnell gegangen, daß ich keine klare Erinnerung daran bewahrt habe. Ich fand mich im eiskalten Wasser wieder. Ich war benommen, weil ich beim Absturz gegen eine der Verstrebungen in der Kanzel geschleudert worden war. Ich weiß noch, wie ich zwischen den Trümmern herumschwamm und auf die Umrisse des Helikopters starrte, die sich unter mir in der Tiefe der See abzeichneten und von Sekunde zu Sekunde zusammenschrumpften. Es war ein furchtbarer Anblick, ein richtiger Alptraum. Ich versuchte mich von meiner Schwimmweste zu befreien. Ich wollte tauchen und die Passagiere retten, auch wenn ich dabei ertrunken wäre. Plötzlich spürte ich, wie ich von starken Armen ergriffen wurde. Es war mein Co-Pilot, der den Absturz ebenfalls überlebt hatte. Er verhinderte, daß ich mir die Schwimmweste abstreifte. Wenig später tauchte ein Passagier aus den ölbedeckten Fluten auf. Die beiden hielten mich umklammert, so daß ich meinen Vorsatz, mich für die anderen Passagiere zu opfern, nicht mehr verwirklichen konnte. Ich verfluche sie heute noch dafür.«

Er drückte Kates Hand an seine Schläfen, bevor er die Schilderung des Absturzes mit leiser Stimme fortsetzte. »Es gab nur acht Überlebende, meinen Co-Piloten und mich inbegriffen. Wir hatten Glück im Unglück. Von einer anderen Bohrinsel war gerade ein Hubschrauber gestartet, denn als der Funkkontakt zu uns abbrach und unsere Maschine vom Radarschirm verschwand, dirigierte die Bodenstation den Kollegen zu uns. Inzwischen war die Nebelbank abgetrieben, so daß wir von oben gut auszumachen waren. Wir wurden mit der Winde nach oben geholt. Ein paar Minuten länger im kalten Wasser, und wir wären an Unterkühlung gestorben.«

Ein Seufzer der Erleichterung kam über seine Lippen. Kate spürte, wie froh er war, daß er sich diese Dinge von der Seele geredet hatte. »Das Wrack des Hubschraubers wurde nie gehoben, deshalb konnte die Untersuchungskommission auch keinen eindeutigen Bericht über den Hergang des Unfalls erstellen. Aus der Sicht der Experten war nicht auszuschließen, daß die Bordinstrumente versagt hatten. Jedenfalls wurde kein Verfahren gegen mich eröffnet. Es wurden offiziell keinerlei Anschuldigungen gegen mich erhoben.«

»Und trotzdem machst du dir seither Vorwürfe, du hättest die Passagiere auf dem Gewissen, die damals umgekommen sind«, sagte Kate.

»Wenn ich alles nach Vorschrift gemacht hätte, wären die Passagiere noch am Leben.«

»Ich verstehe zu wenig vom Fliegen, Steve, deshalb kann ich dazu nichts sagen. Ich weiß nur, daß Flugunfälle vorkommen, auch wenn der Pilot sich noch so genau an die Regeln hält. Die Tatsache, daß kein Verfahren gegen dich eingeleitet wurde, spricht für sich. Du trägst keine Verantwortung für den Tod der Passagiere.«

»Die Firma, für die ich flog, hat das möglicherweise anders gesehen. Jedenfalls haben sie mir damals nahegelegt, aus dem Vertrag auszusteigen.«

»Wundert dich das? Es wäre doch unglaublich herzlos gewesen, dich auf den gleichen Routen weiterfliegen zu lassen.«

»Im Gegenteil, das wäre besser gewesen. Ich hätte ganz normal meine Arbeit ausgeübt und wäre schneller über die Sache hinweggekommen.«

»Wie konnte das die Firma wissen? Niemand kann

voraussehen, wie sich ein solcher Schock auf die berufliche Leistungsfähigkeit eines Menschen auswirkt, am wenigsten du selbst. Wenn du wirklich bei der Firma geblieben wärst, hättest du vielleicht einen zweiten Unfall gehabt.« Sie suchte seinen Blick. »Auf jeden Fall ist es falsch, daß du dich immer noch mit Schuldgefühlen trägst.«

»Du verkennst meine Situation, Kate. Ich bin über den Berg. Zu Anfang, in den ersten Monaten nach dem Unfall, war es schlimm, das stimmt. Aber im Laufe der Zeit erfindet der Mensch alle möglichen Entschuldigungen für das, was er getan hat. Ich mache da keine Ausnahme. Ich habe die Erinnerung an meine Fehlleistung verdrängt. Beruflich allerdings hatte ich damals eine Durststrecke. Die Charterfluggesellschaften, bei denen ich mich bewarb, winkten ab. Ich aber wollte fliegen. Ich *mußte* fliegen, um meinen Seelenfrieden wiederzugewinnen.«

Die Schweißtropfen liefen Culver über die Stirn, und das lag nicht nur an der stickigen Schwüle. »Gott sei Dank lief mir damals ein guter, alter Bekannter über den Weg. Harry McKay und ich hatten zusammen fliegen gelernt, wir waren über die Jahre hinweg in losem Kontakt geblieben. Er schlug mir vor, gemeinsam eine kleine Charterfluggesellschaft zu gründen; er würde sich um den kaufmännischen Teil kümmern, ich ums Fliegen. Harry verfügte über ein gewisses Startkapital, vor allem wußte er, wo wir Geld auftreiben konnten. Uns war beiden klar, daß wir in den ersten Jahren bis zum Hals in Schulden stecken würden. Andererseits würden wir für die eigene Firma arbeiten. Wenn das Unternehmen später einmal Gewinn abwarf, würde das Geld in unsere eigenen Taschen fließen. Ich setzte alles auf eine Karte und ging auf Harrys Vorschlag ein. Wir hatten von Anfang an soviel Aufträge, daß ich gar nicht mehr zum Nachdenken kam, und das war gut, denn ich wollte nicht mehr über den Unfall nachgrübeln.« Ein bitteres Lächeln. »Ich habe die Gespenster, die mich verfolgten, in den Schrank gesperrt...«

»Aber von Zeit zu Zeit läßt du sie raus, um die Knochen abzustauben. Wie jetzt.«

Er wandte den Kopf, um ihr in die Augen zu sehen. »Du bist ganz schön hart.«

»Ich hasse es, wenn sich jemand in Selbstbezichtigungen ergeht«, erwiderte Kate. »Die Kommission, die den Absturz untersuchte, hat keine Vorwürfe gegen dich erhoben. Du bestrafst dich selbst, weil die Behörden dich ungeschoren gelassen haben. Du bist imstande und übernimmst auch noch die Verantwortung für die atomare Katastrophe, die sich ereignet hat. Das Lamm, das der Welt Sünde trägt. Wenn du willst, kannst du für meine Sünden gleich mitbüßen.«

»Du bist...«

»Albern? Wir sprechen von Schuld. Wenn du mich fragst, Schuld ist etwas ganz Natürliches. Es gehört zum Leben, daß man Fehler macht, und die menschliche Psyche ist so beschaffen, daß man das Bewußtsein der Schuld ertragen kann.«

Er lächelte spöttisch. »Ich weiß, warum du das sagst. Ich soll aufhören, mich selbst zu bemitleiden.«

Der Zorn rötete Kates Wangen. Sie wollte sich von ihm abwenden, aber er hielt ihren Kopf umfaßt, so daß sie ihm ins Gesicht sehen mußte. »Es tut mir leid«, sagte er. »Du glaubst vielleicht, daß ich mich über deine Bemühungen, mir zu helfen, lustig mache, aber das ist nicht der Fall. Ich bin dir sogar dankbar. Ich fühle mich besser, wenn ich über den Unfall sprechen kann. Man kann seine Erinnerungen nicht unter Verschluß halten. Und was du über die atomare Katastrophe gesagt hast, ist wahr. Die Bombe verwischt die individuelle Schuld, die jeder von uns empfindet.«

Kates Spannung wich. Sie lehnte sich an ihn. »Bin ich der erste Mensch, zu dem du über den Absturz des Hubschraubers sprichst?«

»Keineswegs. Ich habe zum Beispiel mit Harry darüber gesprochen, mit meinem Partner.«

»Und sonst?«

»Mit meinem Arzt. Kein Psychiater. Ein ganz normaler Allgemeinmediziner. Möchtest du Einzelheiten hören?«

Sie nickte.

»Ein Jahr nach dem Unfall bekam ich eine Hodenentzündung, jedenfalls glaubte ich das. Ich ging zum Arzt, und dessen Diagnose ergab etwas anderes. Entzündete Prostata. Die Ursache wäre Streß, so erklärte er mir. Ich fragte ihn, ob er die berufliche Beanspruchung meinte. Nein, sagte er. Die Wahrheit war, daß ich meine Gefühle zu gut unter Kontrolle hatte. Ich hatte nach dem Absturz weitergelebt, als ob nichts wäre. Normal wäre gewesen, wenn ich einen Nervenzusammenbruch gehabt hätte. Und jetzt rächte sich mein Körper, weil ich mit ihm Verstecken gespielt hatte. Die entzündete Prostata war das physische Symptom für die seelische Erkrankung. Nun, ich wurde behandelt, die Schmerzen gingen weg.«

»Aber das schlechte Gewissen blieb.«

»Eben nicht. Meine Seelenqualen hielten sich sehr in Grenzen, und die gesundheitlichen Auswirkungen waren bald vorüber. Eigentlich bin ich bei dem Handel ganz gut weggekommen. Die Passagiere des Hubschraubers haben für meinen Fehler mit dem Tod bezahlt, ich nur mit einer schmerzhaften Prostata.«

Sie schüttelte den Kopf. »Du ziehst die Sache ins Lächerliche, aber du kannst mich nicht täuschen. Du hast unter den Folgen des Absturzes seelisch sehr gelitten, und du leidest immer noch, auch wenn du das vor den Menschen und dir selbst verbergen willst. Wir haben von Sühne gesprochen, von Strafe. Du vergißt bei alledem eines. Es ist nicht das Leben, das uns bestraft, wir sind es selbst. Wir zimmern uns unser eigenes Kruzifix und nageln uns daran fest.«

Culver war so überrascht, daß es ihm die Sprache verschlug. Er war sich nicht im klaren, ob er mit Kates Anschauungen übereinstimmte. Aber eines stand fest, er hatte das Mädchen unterschätzt. Dabei hätte ihm schon im Bunker auffallen müssen, daß sie ein Mensch war, den man nicht mit den anderen über einen Kamm scheren konnte. Die umsichtige Art, wie sie die Ärztin bei der Behandlung und Pflege der Kranken und Verletzten unterstützt hatte, der Mut, mit dem sie sich den Herausforderungen nach der Katastrophe stellte, all das hob Kate aus der Gruppe der Überlebenden heraus. Spätestens bei der Flucht aus dem Bunker hatte sie bewiesen, daß sie nicht zu den jungen Damen gehörte, die schwierige und gefährliche Situationen dadurch zu lösen versuchten, daß sie in Ohnmacht fielen.

»Warum siehst du mich so an?« fragte Kate. »Habe ich etwas gesagt, was dich verletzt hat?«

»Ich weiß nicht.« Er küßte sie auf die Stirn. »Es könnte sein, daß du recht hast. Ich frage mich nur, warum du mir das alles nicht schon früher gesagt hast.«

Kates Zorn war verflogen. »Ich habe eine Gegenfrage. Warum hast du mir nicht schon früher von dem Hubschrauberabsturz erzählt?«

Er wollte etwas antworten, als sein Blick abgelenkt wurde. Einer der Männer, die in wenigen Metern Entfernung auf dem verbrannten Rasen lagen und schliefen, hatte sich bewegt. »Lassen wir das Thema für ein anderes Mal. Ich glaube, unsere Freunde wachen auf.«

»Steve...«

Er hatte aufstehen wollen, sie hielt ihn fest. Erst als sie ihn geküßt hatte, gab sie ihn frei.

Ein angsterfüllter Schrei: »Mein Gott, wo sind wir?«

Culver antwortete. »Beruhigen Sie sich, Ellison. Sie sind in Sicherheit.«

Er zog sich die Stiefel an und humpelte zu dem Techniker hinüber. Kate folgte ihm.

Ellisons Schrei hatte die anderen Männer aufgeweckt. Sie blinzelten und starrten in den sonnenschwangeren Dunst. Culver zählte: Ellison, Dealey, Fairbank, Jackson. Außerdem Dene, ein Techniker. Das ergab fünf. Wenn er Kate und sich selbst dazurechnete, waren sie sieben. Hatten sie den Rest der Gruppe bei der Flucht durch die Ruinen verloren? Wohl kaum. Wer fehlte, war schon im Bunker, spätestens im Ventilationsschacht ums Leben gekommen, war von den Ratten in Stücke gerissen worden.

Ellison war erleichtert, als er zu ihm trat. »Wo sind wir hier?« fragte er Culver.

»Der Park war früher einmal unter dem Namen Lincoln's Inn Fields bekannt.«

Ellisons Blick versuchte den Nebel zu durchdringen. »Die Ratten...?«

»Keine Sorge, die Ratten sind im Bunker geblieben. Fürs erste sind wir hier sicher.«

Dealey hatte sich auf die Knie gerichtet. Er schien benommen. »Dieser Nebel — ist das vielleicht eine radioaktive Staubwolke?«

»Gebrauchen Sie doch einmal Ihren Verstand«, sagte Culver. Er gab ihm die Hand und half ihm aufstehen. »Spüren Sie nicht, wie heiß es ist? Es hat wochenlang geregnet, jetzt scheint die Sonne. Das Ergebnis ist ein Dampfbad. Und die schönste Überraschung steht uns noch bevor, nämlich die Stechmücken.« Er wandte sich zu dem Mann, der neben Dealey lag. »Wie ist das Befinden, Fairbank?«

Der Techniker, von untersetzter Gestalt grinste. »Ich habe Hunger.«

»Ein Zeichen, daß Sie kerngesund sind. Und Sie, Jackson? Dene?«

Die beiden Männer erhoben sich und warfen einen Blick auf die verkohlten Bäume. Die Strapazen der Flucht waren ihnen ins Gesicht geschrieben.

»Ist jemand von Ihnen verletzt?« Culvers Frage war an die ganze Gruppe gerichtet.

»Zählen Schrammen und Abschürfungen als Verletzungen?« fragte Fairbank.

»Nur Rattenbisse zählen, allenfalls noch Knochenbrüche.«

»Damit kann ich nicht dienen«, frotzelte Fairbank.

»Jeder von Ihnen tastet sich jetzt nach Verletzungen ab«, befahl Culver.

Die Männer gehorchten. Alle hatten bei der Flucht aus dem Bunker kleine Verletzungen abbekommen, aber keiner, außer Culver selbst, war von den Ratten gebissen worden.

»Wir sind mit einem blauen Auge davongekommen«, verkündete Fairbank.

Jackson war nicht zum Scherzen aufgelegt. »Andere hatten weniger Glück als wir.« Betretenes Schweigen folgte seiner Bemerkung, mit der er die Männer an das furchtbare Schicksal ihrer Gefährten erinnert hatte.

Es ergab sich ganz natürlich, daß Dealey das Schweigen brach. »Wir können nicht hier im Park bleiben. Der Aufenthalt im Freien ist immer noch gefährlich.«

Die Blicke der Männer waren auf den Regierungsbeamten gerichtet, als träfe ihn die Verantwortung für den Tod jener, die im Bunker zurückgeblieben waren. Kate spürte die Feindseligkeit, die in der Luft lag. Plötzlich überkam sie Mitleid mit Dealey, der mit zerrissener Kleidung zwischen den anderen stand. Es war einfach ungerecht, daß die Gruppe diesem Mann die Schuld für das

Inferno aufbürdete. »Besteht eine Möglichkeit, aus London rauszukommen?« fragte sie.

Er war ihr dankbar, daß sie die Aggression der Männer von ihm ablenkte. »Ja, natürlich besteht die Möglichkeit. Allerdings halte ich den Landweg für gefährlich. Überhaupt fragt sich, ob wir nicht besser in London bleiben. Ich wüßte hier einen Schutzraum, wo wir sicher aufgehoben sind. In der Stadt...«

»Von welcher Stadt sprechen Sie, Sie verdammter Idiot?« Jackson machte ein Gesicht, als würde er sich im nächsten Augenblick auf den kleinen Mann mit der Halbglatze stürzen. Culver trat dazwischen.

»Beherrschen Sie sich, Jackson. Ich glaube, ich weiß, wovon Dealey spricht. Zuerst einmal gibt es aber noch einige Dinge zu klären. Zum Beispiel das Problem Essen. Ich für meine Person könnte etwas in den Magen gebrauchen. Bevor wir Pläne machen, sollten wir uns auch noch etwas ausruhen. Und dann meine Verletzung. Ich habe einen Rattenbiß, der behandelt werden muß, bevor wir weitermarschieren.«

»Wir können unmöglich hierbleiben«, beharrte Dealey. »Der Nebel ist vielleicht radioaktiv verseucht.«

»Das bezweifle ich. Der größte Teil der radioaktiven Partikel dürfte durch die langen Regenfälle weggespült worden sein. Außerdem haben wir die ganze Nacht im Freien verbracht. Wenn die Belastungswerte wirklich noch gefährlich hoch sind, dann haben wir unsere Dosis bereits abbekommen.«

»Aber es wurde doch noch keine Entwarnung gegeben?«

»Verdammt, Dealey, wann werden Sie das je begreifen? Es wird nie mehr Entwarnung geben. Es gibt schlicht niemanden, der die Sirenen einschaltet.«

»Das ist nicht wahr. Es gibt in London eine ganze Reihe von atombombensicheren Bunkern, folglich gibt es auch Überlebende außer uns. Ich bin zum Beispiel sicher, daß der Regierungsbunker am Ufer der Themse noch intakt ist.«

»Wenn es so ist, warum wurden uns von dort keinerlei Signale übermittelt?«

»Weil alle Verbindungen unterbrochen und alle Funkgeräte ausgefallen sind. Schuld daran sind vermutlich die elektromagnetischen Impulse, die bei einer Kernexplosion ausgestrahlt werden.«

»Mich interessieren jetzt keine elektromagnetischen Impulse«, fuhr Ellison dazwischen. »Was wir brauchen, ist etwas zu essen. Und Waffen.«

Jackson stimmte ihm zu. »Ich sehe keinen Grund, warum wir nicht eine Weile im Park bleiben. Von den Freuden des Bunkerlebens habe ich für die ersten hundert Jahre genug.« Er sah Dene fragend an. Der nickte.

Fairbank grinste, was als Übereinstimmung mit Jackson zu werten war, und Kate sagte: »Was immer wir tun, Steve muß behandelt werden, ehe wir aufbrechen.«

Culver maß Dealey mit einem düsteren Blick. »Ich halte es im Prinzip für besser, wenn wir alle zusammenbleiben. Wenn Sie allerdings allein losgehen wollen... Niemand hält Sie.«

Nach kurzem Zögern sagte Dealey: »Ich bleibe.«

Culver hatte erreicht, was er wollte. Der Regierungsbeamte verfügte über wertvolle Informationen. Es wäre für die Gruppe ein Nachteil gewesen, wenn er sich von ihnen getrennt hätte. »Okay. Wir werden jetzt einen Trupp zusammenstellen, der die Dinge besorgt, die uns fehlen. Wer kommt mit?«

»Ich«, sagte Fairbank rasch. »Aber Sie, Culver, bleiben hier. Ich und noch zwei Männer werden aus irgendeiner Apotheke Antiseptika und Schmerzmittel organisieren. Wir werden auch etwas zu essen mitbringen. Ich kenne diesen Teil der Stadt ganz gut.« Er wandte sich zu Jackson und Dene. »Wie wär's mit Ihnen beiden?«

»Einverstanden«, sagte Jackson. Dene, ein blasser, junger Mann Anfang Zwanzig, schien wenig begeistert, aber er wagte es nicht, Jackson zu widersprechen. Dafür brachte er die Rede auf ein Problem, das die anderen gar nicht bedacht hatten. »Wie können wir bei diesem Nebel in den Park zurückfinden? Die Straßen bieten ja wohl keine Orientierung mehr, oder?«

»Haben Sie eine Uhr mit Zifferblatt?« fragte Culver. Der Techniker bejahte. »Sie orientieren sich am Stand der Sonne. Süden ist die Richtung, auf die der kleine Zeiger deutet, wenn es elf Uhr ist. Sie haben eine Stunde, um in den Park zurückzufinden.«

»Vielleicht können Sie etwas Brennmaterial mitbringen«, schlug Jackson vor. »Dann können wir ein Feuer anmachen.«

»Wir werden sehen, was sich machen läßt.« Fairbank schnalzte mit der Zunge und deutete nach Norden. Er ging los, Jackson und Dene folgten ihm. Sie hatten die Richtung eingeschlagen, wo sich einst die Häuser von High Holborn befunden hatten.

Culver und die anderen sahen den drei Männern nach, bis der Nebel sie verschlang. Es war ein beängstigendes Bild.

Culver verdrängte die schlimmen Vorahnungen, die ihn in dem Augenblick befallen hatten, als Fairbank und seine beiden Gefährten in das wallende Weiß eintauchten. »Kate, bitte hilf Ellison Holz sammeln. Bringt auch etwas Papier zum Feuer anzünden mit, in den Abfallbehältern dürfte sich einiges finden. Bleibt in Rufweite.«

Ellison hatte etwas einwenden wollen, aber er überlegte es sich anders. Er ging los, indem er nach den Stechmücken schlug, die seinen Kopf umtanzten. Kate folgte ihm.

Culver war allein mit Dealey. »Ein Gespräch unter vier Augen, Dealey«, sagte er. »Ein paar Fragen, die Ihnen möglicherweise nicht viel Spaß machen werden. Eines möchte ich schon vorher klarstellen. Ich erwarte Antworten, keine Ausflüchte. Wenn Sie mir nicht sagen, was Sie wissen, breche ich Ihnen das Genick.«

22

Alex Dealey fühlte sich höchst ungemütlich. Er saß gegen einen Baum gelehnt, dessen geschwärzter Stamm wie ein anklagender Zeigefinger in den Nachthimmel wies. Unweit von Dealey brannte ein Feuer, das sie in den Mittagsstunden errichtet hatten und dessen Flammen einen rosa Schein auf die Nebelschwaden warfen. Die Glut brachte den Flüchtlingen, die im Park lagerten, willkommene Wärme, und zugleich vertrieb der Flammenschein die Schrecken der Nacht. Die Männer hielten sich in der Nähe der Feuerstelle auf. Culver und das Mädchen hatten sich ihre Schlafstelle etwas weiter entfernt eingerichtet, sie waren die einzigen in der Gruppe, die Wärme und Trost beieinander fanden. Die Unterhaltungen, die sich am Feuer entspannen, wurden in leisem Ton geführt, als hätten die Überlebenden der Katastrophe Angst, daß sie von Fremden, die ihnen vielleicht feindlich gesinnt waren, belauscht werden könnten. Dealey hatte sich als Platz zum Ausruhen eine Stelle gesucht, wo er von der Gruppe unbehelligt bleiben würde. Er hatte sich die Wolldecke um die Schultern gelegt, die ihm von den drei Technikern des Spähtrupps übergeben worden war. Er wußte, daß die anderen im Grunde nichts mit ihm zu tun haben wollten. Die Ablehnung, die sie ihn spüren ließen, war eindeutig. Narren, dachte er. Undankbare Narren.

Er zog die Decke enger, bis sie einer Mönchskutte ähnelte. Das Mittel gegen Insekten, mit dem er sich eingerieben hatte, stieg ihm in die Nase und vermischte sich mit dem scharfen Geruch der desinfizierenden Salbe, die er auf seine Schürfwunden geschmiert hatte. Beides, das Insektenmittel und die Salbe, gehörte zu der Beute, die von den drei Männern aus der zerstörten Stadt mitgebracht worden war. Ein Pflaster klebte auf Dealeys Stirn, ein weiteres auf seiner Hand. Der Spähtrupp, der die Ruinen in der Umgebung des Parks durchsucht hatte, war mit Verspätung von seinem gefahrvollen Unternehmen zurückgekehrt, so spät, daß die Gruppe sich Sorgen machte. Wie sich dann herausstellte, waren die Befürchtungen, die man gehegt hatte, gegenstandslos. Die drei Männer hatten das zeitliche Limit aus erfreulichem Anlaß überschritten. Sie hatten in den zerstörten Häusern mehr Brauchbares gefunden, als man bei der Planung der Tour zu hoffen wagte.

Sie waren auf ausgebrannte Geschäfte gestoßen und andere, die völlig unter herabgestürztem Mauerwerk und Schutt begraben waren. Und doch gab es einige, weniger verschüttete Läden, zu denen sie sich durch vorsichtiges Graben Zugang verschaffen konnten: Geschäftslokale, Restaurants. Zum Schluß hatten sie sogar noch eine Apotheke entdeckt, deren Vorräte vom Feuersturm verschont geblieben waren. Jackson hatte sich an ein Bettengeschäft oberhalb des Marktplatzes erinnert, dort hatten die drei Männer die Bettlaken und Decken gefunden, die sie dann zum Fortschaffen der Vorräte benutzten. Sie waren bei der Erkundung der Trümmerwüste auf keine Überlebenden gestoßen.

Das Feuer im Park war mit Hilfe eines Feuerzeugs entzündet worden, das Ellison am Tag zuvor bei der Durchquerung der zerstörten Stadt bei einem Toten gefunden hatte, und sein heller Schein hatte den drei Männern als

Orientierung gedient, nachdem sie aus den Ruinen zu der rauchgeschwärzten Freifläche, die einst eine grüne Insel gewesen war, zurückgefunden hatten. Voller Stolz hatten sie vor den anderen die Ausbeute ihres Streifzugs ausgebreitet, darunter vier kurzstielige, scharfgeschliffene Äxte und sechs lange Messer, die der Gruppe als Waffen dienen würden, eine Anzahl Taschenlampen, Seile, Löffel, Scheren, zwei Büchsenöffner, Plastikbecher und Gaskocher, den sie in einem Eisenwarengeschäft aufgespürt hatten. Das Eindringen in die Apotheke, deren Fassade von herabfallendem Mauerwerk blockiert wurde, hatte sie besonders viel Zeit und Anstrengung gekostet, aber ihre Mühe war reich belohnt worden. Ihre Ausbeute bestand in diesem Fall aus Verbandsmaterial, Heftpflastern, Watte, Wundsalbe, Insektenmitteln, kohlensaurem Natron, Glukose-Tabletten, Vitaminpillen, Desinfektionstabletten zur Entkeimung des Trinkwassers und Toilettenpapier.

Die batteriebetriebenen Radios, die sie mitgebracht hatten, waren eine Enttäuschung. Einige funktionierten überhaupt nicht, obwohl sie mit neuen Batterien versehen waren, andere produzierten nur ein Rauschen. Was Nahrungsmittel betraf, so hatten die drei Männer soviel Konserven in den Park geschleppt, wie sie überhaupt tragen konnten. Sie hatten sogar erwogen, noch einmal in die Supermärkte zurückzukehren, um eine zweite Ladung Dosennahrung zu holen. Die Überlegung, daß sie beim Durchstreifen der Stadt in den nächsten Tagen mit großer Sicherheit auf andere Lebensmittelgeschäfte stoßen würden, hatte sie schließlich von diesem Plan Abstand nehmen lassen. In den Regalen, die sie ausgeräumt hatten, so berichteten die drei Männer, hatten sich umfangreiche Vorräte von Konserven befunden. Die Nahrung, die sie ihren Gefährten mitgebracht hatten, bestand aus Dosen mit Bohnen und Hühnerfleisch, Dosensuppen, Schinken und Würstchen, aus Konserven mit

Erbsen, Spargel, Karotten, Pfirsichen und Ananas, aus Kondensmilch und Pulverkaffee. Für den Fall, daß die Gruppe kein Trinkwasser finden würde, hatten die drei eine größere Menge Cola-Dosen und Limonade mitgehen lassen. Alle hatten gelacht, als Culver bemerkte, er sei froh, daß sie entschieden hatten, nur einen kleinen Vorrat an Lebensmitteln heranzuschaffen.

Fairbank erntete das Lob aller, als er zwei Flaschen Whiskey der Marke Johnnie Walker Black Label aus dem Bündel hervorzog.

Sie aßen, den Blick auf die Sonne gerichtet, die dem Horizont entgegensank. Der Abend kam. Die Sterne blieben hinter Wolken und Dunst verborgen. Dealey ging zu seinem Lagerplatz zurück, der vielleicht zwanzig Schritte vom lodernden Feuer entfernt lag. Er dachte über das Verhör nach, dem er von Culver in den Mittagsstunden unterzogen worden war.

— *Wie viele Eingänge zum Regierungsbunker gibt es?*

— *Wie viele dieser Eingänge sind Ihrer Schätzung nach noch passierbar?*

— *Halten Sie es für denkbar, daß der Bunker mit Wasser vollgelaufen ist?*

— *Spezifizieren Sie die U-Bahntunnels, mit denen der Regierungsbunker verbunden ist...*

— *Wann wurde dieser Bunker gebaut?*

— *Vor dem Weltkrieg, sagen Sie. Vor welchem Weltkrieg? Vor dem Ersten oder vor dem Zweiten?*

— *Hatte die Regierung mit einer atomaren Katastrophe dieser Größenordnung gerechnet?*

— *Wann haben die Mitglieder der Regierung den Bunker bezogen? Ein paar Stunden, bevor die Atombomben über London explodierten? Ein paar Tage vorher? Wochen vorher?*

— *Ein paar Tage vorher, sagen Sie. Wie viele Tage, genau?*

— *Wie viele Menschen haben in dem Regierungsbunker Platz?*

– *Nach welchen Kriterien wurden die Personen bestimmt, die Zugang zu diesem Schutzraum bekamen?*

– *Waren es wirklich nur Mitglieder der Regierung, hohe Beamte und Militärs, denen der Zugang gestattet wurde?*

– *Ingenieure, Techniker und Wissenschaftler, gut. Aber was für Ingenieure? Was für Techniker? Was für Wissenschaftler?*

– *Warum gerade die? Wurde diese Gruppe ausgewählt, weil sie über gute Verbindungen zur Regierung verfügte? Warum war es für die Regierung so wichtig, daß diese Gruppe den Angriff überlebte?*

– *Planungsexperten? Zum Teufel noch mal, was gibt es nach einer solchen Katastrophe noch zu planen? Wie man die Asche in Kartons abpackt und verkauft?*

– *Auf welchen Zeitraum sind die Vorräte im Regierungsbunker berechnet?*

Eine Pause. Und dann:

– *Würden jene, die sich im Regierungsbunker aufhielten, ihm, Dealey, und dem Rest der Gruppe den Zugang gestatten?*

Dealey hatte alle Fragen beantwortet, so gut er konnte. Culver war bei dem Verhör nicht gerade zimperlich gewesen, er hatte den Regierungsbeamten seinen Zorn, auch sein Mißtrauen spüren lassen. Mit jeder weiteren Frage hatte sich die Stimmung hochgeschaukelt. Dealey war in Abwehrstellung gegangen. Er hatte Culver klarzumachen versucht, daß er innerhalb der Hierarchie nicht wichtiger gewesen war als ein Lakai an einem Fürstenhof. Er sei wirklich nicht einer von jenen gewesen, welche die Fäden zogen. Nein, man hatte ihn keineswegs über alle Entscheidungen der Regierung informiert, er hatte auch keine vollständige Kenntnis der Geheimpapiere. Wenn Culver ihm doch nur glauben wollte? Wäre er für die Regierung wirklich so wichtig gewesen, wie jener ihm vorwarf, so hätte er sich, als die Atombomben explodierten, bereits im Bunker befunden. Wenn Culver und die anderen doch endlich begreifen würden, daß er, Dealey, nur den Rang eines Inspektors der Zivilschutzbehörde hatte, ein kleiner Beamter, der für die bautechnischen Fragen zuständig war, die sich beim Bau und bei der Unterhaltung der unterirdischen Schutzräume ergaben! Jawohl, das war der einzige Grund, warum die Behörde ihm die Schlüssel anvertraut und ihn über die geheimen Einzelheiten informiert hatte. Nun gut, er war einer der wenigen Priviligierten, für die ein Platz im Regierungsbunker eingeplant war. Genützt hatte ihm das herzlich wenig. Wie die Dinge lagen, mußte er froh sein, daß er die Katastrophe überhaupt lebend überstanden hatte. Nein, von dem Evakuierungsplan, der für die höheren Chargen bestand, hatte er nichts gewußt, sonst hätte er den Weg zum Bunker ja viel früher angetreten, nicht erst, als die Alarmsirenen gellten. Warum er dann unten die Führung an sich gerissen hatte? Mein Gott, irgend jemand muß die Verantwortung tragen, wenn eine Gruppe von Menschen auf engem Raum zusammengesperrt ist, sonst bricht das Chaos aus, und der Mob übernimmt die Herrschaft.

Culver hatte sich von Dealeys Wutausbruch nicht beeindrucken lassen. Statt dessen hatte er das Verhör auf eine Reihe anderer Fragen ausgedehnt. Der Pilot wollte gern wissen, was es mit den Ratten auf sich hatte.

Dealey hatte, als er sich in die Enge gedrängt fühlte, zugegeben, daß er zu diesem Fragenkomplex mehr wußte, als er Culver im Bunker enthüllt hatte. Jawohl, er hatte seit Jahren Kenntnis davon gehabt, daß die Ratten nicht vollständig ausgerottet waren. Eine Vernichtung dieses Ungeziefers wäre auch nur möglich gewesen, wenn man alle U-Bahntunnels von London, die Abwasserkanäle, die Eisenbahntunnels und die unterirdischen Schutzräume mit Giftgas ausgeräuchert hätte. Und nicht einmal dann hätte man sicher sein können, daß die gesamte Population der Ratten getötet war. Ganz davon abgesehen, daß die Einleitung von Giftgas oder Giftgaskomponenten in das Tunnelsystem zu gefährlich und zu aufwendig gewesen wäre. Die Tiere hätten vor dem Gas in die Tunnels der Vororte flüchten können. Jawohl, die Regierung sei von der Annahme ausgegangen, daß die Ratten sich vom Zentrum auf die Vororte ausgebreitet hatten. Allerdings war man ziemlich sicher gewesen, daß es sich insgesamt nur um wenige Exemplare handelte, die den Feldzug gegen die Londoner Pest überlebt hatten, jedenfalls nicht um eine Anzahl, die der Bevölkerung gefährlich werden konnte. Von umfassenden Maßnahmen hätten die Behörden schon deshalb abgesehen, weil so etwas Panik unter den Bürgern auslösen konnte. Man habe damals auf die Prinzipien Wachsamkeit und Geheimhaltung gesetzt. Sobald irgendwo Ratten in größerer Zahl auftauchten, würde man geeignete Schritte einleiten. Es war in einem solchen Fall aber wenig hilfreich, die Sache an die große Glocke zu hängen.

Culver hatte sich mit diesen Auskünften nicht zufriedengegeben. Er hatte Dealey beschuldigt, dieser hielte mit seinem Wissen zurück. Die Zeit, wo man mit Geheimnistuerei die Probleme unter den Teppich kehren konnte, sei vorbei. Es war zweifelhaft, ob die anderen Männer der Gruppe, wenn sie Dealeys Befragung fortsetzten, soviel Geduld und Wohlwollen aufbringen würden wie er, Culver, bei der bisherigen Unterhaltung bewiesen hatte. Der Regierungsbeamte, älter als Culver, hatte gegen die Verdächtigungen, denen er sich ausgesetzt sah, protestiert. Er habe wirklich alles gesagt, was er wüßte. Außer... Außer... Es hätte da gewisse Gerüchte gegeben. Mutmaßungen, die auf den verschiedenen Ebenen des Ministeriums kursierten. Da es keine Fakten gab, seien die Gerüchte aber bald wieder eingeschlafen.

Dealeys Auskünfte an Culver waren sehr vage gewesen, nicht weil er mit seinem Wissen zurückhielt, sondern weil seine Erinnerung, was das Problem der Ratten betraf, unvollständig war. Der Pilot hatte die Schärfe des Verhörs gesteigert, er hatte ganz unverhüllt Druck ausgeübt. Nun ja, hatte Dealey gesagt, es sei damals wohl um Mutanten gegangen. Warten Sie mal... Ganz recht, jetzt fällt's mir wieder ein. In irgendeinem Laboratorium waren Kreuzungsversuche mit Ratten unternommen worden. Jawohl, dabei ist auch von Mutanten die Rede gewesen. Ob diese Mutanten erst bei den Kreuzungsversuchen entstanden seien? Nein, die gab's schon vorher. Man hat normale Ratten mit Mutanten gekreuzt. Nicht in den Tunnels, sondern im Laboratorium, das sagte ich doch schon. Ratten in Gefangenschaft, jawohl. Den Gerüchten zufolge seien bei den Versuchen zwei völlig neue Tierarten entstanden. Wahrscheinlich aufgrund einer genetischen Fehlentwicklung. Im Ministerium war gemunkelt worden, daß die weiblichen Versuchstiere zwei völlig verschiedene Arten von Mutanten zur Welt gebracht hatten. Die eine Art hatte Ähnlichkeit mit der normalen Schwarzen Ratte gehabt. Und die zweite? Die sei von grotesker Häßlichkeit gewesen. Ein Tier, das mit keiner gekannten Spezies zu vergleichen war. Eben weil das Ergebnis der Züchtung so grotesk war, hatte sich das Interesse der Wissenschaftler in der Folge auf diese zweite Art konzentriert.

An dieser Stelle des Verhörs hatte Dealey Angst gehabt, der jüngere, stärkere Mann würde ihm einen Fausthieb ins Gesicht versetzen. Warum Dealey sein Wissen nicht schon früher enthüllt hätte. Warum hatte die Regierung der Bevölkerung verschwiegen, daß bei den Versuchen Mutanten entstanden waren? Culver hatte zum Schlag ausgeholt, und Dealey hatte beide Arme vors Gesicht gehoben, um sich zu schützen. Die angsterfüllte Geste hatte den Zorn des Jüngeren besänftigt. Vielleicht hatte er sich geschämt, gegen einen Mann, der deutlich schwächer war, Gewalt auszuüben, jedenfalls ließ Culver den Arm sinken. Die Wut, die er auf Dealey empfunden hatte, machte dem Ausdruck des Ekels Platz.

Er hatte danach keine weiteren Fragen mehr gestellt. Er war zu einem rußgeschwärzten Baumstumpf gegangen und hatte sich hingesetzt. Er und Dealey hatten kein Wort mehr gewechselt, bis Ellison und das Mädchen mit Feuerholz zurückkamen.

Dealey war erleichtert, daß der Pilot den Inhalt des Gesprächs, das sie geführt hatten, gegenüber den anderen verschwieg. Ja, er verspürte sogar so etwas wie Genugtuung über den Ausgang des Verhörs. Sie haben jetzt alle Informationen von mir bekommen, die Sie haben wollten, Mr. Culver. Was nun? Meinen Sie nicht auch, daß wir schon genügend Probleme haben, auch ohne daß wir Dinge ausgraben, die vielleicht vor zehn Jahren wichtig waren? *Haben Sie endlich begriffen, daß ich mich in dieser Sache so verhalten habe, wie es das öffentliche Interesse erforderte?* Priviligiertes Wissen bedeutet Verantwortung; vielleicht haben Sie das heute gelernt, Mr. Culver. Dealey saß abgewandt, so daß er sich ein spöttisches Lächeln gestattete.

Später war er eingeschlafen. Seine Träume führten ihn eine Wendeltreppe hinunter. Stufen aus Stein. Die Treppe schien tausend Jahre alt zu sein und so alt, daß er schon meinte, sie würde überhaupt nicht mehr aufhören. Schwindel überkam ihn, seine Beine wurden schwer wie Blei, und der Rücken begann zu schmerzen. Er lehnte sich an die Wand und zog die Hand zurück, als seine Finger auf die Schicht aus Schleim stießen, mit der das Mauerwerk bedeckt war. Der Schleim war von grüner Farbe, und plötzlich war Dealey klar, daß er sich nicht in einem Bauwerk befand, sondern in der Kehle eines gigantischen Tieres. Die gewundenen Gänge, die am Fuße der Treppe zu erkennen waren, sie waren in Wirklichkeit die Eingeweide dieses rätselhaften Lebewesens. Er wußte, daß in der Tiefe des Leibes Gefahren auf ihn lauerten. Er setzte den Abstieg fort und drang in die Gänge ein. Der Geruch nach verwesenden Leichen wurde stärker. Abscheu überkam ihn. Er machte kehrt und versuchte, den Korridor zurückzulaufen. Aber die Wände aus Fleisch und Knorpeln hatten sich geschlossen. Es gab keinen Weg zurück. Er fühlte, wie er in die Düsternis hineingezogen wurde. Er war nicht länger Herr seiner Bewegungen.

Sie erwarteten ihn in der großen, unterirdischen Halle. Es war eine Gruft. Sie grinsten, als er die Schwelle überquerte. Isobel war da, sie trug das Kleid mit dem Blumenmuster, das er immer so gehaßt hatte, den lächerlichen Strohhut mit den Kirschen auf der Krempe und rosa Spülhandschuhe. Seine Söhne standen hinter ihr, auch der älteste, der bei irgendeinem Krieg in Übersee von Kugeln zerfetzt worden war, außerdem seine Schwiegertöchter und die Enkel. Alle lächelten, das Baby machte keine Ausnahme. Jenseits der versammelten Verwandtschaft stand eine Gruppe von Menschen, die Dealey sehr gut kannte. Seine Kollegen im Ministerium, sein Vorgesetzter, seine Nachbarn, der Fahrkartenverkäufer aus der Untergrundbahn und ein Bischof, den er dienstlich, bei einer Dinnerparty, kennengelernt hatte. Und hinter diesen Menschen standen andere, die Dealey noch nie gesehen hatte. Die Fremden hatten alle ein gemeinsames Merkmal, nämlich überlange Schneidezähne, von denen der Speichel tropfte. Sie hatten Rattenköpfe. Auch das Baby, das an der Brust seiner Mutter saugte, hatte einen Rattenkopf, seine Wangen waren mit Blut verschmiert. Mit dem Blut, das aus den Wunden spritzte, die seine Zähne in der weißen Fülle des Busens hinterlassen hatten...

Einer der Rattenmenschen war zu ihm getreten und begann an Dealeys Arm zu nagen. Er wich zur Seite, aber Isobel kam, um ihn zu küssen, um ihre Zähne in seinen Hals zu bohren. Es schien ihr nichts auszumachen, daß er angewidert zurücktaumelte. Sie folgte ihm, umfing ihn mit beiden Armen und zog ihn an sich. Er atmete die verpestete Luft, die ihren Lippen entströmte, und dann konnte er spüren, wie ihre spitzen Hauer in seine Halsschlagader eindrangen. Ihre Zunge fühlte sich wie ein Reibeisen an. Isobel begann zu saugen und zu schmatzen, ein Geräusch, das mindestens so abscheulich war wie der Gestank, der aus ihrem Hals kam. Plötzlich war er nackt. Die Rattenmenschen hatten sich zu einem engen Kreis zusammengeschlossen. Sie betasteten seine Nacktheit und gaben Laute der Anerkennung von sich. Dann begannen sie ihr Mahl. Sie rissen ihm das Fleisch vom Leibe, ohne sich um seine verzweifelten Schreie zu kümmern. Als Dealey sich die Augen zuhalten wollte, stießen seine Hände auf weiches Fell. Während die Rattenmenschen ihn zerfleischten, waren ihm Nagezähne gewachsen, und seine Hände waren zu Klauen geworden. Er war jetzt einer der Ihren, aber das bewahrte ihn nicht vor dem Schicksal, das sie ihm zugedacht hatten. Als sie seine Brust geöffnet hatten, begannen sie zu streiten, wer das Herz essen durfte. Dealey war es leid, der Traum hatte lange genug gedauert. Er beschloß aufzuwachen, ehe ihn die Rattenmenschen ganz verzehrt hatten. Es gelang ihm, sich von den grauenhaften Gestalten zu befreien. Er lief den Gang zurück, den er gekommen war. Er erklomm die Wendeltreppe. Seine Verwandten und Freunde, die Bürokollegen und die Fremden folgten ihm. Sie schnappten nach seinem nackten, blutenden Körper. Sie schienen das Spiel, in das sie ihn verstrickt hatten, zu genießen. Dealey hastete die Stufen hinauf. Licht...

Er erwachte.

Er erwachte, um in den Alptraum, der Wirklichkeit hieß, einzutreten.

23

Sie standen da, graue Silhouetten, vom flutenden Weiß des Nebels umgeben, unbeweglich wie die Schatten von Skulpturen, die auf stehendes Wasser projiziert wurden. Schweigend betrachteten sie die Schlafenden, die um das Feuer lagerten.

Dealey setzte sich auf. Er war nicht sicher, ob es sich um eine Fortsetzung seines Traums handelte. Möglich war das, denn die Gestalten waren so unwirklich wie jene, die ihn über die Wendeltreppe verfolgt hatten. Er neigte sich nach vorn, die Decke glitt von seinen Schultern. Vielleicht war das, was er sah, nur eine optische Täuschung. Baumstämme, die vom wabernden Dunst umspielt wurden. Er wollte schreien, seine Gefährten warnen, aber die Stimme versagte ihm den Dienst. Es war etwas Drohendes in der Haltung dieser Skulpturen. Dealey lehnte sich zurück und preßte seinen Rücken an den verkohlten Baumstumpf.

Eine Stechmücke hatte sich auf seiner Augenbraue niedergelassen. Er wedelte sie fort. Der Schweiß rann ihm über die Stirn. Er wischte die Tropfen mit dem Handrücken weg.

Eine der Gestalten hatte sich bewegt. Ein Neger. Dealey hielt den Atem an, als der großgewachsene Mann zu einem der Schlafenden trat. Er trug einen durchsichtigen Plastikumhang um die Schultern. In der rechten Hand hielt er ein Gewehr, in der linken ein rostiges Metzgermesser. Er bückte sich und benutzte die Spitze seines Messers, um die Decke vom Gesicht des Schlafenden wegzuschieben.

Die Spektren waren zu Menschen geworden, die mit langsamen Schritten näher kamen. Einer von ihnen hob eine Whiskeyflasche auf und leerte den Rest, der darin schwappte, mit wenigen Zügen. Er warf die leere Flasche fort. Die Schläfer bewegten sich, einer von ihnen öffnete die Augen.

Dealey zählte zehn... zwölf... fünfzehn fremde Gestalten, die über den Lagerplatz gingen, als sei es ihr eigener. Dunkle, gedrungene Schatten huschten über das verbrannte Gras. Hunde! Mein Gott, waren die Menschen denn wahnsinnig? Wußten sie nicht, daß ihnen von den Hunden Tollwut drohte?

Er öffnete den Mund, um einen Hilfeschrei auszustoßen. Aber der Fremde war schneller. Dealey spürte, wie sein Kopf nach hinten gerissen wurde. Ein Knüppel wurde gegen seine Kehle gedrückt. Er wußte, daß der Mann hinter ihm kniete. Der Druck auf seinen Hals verstärkte sich, und Dealeys Zunge wurde zu einem schweren Kloß, der seinen ganzen Mund auszufüllen schien.

Seine Gefährten waren aufgewacht. Dealey sah, wie einer von ihnen von einem der Fremden in den Bauch getreten wurde. Ellison begann zu schreien. Er wollte aufstehen, aber der Neger hatte ihm den Fuß auf die Brust gestellt und hielt ihn am Boden. Jackson wollte Ellison zu Hilfe kommen. Einer der Fremden hinderte ihn daran, indem er ihm das Metzgermesser auf die Backe drückte. Fairbank hatte versucht, nach der Axt zu greifen, die in Reichweite lag, aber eine der Gestalten trat ihm auf die Hand, ein anderer stieß die Axt mit einem verächtlichen Fußtritt fort. Dealeys Augen traten aus den

Höhlen. Er versuchte, sich fallen zu lassen, aber der Angreifer war zu stark.

Der Neger kam näher. Er gab dem Mann, der Dealey von hinten umklammert hielt, ein Zeichen mit der Waffe. Der Druck an der Gurgel wurde fortgenommen, Dealey fiel nach vorn. Er erhielt einen Schlag mit der Eisenstange und torkelte in die Richtung, wo seine Gefährten lagen. Dann stand er neben Jackson und starrte auf die Fremden.

Merkwürdig sahen sie aus. Zerrissene Kleidung, schmutzstarrende Gesichter. Mit ein paar Ausnahmen. Einige der Gestalten trugen Hemden und Jacken, die nagelneu wirkten. Wie Dealey vermutete, handelte es sich um Ware, die sie bei der Plünderung eines Geschäfts an sich gebracht hatten. Zum Beispiel der Regenmantel, den der Neger um seine Schultern geworfen hatte. Es gab zwei Männer, die sich mit bunten Damenhüten geschmückt hatten. Die meisten trugen T-Shirts und Jeans. Es gab Schwarze und Weiße, die Schwarzen überwogen.

Unter den Fremden befanden sich eine Frau und zwei Mädchen. Den Mädchen, die sechzehn oder siebzehn sein mochten, sah man an, daß sie aus der Karibik stammten. Großgewachsen, sehr dunkel. Die Frau war eine Weiße. Strähniges, nasses Haar, verschlossener Gesichtsausdruck. Sie war mit einem buntgemusterten Hemd bekleidet. Dealey hörte, wie sie ausspuckte. Die beiden Mädchen trugen engsitzende Hosen, einer der Männer war trotz der Hitze mit einer Lederjacke bekleidet.

Die Waffe, die der Fremde in der Hand hielt, war nur ein Luftgewehr, Dealey konnte das erkennen, als der Mann sich ihm näherte. Luftgewehr mit Teleskop. Einige der Fremden hatten Pistolen im Gürtel stecken. Luftpistolen, wie es schien. Alle waren bewaffnet. Eine bedrohliche, gesetzlose Bande. Dealey zuckte zusammen, als einer der Hunde an seinem Fuß schnüffelte. Das Tier sah genauso gefährlich aus wie die Menschen, zu denen es gehörte. Allerdings – der Regierungsbeamte war sehr erleichtert, als er das feststellte – hatte der Hund keinen Schaum an der Schnauze. Keine Tollwut. Ein gutgenährtes Tier. Natürlich. Zu fressen gab es in den Trümmern genug.

Dealey wandte seine Aufmerksamkeit wieder den Menschen zu. Die Fremden wirkten heruntergekommen, wie nach einem erschöpfenden Marsch. Einige waren verletzt. Die Lippen des Schwarzen waren mit eiternden Schwären bedeckt. Das jüngere der beiden Mädchen stand vornübergebeugt, als hätte sie Magenkrämpfe. Einige der Männer trugen Verbände an den Armen. Einer, den Dealey auf neunzehn schätzte, ging auf Krücken, der verletzte Fuß war auf die dreifache Größe angeschwollen.

Es gab keinen Unterschied zu den Gestalten, die Dealey über die Wendeltreppe verfolgt hatten. Die Fremden lächelten nicht. Davon abgesehen, flößten sie ihm die gleiche Angst ein wie die Rattenmenschen in seinem Traum.

»Nimm das Messer aus meinem Gesicht, *brother*«, sagte Jackson zu dem Mann, der ihn bedrohte. Er sprach mit leiser Stimme, wie jemand, der ein wildes Tier besänftigen will.

Mit einer Bewegung von spielerischer Leichtigkeit ritzte der Fremde ihm die Wange, dann zog er das Messer zurück. Jackson fluchte.

»Ich bin nicht dein Bruder, du Scheißer«, sagte der Fremde. Eines der Mädchen lachte.

Dealey richtete sich auf. Er tastete nach seiner Kehle. »Wer sind Sie?« fragte er.

»Wir stellen die Fragen«, sagte der Schwarze und setzte den Lauf seiner Waffe an Dealeys Schläfe. »Der Schuß ist tödlich, auch wenn es nur ein Luftgewehr ist.«

»Es besteht überhaupt keine Notwendigkeit, daß Sie...«

Die Eisenstange traf ihn auf die Waden. Mit einem Schmerzensschrei taumelte Dealey zu Boden.

»Ich will von euch wissen, wie ihr die Bomben überlebt habt«, sagte der Schwarze.

»Wir waren...«, begann Dealey.

»Nicht du.« Er versetzte Jackson einen Stoß mit dem Gewehrkolben. »Der Nigger soll antworten.«

Der schwarze Techniker protestierte. »Warum behandeln Sie mich so? Was soll das?«

»Beantworte meine Frage, du Wichser!«

»Wir waren in einem Bunker, als die Bomben fielen.« Jackson schob den Gewehrkolben fort. Der Fremde ließ es geschehen.

»In was für einen Bunker? Seid ihr was Offizielles?«

Jackson begriff, daß er einen Fehler gemacht hatte. »Nein, nein, wir sind Techniker. Wir haben in einer Telefonzentrale gearbeitet, die unter der Erde liegt.«

»Vorhin hat er gesagt, sie waren in einem Bunker«, mischte sich die Frau ein. »Ich hab's genau gehört. Er sprach von einem Bunker.«

Das Mißtrauen in den Augen des Schwarzen war nicht zu übersehen. »*Yeah*, hab's mitbekommen.« Er stand vorgebeugt und starrte Jackson an. »Seid ihr vielleicht die Schweine, denen wir diese ganze Scheiße zu verdanken haben?«

Jacksons Überraschung war nicht gespielt. »Warum sagst du so einen Unsinn? Wir sind Telefontechniker. Wartungspersonal. Alle außer...« Sein Blick wanderte zu Dealey. »Jedenfalls habt ihr keinen Grund, uns zu bedrohen. Wir sitzen im gleichen Boot.«

»Du mußt in einer Jacht gesessen haben, Nigger. Du siehst verdächtig gesund aus. Ihr alle seht verdammt gesund aus. Von eurer Sorte laufen in London nicht mehr viele herum.«

»Haben Sie Überlebende gesehen?« Dealey erhielt einen warnenden Stoß, aber das konnte ihn nicht zum Schweigen bringen. »Das ist eine wichtige Frage, Sie müssen sie mir beantworten.«

»Ich muß gar nichts beantworten, du Scheißer. Aber ich will's dir trotzdem sagen. Es gibt Überlebende. Sehen allerdings wie wandelnde Leichen aus.« Er hatte von Jackson abgelassen und stand vor Dealey. »Und jetzt erzählst du mir, wie ihr den großen Knall überlebt habt, Whitey. Diesmal möchte ich die Wahrheit hören.«

Er kniete sich zu dem Regierungsbeamten. »Sieh uns an, Mann. Wir haben Verletzungen, die nicht mehr heilen. Das Mädchen hat Geschwüre am ganzen Körper. Siehst du den Typ auf Krücken? Die Wunde an seinem Fuß stinkt drei Meilen gegen den Wind.« Er senkte seine Stimme zum Flüsterton. »Meine Leute sind tot, sie wissen es nur noch nicht.«

»Gibt es denn keine Krankenhäuser mehr?«

»Du hörst mir nicht zu, Whitey. Es gibt keine Krankenhäuser mehr. Nichts dergleichen. Das einzig Gute, es gibt auch kein Gesetz mehr.« Er tippte auf den Lauf seiner Waffe. »Wir nehmen uns, was wir brauchen. Und von dir kriegen wir die Antworten, die wir haben wollen.«

Dealey hatte verstanden. In dem Gebiet, das einst den Namen London getragen hatte, galt jetzt das Gesetz des Stärkeren. »Gibt es keine Truppen mehr? Keine Soldaten?«

Der Schwarze lachte, und Dealey wich zurück, als ihn der übelriechende Atem traf. »Nichts. Wir kommen von der anderen Seite des Flusses. Haben gehofft, daß wir hier Überlebende antreffen. Aber es gibt nur Tote und wandelnde Tote. Und Typen wie wir. Das Gesetz des Dschungels, Mann. Töten, um zu überleben.« Er hielt Dealey das

Messer an die Nase. »Und jetzt spuck's aus, Whitey. Wie viele seid ihr, und wo ist euer verdammter Bunker?«

»Schaut mal, was ich Hübsches gefunden habe!« Die Stimme des Mannes kam aus einiger Entfernung. Wenig später tauchten zwei Gestalten aus dem Nebel auf. Ein Fremder und Kate. Der Fremde war ein Weißer. Er hielt Kate am Haar gepackt, in der anderen Hand schimmerte eine Waffe. Ein Fleischerhaken.

Das Lächeln, mit dem der Schwarze auf das Erscheinen der beiden reagierte, war nicht sehr vertrauenerweckend. Fand Dealey. Die Frau im buntgewürfeltem Hemd betrachtete Kate mit unverhohlener Feindseligkeit.

»Das nette Kind lag in den Büschen«, sagte der Weiße. Er hatte sich ein Tuch um die Stirn gebunden.

»War sie allein?« fragte der Schwarze.

»Scheint so. Hab' sie im Schlaf überrascht.«

Dealey starrte in den Nebel. Culver, wo war Culver?

Der Neger war aufgestanden. Er berührte Kate mit dem Handrücken. »Nicht schlecht. Nicht das Gelbe vom Ei, aber nicht schlecht.« Er schob ihr seine Hand in die Bluse und kniff ihr in die Brüste.

Kate schlug ihm ins Gesicht. Sekunden später fand sie sich am Boden wieder. Die Fremden hatten einen Halbkreis um sie gebildet und grinsten. Vorfreude. In den Wochen nach der Katastrophe hatten sie gelernt, daß sie sich nehmen konnten, was sie wollten. Essen, Kleider — und Frauen.

Der Schwarze neigte sich zu Kate und hielt ihr das Messer an die Wange. »Du brauchst eine Lektion, mein Kind. Du mußt lernen, daß du keine Rechte mehr hast.« Er verstärkte den Druck der Klinge. Blut begann zu tropfen.

»Was, zum Teufel, machst du da?« schrie Jackson, außer sich vor Zorn. Er versetzte dem Schwarzen einen Fußtritt. Der Weiße, der Kate festgehalten hatte, gab sie frei und warf sich auf Jackson. Er trieb ihm den

Fleischerhaken in die Schulter. Der Verletzte ging zu Boden. Die Fremden attakierten ihn mit Tritten in den Unterleib.

Die beiden Jugendlichen, die Fairbank bewachten, versetzten ihm einen Schlag. Er stolperte nach vorn. Ein junger Weißer, dickleibig, behäbig, kam in Sicht. Er hielt Dene im Schwitzkasten, die Mündung seiner Luftpistole war auf die Schläfe des Technikers gerichtet. Ellison wurde von einem Farbigen mittleren Alters in Schach gehalten. Dealey kniete.

»Hören Sie auf!« schrie Kate. »Sie bringen ihn um!«

»Stop!« befahl der Schwarze, der ihr in die Bluse gefaßt hatte. Die Männer ließen von Jackson ab.

Der Schwarze hob sein Gewehr auf. »Die junge Lady hat immer noch nicht begriffen, wer hier das Sagen hat. Jetzt wird sie's lernen. Bringt den Nigger zu mir!«

Er ging zum Lagerfeuer hinüber und schob die Asche mit dem Stiefel auseinander. Die Glut kam zum Vorschein. »Her mit ihm!«

Zwei der Fremden hatten Jackson gepackt. Sie schleppten ihn zum Feuer.

»Steckt ihn mit dem Kopf in die Glut«, befahl der Schwarze.

»Nein!« schrie Kate. Der Schwarze schlug sie nieder.

Sie zwangen Jackson, sich vor dem Feuer hinzuknien. Einer der Männer trat hinter ihn und drückte ihm den Kopf nach unten.

Culver kroch durch die verbrannten Büsche. Er war mit einer Axt bewaffnet. Am Vorabend, als es dunkel wurde, hatte er sich mit Kate vom Lagerfeuer entfernt. Sie wollten ungestört sein, miteinander sprechen. Culver hatte einen Schlafplatz für sie ausgesucht und die Decke ausgebreitet. Die Axt hatte er mitgenommen, weil er sich vor den Ratten fürchtete.

Sie hatten nicht nur miteinander gesprochen, sie hatten sich geküßt; sie umarmten sich. Jeder erkundete den Leib des anderen. Wenig später war der Schlaf über sie gekommen.

Der nächste Morgen. Culver war als erster aufgewacht. Er hatte sich aus Kates Armen gelöst und sie auf die taufeuchte Stirn geküßt. Dann hatte er die Axt genommen und war in die Mitte des Parks gegangen, um sich zu erleichtern.

Noch in Rufweite von Kate war er auf einen kleinen Erdbunker gestoßen. Er war hineingegangen und hatte den Reißverschluß seiner Jeans geöffnet, als der Verwesungsgeruch zu ihm hochwallte. Er stolperte zurück, sein Fuß stieß an eine Leiche.

Menschen, die sich im Park befunden hatten, als Alarm gegeben wurde. Offensichtlich waren sie in den Unterstand geflüchtet, wo sie von der Druckwelle getötet wurden. Würmer krochen über das, was von ihnen übriggeblieben war.

Culver stürzte aus dem Bunker, die Hand auf den Mund gepreßt. Er hatte sich nicht dort übergeben wollen, wo die Toten lagen. Er ging hinter einen Busch und erbrach sich, dann verrichtete er seine Notdurft.

Er beschloß, in einem großen Bogen zu Kate zurückzukehren. Der Park war mit Steinen übersät, die von den Häusern fortgewirbelt worden waren. Kein Baum, kein Strauch, der nicht die häßlichen, schwarzen Spuren der Katastrophe zeigte. Vorsichtig umging er die Stellen, wo große Fliegenschwärme zu erkennen waren. Er wußte, daß diese Insekten sich am Fleisch der Leichen mästeten.

Er ging auf den gefällten Baum zu, in dessen Schatten er Kate zurückgelassen hatte, und war erstaunt, als er feststellte, daß sie verschwunden war. Als er sich dem Lagerplatz seiner Gefährten näherte, hörte er Stimmen. Fremde Stimmen.

Er warf sich auf den Boden und kroch näher. Als die Nebelschwaden sich lichteten, sah er die merkwürdigen Gestalten. Er konnte beobachten, wie ein Schwarzer Kate anfaßte. Wie Jackson, der das Mädchen schützen wollte, von zwei Männern niedergeschlagen wurde.

Der Schwarze rief etwas, Jackson wurde zum Feuer geschleppt.

Der Haß sprang Culver an wie ein Tier. Hatten die Menschen begriffen, daß es Wahnsinn war, sich gegenseitig zu vernichten?

Er war zwischen den Fremden, ehe sie ihn bemerkten. Er schwang die Axt in einem weiten Halbkreis und fühlte, wie die Scheide dem Schwarzen, der Kate bedrängt hatte, das Rückgrat zerspaltete.

Der tödlich Getroffene stieß einen animalischen Schrei aus und warf die Arme in die Luft, dann brach er zusammen. Arme und Beine begannen konvulsivisch zu zukken. Ein Winseln kam über die von eiternden Wunden bedeckten Lippen.

Culver verlor keine Zeit; er griff einen der Männer an, die Jackson gepackt hielten. Ein Weißer, der ein rotes Tuch um seine Stirn geschlungen hatte. Die Axt traf ihn am Kinn und katapultierte ihn in die Glut. Culver verspürte den Aufschlag eines Geschosses auf seiner Lederjacke. Er hob den Blick. Einer der Fremden hielt ein Gewehr auf ihn gerichtet. Merkwürdig. Der Schuß hatte getroffen, aber Culver verspürte keinen Schmerz. Er stürzte sich auf den Angreifer. Der ließ seine Waffe fallen, als die Axt sein Handgelenk zertrümmerte.

Jackson war ins Feuer gefallen. Schreiend rollte er sich zur Seite.

Culver konnte ihm nicht helfen: Es gab zu viele Gegner, um die er sich zu kümmern hatte. Er duckte sich, als er ein Gewehr auf sich gerichtet sah. Die Kugel streifte seine Wange. Der Mann, der den Schuß abgegeben hatte, hob das Gewehr und schlug mit dem Kolben auf Culver ein.

Fairbank hatte die allgemeine Verwirrung genutzt, um seine Axt zu ergreifen. Er traf einen seiner beiden Bewacher mit dem stumpfen Ende in den Magen, dem anderen zerschmetterte er mit der Klinge den Schädel.

Der schwergewichtige Weiße, der Dene mit der Waffe bedrohte, hatte abgedrückt. Die Kugel traf den Techniker in die Schläfe. Er sank zu Boden und rührte sich nicht mehr. Sein Mörder lud nach.

Ellison war den drei Männern entkommen. Er lief auf den Mann mit dem Luftgewehr zu, aber seine drei Verfolger waren schneller. Er wehrte sich mit Händen und Füßen. Sie überwältigten ihn.

Als Dealey sah, wie der Mann, der Culver bedrohte, das Gewehr hob, hatte er sich auf ihn geworfen und die Füße des Angreifers umklammert. Der Angreifer verlor das Gleichgewicht, so daß der Schlag mit dem Gewehrkolben ins Leere ging. Culver setzte dem Gestürzten den Fuß auf den Nacken und drückte. Es gab ein knackendes Geräusch. Er trat einen Schritt zurück, um sich ein Bild von dem Chaos zu machen, das an der Lagerstätte ausgebrochen war.

Kate war dabei, Jackson aus dem Feuer zu ziehen. Fairbank drosch mit der Axt auf einen feisten Fremden ein, der mit einem Luftgewehr herumfuchtelte. Ein Schuß, leise und doch so deutlich, daß das Geräusch über einem Kreischen der Mädchen und dem Bellen der Hunde zu vernehmen war. Fairbank war getroffen worden, Blut sprudelte aus der Wunde an seinem Schenkel. Drei der Fremden hatten sich aus dem Getümmel zurückgezogen. Sie waren überrascht von der Wende, die sich durch Culvers Eingreifen ergeben hatte. In ihren Augen brannte die Angst.

Es war dann die Frau in dem bunten Hemd, die einen Gegenangriff startete. Mit einem schrillen Schrei warf sie sich auf Culver. Sie fuhr ihm mit den Nägeln ins Gesicht. Dann wälzten sich die beiden am Boden.

Die drei Männer, die zur Flucht bereit gewesen waren, wurden vom Mut der Frau angesteckt. Sie rannten auf die beiden Kämpfenden zu, um ihrer Gefährtin zu Hilfe zu kommen. Fairbank stellte sich ihnen in den Weg. Er hob die Axt. Die Männer waren stehengeblieben. Sie waren mit einer Eisenstange, einer Axt und einem Messer bewaffnet.

Es war Culver gelungen, die Frau mit einem kräftigen Stoß seines Knies in die Glut zu schleudern. Blitzschnell stand sie wieder auf und lief auf ihren Gegner zu. Ihr haßverzerrtes Gesicht war nur noch eine Handbreit von ihm entfernt, als seine Faust ihr das Nasenbein zertrümmerte.

Culver sah, wie Fairbank sich mit der Axt gegen zwei Männer wehrte, die mit Eisenstangen bewaffnet waren. Er schnellte nach vorn und riß einen der Angreifer zu Boden; eine Sekunde später war Culver wieder auf den Beinen. Er versetzte dem Mann einen Tritt gegen das Kinn. Die beiden farbigen Mädchen standen abseits des Geschehens. Sie hielten sich umarmt und heulten. Culver wandte sich zu Fairbank. Er sprach mit ruhiger Stimme. »Das wäre der richtige Moment, um zu verschwinden.«

»Schon überredet«, sagte Fairbank.

Sie warfen einen Blick in die Runde. Ellison wurde von drei Männern bedroht. Culver und Fairbank überraschten die Angreifer von hinten. Es gelang ihnen, zwei der Männer bewußtlos zu schlagen, den dritten erwischte Fairbank mit einem Fausthieb aufs Kinn. Der Fremde taumelte zurück. Sie hoben Ellison auf und schleppten ihn zu ihren Freunden.

»Dene!« schrie Fairbank.

Culver eilte zu dem jungen Techniker, der reglos am Boden lag. »Laufen Sie Richtung Fluß, Fairbank. Ich kümmere mich um Dene.«

Fairbank stürzte davon, er hielt Ellison untergefaßt. Der Pilot kniete neben Dene nieder und wälzte ihn auf die andere Seite. Ein Blick aus starren Augen traf ihn. Dene lebte nicht mehr.

Schnelle Schritte, die rasch näher kamen. Culver sah den Angreifer erst, als dieser schon mit einer Eisenstange zum Schlag ausholte. Er schleuderte die Axt auf ihn. Der Mann wurde vom stumpfen Ende des Beils an der Brust getroffen. Er ließ die Stange fallen und brach zusammen.

Culver war aufgesprungen und rannte durch den verwüsteten Park. Hoffentlich hielt sich der Nebel; Sichtschutz konnten sie jetzt gut gebrauchen. Er schloß zu seinen flüchtenden Gefährten auf. Sie liefen, so schnell sie konnten und so schnell es die Sorge um die Verletzten zuließ. Jackson stolperte. Beinahe hätte er Culver und Dealey zu Boden gerissen.

»Weiter!« schrie Culver seinen Gefährten zu. »Die werden uns mit Sicherheit verfolgen.« Er gab Kate ein Zeichen, mit den anderen in Richtung Fluß zu laufen. »Wir helfen Jackson und kommen nach.«

Jackson war zu Boden geglitten, sie hoben ihn wieder auf. »Wir müssen uns verstecken«, sagte Dealey.

»Wir müssen erst weiter vom Lagerplatz entfernt sein«, gab Culver zurück.

Sie schleppten den Schwarzen bis an den Rand des Parkes und kletterten über die Mauer. Culver hatte den Verletzten untersucht und festgestellt, daß er schwere Verbrennungen im Gesicht erlitten hatte. Ein Auge war geschlossen, er blutete an der Schulter.

Culver blickte zurück, er mußte sich vergewissern, ob sie verfolgt wurden. Inmitten der Nebelschwaden waren rennende Gestalten zu erkennen. Einer der Verfolger hatte Culver entdeckt, er deutete mit dem Arm auf ihn.

Kate und Dealey stolperten auf die ausgebrannten Ruinen der Häuser zu. Erst in diesem Moment wurde ihnen das Ausmaß des Unglücks klar, das über die Stadt gekommen war. Seltsam berührt, bedrückt und verunsichert flüchteten sie weiter. Staub wallte unter ihren Füßen auf und schien ihre Schritte zu hemmen. Glassplitter glitzerten in den Trümmern wie Diamanten.

Die beiden Männer, die den Verletzten stützten, hatten die Gruppe eingeholt. Culvers Fuß schmerzte wie noch nie, Blut strömte aus dem Schuh. Er tastete nach seinem Gesicht. Die Finger kamen bluttriefend zurück. Ob er bei diesem Kampf gegen die Verbrecherbande noch andere Verletzungen erlitten hatte, würde er später herausfinden. Wenn es ein ›Später‹ gab.

Kate schrie los, als sie mit dem Fuß an einen Stein stieß. Verletzt rannte sie weiter. Sie hatte Angst, sich umzusehen.

Die Trümmerschneise, die sie als Fluchtweg benutzten, weitete sich. Culver wußte, das mußte die Hauptverkehrsstraße sein, die nach Aldwych führte; sie waren jetzt nicht mehr weit vom Fluß und von der Waterloo-Brücke entfernt. Nahe der Waterloo-Brücke lag das Ziel. Der einzige Ort, wo sie sich sicher fühlen konnten.

Aber sie waren zu langsam. Sie würden das rettende Ziel nie erreichen.

24

»Dort hinein!«

Culver deutete auf eine Lücke, die zwischen einer rauchgeschwärzten Hauswand und der herabgestürzten Betondecke klaffte. Die breiten Fensteröffnungen verrieten, daß es sich um ein Geschäftslokal oder eine Ladenzelle handelte. Das zerstörte Mauerwerk der oberen Stockwerke war an der Schräge der Betonplatte hinabgeglitten und bildete zusammen mit dem herabgefallenen Putz einen sanft ansteigenden Hügel, der den Durchschlupf nahezu unsichtbar machte. Culver und Dealey stützten Jackson, der vor Schmerzen stöhnte. Fairbank führte Ellison.

Sie gingen auf die Lücke zu. Culver warf einen Blick zum Park hinüber. Die Verfolger waren nicht zu sehen, aber ihr heiseres, haßerfülltes Geschrei war zu hören. Sie lechzten nach Rache.

Dealey war vor dem Schlupfloch angekommen. Mißtrauisch betrachtete er die geborstenen Mauern. »Die Ruine kann jederzeit einstürzen, dann sitzen wir in der Falle.«

Culver schob ihn in die Öffnung. »Wir haben keine Wahl. Wenn wir uns nicht sofort verstecken, haben wir die Typen aus dem Park am Hals.«

Dealey gehorchte. Er half Jackson in den Spalt hineinzukriechen, dann schlüpfte er selbst in das Versteck. Bevor Culver den beiden folgte, erhaschte er einen Blick auf die fremden Männer, die den Rand des Parks erreicht hatten. Mit einer raschen Bewegung tauchte er weg. Hoffentlich hatten sie ihn nicht gesehen. Er und seine Gefährten waren dem Schlägertrupp mit knapper Not entronnen. Kam es zu einer neuen Kraftprobe, dann waren ihre Chancen gleich null. Diese Verbrecher würden jetzt keine Zeit mehr mit Verhören verlieren. Die Verfolger hatten jetzt nur noch ein Ziel: die Beute zu stellen und zu töten.

Staub rieselte herab und blendete ihn. Er rieb sich die Augen, bis er wieder sehen konnte. Ein knirschendes Geräusch, das aus den Tiefen der Ruine zu kommen schien, ließ ihn zusammenzucken. Dealey hatte recht, der Rest des Hauses war drauf und dran, zusammenzustürzen.

Er zwängte sich in den Spalt und folgte seinen Gefährten, deren Umrisse sich nur undeutlich im Halbdunkel abzeichneten. Plötzlich zornige Rufe. Das Geräusch kam von draußen. Die Verfolger waren vor der Ruine angelangt. Der Ton ihrer Stimmen verriet ihre Aufregung, ihre Gier. Das Chaos hatte einen neuen Sport geboren. Menschenjagd.

»Still!« flüsterte er den anderen zu. Sie, die Gejagten, erstarrten in der Bewegung.

Dealey stand da und atmete den Staub ein. Er starrte ins Dunkel. In der Ecke des Raums war ein Regal mit verbrannten Büchern zu erkennen. Ein Bücherladen, und sogar einer, in dem er schon eingekauft hatte... damals, vor der Katastrophe. Welchen Wert hatte das geschriebene Wort jetzt?

Er hielt Jackson umschlungen und spürte das Blut, das aus dessen Wunde auf seine Knie tropfte. Als der Verletzte zu stöhnen begann, preßte ihm Dealey die Hand auf den Mund. Der Schwarze, fast wahnsinnig vor Schmerzen, schlug um sich, dann war er frei. Er mußte raus aus dieser Gruft. Da vorne war ein Lichtschimmer. Der Ausgang. Nichts wie raus! Der Bunker war voller Ratten! Große, schwarze Ratten! Ratten, die einen Menschen in Stücke reißen konnten!

Culver warf sich auf den fiebernden Techniker, obwohl er wußte, daß es bereits zu spät war. Er war sicher, daß die Verfolger das Stöhnen des Verletzten gehört hatten. Jackson war zu Fall gekommen. Er versetzte dem Piloten, der sich an ihn klammerte, einen Stoß, riß sich von ihm los und kroch auf den Lichtschein in der Tiefe des Raums zu.

Er hatte die Stelle, die von einem Strahl Tageslicht erhellt wurde, erreicht. Ein Balken versperrte ihm den Weg ins Freie. Jackson stieß einen Wutschrei aus. Er begann an dem Balken zu rütteln.

Seine Gefährten hörten, wie die Schuttmassen ins Rutschen gerieten.

»Die Decke kommt runter!« rief Dealey.

Es hätte dieser Warnung nicht bedurft. Seine Gefährten rannten in den hinteren Teil des Raums, er folgte ihnen. Das Knirschen des Gerölls hatte sich in das Donnern einer Lawine verwandelt.

Als das Getöse verhallt war, hob Kate den Kopf. Sie wischte sich den Staub von der Stirn. Neben ihr kniete Ellison. Sie erkannte Dealey und Fairbank, die zitternd vor Angst an der Wand lehnten. Jackson war verschwunden. Von den Verfolgern war nichts zu sehen. Wo war...

»Steve?« Ihre Frage verklang in der Staubwolke. »Steve!« Diesmal hatte sie den Namen geschrien.

Culver tauchte aus dem Dunkel auf. Mit langsamen Schritten ging er auf seine Gefährten zu.

»Ihr habt wohl gedacht, ich lebe nicht mehr, wie?«

Kate war in Tränen der Erleichterung ausgebrochen. »Ich dachte, ich hätte dich verloren, Steve«, schluchzte sie. »Ich hätte alles ertragen, aber das nicht.«

»Der Alptraum geht zu Ende, Kate. Bald sind wir in Sicherheit.«

»Das glaube ich dir nicht. Wir haben keine Chance mehr.«

»Wir leben noch, das ist alles, was zählt.«

»Ich bin verrückt vor Angst, Steve.«

Er zog sie an sich und küßte sie. »Du bist ein gesundes, mutiges Mädchen. Mutiger als wir alle.«

Ihr Schluchzen verebbte. »Was bleiben uns denn jetzt noch für Möglichkeiten? Wohin können wir gehen? Was können wir tun? In welcher Welt werden wir leben?«

»Es könnte sein, daß es künftig sehr friedlich zugeht auf der Erde«, sagte Culver.

»Die Typen, die uns im Park überfallen haben, waren alles andere als friedlich.«

Er streichelte ihre Stirn. »Sie kämpfen ums Überleben. Die menschliche Rasse ist durch die Katastrophe ein paar tausend Jahre in die Vergangenheit geschleudert worden. Damals kämpften die Stämme gegeneinander. Im Verlauf der Evolution hatten wir die bösen Instinkte überwunden. Die Entwicklung beginnt wieder von vorn. Eines Tages wird es Frieden geben.«

»Ich kann das nicht glauben.«

»Und doch geht die Entwicklung zum Guten«, beharrte Culver. »Unsere Vorfahren hatten recht. Ihnen ging es immer nur darum, *wie* sie lebten, nicht *warum* sie lebten.«

»Und die Zukunft?« fragte Kate. »Sollen wir das, was wir tun, nach irgendeinem Orakel ausrichten? Vielleicht nach dem Vogelflug?«

Er lächelte. »Ich meine, daß wir uns auf das Hier und Heute konzentrieren müssen, alles andere ist unwichtig. Fairbank macht's richtig. Er handelt, als wäre er auf automatische Steuerung geschaltet. Er denkt nicht an gestern, nicht an morgen, für ihn existiert nur noch die Gegenwart.«

»Das ist unnatürlich.«

»In unserer Situation ist es natürlich.«

»Aber wir müssen an die Zukunft denken, wenn wir überleben wollen.« Kate wischte sich die Tränen von den Wangen.

»In gewisser Weise hast du recht«, sagte Culver. »Wir brauchen ein Ziel.«

»Und haben wir eines?«

»Wir haben eines, und es liegt nicht sehr weit von der Stelle, wo wir uns jetzt befinden.«

»Außerhalb von London?«

»In London. Ganz nahe. Fühlst du dich jetzt besser?«

Sie nickte. »Es tut mir leid. Ich habe die Nerven verloren. Ich war sicher, du wärst von den Trümmern begraben worden.«

»Unkraut vergeht nicht.«

Sie strich mit den Fingern über die Schürfwunden an seiner Stirn. »Du siehst ganz schön mitgenommen aus.«

Er küßte sie auf die Lippen. »Du siehst auch nicht aus, als ob du gerade aus der Sommerfrische kommst.«

»Können die anderen uns sehen?«

»Sie können uns sehen, aber weil sie liebe Menschen sind, schauen sie in die andere Richtung. Warum?«

»Ich möchte, daß du mich streichelst.«

»Endlich wirst du vernünftig.«

»Vernünftig nennst du das? Ich habe Lust auf Liebe.«

»Gut zu wissen.«

Er nahm sie in die Arme und das nicht nur, um sie zu trösten. Nach einer süßen Unendlichkeit gab er sie frei. Er wandte sich zu den anderen.

»Wir müssen weiter«, sagte er, etwas außer Atem.

Fairbank schmunzelte. »Wir warten nur noch auf Sie.«

Ellison spuckte den Sand aus, der ihm in den Mund gedrungen war. »Weiter? Wohin? Ich bin am Ende meiner Kräfte.«

»Wir alle sind am Rande der Erschöpfung«, sagte Culver. »Aber es lohnt sich durchzuhalten. Wir können es schaffen.« Er deutete auf den Lichtfleck an der Schmalseite des Raumes. »Gehen wir!«

Sie hatten die Ruine verlassen. Die Verfolger waren

verschwunden. Der Nebel hob sich. Jenseits der Schwaden zeichnete sich die Trümmerwiese von London ab.

»Wir werden die Stadt zu Fuß erkunden«, sagte Culver. »Was wir zu essen brauchen, organisieren wir unterwegs.«

»Eigentlich hatte ich gehofft, daß ich irgendwo auf eine Suppenküche des Zivilschutzes stoße«, sagte Ellison voller Sarkasmus. Er wandte sich zu Dealey. »Wo versteckt sich unsere fabelhafte Regierung? Wo sind die Rettungstrupps?«

»Das Ausmaß der Zerstörungen ist größer, als die Experten des Katastrophenschutzes sich das vorstellen konnten«, verteidigte sich Dealey. »Man hat die Gewalt der Bombe unterschätzt. Niemand konnte voraussehen...«

»Verschonen Sie uns doch mit dem offiziellen Geschwätz, Dealey!« Ellison hatte einen Ziegelstein ergriffen und machte eine drohende Geste in Richtung auf den Regierungsbeamten.

Fairbank maß Ellison mit einem verächtlichen Blick. »Lassen Sie das. Wenn Sie Steinzeit spielen wollen, hätten Sie sich dem Schlägertrupp anschließen sollen.« Er hob das Kinn und deutete auf die Trümmer des Geschäftshauses, die auf die Straße gestürzt waren. »Dann wären Sie jetzt allerdings so tot wie unsere Freunde aus dem Park.« Er wandte sich zu Culver. »Was ist mit dem Regierungsbunker, Steve? Wären wir da nicht am besten aufgehoben?«

»Darauf wollte ich gerade zu sprechen kommen«, antwortete Culver. »Dealey hat mich gestern mit ein paar wissenswerten Einzelheiten bekanntgemacht, die den Regierungsbunker betreffen. Wenn ich ihn richtig verstanden habe, ist das Bauwerk bombensicher, strahlungssicher und mit Vorräten für die nächsten hundert Jahre ausgestattet.«

»Ist der Bunker auch wasserdicht?« polterte Fairbank.

»Die Schutzräume sind in Bereiche unterteilt, die voneinander durch luftdicht und wasserdicht schließende Schotten abgeteilt sind«, sagte Dealey.

»Ist denn sichergestellt, daß sie uns überhaupt reinlassen?« kam Ellisons Frage.

»Jedenfalls weiß Dealey, wo die Eingänge liegen«, sagte Culver. »Ob wir von den Insassen des Bunkers mit offenen Armen aufgenommen werden, darüber werden wir uns den Kopf zerbrechen, wenn es soweit ist.«

»Du meinst also, wir sollten zu diesem Bunker gehen«, sagte Kate, zu Culver gewandt.

»Wir müssen wieder unter die Erde, das ist unsere einzige Rettung.«

»Da hat er recht.« Dealey ließ seinen Blick von einem zum anderen wandern. »Ich habe von Anfang an für diese Lösung plädiert.«

Aber Ellison hatte Vorbehalte. »Woher wissen wir, daß der Regierungsbunker überhaupt noch existiert? Wir haben bisher keinerlei Kontakt zur Zentrale bekommen.«

Dealey antwortete. »Weil die Verbindungen unterbrochen sind. Denken Sie daran, daß wir auch zu den anderen Bunkern keinen Kontakt herstellen konnten. Es liegt nicht nur in unserem eigenen Interesse, daß wir uns zu diesem unterirdischen Bollwerk durchschlagen, es ist auch unsere staatsbürgerliche Pflicht, daß wir uns der Notregierung zur Verfügung stellen. Zumindest ich als Beamter muß das tun.«

»Wir werden Sie für einen Orden vorschlagen«, spottete Fairbank.

»Es ist eine gute Alternative«, sagte Culver. »Alle einverstanden?«

Die anderen nickten.

»Jackson?« fragte Kate. »Was wird aus ihm?«

Culver ergriff ihren Arm. »Er ist tot, das weißt du.«

»Es ist grausam, daß wir seine Leiche unter den Trümmern liegenlassen, nach allem, was er für uns getan hat...« Sie ließ ihre Worte verklingen, weil sie spürte, daß sie mit ihrer Forderung, den Toten zu begraben, auf verlorenem Posten stand.

Culver war auf das Mauerwerk getreten, das die Straße blockierte. Er half Kate hinauf. Der Marsch durch das Ruinenfeld begann. Culver ging an der Spitze, Fairbank machte das Schlußlicht.

Sie waren eine Stunde unterwegs, als der Fluß in Sicht kam. Die Uferstraße war mit umgestürzten Fahrzeugen bedeckt. Sie sahen keine Überlebenden, nur Leichen.

»Wie weit ist es noch?« ächzte Ellison. Er hielt die Hand gegen die Brust gedrückt. Wie Kate vermutete, hatten ihm die Schläger im Park eine Rippe gebrochen.

»Die Brücke«, keuchte Culver. »Der Eingang zum Bunker befindet sich in einem Pfeiler der Waterloo-Brücke.«

Sie hasteten weiter und erreichten Lancaster Place, eine breite Verkehrsader, die auf die Brücke führte. Als sie die Steigung erklommen hatten, bot sich ihnen ein erschreckender Anblick. Eigentlich hätten sie damit rechnen müssen, aber das Unterbewußtsein hatte sich bis zuletzt gegen die furchtbare Vorstellung gesträubt. Es gab keine Brücke mehr. Die Trümmer des gewaltigen Bauwerks, das einst die Themse überquert hatte, lagen im Flußbett.

Dealey war bemüht, seine Enttäuschung nicht durchklingen zu lassen. »Der Eingang zu den unterirdischen Schutzräumen ist statisch gut abgesichert. Daß die Brücke zerstört ist, bedeutet nicht, daß auch der Bunker beschädigt wurde.« Er spähte nach vorn. »Es gibt eine Treppe, die am Ufer herunterführt.«

Sie fanden die Stufen und umrundeten den Brückenpfeiler. Sie stießen auf einen Trümmerhaufen von der

Höhe eines Hauses. Dealey sprach aus, was die anderen nur ahnten. »Das war einmal der Haupteingang zum Bunker.«

25

»Sieht aus, als ob sich jemand fürchterlich verrechnet hat«, sagte Ellison. Er schob seinen Fuß unter einen Stein. »Können wir die Trümmer beiseiteschaffen?«

»Unmöglich«, antwortete Dealey. »Dazu müßten wir ein paar hundert Tonnen Schutt bewegen.«

»Aber es gibt doch andere Eingänge«, warf Culver ein, »das haben Sie mir selbst gesagt.«

»Dies war der übliche Eingang. Die anderen Zugänge sind über die Untergeschosse verschiedener Regierungsgebäude zu erreichen.« Er senkte den Blick. »Was bedeutet, daß sie ebenfalls verschüttet sind.«

Culver schüttelte den Kopf. »Sie haben gestern ein paar Eingänge erwähnt, die in der Uferzone liegen. Schächte, die von der Kaibefestigung in den Regierungsbunker hinabführen.«

»Ich bezweifle, ob sie noch benutzbar sind.«

»Wir müssen es versuchen«, sagte Culver. »Wo sind diese Schächte.«

Dealey deutete auf die andere Seite des Flusses. »Da drüben.«

»Und wie kommen wir hinüber?« fragte Kate.

»Wir klettern über die Brückentrümmer.«

Culver nahm Kate bei der Hand und geleitete sie zu der bizarr verformten Eisenkonstruktion, die aus dem Fluß hervorragte. Die anderen folgten.

Kriechend und kletternd hatten sie den Fluß überquert. Culver hatte sich aufgerichtet, als ihn jemand am Arm faßte. Er fuhr herum. Dealey stand hinter ihm.

»Dort.«

»Wo?«

»Das kleine, viereckige Gebilde, das aussieht wie ein Blockhaus, das ist der Eingang zum Bunker.«

Und Culver wunderte sich. Wie oft war er im Laufe der Jahre an solchen Zweckbauten vorbeigegangen, ohne daß ihm je die Idee gekommen wäre, daß einige von ihnen zu geheimen, unterirdischen Schutzräumen der Regierung führten. Er hatte immer angenommen, daß es sich dabei um Belüftungsschächte für die U-Bahn oder für eine Tiefgarage handelte. Die Tarnung war vollkommen. Eben weil die Zugänge zum Regierungsbunker bis in die letzten Einzelheiten den unscheinbaren Bauten glich, wie sie für Transformatoren und andere technische Anlagen errichtet wurden, war ihm nie der Verdacht gekommen, daß sich dahinter ein großes Geheimnis verbarg.

»Gehen wir«, sagte er voller Ungeduld.

Die Trümmer der Brücke blieben hinter ihnen zurück. Als sie ein Gitter passierten, das ins Pflaster eingelassen war, blieb Fairbank stehen.

»Ich höre was!« sagte er.

Er kniete sich auf das Gitter und legte das Ohr an das Metall. Die anderen standen da und starrten in das Halbdunkel des Schachtes hinab. Röhren und Leitungen waren zu erkennen.

»Was ist das?« fragte Kate.

Dealey erklärte es ihr. »Belüftungsrohre und Kabel. Der Komplex ist genau unter uns.«

»Pssst!« machte Fairbank.

Sie hielten den Atem an und lauschten.

Das Geräusch war sehr leise. Ein Summen.

»Generatoren!« sagte Ellison aufgeregt.

Sie sahen sich an, und Hoffnung leuchtete in ihren Augen.

»Die Generatoren sind eingeschaltet«, frohlockte Fairbank. »Da unten sind Menschen!«

Dealey konnte sich ein Lächeln nicht verkneifen. »Ich habe es Ihnen ja gesagt. Da unten befindet sich das unterirdische Hauptquartier der Regierung. Habe ich das gesagt, ja oder nein?«

»Ja, das haben Sie«, lachte Kate.

»Das Geräusch wird lauter«, sagte Culver.

Fairbank preßte sein Ohr an das Gitter. »Keine Veränderung«, sagte er nach einigen Sekunden. Er wandte sich zu Culver.

Culver hatte sich umgedreht und spähte in den Himmel.

Die anderen folgten seinem Blick.

Das Summen war zu einem Dröhnen angeschwollen.

»Da!« Culver deutete nach oben.

Das Flugzeug flog niedrig, es kam aus westlicher Richtung. Mit vorsichtigen Bewegungen, als hätten sie Angst, die Erscheinung zu vertreiben, erhoben sich die Menschen. Keiner sprach ein Wort.

Es war Dealey, der zuerst die Sprache wiederfand. »Der Pilot fliegt den Fluß entlang.«

Das Flugzeug war näher gekommen. Es war eine kleine, leichte Maschine.

»Eine Beaver«, sagte Culver, wie zu sich selbst.

Die anderen sahen ihn an, ohne zu begreifen.

»Ein Aufklärungsflugzeug der Air Force«, erklärte er. »Verdammt noch mal, die fliegen Aufklärung!«

Das Flugzeug war über ihnen. Fairbank und Ellison begannen aus Leibeskräften zu schreien. Sie ruderten wie wild mit den Armen, um die Aufmerksamkeit des Piloten auf sich zu lenken. Die Gefährten folgten ihrem Beispiel.

»Kann er uns sehen! Kann er uns sehen?« Kate hielt Culver umarmt. »Lieber Gott, mach, daß er uns sieht!«

Das Flugzeug war über sie hinweggebraust und entfernte sich. Den Menschen sank der Mut. Sie starrten dem schwarzen Gebilde nach, bis es zu einem winzigen Punkt geworden war.

»Scheiße, Scheiße, Scheiße.« Fairbank.

»Er muß uns gesehen haben.« Ellison.

»Oder auch nicht. Es ist noch sehr neblig.« Dealey.

»Vielleicht hat er uns gesehen und kommt zurück.« Culver.

Schluchzen, Kate.

Culver legte ihr den Arm um die Schultern. »Es ist nicht so wichtig, ob er uns gesehen hat oder nicht. Wir sind jetzt bald in Sicherheit. Sobald wir im Bunker sind, ist alles gut. Es gibt geheime Tunnels, die vom Bunker aus London herausführen.«

»Entschuldige, daß ich mich gehenlasse, Steve. Es ist nur... Für einen Augenblick dachte ich, wir hätten endlich Kontakt mit... mit...« Sie suchte nach dem richtigen Wort. »Mit der Zivilisation. Mit Menschen, die uns helfen können, hier wegzukommen.« Sie deutete auf die Trümmerlandschaft.

»Wir bekommen sehr bald Kontakt mit der Zivilisation, das verspreche ich dir.«

»Glaubst du wirklich, das Flugzeug kommt zurück?«

»Wer weiß. Es kommt alles darauf an, welchen Auftrag der Pilot hat.«

Sie trocknete sich die Tränen. »Heute hast du es mit einer richtigen Heulsuse zu tun, fürchte ich.«

Er lächelte. »Du hast dich bisher ganz tapfer gehalten. Verlier nicht die Hoffnung, wir haben es bald geschafft.«

Sie gingen weiter, in die Richtung, die Dealey bestimmt hatte. Das Summen der Generatoren interessierte sie nicht mehr.

Sie waren vor dem niedrigen, aus grauen Steinen errichteten Bauwerk angekommen und inspizierten es von allen Seiten.

»Großartig«, sagte Fairbank und wischte sich den Schweiß von der Stirn. »Keine Tür, keine Öffnung, nichts. Wie kommen wir rein, Dealey?«

Das Bauwerk sah aus wie eine uneinnehmbare Festung. Ein Monolith, der eine Grundfläche von 3,50 Meter mal 1,80 Meter bedeckte. Ein Grabstein. Ein Altar.

»Der Eingang ist oben«, sagte Dealey.

Fairbank kletterte aufs Dach. »Es ist, wie er sagt«, rief er ihnen zu. »Hier ist ein Loch in der Decke. Ein Loch und ein Deckel. Und ein Schloß. Aber mit dem Schloß werde ich schon fertig.« Er hob seine Axt. »Wollen Sie nicht raufkommen?«

Culver half den anderen, die 1,80 Meter hohe Mauer zu erklimmen. Dann kletterte er selbst aufs Dach. Er starrte auf das Loch in der Decke, dann heftete sich sein Blick auf Dealey.

»Seit wann gibt es dieses hübsche Blockhaus?« fragte er. »Ist es etwa ein Neubau?«

»Nein«, sagte Kate. »Ich bin oft an dieser Stelle vorbeigekommen, da war das Bauwerk schon da. Es ist mir allerdings nie besonders ins Auge gefallen.«

»Das Ding«, sagte Dealey, »wurde im Zweiten Weltkrieg errichtet. Damals hatte es noch eine Tür und diente als Eingang zu einem Luftschutzbunker. Wie ich Culver gestern schon erklärt habe, sind die alten Bunker über die Jahrzehnte hinweg ausgebaut worden.«

»Auf was warten wir?« ereiferte sich Ellison. »Gehen wir rein.«

»Wird sofort gemacht«, sagte Fairbank. Er ließ sich in die Vertiefung gleiten und betrachtete das Schloß, mit dem der Deckel gesichert war, aus nächster Nähe. Dann hob er den Blick. »Sie haben wohl keinen Schlüssel für das Schloß, Dealey?«

»Nein.«

»Nicht schlimm. Gewalt bricht Eisen.«

Er brauchte nur vier Schläge, dann sprang das Schloß auf. Der Deckel schwang nach innen. Eisige Kühle entwich dem Loch, wie ein Geist, der nach Jahrhunderten aus seinem Gefängnis befreit worden war.

Culver erschauderte. Ihm war, als stünde er vor einem geschändeten Grabmal. Sein Mut verschwand und machte den schlimmsten Vorahnungen Platz.

26

Es war angenehm, aus der feuchten Schwüle, die über der Erde geherrscht hatte, in die Kühle des Bunkers hinabzusteigen, fand Fairbank, der den Trupp anführte. Er hatte die kurzstielige Axt in seinen Gürtel zurückgesteckt und ging mit entschlossenem Schritt die steinernen Stufen hinunter. Die Luft roch muffig. Auf den rauhen Betonwänden des Schachtes schimmerte das Wasser.

Fairbank war stehengeblieben. »Dunkel hier.« Er kramte in seiner Hosentasche und brachte zwei Feuerzeuge zum Vorschein. Er reichte sie nach oben, dann zündete er ein drittes Feuerzeug an und hielt es vor sich. Sie setzten den Abstieg fort. Es war ein tiefer Schacht. Erstaunlich tief für Culvers Geschmack. Seine Beklommenheit wuchs mit jedem Meter, den sie sich von der Oberfläche entfernten. Kate ging hinter ihm, sie ließ ihre Finger über den Beton streifen.

Fairbank war auf dem Grund des Schachtes angekommen. Er ging auf den Rundbogen zu, der sich im Schein seines Feuerzeuges abzeichnete, und wischte die Spinnweben zur Seite, die wie ein grauer Schleier vor dem Durchlaß hingen.

»Hier ist ein großer Raum.« Das Echo verfälschte seine Stimme. Es klang, als sei er weit von ihnen entfernt. »Aber leer.«

Sie folgten ihm durch die Öffnung und erkundeten das düstere Geviert. Das flackernde Licht fiel auf Gänge, die von dem Raum abzweigten. Ellison steckte seinen Kopf in einen der Korridore.

»Nichts«, sagte er enttäuscht.

»Hier ist auch nichts«, ließ sich Fairbank vernehmen. Er war ein paar Schritte in die Finsternis hineingegangen.

»Die Gänge führen zum alten Luftschutzbunker«, sagte Dealey. Er ging geradeaus, bis er eine Öffnung an der Schmalseite des Raumes erreichte. »Hier entlang«, rief er seinen Gefährten zu.

Er führte sie durch ein Labyrinth von Räumen und Korridoren. Schließlich blieb er vor einer rechteckigen Luke stehen, die in einer Höhe von sechzig Zentimeter in die Wand eingelassen war. Die Luke war mit einer Stahltür gesichert.

»Wir werden ihre Axt brauchen, um das Schloß zu öffnen«, sagte er zu Fairbank.

Der Techniker steckte die Klinge mit der Kante in die zylindrische Öffnung und brach das Schloß auf. Er öffnete die Tür. Ein Raum voller Leitungen, Rohre, Kabel. Ein Summen war zu vernehmen, das gleiche Geräusch, das sie beim Passieren des Gitters gehört hatten. Ein Gang, von dem ein schmaler Korridor abbog. Dealey ging voran.

Kate spürte, wie ihr die Platzangst den Hals zuschnürte. An der Oberfläche hatte sie sich verloren gefühlt, hier unten fühlte sie sich von unsichtbaren Mächten bedroht. Sie hatte Culver am Ärmel ergriffen und blieb ihm so nahe, daß sie an seine Füße stieß.

Dealey hatte vor einem Gitter halt gemacht, das in den Boden eingelassen war. Er kniete sich hin und leuchtete mit dem Feuerzeug in die stählernen Waben hinein. Dann steckte er seine Finger in die Vertiefungen und hob das Gitter hoch. Eine eiserne Leiter kam in Sicht, die in die Tiefe hinabführte.

»Die Leiter endet auf der Ebene des Bunkers.« Das warme Licht der flackernden Dochte erhellte Dealeys Gesicht. Culver schien es, als sei der Mann in den wenigen Wochen ihrer Bekanntschaft um Jahrzehnte gealtert. Merkwürdig, daß ich das erst jetzt bemerkt habe, dachte er.

Culver zwängte sich an Fairbank vorbei und ging auf der gegenüberliegenden Seite der viereckigen Öffnung auf die Knie.

»Wie tief ist der Schacht?«

»Ich weiß nicht. Ich weiß nur, daß wir nicht mehr weit vom Bunker entfernt sind.«

»Können wir das Risiko eingehen?«

Dealey schien überrascht.

»Die Ratten«, sagte Culver.

Schweigen.

Nach längerem Nachdenken gab Dealey seine Antwort. »Es gibt keine Möglichkeit, wie wir uns Sicherheit verschaffen könnten, daß wir da unten nicht von Ratten angegriffen werden. Wir erfahren es erst, wenn wir unten sind.« Er sah Culver in die Augen. »Wüßten Sie eine Alternative?«

»Keine einzige.«

Culver stieg als erster in den Schacht. Er hielt das Feuerzeug in der Linken, mit der rechten Hand hielt er sich am Holm der Leiter fest. Das Summen der Maschinen wurde lauter. Schließlich hatte er das Ende des Schachtes erreicht. Der Fußboden war mit einer niedrigen Schicht Wasser bedeckt.

Dealey kam die Leiter herunter, dann Fairbank, gefolgt von Kate und Ellison.

»Vielleicht ist dieser Bunker auch überflutet worden«, sagte Fairbank.

»Das bezweifle ich«, erwiderte Dealey. Er tastete die Wände ab. »Der Beton ist trocken. Ich vermute, es handelt sich um Sickerwasser, das aus dem Gestein kommt. Nichts, worüber wir uns Sorgen machen müßten.«

»Wenn jemand von der Regierung mir sagt, ich soll mir keine Sorgen machen, dann weiß ich, daß ich kaum noch eine Überlebenschance habe«, spottete Fairbank.

Culver hielt sein Feuerzeug in die Höhe. Er warf einen Blick in den Gang, der nach zwei Seiten vom Schacht wegführte. »Links oder rechts?«

»Egal«, sagte Dealey. »Wir befinden uns in einem Wartungstunnel, der in einem Ringsystem mit dem Bunker verbunden ist. In welche Richtung wir auch gehen, sie führt uns zum Ziel.«

»Dann nach links.«

Sie schritten durch das aufspritzende Wasser. Sie kamen an Abzweigungen vorbei, die zu anderen Schächten führten. Fünf Minuten waren verstrichen, als die Dochte der Feuerzeuge zu flackern begannen.

Fairbanks Feuerzeug war das erste, das erlosch. Er warf es fort und lauschte dem kaum vernehmbaren Plopp, als das Gehäuse ins Wasser eintauchte.

Der nächste, der auf seine winzige Lichtquelle verzichten mußte, war Dealey.

Waberndes Halbdunkel umgab die Menschen. Mit tastenden Schritten gingen sie weiter. Das Plätschern eines Ablaufs war zu hören. Culver hielt auf das Geräusch zu und ging in die Knie.

»Hier ist ein Abflußrohr.« Er ließ seine Finger über die Öffnung gleiten und verspürte einen kühlen Luftzug auf dem Handrücken. »Ein ziemlich dickes Rohr.«

»Das ist die Verbindung zum Abwasserkanal«, sagte Dealey. »Da wir ganz nahe am Flußbett sind, gibt es Sikkerwasser in den Tunnels.«

»Steve, laß uns weitergehen, solange wir noch Licht haben«, drängte Kate.

Er stand auf. Sie setzten den Marsch durch den Bauch der Erde dort.

Ellison starrte auf das Flämmchen seines Feuerzeugs, das zu einem winzigen Punkt geworden war. Er pfiff durch die Zähne, als das Licht erlosch. Culver war ein paar Schritte von Ellison entfernt. Er schützte den flakkernden Docht der einzigen Lichtquelle, die ihnen geblieben war, mit der Wölbung seiner Hand.

Ellison stieß mit Dealey zusammen. Er fluchte.

»Ruhe!« befahl Culver. Er hielt den Blick in die Düsternis des überschwemmten Korridors gerichtet. »Da vorn wird es heller.«

Die anderen hatten zu ihm aufgeschlossen. »Du hast recht, Steve«, sagte Kate. »Jetzt sehe ich es auch.«

»Gott sei Dank«, stöhnte Ellison.

Sie beschleunigten ihre Schritte und näherten sich der bleichen Lichtinsel. Eine halbgeschlossene Eisentür kam in Sicht, sie markierte das Ende des Korridors.

Die Tür war mehrere Zentimeter dick und grün gestrichen. Ähnlich wie bei dem Eingang zum Kingsway Exchange war das Profil mit einem Dichtungsflansch versehen. Jenseits des Spalts waren schwach erleuchtete Wände zu erkennen. Culver versuchte die Lücke zu erweitern, indem er sich mit seinem ganzen Gewicht an die Eisenfläche lehnte, aber die Tür widerstand dem Druck. Es schien einen Gegenstand zu geben, der auf der anderen Seite lag und die Bewegung des Türblatts verhinderte.

Er verstärkte den Druck und hörte, wie der Gegenstand verrutschte.

Culver warf einen Blick in die Runde, dann knipste er

sein Feuerzeug aus. Er steckte es in die Hosentasche. Er legte seine Hände flach auf die Tür und schob. Der Spalt wurde größer, Licht fiel auf die Gesichter der Menschen. Als die Lücke groß genug war, schlüpfte Culver hindurch.

Die Leiche kniete vor der Tür, die skelettierte Hand hielt den breiten Griff umklammert. Schwindel überkam Culver, das beängstigende Gefühl aufsteigender Übelkeit. Es war schwer zu erkennen, ob es sich bei dem Toten um einen Mann oder um eine Frau handelte. Das Fleisch der Leiche war abgenagt worden. Der Kopf fehlte.

Culver beorderte seine Gefährten zu sich. »Sie gehen zuerst rein, Dealey. Dann du, Kate.« Er ergriff das Mädchen am Arm und geleitete sie durch den Spalt. »Sieh nicht nach unten«, warnte er sie. »Schau geradeaus.«

Aber es war zu spät. Kate hatte die Leiche erblickt. Keuchend vor Schreck blieb sie stehen.

»Verdammt«, sagte Fairbank, als er die kopflose Gestalt erblickte.

Ellison taumelte zur Seite. Er lehnte sich an die Wand. »Die Ratten sind hier.«

Niemand widersprach ihm.

Er stolperte auf den Spalt zu. »Machen wir, daß wir hier rauskommen.«

Culver hielt ihn zurück. Die Tür war in ihre alte Stellung zurückgekehrt. Die Knochenhand rutschte vom Griff ab und landete auf dem Boden.

»Wir können nicht mehr raus«, sagte Culver. »Wir haben kein Licht mehr. Außerdem wäre es möglich, daß die Ratten irgendwo auf der anderen Seite der Tür sind, nicht im Bunker.«

Dealey sprach, ohne ihn anzusehen. »Glauben Sie, dieser Mensch hat versucht, die Ratten vom Eingang zu vertreiben?«

»Ich weiß es nicht«, räumte Culver ein. »Entweder das, oder er hat versucht, aus dem Bunker zu fliehen.« Er war inzwischen sicher, daß es ein Mann gewesen war. Die olivgrünen Fetzen eines Kleidungsstücks, das eine Uniform gewesen sein mochte, wiesen darauf hin.

»Der Kopf«, sagte Fairbank, zwischen Abscheu und Faszination. »Wo ist der Kopf?« Verwesungsgeruch lag in der Luft, aber der Gestank war nicht so intensiv, wie die Gruppe ihn bei den anderen Opfern kennengelernt hatte. Offensichtlich war der Tod dieses Menschen schon vor Wochen eingetreten. »Das erinnert mich an die Leichen in den U-Bahntunnels. Die hatten auch keine Köpfe mehr.«

»Aber warum?« fragte Dealey. »Ich verstehe das nicht.«

»Vielleicht haben sich die Ratten auf die Anfertigung von Schrumpfköpfen spezialisiert.« Diesmal blieb Fairbanks makabrer Humor ohne Echo.

»Haben Sie wirklich keine Erklärung für die fehlenden Köpfe, Dealey?« Culvers Frage war in scharfem Ton gestellt.

»Ich schwöre Ihnen, ich weiß nicht mehr, als ich Ihnen bereits gesagt habe. Glauben Sie mir doch.«

»Warum sollte ich das?«

»Weil ich keinen Grund habe, die Unwahrheit zu sagen. Ich hätte dadurch überhaupt nichts zu gewinnen.«

Culver mußte ihm recht geben. Er inspizierte den Korridor und stieß auf Blutspritzer an den Wänden. Er deutete auf die grausigen Spuren. »Das zeigt, wie er zu Tode gekommen ist. Er hat versucht, aus dem Bunker zu fliehen. Die Ratten überfielen ihn, noch bevor er die Tür erreichte. Die letzten Meter ist er gekrochen. Sie haben ihn bei lebendigem Leibe zerfleischt.«

Kate schlug die Hände vors Gesicht. »Der Alptraum geht weiter, und wir werden darin umkommen.«

Culver ging zu ihr. »Es ist zu früh, um irgendwelche Schlüsse zu ziehen. Wir müssen erst den Bunker erkunden. Vielleicht haben die Ratten versucht, in die Schutzräume einzudringen, und sind zurückgeschlagen worden. Du hast keine Vorstellung, Kate, wie groß dieser Bunker ist. Hundert von Menschen haben hier Platz. So viele, daß sie sich gegen die Ratten verteidigen können. Außerdem müßten hier unten auch Soldaten stationiert sein, die im Falle der Bedrohung eingesetzt werden können.«

»Wenn es so ist, wie konnte dieser Mensch von den Bestien überwältigt werden?«

»Vielleicht hat er einen Fluchtversuch unternommen, ohne die anderen zu verständigen. Dies ist nur einer von vielen Korridoren, die zu den verschiedenen Ausgängen führen. Denkbar, daß die Insassen des Bunkers noch gar nichts vom fürchterlichen Schicksal dieses Mannes wissen.«

»Hier ist noch eine Tür!« Fairbank war weiter in den Tunnel eingedrungen. Er deutete auf eine Vertiefung in der Wand.

Culver und Kate gingen zu Fairbank, die anderen folgten. Die Tür sah ähnlich aus wie jene, deren Schwelle sie vorhin überquert hatten. Allerdings war sie größer und breiter. Sie stand offen.

Bebend vor Angst starrten sie in das Innere des Bunkers, in das unterirdische Hauptquartier der Regierung.

Sie bewegte den Kopf, weil sie Gefahr witterte. Feinde, die sich Ihrem Nest näherten.

Es gelang ihr, die Lage ihres unförmig aufgedunsenen Körpers aus der Auspolsterung,, die aus Dreck und zermahlenen menschlichen Gebeinen bestand, zu verändern. Das Plätschern des Wassers in den Tunnels blieb ihren Sinnesorganen verborgen. Sie hatte keine Ohren. Und doch war sie imstande, das warnende Fiepsen der Kreaturen wahrzunehmen, die ihre Dienerschaft darstellten. Die Verständigung war möglich, weil die Stimmen der Untertanen auf einer Frequenz sendeten, die von ihr, und nur von ihr, empfangen werden konnte. Es gab kein Licht in der unterirdischen Kammer, die ihr als Versteck diente. Auch wenn es Licht gegeben hätte, zu optischen Wahrnehmungen wäre sie nicht imstande gewesen, weil ihre Augen nicht mit Sehnerven ausgestattet waren. Dafür verfügte sie über Organe, die jede Bewegung im Nest wie ein Radarmelder registrierten.

Der große, grotesk geschwollene Rumpf war mit dunklen Adern bedeckt, die bei der geringsten Anstrengung zu platzen drohten. Die Haut war hauchdünn und von schmutzigem Weiß. Die Kiefer wichen auseinander, als sie ausatmete. Ihr Maul befand sich an dem zweiten Kopf, der als mißgestalteter Stumpf aus dem Körper ragte. Es war ein zahnloses Maul, und der zweite Kopf hatte keine Augen. Ihre Füße waren viel zu schwach, um die Lust des prallen Leibes zu tragen, und weil sie noch nie bewegt worden waren, hatten die Klauen die Form gigantischer Säbel angenommen. Der Schwanzstummel war mit Schuppen besetzt. Die Mutter-Ratte glich einem pulsierenden Riesenauge.

Ein Zischen verließ die beiden Mäuler. Sie versuchte, sich auf die andere Seite zu wälzen, aber das ungeheure Gewicht vereitelte die Bewegung. Staub wallte auf, das Knochenmehl, das die Kriegerratten für sie zubereitet hatten. Sie wußte, daß die schlanken, schwarzen Kreaturen sie mit ihrem Leben gegen die Feinde verteidigen würde. Sie rief die Ratten zu sich, um ihnen die Weisungen zu übermitteln.

Die Kriegerratten waren nicht die einzigen Lebewesen, die das Nest mit ihr teilten. In geringer Entfernung der Mutter-Ratte lagen ihre erwachsenen Nachkommen, bizarre Monstren, die sich wie tausendfach vergrößerte Würmer im Unrat wanden. Ihre Gestalt unterschied sich von den Kriegerratten ebenso wie von den Arbeiterratten. Die Mutter-Ratte hatte sie großgezogen. Mit vielen von ihnen hatte sie kopuliert.

Wie das Wesen, aus dessen Bauch sie geschlüpft waren, mußten die Söhne und Töchter ohne Gliedmaßen auskommen. Sie waren Gefangene ihrer Mißbildungen. Viele waren gestorben, ihre Körper verrotteten im Nest. Andere lagen im Sterben.

Die Mutter-Ratte begann zu kreischen. Es klang wie das Plärren eines Säuglings. Sie hatte Angst.

Aber sie spürte, daß ihre schwarzen Legionen ihr zu Hilfe kommen würden. Die Arbeiterratten würden sich einen Weg durch die überfluteten Tunnels bahnen. Sie würden ihr die Menschenschädel bringen, nach deren Inhalt sie gierte. Mit ihren gekrümmten Stoßzähnen würden die Diener die Schädel anbohren, so daß die Mutter-Ratte das Gehirn heraussaugen konnte.

Schnaufend vor Ungeduld lag sie in der Dunkelheit, obszön fett, von unkontrollierbaren Zuckungen bewegt, während ihre sechs Kinder, alle von unterschiedlicher Gestalt, an ihren Zitzen saugten.

27

Benommen vor Schreck, erfüllt von Gefühlen, in denen sich Angst, Mitleid und Ekel mischten, durchschritten sie das Schlachthaus. Die Insassen des Bunkers, die vor dem Holocaust in die Tiefen der Erde geflüchtet waren, hatten für ihr Privileg mit dem Leben gezahlt. Sie waren von der Gefahr überrascht worden, von einem Feind, der in den Gängen und Tunnels auf sie gelauert hatte.

Der erste Raum, den Culvet und seine Gefährten betraten, hatte eine sehr große Ausdehnung. Die Decke war niedrig, die Wände bestanden aus Beton. Die elektrische Beleuchtung funktionierte noch. Inmitten der Leichen standen merkwürdige, feldgrau gespritzte Fahrzeuge. Keine Hoheitszeichen, keine Beschriftung. Die Fenster glichen Schießscharten. Es gab vier Panzer ohne Geschützturm. Es gab Panzerspähwagen mit Geschützen, deren Rohre weit über die Karosserie hinausreichten. Kettenfahrzeuge, deren einziger Einstieg oben lag, und Armeelastwagen mit Türen auf beiden Seiten. Alle Fahrzeuge, die nicht mit Ketten ausgestattet waren, hatten überbreite Reifen — und alle waren leer.

An der Stirnseite des Raums waren zwei schwere Eisentore zu erkennen, beide verschlossen.

Dealey hatte ihnen erklärt, daß sich jenseits der Tore gewundene Rampen befanden, die an die Oberfläche führten. Und Ellison hatte vorgeschlagen, den Bunker über diese Rampen zu verlassen. Die Gruppe hatte dem sofort zugestimmt, denn inzwischen hatten sie Leichen entdeckt, die so furchtbar verstümmelt waren, daß sie kaum noch als Menschen zu erkennen waren. Die Gruppe hatte sich zwischen den Fahrzeugkolonnen hindurch gewunden, mit Bedacht den verwesten Skeletten ausweichend, die jede freie Stelle bedeckten. Schließlich waren sie vor den beiden Stahltoren angekommen. Die Bedienungsvorrichtung war mit einem verglasten Kasten abgedeckt, und das Glas war mit Blut beschmiert. Sie umrundeten die beiden Leichen, die in gespenstisch verkrümmter Haltung vor der Wand lagen. Fairbank öffnete den Glaskasten und drückte auf die Knöpfe, von denen er annahm, daß sie den Öffnungsmechanismus in Gang setzen würden. Nichts bewegte sich.

Sie inspizierten die Entseuchungsräume und stießen auf grauenhaft entstellte Leichen in den Duschen.

Erst als sie die Entseuchungsräume verließen, war Culver, Fairbank, Ellison und Kate gedämmert, welche riesigen Ausmaße der Bunker hatte, der im Auftrag der Regierung errichtet worden war. Dealey hüllte sich in Schweigen, während die anderen Mitglieder der Gruppe ihrem Erstaunen Ausdruck gaben.

Sie gingen durch einen fünf Meter breiten Korridor, dessen Wände mit farbigen Streifen bedeckt waren. Die Streifen verschwanden in seitlichen Schächten, ohne daß die Bedeutung der einzelnen Farben zu erkennen war. Schließlich fanden sie eine Tafel, die an der Wand hing und ihre Neugier befriedigte. Die verschiedenen Bereiche des Bunkers waren mit Farben gekennzeichnet, und die Streifen an den Wänden stellten die Orientierung dar, wie man zu den einzelnen Räumen gelangen konnte. Es gab eine KLINIK und eine BÜCHEREI, einen GYMNASTIKRAUM und ein KINO, eine DRUCKEREI und einen Bereich FEUERWEHR. Wie sie bei der weiteren Erkundung der Schutzräume feststellten, waren im Bunker auch Sendeanlagen für Radio und Fernsehen eingerichtet worden. Es gab einen Schreibpool mit Tischen und Geräten für eine größere Anzahl von Schreibkräften, Schlafräume und sogar einen BAHNHOF. Ein Bahnhof? Dealey wußte, was sich hinter der Bezeichnung verbarg, nämlich der unterirdische Bahnsteig, der den Bunker mit dem Flughafen Heathrow verband.

»Eine Stadt in der Stadt«, sagte Ellison, sichtlich beeindruckt.

Sie waren in den Hauptkorridor eingebogen. Leichen und noch mehr Leichen. Sie kamen an einem Schlafsaal vorbei. Kate, die neugierig war, warf einen Blick hinein und fuhr zurück, als sei sie von einer Tarantel gestochen worden. In den Betten lagen die Überreste jener, die von den Ratten im Schlaf überrascht worden waren. Vor den Schränken türmte sich eine Pyramide abgenagter menschlicher Skelette, Menschen, die versucht hatten, sich vor den angreifenden Bestien in Sicherheit zu bringen.

Sie kamen an zweisitzigen Fahrzeugen mit Elektromotor vorbei. Die Wände des Korridors waren in regelmäßigen Abständen mit Kameras versehen. Alle hundert Meter gab es eine Strahlenschleuse mit Geigerzähler und Gegensprechanlage. Dealey versuchte, eines der Geräte zu betätigen. Keine Funktion. Im Gegensatz dazu arbeitete die Belüftungsanlage des Bunkers ganz normal. Das Licht brannte und beleuchtete die in ruhigen Tönen bemalten Wände, die nun – was den Erwartungen der Farbpsychologen in jeder Weise zuwiderlief – den Rahmen für eine Katastrophe sondergleichen abgaben.

Mit jedem Raum, den sie passierten, wuchs ihre Angst und zugleich die Erkenntnis, wie sinnlos der Versuch war, angesichts der grauenhaften Funde, auf die sie stießen, die Empfindlichkeitsschwelle von Mal zu Mal höherzulegen. Die Schrecken, mit denen sie konfrontiert wurden, würden in jedem Fall das Maß dessen übersteigen, was ein Mensch ertragen konnte.

Es gab keine Fläche, die nicht von Skeletten und abgenagten Gliedmaßen übersät war. Es war ein einziger Alptraum, eine Reise durch die Unterwelt. Jeder Schritt brachte neues Entsetzen. Die Toten wurden Legion.

Kate schluchzte. »Wie ist das möglich? Warum haben sie sich nicht gewehrt? Es gibt doch sicher Waffen im Bunker... Und es gab Soldaten...«

Die Frage sollte sehr bald beantwortet werden. Sie waren im Kern des ausgedehnten Komplexes angekommen. Der Korridor teilte sich. In die Wand gegenüber war eine Stahltür eingelassen. Vor der Tür ein querliegender Betonklotz. Oben automatische Kameras. Eine Schalttafel.

Sie brauchten die Knöpfe nicht zu betätigen, die Schiebetüren standen offen. In dem Spalt waren zwei Leichen eingeklemmt. Auf den Knochen zerfetzte Uniformen.

Soldaten.

Culver hob die Maschinenpistole auf, die neben einem der beiden Toten lag. »Eine MAC-II.« Er richtete den Lauf der Waffe in den leeren Korridor und betätigte den Abzug. Ein metallisches Klicken. Leer. »Schade.« Culver warf die Waffe auf den Boden.

Fairbank starrte auf den Raum, der jenseits der Schiebetüren zu erkennen war. »Was ist das?«

»Die Schaltzentrale des Bunkers. Das Nervenzentrum. Von hier aus kann man die Generatoren und alle anderen Geräte ein- und ausschalten.« Er zögerte. »Hinter den Schaltschränken liegen die Wohnräume für... bestimmte Personen und der Kommandoraum der Militärs. Ein Bunker im Bunker, wenn Sie so wollen.«

»Sie sprechen von Wohnräumen«, sagte Culver. »Ein Schutzraum für die *Crème de la Crème*?«

»Ich brauche Ihnen wohl nicht zu sagen, für wen dieser Teil des Bunkers reserviert ist.«

Culver schüttelte den Kopf.

Kate packte ihn am Arm. »Laß uns hier verschwinden, und zwar sofort!«

Dealey deutete auf den Türspalt. »Da drin sind Waffen. Holen wir sie uns!«

»Da drin«, sagte Kate, »sind vielleicht auch die Ratten, die dies alles angerichtet haben.«

»Ich bin sicher, daß die Ratten den Bunker längst verlassen haben. Wir haben keine einzige dieser Bestien zu Gesicht bekommen, seit wir in den Schacht eingestiegen sind. Die Mutanten haben sich genommen, was sie brauchten, jetzt sind sie auf der Suche nach...«

»Nach frischem Fleisch«, vollendete Fairbank den Satz.

»Gut möglich.«

Culver hielt die Hand über die Augen gelegt. »Was ich

immer noch nicht verstehe: Wie sind die Tiere überhaupt in den Bunker gekommen?«

»Vielleicht finden wir dort drinnen die Antwort auf Ihre Frage.« Dealey ging auf die Tür zu und zwängte sich durch den Spalt, ohne Culvers Entgegnung abzuwarten.

Die anderen sahen sich an. Fairbank zuckte die Achseln, dann trat er einen Schritt vor, um Dealey zu folgen. »Was haben wir zu verlieren?«

Mit geschlossenen Augen schritt Kate über die verwesten Körper hinweg, die den Eingang blockierten. Aus dem Inneren des Raums schlug ihr ein unbeschreiblicher Gestank entgegen.

Tote. Kopflose Leichen. Und mehr als das. Inmitten der menschlichen Überreste lagen tote Riesenratten.

Sie hatten den kreisrunden Kommandoraum der Militärs betreten und auf den gepolsterten Stühlen Platz genommen. Zuvor waren sie im Arsenal gewesen und hatten sich bewaffnet. Kate und Dealey trugen jetzt Pistolen, die anderen Maschinenpistolen.

Die Galerie, auf der sie saßen, gab den Blick auf das matterleuchtete Rund frei, das mit übersichtlich angeordneten Arbeitstischen angefüllt war. Computer, Monitore, Telefone, Fernkopierer, Schalttafeln. Einer der großen Sichtschirme, die in einiger Höhe an der Wand angebracht waren, zeigte die Spuren von Einschüssen. Dealey erklärte ihnen, daß diese Sichtschirme, wenn die Elektronik eingeschaltet war, die militärische Situation in anderen Teilen der Welt abbildeten.

Die ganze Technik hatte die Insassen des Bunkers nicht vor den Ratten zu retten vermocht. Die Soldaten mit ihren Schnellfeuergewehren waren von den Mutanten überwältigt worden. Wie war das möglich? Wie viele Ratten, *wie viele*, mußten in den Bunker eingedrungen sein, um ein Blutbad von solchen Ausmaßen anzurichten? Wie hatten die Tiere in den doppelt und dreifach gesicherten unterirdischen Komplex eindringen können?

Es war Alex Dealey, der eine Antwort auf diese Fragen zu geben versuchte.

»Die Ratten waren bereits im Bunker«, sagte er leise. »Und das seit vielen Jahren. Offensichtlich haben sie sich von den Vorräten ernährt, die für den Krisenfall eingelagert worden waren. Diese Vorräte werden in einem Untergeschoß aufbewahrt.«

»Gab es denn keine Kontrollen?« fragte Fairbank.

»Es gab Kontrollen, aber es wurde nie eine Ratte gefunden.«

»Ich verstehe trotzdem nicht, warum die Tiere das technische Personal des Bunkers nie angegriffen haben.«

»Die Erklärung ist einfach«, sagte Dealey. »Sie hatten Angst vor den Menschen.«

»Diese Angst haben sie dann in sehr beeindruckender Weise überwunden.«

»Als die Atombomben gefallen waren, ja. Sie müssen gespürt haben, daß sie jetzt am längeren Hebel saßen. Vielleicht hat auch die starke Zunahme der Population zu der Veränderung in ihrem artspezifischen Verhalten beigetragen. Es gibt noch einen dritten Grund. Sie haben die Evakuierung der Menschen als Invasion ihres Territoriums empfunden. Die Feinde waren in ihre Domäne eingedrungen, sie mußten sie töten. Meine Theorie ist, daß alle diese Faktoren zusammengewirkt haben.«

»Sie haben sich gegen das Feuer automatischer Waffen durchgesetzt«, sagte Fairbank. »Dazu gehört ungeheurer Mut.«

»Vielleicht hatten sie eine Motivation, die noch stärker war als das, was man Mut nennt.«

Aller Augen richteten sich auf Culver.

»Es ist nur so ein Gefühl«, sagte er. »Ich glaube, es

steckt mehr dahinter, als wir uns aufgrund logischer Schlüsse vorstellen können.«

Ellison schien dem Verdacht, den Culver ausgesprochen hatte, keine große Bedeutung beizumessen. »Ich kann nach wie vor nicht begreifen, wie die Ratten so viele Menschen überwältigen können. Es gab Türen im Bunker, mit denen bestimmte Bereiche hermetisch abgeschottet werden konnten.«

»Solche Türen schützen nur, wenn sie funktionieren«, sagte Dealey. »Wir haben bei der Inspektion des Bunkers festgestellt, daß die gesamte Elektronik lahmgelegt ist. Ich glaube zu wissen, warum. Die Ratten haben die Kabel angenagt.«

»Und warum gibt es Licht? Warum funktioniert die Klimaanlage?«

»Diese beiden Systeme sind separat geschaltet.« Dealey lehnte sich auf seinem Stuhl zurück. Er ließ die Innenseite der Hände über seine Wangen gleiten und heftete den Blick auf den Revolver, der vor ihm auf dem Tisch lag. »Nach dem, was wir gesehen haben, bin ich überzeugt, daß der Angriff der Ratten unmittelbar nach der Explosion der Atombomben erfolgte. Im Bunker herrschte totale Verwirrung, auch unter den Soldaten.«

»Wie viele Menschen mögen sich zu diesem Zeitpunkt im Bunker befunden haben?« fragte Kate.

»Das ist unmöglich zu sagen. Vielleicht Hunderte. Die Zahl der Leichen, auf die wir gestoßen sind, gibt uns eine gewisse Vorstellung. Aber es ist natürlich möglich, daß viele an die Oberfläche geflohen sind, als die Ratten kamen.«

Culver meldete sich zu Wort. »Die Wohnräume, die wir vorhin inspiziert haben... Sie sprachen von gewissen Personen, die dort Unterkunft finden sollten. Wen meinen Sie?«

»Ich meine natürlich die Königliche Familie«, gab Dealey zur Auskunft. »Ich bin außerordentlich erleichtert, daß wir diese Räume leer vorgefunden haben. Vermutlich ist die Königliche Familie, als sich die Krise zuspitzte, in einen anderen Teil des Landes gebracht worden.«

»Und die Premierministerin?«

»Wie ich sie kenne, ist sie wohl in London geblieben. Wo, das vermag ich nicht zu sagen. Wie ich schon bei anderer Gelegenheit erwähnte, es gibt eine ganze Reihe geheimer Bunker.«

Für Culver waren die Konsequenzen dessen, was Dealey geschildert hatte, schlicht unglaublich. Für eine ganz bestimmte Gruppe einflußreicher Persönlichkeiten, für eine Elite, war mit ungeheurem Aufwand ein atombombensicherer Bunker konstruiert worden. Die Bürger hatte man ihrem Schicksal überlassen. Aber die Ironie des Schicksals hatte aus der Fluchtburg der Elite eine Todesfalle gemacht. *Die verdammten Dummköpfe hatten die Schutzräume ausgerechnet über dem Nest der Schwarzen Ratten gebaut, nur wenige Meter unterhalb der Stelle, wo sich die Mutanten, die bei Kernwaffenversuchen entstanden waren, ihr Heim eingerichtet hatten.* Wenn es einen Schöpfer gab, dann konnte er mit den Menschen endlich einmal zufrieden sein. Die politischen Führer, die das Chaos verschuldet hatten, waren für ihre grenzenlose Torheit auf fürchterliche Weise bestraft worden, zumindest einige von ihnen.

Fairbank war aufgestanden und starrte auf die geisterhafte Szene zu seinen Füßen. Zwischen den zerfleischten Menschen lagen tote Ratten. »Ich verstehe das nicht. Gut, die Insassen des Bunkers haben eine Reihe von Ratten getötet, bevor sie vom Rudel überwältigt wurden. Aber haben Sie sich die toten Tiere einmal näher angesehen? Keine Einschüsse, keine Wunden. Und keine Anzeichen von Verwesung. Diese Bestien sind erst vor ganz kurzer Zeit gestorben.«

Dealey war alarmiert. »Wir müssen die Rattenkadaver sofort untersuchen.«

Sie gingen die Treppe hinunter, die das Rund des Kommandoraums mit der Tribüne verband.

»Hier«, sagte Culver.

Zögernd näherten sie sich einer Ratte, die wie schlafend aussah. Nur die starren Augen verrieten, daß das Tier tot war.

»Die Schnauze ist mit Blut verschmiert«, stellte Culver fest. Er wälzte den steifen Kadaver mit der Mündung seiner Maschinenpistole auf die andere Seite. Er fand weder Einschüsse noch Wunden. »Woran ist sie gestorben?« wunderte er sich. »Gift?«

»Möglich«, sagte Dealey. »Wir hatten Rattengift im Bunker ausgelegt. Aber keine Ratte geht an einen Köder, wenn sie andere Nahrung in Hülle und Fülle hat. Das alles macht keinen Sinn...«

Er versank in Grübeln. Als er wenig später eine Bemerkung hinzufügen wollte, wurde er von Kate unterbrochen, die auf der Tribüne geblieben war. »Gehen wir! Wir sind in Gefahr, das spüre ich!«

»Sie hat recht«, sagte Culver. »In diesem Höllenloch erwarten uns weitere Überraschungen — und keine guten.«

Niemand hätte zu definieren vermocht, was Culver damit meinte, aber niemand widersprach ihm, weil alle das Unheil witterten, das in der Luft lag. Mit raschen Schritten erklommen sie die Treppe. Die Entdeckung der Mutanten, die aus unerklärlichen Gründen gestorben waren, bestätigte sie in der Befürchtung, daß sie, als sie von der Oberfläche in den Regierungsbunker überwechselten, vom Regen in die Traufe gekommen waren. Sie waren in eine Todesfalle hinabgestiegen. Es war ihnen, als könnten das Gebirge aus Stein, das sich über ihnen auftürmte, in der nächsten Sekunde zusammenstürzen.

Und wenn das geschah, würden sie sich im Reich der Ratten wiederfinden, das sich unter der Zitadelle befand.

28

Die Generatoren des unterirdischen Elektrizitätswerks glichen rauchgeschwärzten Särgen.

»Jetzt wissen wir, wie es passiert ist«, sagte Dealey. Die Traurigkeit des Verlierers zeichnete seine Züge. »In diesem Raum fand die entscheidende Schlacht mit den Ratten statt. Eines der Tiere hatte ein Kabel angenagt. Kurzschluß. Ein Techniker kommt, um die Ursache zu prüfen, und stößt auf das flüchtende Tier. Schüsse. Eine Explosion. Kettenreaktion. Die ganze hochmoderne Technologie, lahmgelegt von einer einzigen Ratte!«

Ellison rieb sich das Kinn. »Das ist auch der Grund, warum wir vom Kingsway Exchange keinen Kontakt mit dem Regierungsbunker bekommen haben. Alle Leitungen waren tot.«

»Keine Nachrichtenverbindungen mehr«, sagte Fairbank. »Ausfall aller elektrischen Systeme, mit Ausnahme der Beleuchtung und der Klimaanlage. Die automatischen Türen ließen sich nicht mehr öffnen, die Schleusen ließen sich nicht mehr schließen. Die Falle war zugeklappt.«

»Werden denn alle Türen und Tore des Bunkers elektrisch betrieben?«

»Leider ja.« Dealey hielt den Blick zu Boden gerichtet. »Sie müssen verstehen, dies war ein Geheimbunker. Die Ausgänge mußten zentral überwacht werden.«

Fairbank tastete nach der Axt, die immer noch in seinem Gürtel steckte. »Wir verlieren kostbare Zeit; machen wir, daß wir hier rauskommen.« Sein Blick heftete sich auf Culver.

»Dealey, Sie kennen sich im Bunker besser aus als der Rest von uns. Wie kommen wir am schnellsten wieder an die Oberfläche?«

»Vielleicht gibt es Ausgänge, die von den Flüchtenden aufgebrochen wurden. Wenn nicht, müssen wir den Weg nehmen, den wir gekommen sind.«

Sie waren auf dem Weg zur Tür, als Fairbank vor einem seitwärts führenden Gang stehenblieb. Er ging hinein. Sekunden später kehrte er mit allen Anzeichen der Aufregung zurück. »Sehen Sie sich das einmal an!«

Sie folgten ihm zu einem hohen Raum, der fast zur Gänze von einem Öltank eingenommen wurde. Die Beleuchtung war schwach. Als sie eintraten, empfing sie ein pestilenzartiger Gestank.

Der Fußboden vor dem Tank war mit einem riesigen Haufen steifer, regloser Ratten bedeckt.

Kate zitterten die Knie. Sie wandte sich ab und wollte den Gang zurücklaufen.

»Die Tiere sind tot!« rief Culver. Sie blieb stehen. Immer noch ängstlich, folgte sie den vier Männern, die auf den stinkenden Haufen zugingen. Es waren Hunderte von Ratten, die dort lagen. Die gebrochenen Augen schienen auf die Menschen gerichtet.

»Woran sind sie gestorben?« flüsterte Ellison.

Culver überwand seinen Ekel und kniete nieder. Er untersuchte eines der Tiere und fand Blut am Unterkiefer, ähnlich wie bei den Ratten, die sie im Kommandoraum entdeckt hatten.

»Mir ist das ein Rätsel«, sagte er.

»Diese Tiere waren krank«, ließ sich Dealey vernehmen. »Das Blut, das sich an ihrer Schnauze findet, ist ihr eigenes. Blutiger Speichel. Eine Seuche. Hoffen wir, daß auch der Rest dieser Bestien an dieser Krankheit umkommt.« Er beugte sich nach vorn und berührte die Ratte mit der Mündung seiner Waffe. »Ich tippe auf Lungenpest.«

Culver wich zurück. »Kann das auf Menschen übertragen werden?«

Dealey nickte.

»Dann sollten wir...« Er ließ den Satz unvollendet.

»Es gibt noch einen anderen Grund, warum wir schnellstens verschwinden sollten«, sagte Dealey.

»Verfluchte Bestien!« schrie Ellison, der an der Tür zurückgeblieben war. Er hob seine Maschinenpistole und feuerte in die schwarzglänzende Pyramide hinein. Der Raum hallte wider von den Schüssen. Die Ratten sprangen hoch, als ob sie noch am Leben wären. Culver und Dealey wichen zurück. Kate hatte ihre Waffe fallenlassen und hielt sich die Ohren zu. Fairbank, von Abscheu auf die tückischen Kreaturen erfüllt, hatte neben Ellison Aufstellung genommen. Auch er feuerte aus seiner automatischen Waffe in den widerlichen Haufen.

Culver stand da und beobachtete die Wirkung, die der Geschoßhagel bei den Ratten anrichtete. Bäuche wurden zerfetzt, Läufe zertrümmert, Köpfe platzten auf, ein schuppenbesetzter Schwanz, so lang wie ein menschlicher Arm, peitschte durch die Luft.

Plötzlich Stille. Culver ging zu den beiden Männern. »Das genügt. Wir sollten jetzt...« Kates Aufschrei ließ ihn herumfahren.

»Sie bewegen sich! Sie leben noch!«

Sie deutete über ihre Schulter. Culver machte einen Schritt auf den Haufen der schwarzglänzenden Leiber zu.

Nichts.

Dann sah er es.

Der düstere Berg war in Bewegung geraten. Die Ratten

krochen übereinander hinweg. Ihre gelben Augen funkelten wie glimmender Schwefel. Ein Zischen kam aus den bösen Schnauzen.

Culver hob seine Maschinenpistole. Die erste Garbe spaltete eines der Tiere in zwei zuckende Hälften. Fairbank war neben ihn getreten und ließ die Waffe belfern.

Pause. Beobachten.

Die Ratten kamen auf sie zugekrochen, unbeirrbar, wie von einem Magneten angezogen.

»Was ist los mit diesen Tieren?« schrie der Techniker. »Was treibt sie?«

»Der Haß«, sagte Culver. »Sie hassen uns ebensosehr wie wir sie, vielleicht noch mehr. Gott sei Dank sind sie durch die Krankheit so geschwächt, daß sie uns nichts mehr anhaben können.«

»Ich würde es vorziehen, wenn wir unsere Gebete draußen sprechen.«

Culver rief die anderen zu sich. »Wir sollten keine Zeit mit der Suche nach anderen Ausgängen vertun«, sagte er. »Ich schlage vor, wir gehen den Weg zurück, den wir schon kennen. Einverstanden?«

Die anderen nickten. Culver ergriff Kate am Handgelenk. »Die Ratten sind zu schwach, um uns einzuholen«, sagte er.

Sie lehnte sich an ihn, dankbar für den Mut, den er ihr eingeflößt hatte.

Sie rannten los. Sie hatten die Panzerwagen passiert, als Culver der Gruppe Halt gebot. »Taschenlampen! Wir brauchen Taschenlampen.«

»Ich weiß, wo welche sind«, schrie Fairbank. Er eilte zu einem verglasten Raum, der am Ende der unterirdischen Halle zu erkennen war und verschwand in der Tür.

»Ich könnte mir vorstellen, daß einige der Bunkerinsassen überlebt haben«, sagte Culver.

»Und wie?«

Der Pilot deutete auf einen Panzer. »Da drin. Sie konnten sich in solch einem Kampfwagen einschließen und abwarten, bis die Ratten den Bunker verließen.«

»Und dann durch einen Tunnel flüchten?«

Culver zuckte die Schultern. »Möglicherweise.«

»Wer das wirklich getan hat, ist dann oben an der Strahlung gestorben.«

»Es war nur ein Gedanke.«

Fairbank war zurückgekommen. Er hielt zwei schwere Stablampen in der Hand. »Die Dinger sind mir aufgefallen, als ich den Raum beim ersten Durchgang durchsuchte.« Er gab Culver eine der Lampen. »Hier.«

Sie liefen weiter und erreichten die Stelle, wo sie den ersten Toten gefunden hatten. Die kopflose Leiche war immer noch da, aber die Flüchtenden hatten soviel Grauen gesehen, daß sie an die skelettierte Gestalt keinen Blick mehr verschwendeten. Sie schlüpften durch den Spalt der Schleuse.

»Soll ich die Tür ins Schloß ziehen?« fragte Culver. »Wenn ich das mache, ist uns der Rückweg in den Bunker versperrt.«

Kate erschauderte. »Was auch passiert, ich gehe nicht mehr in dieses Schlachthaus zurück.«

Culver sah Dealey und Fairbank an.

Die beiden nickten.

Er schloß die Tür.

Eisige Kühle umfing sie. Die Kegel der Taschenlampen irrten über die triefenden Wände.

Es war Dealey, der das lastende Schweigen brach. »Ich schlage vor, wir nehmen den ersten Schacht, der nach oben geht, nicht den, durch den wir gekommen sind.«

»Ich laufe vor, während Sie abstimmen«, spottete Fairbank und rannte los.

»Entfernen Sie sich nicht zu weit von der Gruppe!« schrie Culver hinter ihm her.

»Keine Sorge. Ich warte auf Sie am ersten Schacht.«

Sie setzten sich in Bewegung, liefen durch den überspülten Tunnel. Kate achtete darauf, daß sie in Sichtweite ihres Freundes blieb. Plötzlich plätschernde Schritte aus der Gegenrichtung. Das Geräusch kam näher. Sie wurden geblendet.

Fairbank wäre beinahe mit Culver zusammengestoßen.

Der Techniker lehnte sich an die Wand und richtete den Strahl seiner Taschenlampe in die Richtung, aus der er gekommen war. »Die Ratten«, keuchte er. »Sie sind irgendwo da vorn. Ich habe ihr Pfeifen gehört. Vor uns und über uns.«

Sie standen da und lauschten. Das Kratzen scharfer Klauen. Rascheln. Fiepsen. Das Geräusch kam aus dem Tunnel. Und dann, ganz schwach, von einer Stelle über ihnen.

»Zurück!« sagte Culver. Er versetzte Kate einen Stoß.

»Wir können nicht in den Bunker zurück!« schrie Ellison. »Wir sitzen in der Falle!«

Culver und Fairbank standen Schulter an Schulter. Ihre Lampen ertasteten das Dunkel des Ganges. Sie hatten ihre Maschinenpistolen in Anschlag gebracht und entsichert. Sie warteten auf die Ratten.

Sie mußten nicht lange warten. Die Tiere hatten den Rand der Lichtinsel erreicht und füllten den Tunnel auf ganzer Breite, eine mächtige, schwarze Flut, auf deren Wogenkämmen gelbe Augen leuchteten.

Culver und Fairbank eröffneten das Feuer zur gleichen Zeit. Zerfetzte Mutanten wurden durch die Luft geschleudert, landeten auf dem Rücken tödlich getroffener Artgenossen. Ein Wall blutüberströmter Kadaver bildete sich, aber aus den Tiefen des Korridors rückten Scharen von Ratten nach, schoben sich mit ihrem straffen Bäuchen über den rötlichen Schaum, der den Boden bedeckte. Culver machte eine Feuerpause. Er wandte sich zu den Gefährten, die hinter ihm standen.

»Zurück in den Tunnel!« schrie er.

Die Woge der angreifenden Nager brach sich. Culver und Fairbank hielten die Mündung ihrer Maschinenpistolen zu Boden gerichtet, ohne den Blick von den blutüberströmten Kreaturen zu nehmen, die sich, vielleicht fünfzig Schritte von ihnen entfernt, im Wasser wälzten.

»Steve!« In Kates Stimme klang ihre Verzweiflung durch. »Wohin?«

»Sucht das Sickerrohr. Es ist mit einer Klappe gesichert, die in den Boden eingelassen ist. Wir sind vorhin dran vorbeigekommen. Beeilt euch!«

Spitzköpfige Schatten kamen aus dem Tunnel gehuscht. Culver und Fairbank schickten eine zweite Geschoßgarbe auf die angreifenden Tiere. Die Funken von Querschlägern erhellten die schaurige Szene.

»Licht! Wir brauchen Licht!« schrie Ellison in Panik.

Culver reichte seine Stablampe nach hinten, ohne den Finger vom Abzug seiner Waffe zu nehmen. Ellison ergriff die Lampe und rannte los. Kate folgte ihm. Das Rattern der Maschinenpistolen erstarb.

»Sie kommen«, schrie Fairbank.

Gnadenlos setzten die Ratten ihren Angriff auf die beiden Männer fort, indem sie über die verletzten Artgenossen hinwegsprangen. Nur die Enge des Tunnels bewahrte Culver und Fairbank davor, von dem unablässig nach vorn drängenden Rudel, das aus Tausenden von Tieren bestand, niedergewalzt zu werden.

»Das Sickerrohr! Hier ist es!« Das war Ellisons Stimme.

Die zweite Woge der Mutanten war zum Stillstand gekommen. Die Tiere drängten sich in einem zappelnden

Haufen, eingepfercht zwischen die Wände des Korridors. Culver gab Fairbank Anweisung, den Strahl der Lampe etwas anzuheben. Mit Entsetzen gewahrten sie ein schwarzes Meer von Mutanten, die sich hinter den angreifenden Tieren verborgen hatten. Soweit das Auge reichte, war der Tunnel mit Ratten gefüllt.

Der Pilot warf einen Blick hinter sich. Ellison und Dealey knieten vor der Abdeckung des Sickerrohrs, Kate leuchtete ihnen. Culver zog Fairbank die Axt aus dem Gürtel. Er sprach im Flüsterton, denn jedes laute Geräusch konnte das Ungeziefer reizen, den Angriff wieder aufzunehmen. »Feuern Sie, sobald sich die Ratten aufs neue in unserer Richtung in Bewegung setzen.«

Culver lief zu den beiden Männern, die an dem Deckel des Abflußrohrs zerrten. Er gab Ellison seine Maschinenpistole. »Helfen Sie Fairbank.« Er beugte sich vor, um die Abdeckung des Rohrs aus der Nähe zu betrachten. »Wie tief liegen die Abwasserkanäle?« fragte er Dealey.

»Keine Ahnung«, flüsterte der Regierungsbeamte. »Ich glaube, daß da unten Rohre verlaufen, die das Sickerwasser ins Kanalisationssystem ableiten, aber wie tief diese Rohre liegen, weiß ich nicht. Vor allem ist unklar, ob die Rohre genügend Durchmesser haben, so daß wir sie als Fluchtweg benutzen können.«

Culver legte das Ohr auf den Stahldeckel. Das Plätschern des Sickerwassers war zu hören, aber ob dieses Wasser in einem engen Rohr abgeleitet wurde oder ob es in geringer Tiefe in einen Hauptkanal floß, war nicht zu unterscheiden. Er schob die Klinge der Axt in den Spalt, der sich zwischen dem Deckel und der Ummauerung des Schachtes öffnete. Bevor er die Axt als Hebel benutzte, kratzte er mit den Fingern den Schmutz aus der Vertiefung.

Fairbanks angstvolles Flüstern ließ ihn zusammenzukken. »Sie greifen wieder an! Diesmal kriechen sie wie Schlangen, die verdammten Bestien!«

Culver stieß die Klinge in die Ritze, bis er auf unüberwindbaren Widerstand stieß. »Dealey«, zischte er. »Sie heben den Deckel auf Ihrer Seite an, sobald ich es sage.«

»Schnell! Um Gottes willen, machen Sie schnell!« Ellison.

Kates Hand hatte zu zittern begonnen, das Licht der Stablampe wurde zu einem Fleck, der wie verrückt auf dem Boden hin und her tanzte.

»Jetzt!« Culver drückte mit seinem ganzen Gewicht gegen den Stiel der Axt, und im gleichen Augenblick zog Dealey am Deckel. Einige Sekunden lang bewegte sich gar nichts, aber dann spürte der Pilot, wie die Abdeckung sich aus der Vertiefung hob. Es gab einen dumpfen, saugenden Laut, dann öffnete sich der Spalt. Wasser strömte in die Tiefe. Die Klappe schwang auf, Culver stemmte den Deckel hoch. Das Metall prallte an die Wand des Tunnels.

Er riß Kate die Taschenlampe aus der Hand und lenkte den Strahl in die Öffnung. Das Sickerrohr hatte einen Durchmesser von etwa sechzig Zentimetern. In etwa dreieinhalb Metern Tiefe war ein Kanal zu erkennen, in dem Schmutzwasser dahintrieb.

Culver mußte schreien, um die Kakophonie der Schüsse und der quietschenden Ratten zu übertönen. Er zupfte Dealey am Ärmel.

»Das Sickerrohr hat keine Sprossen! Sie müssen sich ins Wasser fallen lassen. Sobald Sie unten sind, achten Sie auf Kate, sie springt als nächste!«

Dealey zögerte nicht eine Sekunde. Zwar hatte er furchtbare Angst, in die Tiefe zu springen, aber die Gewißheit, daß die Ratten ihn bei lebendigem Leibe auffressen würden, wenn er oben blieb, war noch schlimmer. Er ließ sich in den Schacht gleiten und stützte sich mit den

Ellbogen auf der Ummauerung auf. Dann holte er tief Luft, schloß die Augen und ließ sich fallen.

Er spürte, wie die Unebenheiten des Rohrs sein Kinn und die Haut an seinem Bauch aufschürften. Nach Sekunden, die ihm wie eine Ewigkeit vorkamen, plumpste er in den Kanal. Er schrie auf, als er das kalte Wasser an seinen Füßen spürte. Sein Schrei war wie abgeschnitten, als er auf dem schlammigen Boden der Rinne aufkam. Und dann kniete er in den trüben Fluten, bis zu den Schultern im Wasser. Sein Kopf war im Licht gebadet, das von oben kam.

»Es ist nicht tief!« schrie er. »Wir können es schaffen!«

Die Öffnung über ihm verdunkelte sich. Dealey stand auf. Die Decke des Kanals war gewölbt, der Scheitelpunkt lag in etwa 1,20 Metern Höhe. Schmutzbrocken regneten auf den Mann herab, der in gebückter Haltung in der Röhre verharrte, und dann spürte er Kates Füße auf seinen Schultern. Er half ihr, den Schacht hinabzugleiten.

Das Geräusch der Schüsse hatte sich verändert. Nur noch eine der beiden Maschinenpistolen feuerte.

Culver, der oben, vor dem offenen Schacht, kniete, sah hinter sich. Sein Blick fiel auf Fairbank, der seine Waffe fortgeworfen hatte.

»Das war's«, schrie der Techniker. »Leer!«

»Kommen Sie zu mir«, befahl Culver. Er steckte sich die Axt in den Gürtel. »Dealey, ich werfe Ihnen jetzt die Taschenlampe runter! Lassen Sie das Ding um Himmels willen nicht ins Wasser fallen!« Er ließ die Lampe in die Tiefe gleiten und atmete auf, als Dealey sie mit beiden Händen auffing.

Ellison und Fairbank kamen zum Schacht gerannt. »Wir können die Ratten nicht länger in Schach halten«, keuchte Fairbank. »Wenn die nächste Angriffswelle kommt, sind wir dran.«

Culver deutete auf die Öffnung. »Zuerst Ellison, dann Sie, Fairbank.« Er benutzte die Pausen zwischen den Feuerstößen, die Ellison abgab, um den beiden seinen Plan zu erläutern. »Wenn Sie unten sind, bleiben Sie unter dem Sickerrohr stehen. Sie müssen mich abstützen, während ich den Deckel schließe. Ich will den Ratten den Weg abschneiden.«

»Das wird nicht einfach sein.«

»Wir leben in einer schwierigen Zeit.«

Culver ließ sich von Ellison die Maschinenpistole aushändigen. »Springen Sie«, befahl er dem Techniker.

Ellison stand da wie versteinert. Er konnte den Blick nicht von den blutigen Kadavern wenden, die sich im Tunnel aufgehäuft hatten. Schlimmer noch als der Anblick der toten Ratten war die Wahrnehmung der mordgierigen Bestien, die wie ein lebender, schwarzer Teppich auf das offene Sickerrohr zugekrochen kamen. »Sie wissen es. Sie wissen, daß sie uns überlegen sind. Sie bereiten sich auf den entscheidenden Angriff vor!«

Was Ellison sagte, war eine Tatsache, Culver spürte das mit jeder Faser seines Körpers. Der Instinkt gab den Tieren das Wissen ein, das ihre Sinne ihnen nicht vermitteln konnten. Die Menschen waren eine leichte Beute, sie hatten gegen die tausendfache Übermacht der angriffswütigen Mutanten keine Chance.

»Springen Sie, Ellison«, wiederholte Culver. Er hatte sich vom Schacht abgewandt und hielt die Taschenlampe auf die Ratten gerichtet. »Ist er unten?« fragte er über die Schulter.

»Ja«, antwortete Fairbank.

»Sie sind der nächste.«

Fairbank sprang. Culver war allein.

Nicht ganz allein. Die herankriechenden Mutanten leisteten ihm Gesellschaft.

Er ließ sich in die Öffnung gleiten. Bisher war's nur

Spaß, dachte er grimmig. Jetzt beginnt der schwierige Teil der Übung.

Die Ratten hatten begriffen, daß die Beute ihnen entwischte. Ihr schauderhaftes Quieken schwoll zu einem wütenden Kreischen an. Wie eine sturmgepeitschte Welle warfen sie sich nach vorn.

Culver hielt die Maschinenpistole auf die heranströmenden Bestien gerichtet. Er nahm den Finger nicht mehr vom Abzug. Die Kugeln zerrissen die anspringenden Tiere, zerfetzten die schwarzen Leiber, schleuderten die abgelösten Knochen und blutiges Gewebe an die Wände des Tunnels. Aber der Strom der Angreifer war unerschöpflich.

Schreiend vor Angst schob sich Culver über den Rand des Schachtes. Als er mit seinen Füßen die Schultern seines Gefährten ertastet hatte, ließ er die Taschenlampe fallen. Er duckte sich und gab einen letzten Feuerstoß auf die Ratten ab, dann schloß er den Deckel über sich.

Er stemmte sich in den Schacht. Die Schultern, auf denen er stand, gaben nach. »Übernehmen Sie die Maschinenpistole«, schrie er nach unten. Er hielt die Waffe ins Dunkel und spürte, wie einer der Männer, wahrscheinlich Fairbank, sie ihm aus der Hand nahm.

Über ihm, jenseits des Metalldeckels, war ein gellendes Inferno. Culver konnte die Ratten nicht mehr sehen, aber er roch ihren stinkenden Atem, der durch die Ritzen in die Tiefe drang. Er zog die Arme ein und ließ sich das Rohr hinab. Fairbank fing ihn auf. Sekunden später sank er in das Wasser des Kanals.

Er verharrte in der Hocke und spürte, wie die Strömung über seinen Schoß floß.

Dealey sprach aus, was die anderen befürchteten. »Die Ratten werden einen anderen Weg finden, um in den Abwasserkanal zu kommen.«

Culver wischte sich das Wasser aus den Augen. Sein Blick fiel auf Ellison, der die Stablampe umklammert hielt. Er wandte sich zu Dealey. Er streckte die Hand aus. »Geben Sie mir Ihre Pistole.«

»Sie ist naß geworden«, keuchte Dealey. Er reichte Culver die Waffe.

»Ellison, die Taschenlampe.«

Wortlos händigte der Techniker ihm die Lampe aus.

»Haben Sie eine Ahnung, in welche Richtung wir gehen müssen?« fragte Culver, zu Dealey gewandt.

»Nein. Ich kenne mich in dem System der Abwasserkanäle überhaupt nicht aus. Davon abgesehen, habe ich in den Gängen des Bunkers jede Orientierung verloren.«

»Dann gehen wir in die Richtung, in die das Wasser fließt.« Culver deutete mit der Mündung des Revolvers nach links. »Irgendwo muß das Wasser schließlich wieder an die Oberfläche kommen.« Er kletterte über seine Gefährten hinweg. »Ich gehe vor. Kate, du gehst hinter mir. Dann Dealey und Ellison. Fairbank übernimmt die Nachhut.«

Stöhnend setzten sich die erschöpften Menschen in Bewegung. Von Culver geführt, wateten sie durch das verschmutzte Wasser, dessen Gestank dennoch nicht so abstoßend war wie der Verwesungsgeruch, der den Bunker erfüllt hatte. Sie kamen nur langsam voran, weil der Schlamm auf dem Grund der Rinne ihre Schritte behinderte. Mit unendlicher Erleichterung vernahmen sie, wie das Kreischen der Mutanten mit jedem Meter, den sie sich vom Sickerrohr entfernten, leiser und leiser wurde.

Weiter. Ihre Füße stießen an Ziegelsteine, die sich aus den morastbedeckten Wänden des Kanals gelöst hatten. Ein lautes Geräusch ließ sie stehenbleiben.

»Fließendes Wasser«, sagte Dealey. »Wahrscheinlich kommen wir gleich an den Hauptkanal.«

»Und an einen Schacht, der in die Freiheit führt«, fügte Ellison hinzu.

»Das ist zu hoffen.«

Sie hasteten weiter. Das Geräusch schwoll zu einem Tosen an. Wenig später erreichten sie den Hauptkanal.

Die Rinne war etwa 3,50 Meter breit und so hoch, daß sie stehen konnten. Auf beiden Seiten lief ein Sims entlang. Sie erklommen den Vorsprung. Der Steg war so schmal, daß sie hintereinander gehen mußten. Eine Hand berührte Culvers Schulter. Er drehte sich um. Kate.

»Sind wir jetzt in Sicherheit?« fragte sie.

Er war entschlossen, sie nicht zu belügen. »Noch nicht. Aber bald.« Er zog sie in seine Arme und küßte sie auf den Scheitel.

Und weiter. In Culvers Erinnerung erstand der Augenblick, als er dem Mädchen im U-Bahntunnel begegnet war. Die bedrückenden Tage im Bunker. Die Flucht aus der Tiefe, die sie in eine völlig zerstörte Welt geführt hatte. Die sterbenden Menschen. Der tollwütige Hund. Bryce. Die Ärztin, die im überfluteten Bunker auf furchtbare Weise ums Leben gekommen war.

Die Bilder in seinem Gedächtnis waren ein waberndes Chaos. Visionen von Ratten, denen blutiger Speichel aus den Schnauzen quoll. Wandelnde Leichen. Krankheit, Verderben und Tod.

Es gab einen roten Faden, der durch das Labyrinth führte. Die Flucht. Das Laufen. Seit der Alarm durch die Häuserschluchten gellte, war er am Laufen. Ob er das rettende Ziel je erreichen würde? Ob er sich in Sicherheit fühlen konnte?

»Eine Abzweigung!« rief Fairbank.

Culver blieb stehen. Die Taschenlampen richteten sich auf eine schmale Steintreppe, die zu einem rechtwinklig abzweigenden Gang in etwa 1,40 Metern Höhe führte.

Kate umklammerte den Arm des Piloten. »Der Ausgang! Das muß der Ausgang sein!«

Fairbank stieß einen Freudenschrei aus, und sogar Dealey bequemte sich zu einem Lächeln.

»Zum Teufel, worauf warten wir noch?« schrie Ellison. Er wollte die Stufen hinauflaufen. Culver hatte Mühe, ihn zurückzuhalten.

»Es gibt hier unten Hunderte von Gängen und Kanälen«, sagte er mit ruhiger Stimme. »Niemand weiß, ob dieser da nach oben führt. Die Ratten können überall sein, über uns, unter uns, vor uns. Wir befinden uns auf dem Territorium dieser Bestien, und deshalb können wir gar nicht vorsichtig genug sein.«

Culver erklomm die Stufen, die anderen blieben am Fuße der Treppe zurück.

Er hatte die Galerie erreicht, die den Beginn des Seitentunnels markierte, und richtete den Strahl in die Öffnung. Der Boden des Tunnels war mit Pfützen bedeckt. Das Ende verlor sich in der Düsternis, die vom Strahl der Lampe nicht erreicht wurde.

Er gab den anderen ein Zeichen, ihm zu folgen. Sie passierten eine offenstehende Schleuse. Weiter. Die Angst flog mit ihnen, wie ein unsichtbarer Vogel. Eine zweite Schleuse. Die Tür war verschlossen, Culver öffnete sie mit einem Fußtritt.

Sie betraten einen hohen Raum, an dessen Wänden eine Anzahl von Öffnungen unterschiedlicher Größe zu erkennen waren.

»Ich denke, ich weiß, wo wir sind«, sagte Dealey.

Die anderen musterten ihn voller Neugier.

»Wir sind im Kreis gegangen«, erklärte Dealey. »Jetzt befinden wir uns wieder in dem Luftschutzbunker, der im Zweiten Weltkrieg gebaut wurde, allerdings auf der unteren Ebene. Unmittelbar über uns muß die Stelle sein, wo wir den Komplex betreten haben. Die Erde in diesem Bereich ist durchlöchert wie ein Schweizer Käse. Wenn man bedenkt, daß diese Gänge vor einigen Jahrzehnten...«

»Da! O mein Gott!« Fairbank hatte seine Taschenlampe auf eine Stelle des Raums gerichtet, die bisher im Dunkel verborgen geblieben war.

Auf den ersten Blick sah das, was im Schein der Lampe sichtbar wurde, wie Abfall aus. Müll, den frühere Besucher im Bauch der Erde zurückgelassen hatten. Als sie näher herangingen, erkannten sie ihren Irrtum.

Verweste Totenschädel. Leichenteile. Gebleichte Gebeine, an denen mumifiziertes Fleisch klebte.

Das Gefühl von Horror und Panik, das sie überwunden hofften, war wieder da. Ellison hatte kehrt gemacht, er taumelte auf die Schleuse zu, durch die sie hereingekommen waren. Culver lief ihm nach und holte ihn zurück.

»Nein!« Er sprach mit fester Stimme, die seinen Zorn durchklingen ließ. »Unser Weg führt nach vorn, nicht zurück. Dealey hat gesagt, daß dieser Teil des Tunnelsystems zu den Luftschutzbunkern aus dem Krieg gehört. Wir sind in diesem Bereich keiner einzigen Ratte begegnet, nur im Regierungsbunker, und deshalb meine ich, daß es der sicherste Weg nach draußen ist. Keine zehn Pferde bringen mich in die Abwasserkanäle zurück.«

Die Mauern warfen das Echo seiner Worte zurück, es klang wie höhnisches Gelächter.

»Wir werden diesen Raum durchqueren und in den Tunnel an der Wand gegenüber einsteigen. Mit etwas Glück finden wir einen Schacht, der nach oben führt.«

Culver ergriff Kate am Arm und schritt über die Leichen hinweg. Die anderen schlossen sich ihm an. Dealey kam zu Fall. Als Culver sich umdrehte, lag der Regierungsbeamte auf den Knien. Ein skelettierter Schädel, dessen Hirnschale aufgebrochen worden war, rollte über den Boden.

»Stehen Sie auf, Dealey«, befahl Culver. Er wandte sich zu den anderen. »Schauen Sie nicht auf die Leichen, schauen Sie auf die Öffnung in der Wand. Niemand bleibt stehen!«

Aber seine Gefährten gehorchten ihm nicht.

Sie standen da wie angewurzelt und lauschten dem kläglichen Geschrei des Säuglings.

29

Culver schloß die Augen, als könnte er auf diese Weise das Geschrei des Kindes aus seiner Wahrnehmung ausblenden. Sein einziger Wunsch in dieser Sekunde war, aus dem Irrenhaus auszubrechen, in das er verschlagen worden war. Am liebsten hätte er Kate, die in seine Arme gesunken war, an der Hand genommen, um mit ihr in den Tunnel hineinzulaufen, weiter und weiter, bis das Tageslicht ihre Gesichter badete, bis frische Luft in ihre Lungen einströmte. Aber er wußte, das war nicht möglich. Sie mußten sich erst um das Kind kümmern.

»Das Geräusch kommt von dort oben«, sagte jemand.

Aller Augen hefteten sich auf einen Tunnel, dessen Eingang mit Brettern verbarrikadiert war. Im unteren Teil der Bretterwand war ein großes Loch zu erkennen. Das Holz war angenagt worden.

Das Kind schrie weiter.

»Wir sollten uns um unsere eigenen Angelegenheiten kümmern«, sagte Dealey.

»Gehen Sie zur Hölle, Dealey«, sagte Culver.

Er setzte sich in Bewegung. Kate folgte ihm, nach kurzem Zögern. Dann die anderen. Culver und Fairbank steckten ihre Taschenlampen durch das Loch. Die Strahlen fielen in einen weitläufigen Raum, ähnlich groß wie jener, in dem sich die Gruppe befand. Es gab einen Unterschied. Der Boden war eingebrochen, und die auf diese Weise entstanden Vertiefung war mit Ziegeln und Schutt gefüllt.

Die kläglichen Schreie des Kindes zerrten an ihren Nerven.

Fairbank deutete auf den Spalt. »Es muß da unten sein.«

»Ist dort jemand?« schrie Culver.

Das Geschrei verstummte.

»Wir kommen!«

Stille.

Culver zerrte an den Brettern. Das Holz gab nach und zersplitterte. Das Kind hatte wieder zu schreien begonnen.

Es war ein Geräusch, das ihnen die Schauder der Angst über den Rücken jagte. Es hörte sich an wie die Hilfeschreie eines Kindes, das auf dem Grund eines tiefen Schachtes ausgesetzt worden war.

»Wir kommen!« wiederholte Culver.

Und wieder hörte das Baby zu schreien auf.

Sie kauerten vor der Öffnung und starrten auf das Geröll, das sich im Schein der Taschenlampen abzeichnete.

»Der Boden ist wahrscheinlich eingestürzt, als der neue Bunker ausgehoben wurde. Das Sickerwasser und die Erschütterungen durch die Baumaschinen. Es ist sowieso ein Wunder, daß die alten Schutzräume so viele Jahre überdauert haben.«

Kate betrachtete die Spalte, die den Blick in die Tiefe lenkte. Sie zitterte am ganzen Körper und hielt Culvers Handgelenk umklammert. »Bleib hier.«

»Da unten ist ein kleines Kind, Kate. Ein Mensch, der Hilfe braucht. Vielleicht sind auch noch andere Menschen dort. Schwerverletzte, die den Schutzraum nicht mehr aus eigener Kraft verlassen können. Wir können sie nicht einfach ihrem Schicksal überlassen.«

»Etwas stimmt da nicht, das spüre ich.« Als das Kind zu schreien begann, war es Kate, als hätten sich die kalten Finger eines Monstrums um ihre Kehle gelegt. Die Stimme klang merkwürdig. Unnatürlich.

»Du glaubst doch nicht im Ernst, daß ich das Kleine hier zurücklasse.« Er versuchte ihr in die Augen zu sehen.

Sie schwieg und mied seinen Blick.

»Wie wollen Sie denn da runterkommen?« Ellison empfand Haß auf den Mann, der soviel kostbare Zeit auf ein gottverdammtes Loch im Fußboden eines uralten Luftschutzraums verschwendete. »Sie werden sich den Hals brechen, wenn Sie in die Spalte klettern.«

»Vielleicht gibt es einen Zugang durch die Abwasserkanäle«, warf Dealey ein.

Culver gefiel der Vorschlag gar nicht. »Ich habe die Nase voll von Abwasserkanälen. Da!« Er ließ den Kegel seiner Taschenlampe über einen Eisenträger wandern, der aus dem Schutt hervorragte. »Ich kann den Eisenträger als Leiter benutzen, um wieder aus dem Loch herauszukommen. Hinuntersteigen dürfte kein Problem sein. Die Bunkerdecken sind sehr niedrig.« Er wandte sich zu Fairbank. »Ich brauche Ihre Waffe.«

Zu seiner Überraschung weigerte sich der Techniker, ihm die Maschinenpistole zu überlassen. »Ich komme mit Ihnen. Möglich, daß Sie Hilfe brauchen.«

»Danke.« Culver händigte Dealey seinen Revolver aus. »Es macht keinen Sinn, wenn Sie drei auf unsere Rückkehr warten. Bringen Sie Ellison und Kate nach oben.«

Dealey nahm die Waffe an sich. »Wir warten, bis Sie wieder aus dem Loch rauskommen. Es ist besser, wenn wir in der Gruppe bleiben.«

»Sie sind wahnsinnig!« brach es aus Ellison hervor. »Schauen Sie sich doch um! Die verdammten Ratten waren hier, und sie können jeden Augenblick zurückkommen! Wir gehen, und zwar sofort!«

Er wollte Dealey den Revolver entwinden, aber Fairbank fiel ihm in den Arm.

»Sie haben mich schon genügend Nerven gekostet, Ellison, und jetzt ist meine Geduld zu Ende! Schon in Friedenszeiten waren Sie ein Mensch, der nur aus Problemen bestand. Sie waren nur glücklich, wenn Sie sich über irgend etwas beklagen konnten. Wenn Sie es so eilig haben, an die Oberfläche zu kommen, dann gehen Sie allein. Aber ohne Taschenlampe und ohne Waffe. Passen Sie auf, daß Sie nicht über eine hungrige Ratte stolpern.«

Für Sekunden sah es so aus, als wollte Ellison auf Fairbank losgehen, aber als er das eisige Lächeln im Gesicht seines Widersachers sah, überlegte er es sich anders. »Sie sind geisteskrank. Hochgradig geisteskrank.«

Culver gab Kate die Stablampe. »Leuchte in das Loch hinein, während wir runtersteigen.«

Es verunsicherte ihn, daß sie nichts antwortete, aber er hatte keine Zeit, den Fragen nachzugehen, die das Verhalten des Mädchens aufwarf. »Fertig?« fragte er, zu Fairbank gewandt.

»Lassen wir uns überraschen, was für eine Bescherung wir da unten vorfinden«, knurrte der Techniker.

Die beiden Männer zwängten sich durch das Loch in der Bretterwand. Culver ging auf die breite Spalte zu, die im Fußboden des Raums klaffte. Er ließ sich in die Öffnung hinabrutschen. Fairbank folgte seinem Beispiel.

Sie hatten festen Boden ertastet. Culver schwenkte seine Taschenlampe. Der Raum war leer, wenn man von dem Schutthaufen absah. »Nichts«, sagte er. »Aber auch gar nichts.«

Das Kind schrie.

Das Geräusch kam aus einer offenstehenden Tür. Sie gingen auf die Tür zu. Ein unbeschreiblicher Gestank schlug ihnen entgegen.

Staub wallte hoch unter ihren Füßen. Kate, von oben: »Ist alles in Ordnung?«

»*Yeah*«, sagte Culver. »Keine Probleme.«

Das Geschrei war abgebrochen. Die beiden Männer sahen sich an. Culver hob das Kinn und deutete auf die offene Tür. »Das Kind muß da drin sein.«

»Aber der Gestank...«, sagte Fairbank.

»Es hilft nichts, wir müssen rein.«

»Ich weiß nicht.« Fairbank schüttelte den Kopf. »Etwas sagt mir...«

»Kommen Sie.«

Culver ging voran. Sie überschritten die Schwelle. In dem Raum, den sie betraten, war ein Teil der Decke eingestürzt. Die Trümmer bildeten Schlupfwinkel, die mit der Taschenlampe nicht auszuleuchten waren. In der Ferne das Gurgeln und Rauschen des Abwassers. Spinnweben. Auf dem Boden düstere Schatten. Gelbgrau gesprenkelte Leiber. Tiere. Monstren.

Die Männer waren zurückgewichen. Fairbank hatte die Maschinenpistole in Anschlag gebracht, Culver hielt den Stiel seiner Axt umklammert. Die Versuchung, aus dem verpesteten Kellerraum davonzulaufen, war fast unüberwindlich. Aber zugleich strahlte die geheimnisvolle Düsternis eine Faszination aus, die Culver und seinen Gefährten zum Bleiben zwang. Das Schreien war in ein mitleidheischendes Wimmern übergegangen.

Culver berührte eines der Wesen, die auf dem Boden lagen, mit dem Fuß. »Tot«, flüsterte er. »Sie sind an der gleichen Krankheit umgekommen wie die Ratten, die wir im Bunker vorgefunden haben. Wahrscheinlich sind sie in dieses Versteck gekrochen, um zu sterben. Das Nest.«

»Die Menschenschädel. Warum liegen hier so viele Menschenschädel?«

»Sehen Sie sich die Löcher in den Hirnschalen an«, sagte Culver. »Diese Bestien haben das Gehirn der armen Opfer gefressen. Deshalb haben wir so viele kopflose Leichen gefunden. Mein Gott, sie haben die Köpfe in ihr Nest gebracht, um ihre Jungen mit der Gehirnmasse von Menschen zu füttern!«

»Aber das da...« Fairbank deutete auf einen der gelbgrauen gesprenkelten Kadaver.

Culver bückte sich, um eines der grotesken Wesen aus der Nähe zu betrachten. Er kam ins Schwanken. Die Umrisse des Tieres verschwammen vor seinen Augen.

»Was, zum Teufel, ist das?«

Culver wußte keine Antwort auf die Frage des Technikers. Er ging in die Hocke, um den Kadaver zu untersuchen.

Mit einer Ratte hatte die aufgedunsene Kreatur nur eine sehr entfernte Ähnlichkeit. Kein Hals, der Kopf war in die Masse des Leibes eingebettet. Lange Fangzähne. Der Bauch war rosa, mit dünnem, weißem Haar bedeckt. Dunkle Venen. Der Schwanz eine lange, mit Schuppen ummantelte Peitsche. Acht mißgestaltete Pfoten. Und tote Augen, die das Licht der Taschenlampe wie ein schwarzer Spiegel zurückwarfen.

»Was ist das?« fragte Fairbank. Seine Stimme zitterte.

»Eine Mutantenratte«, sagte Culver. »Aus der gleichen Familie wie die Schwarze Ratte, aber... anders.« Jetzt fiel ihm ein, was Dealey bei jener Unterhaltung im Park ausgeplaudert hatte. Er hatte von Mischformen gesprochen, die sich aus der Kreuzung gengeschädigter Ratten ergeben hatten. Genschäden, welch eine Untertreibung! *Die Wissenschaftler hatten grauenvolle Mißgeburten gezüchtet!*

Rascheln, ganz in der Nähe.

Die beiden Männer fuhren herum. Ihre Nerven waren zum Zerreißen gespannt.

»Da!« Fairbank deutete in die Ecke.

Schatten, die sich bewegten. Winseln.

»Diese Tiere sind nicht tot«, sagte Fairbank.

Culver richtete den Strahl seiner Lampe auf die torkelnden Monstren. »Sie können uns nichts mehr tun. Sie sterben. *Sie haben Angst vor uns!*«

Eines der Tiere hatte sich aus dem schwankenden Pulk herausgelöst. Es kam auf die Männer zugekrochen. Fairbank hob die Waffe.

Bevor er abdrücken konnte, ertönte ein gellender Schrei. Das Geräusch war aus der anderen Ecke des Raums gekommen.

»Das Kind!« stammelte Fairbank.

Der Schein der Taschenlampe wanderte in die Ecke, aber die Haufen aus Schutt, Unrat und Gebeinen, die in der Mitte des Raumes lagen, behinderten den Blick.

Culver hatte die Axt aus dem Gürtel gezogen. »Wir holen das Kind, und dann nichts wie raus! Geben Sie mir Feuerschutz!«

Mit langsamen Schritten gingen sie auf die Stelle zu, von der die Schreie kamen. Das Geräusch hatte sich verändert. Es war nicht mehr die Stimme eines Kindes... Es war...

Fairbank ließ die Maschinenpistole rattern. Die Kugeln bohrten sich in die obszön aufgedunsenen Tiere, die ihnen entgegenwankten.

Culver sah die schwarze Ratte erst, als sie vor ihm

stand. Das Tier hatte sich auf die Hinterbeine erhoben und fauchte. Blutiger Speichel tropfte von den Zähnen. Die Augen waren vom nahenden Tod gezeichnet, nur der Haß trieb die Ratte vorwärts.

Gehirnmasse spritzte auf Culvers Hand, als er dem Tier mit einem Axthieb den Schädel zerspaltete.

Die beiden Männer hatten die Berge von Unrat umrundet, die sich unter dem Loch in der Decke auftürmten.

Winseln... Hilfloses Lallen... Das Plärren eines Säuglings...

Der Anblick traf Culver wie ein Dolchstoß. Beinahe wäre er über die mißgestalteten Lebewesen, die sich auf einem Bett aus Knochenstaub krümmten, gestolpert. Er versuchte, Fairbank zu warnen, aber es war zu spät. Sie waren in der äußersten Ecke des Raumes angekommen. Sie hatten das Nest der Mutter-Ratte erreicht.

»O Gott, nein... NEIN!« Fassungslos starrte Fairbank auf das atmende Fleisch des fetten Muttertiers und auf die bizarr geformte Nachkommenschaft des Monstrums. »Es kann nicht sein«, stöhnte er. »Es... darf... nicht... sein...«

Scharren in einer anderen Ecke des Raumes.

Das Geräusch von Klauen, die am Beton des Fußbodens gewetzt wurden.

30

Kate, Dealey und Ellison zuckten zusammen, als sie die Schüsse hörten. Das Mädchen stand vor dem Loch, in dem Culver und Fairbank verschwunden waren. Sie hielt ihre Taschenlampe in das Dunkel gerichtet.

»Steve!« schrie sie. Keine Antwort, nur Schüsse. Zwischen den Feuerstößen das schrille, durchdringende Geschrei eines Kindes.

Sie wandte sich zu den anderen. »Wir müssen hinunter und den beiden helfen!«

»*Niemand* kann ihnen helfen«, sagte Dealey. Seine Kehle war wie zugeschnürt.

Ellison war jenseits der Bretterwand geblieben. Vor Schreck gelähmt lauschte er den grauenhaften Lauten, die aus der Tiefe zu ihm drangen. Culver und Fairbank waren so gut wie tot. Nichts und niemand konnte sie retten! Die Ratten würden sie in Stücke reißen, und dann würden sie den Schutzhügel hinaufklettern, um ihre Zähne in das weiße Fleisch des Mädchens zu graben. Sie würden Kate töten, dann Dealey und schließlich ihn, Ellison. Warum hatten Culver und Fairbank nicht auf ihn gehört! Die verdammten Idioten!

Er starrte durch das Loch in der Bretterwand. Dealeys Silhouette war zu erkennen, er hielt die Pistole in der Hand. Die Pistole! Er mußte die Pistole an sich bringen! Und die Taschenlampe!

Ellison handelte schnell.

Dealey wirbelte herum, als der Revolver ihm entrissen wurde. Er erhielt einen Stoß, der ihn gegen die Bretterwand schleuderte.

Mit vorgehaltener Waffe ging Ellison auf Kate zu. »Geben Sie mir die Taschenlampe!«

Sie taumelte zurück, kam zu Fall und versuchte, nach dem Mann zu treten, der sich auf sie geworfen hatte. Er schlug sie ins Gesicht, dann entwand er ihr die Lampe.

Dealey war da und umklammerte Ellisons Hand. Der schlug ihm auf den Arm, dann richtete er den Revolver auf ihn. »Ich gehe nach oben! Sie können mitkommen oder hierbleiben. Was Sie tun, ist Ihr Problem. Aber ich gehe jetzt nach oben!«

»Die anderen...«, sagte Dealey.
»Wir können ihnen nicht mehr helfen.«, antwortete Ellison.

Er ließ Dealey stehen und rannte los, an Kate vorbei, die sich am Boden wand. Er durchquerte den Raum und verschwand in dem Tunnel, durch den sie gekommen waren. Er wollte den Ort des fürchterlichen Gemetzels hinter sich lassen, den Bunker, der zum Alptraum geworden war, die Gefährten und – Ellison ahnte nicht, daß dies eine Illusion war, die sich sehr bald und auf grauenhafte Weise auflösen würde – die Ratten.

31

Fairbank schrie seinen Abscheu und seine Angst hinaus. Er feuerte auf die aufgedunsene Kreatur, die vor seinen Füßen lag. Das Wesen reagierte mit einem schrillen Kreischen. Vergeblich versuchte es, den schweren Leib aus dem Nest zu heben. Die mißgestalteten Gliedmaßen stemmten sich in den Boden, zuckten zurück und zertrampelten die Leiber der empfindlichen Geschöpfe, die noch vor Sekunden an den Zitzen der Kreatur gesaugt hatten.

Die Kugeln schlitzten der Mutter-Ratte den fetten Bauch auf. Ein dunkler Blutstrahl schoß hervor und tränkte die Erde. Im Todeskampf erhob sich die Kreatur und bot ihren Unterleib den Schüssen des Angreifers, zeigte ihm die Zitzen, an denen noch Junge hingen. Die nächste Garbe perforierte den Nabel. Der Leib explodierte, dampfende Eingeweide quollen heraus. Die Beine des Tieres kümmerten sich nicht darum. Aus hundert Wunden blutend kam die schreiende, sich windende Masse auf die beiden Männer zugekrochen.

Fairbank schoß. Er sah, wie die Kugeln die Pfoten des Tieres zerschmetterten. Das Rückgrat zersplitterte und blühte auf wie ein blutiger Baum. Das Tier bewegte sich weiter auf die beiden Männer zu.

Ein schwarzer Stumpf schob sich aus den Falten des Leibes hervor. Der zweite Kopf. Schaumiger Speichel quoll aus dem häßlichen Maul an der Spitze des widerwärtigen Gewächses.

Culver ging in die Knie, alle Kraft hatte ihn verlassen. Erst als der faulige Atem der Kreatur seine Wangen berührte, erwachte er aus der Trance.

Er klemmte sich die Taschenlampe zwischen die Knie, hob die Axt und zerschmetterte den zweiten Schädel des Monstrums.

Er sah, wie die Schädeldecke zerbarst und eine blutiggraue Substanz ausspie. Aus der zerfetzten Gurgel sprudelte eine undefinierbare Flüssigkeit.

Die Schädeldecke klaffte in zwei Teile auseinander. In einer Geste grenzenlosen Schmerzes schob sich die schuppenbesetzte Zunge aus der Hautfalte zwischen den zahnlosen Kiefern.

Culver schlug ein zweites Mal zu. Er sah, wie die Axt die Schultern des Tieres durchtrennte und in der Tiefe des Leibes steckenblieb.

Das Monstrum erstarrte, dann sank es mit zuckenden Bewegungen in sich zusammen. Tot.

Aber Culver war noch nicht fertig. Er zog die Axt zurück und ließ sie auf die kleinen obszön, häßlichen Kreaturen niedersausen, die das Monstrum geboren hatte. Er zerhackte die scharlachfarbenen Leiber, kümmerte sich nicht um das klägliche Winseln, das aus den winzigen Mäulern drang, er drosch auf die verendenden Tiere ein und zermalmte ihre Knochen mit dem stumpfen Ende der Axt.

Eine Hand legte sich auf seine Schulter.

Er sah auf. Fairbank.

»Ratten«, sagte der Techniker. »Noch mehr Ratten.«

Culver sprang auf, noch benommen von dem Blutbad, das er gerade angerichtet hatte. Dann sah er die schwarzen Schatten, die hinter dem Schutthaufen hervorgeschossen kamen.

Die Tiere waren durch ein Loch in der Wand in den Raum gelangt, und immer noch schoben sich schlanke Bälger aus der Öffnung, übereinander stürzend, quiekend und kreischend, mit gesträubtem Nackenhaar und gefletschten Zähnen. Aber es waren nicht mehr die Menschen, denen die Mordlust der Mutanten galt. Sie zerfleischten sich gegenseitig.

Culver und Fairbank verstanden nicht, warum die Ratten sie, die Menschen verschonten. Ungläubig wurden sie Zeuge, wie die Tiere sich plötzlich zusammendrängten. Das Kreischen schwoll zu einer unerträglichen Lautstärke an und steigerte sich zu einer Frequenz, die für das menschliche Ohr nicht mehr vernehmbar war.

Stille.

Sie lagen im Dunkel. Die pelzigen Körper zitterten. Dann und wann ein Fauchen, eine Drohgebärde, dann tauchten die spitzen Köpfe wieder in das gespenstisch wogende Meer aus Leibern ein.

Fairbank ergriff Culver am Arm. Er deutete auf die Tür, durch die sie eingetreten waren. Sie durchquerten den Raum, indem sie den Tieren, die sich im Todeskampf aneinanderschmiegten, auswichen.

Sie hatten die Tür fast erreicht, als das schwarze Meer auf der gegenüberliegenden Seite des Raumes aufschäumte. Mit torkelnden Bewegungen näherten sich die Ratten den Überresten jener Kreatur, der sie gedient hatten. Zu Hunderten fielen sie über die Fetzen aus Fleisch und Gewebe her, die von der Mutter-Ratte übriggeblieben waren, zerkleinerten die Reste mit ihren scharfen Schneidezähnen und benetzten sie mit dem blutigen Speichel, der aus ihren Schnauzen troff.

Die beiden Männer rannten hinaus, wie von Furien gehetzt. Keuchend erreichten sie den Schuttberg. Der Eisenträger war zu erkennen, der ihnen als Leiter dienen würde. Oben war alles dunkel. Wo war Kate? Warum hatte sie ihre Taschenlampe nicht angeknipst?

Culver warf einen Blick zurück, eben noch rechtzeitig, um die Ratten zu sehen, die in einem dichten Rudel durch die Tür quollen.

Fairbank hatte zu feuern begonnen. Die Garbe spaltete die vordringende Flut. Sekunden später schloß sich die schwarze Flut. Die Mutanten tanzten wie Marionetten, die an unsichtbaren Fäden hingen. »Klettern Sie hinauf«, schrie Fairbank. »Ich komme nach.«

Culver erklomm den Eisenträger. Der Schein seiner Lampe erfaßte Kate, die oben, am Rande des Lochs, stand.

»Fang!« rief er und warf ihr die Taschenlampe zu. Sie fing den schweren Stahlzylinder auf. Dann: Licht. Der Strahl fiel auf Fairbank.

Und dann geschah, wovor sie sich alle am meisten gefürchtet hatten. Die Schüsse verstummten. Ein helles Klicken. Leer.

Fairbank stieß einen Angstschrei aus. Er ließ die Waffe fallen, die jetzt nutzlos geworden war, und stolperte den Schutthaufen hinauf. Er stieß an ein Hindernis und taumelte zurück.

Culver war den schrägliegenden Eisenträger hochgeklettert, ein breiter Spalt klaffte zwischen ihm und der geborstenen Decke. Er warf seine Axt hinüber und sprang. Er bekam die Kante zu fassen, zog sich hoch, stützte sich auf die Ellenbogen. Seine Beine baumelten in der Luft.

Unter ihm Schreie.

Dann war Kate da, sie zerrte an ihm, zog ihn hinauf, unterstützt von Dealey, der sich mit der anderen Hand an einem Betonbrocken festhielt. Culver kam auf die Knie. Er riß Kate die Taschenlampe aus der Hand und richtete den Strahl nach unten.

Fairbank hatte den Schutthaufen, der wie eine Pyramide zur Decke emporragte, bis zur Hälfte erklommen. Ein Dutzend oder mehr Ratten hatten sich in seinen Unterleib verbissen. Culver sah, wie eines der Tiere dem Techniker auf die Schulter sprang und ihm die Zähne in den Hals schlug. Fairbank warf sich zur Seite und versuchte, die Ratte abzuschütteln; sein Mund war zu einem Schrei geöffnet, die Augen geschlossen. Die Ratte fiel zur Seite. Der Mann versuchte, den Aufstieg fortzusetzen und krallte seine Finger in die scharfkantigen Steine, aber das Gewicht der Mutanten, die wie eine Traube seinen Leib bedeckten, war zu schwer. Er sank auf die Knie. Er schlug mit beiden Fäusten auf die Ratten ein. Als er seine Hände zurückzog, fehlten die Finger.

»*Hilfe!*«

Culver beugte sich vor. Kate riß ihn zurück.

Er versuchte, sich von ihr zu befreien, aber es gelang ihm nicht. Dealey kam dazu und hielt ihn umklammert. Culver ließ sich an die Wand sinken. Er begriff nicht, warum Kate und Dealey ihn daran gehindert hatten, dem Techniker zu helfen. Aber er wußte, daß Fairbank dem Tode geweiht war.

»Gib mir den Revolver!« schrie er Kate an. Und verstand nicht, warum sie seiner Aufforderung nicht entsprach, sondern nur den Kopf schüttelte.

Fairbank schob sich die Schräge hinauf. Er schleppte das Gewicht der Riesenratten mit sich. Er sah jetzt nicht mehr aus wie ein Mensch, sondern wie ein unförmiges, mit schwarzem Fell besetztes Monstrum. Als die Tiere ihm die Gurgel aufschlitzten, waren seine Schreie zu einem heiseren Röcheln geworden. Eine der Ratten hatte ihre Schnauze in sein Auge gebohrt, eine andere nagte an seinen Lippen. Die Nase war nur noch ein blutüberströmter Knorpel. Er versuchte, die Arme zu heben, um den bevorstehenden Rand der Decke zu ergreifen, aber die Last der Bestien, die sich in Bizeps und Handgelenke verbissen hatten, überstieg seine Kräfte.

Er fiel den Schuttberg hinunter und schlug auf dem Boden des Bunkers auf. Dann war das Rudel über ihm. Die Ratten balgten sich um die besten Bissen. Eine Blutlache breitete sich aus und vermischte sich mit dem Sikkerwasser, das über den kühlen Beton strömte.

Die Ratten fraßen, und während ihre Kiefer die Knochen des Toten zermalmten, blickten sie nach oben. Sie beobachteten die drei Menschen, die in das Loch hinabstarrten, und den schrägliegenden Eisenträger, der die Brücke darstellte, über die sie ihre neuen Opfer erreichen würden.

32

Das Ding, das Ellisons Tod bewirken würde, lag im Halbdunkel verborgen. Es bewegte sich nicht, es atmete auch nicht. Es machte keine Geräusche, und es hätte auch gar keine machen können, selbst wenn es gewollt hätte. Das Ding war seit längerer Zeit tot. Und doch würde es Ellison töten.

Es war die Leiche eines Kanalarbeiters. Als die Alarmsirenen gellten, hatte sich der Mann ein ruhiges

Plätzchen zum Sterben gesucht. Eine dunkle Stelle. Kopfschüttelnd hatte er seinen Arbeitskollegen nachgesehen, die aus dem Schacht, mit dessen Reinigung sie beschäftigt gewesen waren, an die Oberfläche kletterten. Diese Menschen würden jetzt zu ihren Familien eilen. Sie hatten — was ihn, einen Mann von Lebenserfahrung sehr wunderte — Vertrauen in die Behörden. Diese hatten, in Wort und Schrift, verkündet, daß alles nicht so heiß gegessen wurde, wie man es kochte. Es sei wichtig, so hatte es geheißen, daß die Männer, wenn es gefährlich wurde, bei ihren Familien weilten. Er selbst fand das nicht so wichtig. Er war ein Arbeiter, der kurz vor der Rente stand. Zweiundvierzig Jahre lang hatte er in den Abwasserkanälen der Stadt geschuftet. Scherzweise hatten einige Kollegen sogar behauptet, er sei schon dort geboren worden. Der alte Mann war müde, und das nicht nur, was das Körperliche betraf. Er war bereit zu sterben, weil das Leben seine Erwartungen nicht erfüllt hatte. Hätte er zu irgend jemandem über seine Ansichten gesprochen, wäre er auf Erstaunen gestoßen. Er fand, daß es in den Schmutzwasserkanälen viel sauberer zuging als oben, auf den Straßen. Es ging sauber zu, weil es hier unten nur sehr wenig Menschen gab. Oben gab es alle möglichen Schattierungen. Es gab diese und jene Meinungen in der Politik, es gab Menschen mit heller Hautfarbe (gut) und dunkler Hautfarbe (nicht so gut). Im ausgehöhlten Gestein unter der großen Stadt fehlten solche Abstufungen, hier war alles schwarz, ausgenommen jene Gegenstände oder Flächen, die man mit einer Taschenlampe anstrahlte. Aber auch wenn man die Wände eines Kanals mit künstlichem Licht erhellte, so änderte das nichts an der Grundfarbe, die unter der Erde herrschte. Ein intensives Schwarz. Und das gefiel ihm, weil er ein Mensch war, der die absoluten Dinge bevorzugte. Die Tunnels befriedigten dieses Bedürfnis in unübertroffener Weise.

Auch die Bomben, die gefallen waren, gehörten zu den absoluten Dingen, mit der Besonderheit, daß sie das Ende für alle anderen Dinge bedeuteten. Es würde künftig kein Leben mehr geben, nur noch Tod.

Der alte Mann hatte die ihm unterstellten Arbeiter, als sie nach oben drängten, nicht aufgehalten. Er hatte ihnen nicht einmal einen Rat auf den Weg gegeben. In gewisser Weise war er froh, daß er der Verantwortung für diese Menschen nun enthoben sein würde. Er war in die Tiefe hinabgestiegen und hatte sich ein geeignetes Plätzchen gesucht, um das Ende abzuwarten. Eine dunkle Stelle.

Der Luftschutzbunker, der im Zweiten Weltkrieg errichtet wurde, war für den alten Mann wohlbekanntes Terrain, obwohl es den Kanalarbeitern, wenn man es denn ganz genau nahm, verboten war, diesen Bereich zu betreten. Es war einige Jahre her, daß er den Bunker zum letztenmal betreten hatte, die Neugier war damals die Triebkraft gewesen. Die Besichtigung war damals nicht aufregender ausgefallen als beim erstenmal, und das war der Grund, warum der Mann diese unterirdischen Schutzräume eigentlich schon vergessen hatte. Als die Sirenen heulten, erinnerte er sich daran. Der Bunker hatte den Vorteil, daß er trocken war, im Unterschied zu den Kanälen, die ohne Wasser gewissermaßen überhaupt keine Existenzberechtigung gehabt hätten. Zum Sterben, so fand er, brauchte man eine Stelle, wo es trocken war. Der Bunker war da genau das Richtige.

Und so hatte er sich auf dem Boden eines Verbindungsganges niedergelassen und sich zur Ruhe gelegt. Es hatte ihn nicht gestört, daß die Batterien in seinem Helm nach einigen Tagen ihren Dienst einstellten.

Während die Dunkelheit die letzten Lichtflecken auffraß, hatte er über die Dinge nachgedacht, die in diesem Augenblick wichtig waren. Es gab niemanden, für den er Tränen vergießen konnte, überhaupt war ihm nicht zum Weinen zumute. Im Gegenteil, der alte Mann empfand so etwas wie Zufriedenheit. Immerhin war es ihm gelungen, den Ort, wo er sterben würde, in eigener Verantwortung festzulegen, was einem stillen Sieg über die Behörde gleichkam, die zweiundvierzig Jahre lang jeden seiner Schritte bestimmt hatte. Irgendwo hatte er einmal gelesen, daß der Hungertod im Grunde eine überaus angenehme Sache war. Der Geist wurde frei, war nicht länger an die physischen Bedürfnisse gebunden. Allerdings gab es eine Phase, wo man starke Magenschmerzen hatte. Die inneren Organe wehrten sich dagegen, daß sie von der Zufuhr neuer Energien abgeschnitten wurden. Aber diese Phase war schnell vorübergegangen. Danach war alles gut gewesen.

Der alte Mann hatte der Stille gelauscht, die unter der Erde herrschte. Er hatte das Gefühl für die Zeit verloren, und so hätte er nicht sagen können, an welchem Tag die Halluzinationen begannen und wann sie endeten. Die Visionen waren von sehr unterschiedlicher Qualität gewesen. Es gab erfreuliche, zum Beispiel die Begegnung mit Gott, die er benutzt hatte, um einige Anekdoten, darunter auch ein paar gewagte, mit dem Schöpfer auszutauschen. Ebenso lustig war es gewesen, durch den Weltenraum zu treiben und den Erdball zu betrachten, der aus der Entfernung wie ein leuchtendblauer Stecknadelkopf aussah. Aber es hatte auch schlimme Visionen gegeben, zum Beispiel die großen, schwarzen Tiere, die ihn sehr geängstigt hatten, obwohl er wußte, daß sie nicht existierten. Es war irgendwie unangenehm gewesen, das Schnüffeln und

Scharren dieser Wesen zu hören. Das Geräusch schien aus einem Gitter zu kommen, das in den Boden des Verbindungsgangs eingelassen war, und manchmal hatte der alte Mann sogar den warmen Atem der Vierbeiner an seinen Wangen gespürt. Natürlich hatte er nie gewagt, nach den Tieren zu greifen, das wäre ihm wie ein Sakrileg erschienen, wie ein Zweifel an der erfreulichen Tatsache, daß es sich um Halluzinationen handelte.

Der Übergang vom Leben zum Tod war wie das Dahingleiten auf einem dunklen See. Der alte Mann hatte sich ein letztes Mal aufgebäumt, und dann waren seine Füße nach außen gekippt. Er war in dem wunderschönen Bewußtsein gestorben, daß sein Sterben für niemanden auf der Welt irgendwelche Konsequenzen haben würde.

In diesem Punkt allerdings hatte er sich getäuscht.

Hätte sich der Kanalarbeiter nicht gerade den Verbindungsgang als letzte Ruhestätte ausgesucht und hätte er seine Beine nicht so lang ausgestreckt, wie er es für diesen besonderen Zweck bequem fand, wäre Ellison nicht über seine Leiche gestolpert. Ellison hätte dann auch nicht seine Taschenlampe, seinen Revolver und, wenig später, sein Leben eingebüßt.

Ellison war aus dem Raum, wo Dealey und Kate auf die Rückkehr der beiden Männer warteten, davongerannt, ohne lange abzuwägen, wo die Vorteile und wo die Risiken lagen. Für ihn stand fest, daß seine Gefährten keine Überlebenschance hatten. Culver und Fairbank waren sicher schon ein Opfer der Ratten geworden, Dealey und das Mädchen würden schon sehr bald das gleiche Schicksal erleiden. Es war ihm egal, daß die beiden letzteren schon deshalb sterben mußten, weil er ihnen die Taschenlampe und die Waffe weggenommen hatte. Sie waren gottverdammte Dummköpfe, und die Welt war nun einmal nicht für Dummköpfe gemacht, sondern für Männer wie ihn. Nur wer skrupellos war, konnte überleben.

Er hastete auf die Tür zu, die auf der gegenüberliegenden Seite des Raums zu erkennen war, und betete, daß er sie nicht verschlossen vorfinden würde. Er hatte Glück. Die Tür schwang auf. Im Schein der Taschenlampe war ein kurzer Korridor zu erkennen, dessen Ende von einer weiteren Tür markiert wurde. Wer dieses Tollhaus entworfen hatte, mußte eine krankhafte Vorliebe für Gänge und Türen gehabt haben. Ellison fluchte und sprang über die Schwelle hinweg. Mit schnellen Schritten brachte er die ersten Meter hinter sich. Er war so besessen von der Idee, möglichst schnell an die Oberfläche zu kommen, daß er den Toten übersah, der auf dem Boden des Verbindungsgangs ausgestreckt lag. Er stolperte über die Beine der Leiche, kam zu Fall und schlug mit Händen und Knien auf dem rauhen Betonboden auf. Der Revolver entglitt seiner Hand, das Glas der Taschenlampe zersplitterte.

Es war mit einem Schlag dunkel geworden. Ellison überkam die Panik. Er schob das Bein des Toten von sich und rollte sich zur Seite. Seine Hand bekam ein Gitter zu fassen, das im Beton verankert war. Er schob seine Finger in die Zwischenräume und zog sie erschrocken zurück, als er einen eiskalten Hauch an den Knöcheln spürte.

Er fand die Taschenlampe und schnitt sich die Hand an dem zerbrochenen Glas auf. Er betätigte den Schalter und betete, daß die Kontakte beim Aufprall nicht beschädigt worden waren. Diesmal blieb sein Gebet unerhört. Die Lampe blieb dunkel.

Ellison begann zu wimmern, ein Schuß Selbstmitleid klang durch. Der Revolver. Er mußte den Revolver finden. Bitte, lieber Gott, gib mir die Waffe zurück, ich brauche sie, um zu überleben. Aber das höhere Wesen, an das Ellisons Bitte gerichtet war, schien beschlossen zu haben, ihm heute keinen weiteren Gefallen mehr zu erweisen. Obwohl er kreuz und quer über den Gang kroch, der Revolver fand sich nicht. Der einzige Ausweg, der ihm blieb, war die Flucht nach vorn. Er tastete sich an der Wand entlang, bis er die Tür fand, die er beim Betreten des Korridors erblickt hatte.

Er drückte die Klinke herunter und spürte, wie das Türblatt nachgab. Ellison hatte keine Vorstellung, wie groß oder wie hoch der Raum war, in dem er sich jetzt befand. Er schob sich an der Wand entlang, hielt sich nach rechts und stieß nach längerem Suchen auf eine neue Tür. Er öffnete sie und stolperte in das stockdunkle Labyrinth hinein, in Unkenntnis des bemerkenswerten Umstandes, daß er, hätte er sich bei der Erkundung des Raumes nach links orientiert, eine Treppe gefunden hätte, deren Stufen ohne weitere Umwege an die Oberfläche führten.

33

Fairbanks Schreie gellten ihnen in den Ohren, obwohl der Gefährte längst seinen schweren Verletzungen erlegen war. Das Mädchen und die beiden Männer hatten kostbare Zeit verloren. Sie konnten sich einfach nicht von dem Anblick des furchtbaren Geschehens lösen, das sich unter ihnen abspielte. Die Tiere hatten Fairbanks Leiche bis zur Unkenntlichkeit zerfleischt. Inzwischen waren sie den Eisenträger hochgekrabbelt und hatten die Decke zum oberen Stockwerk erklommen.

Die drei Überlebenden hetzten den Korridor entlang,

hinter sich das Quietschen der Mutanten. Der Haß auf die Bestien, die den wehrlosen Techniker auf so grausame Weise umgebracht hatten, brannte in ihrem Herzen, und zu diesem Haß gesellte sich auch schiere Verzweiflung. Das Schicksal schien auch sie zum Tode verurteilt zu haben. Die Ratten hatten sich mit jenen Mächten, die für den Atomschlag verantwortlich waren, zu einer Verderben bringenden Allianz verschworen. Wer nicht infolge der Druckwelle oder der radioaktiven Strahlung umgekommen war, wurde von den Mutanten gejagt und zu Tode gebracht.

Kate hielt die Taschenlampe umklammert, die Culver ihr von unten zugeworfen hatte. Sie richtete den Strahl auf die Tür, in der Ellison verschwunden war. Culver hatte den Raum durchquert. Er drückte die Klinke herunter und stieß Kate und Dealey über die Schwelle. Er folgte ihnen und schlug die Tür hinter sich zu. Sekunden später hatten die Ratten das Hindernis erreicht. Die Tiere warfen sich mit solcher Gewalt gegen die Füllung, daß der Rahmen erzitterte. Culver konnte sehen, wie sich die Bretter nach innen bogen. Er zuckte zusammen, als die Mutanten auf der anderen Seite das Holz mit ihren scharfen Klauen zu bearbeiten begannen. Gleich darauf war das nagende Geräusch zu vernehmen, das ihm nur zu gut vertraut war.

»Laufen Sie zum anderen Ende des Gangs!« schrie er seinen Gefährten zu. »Ich bleibe hier und stemme mich gegen die Tür. Sobald Sie sich in Sicherheit gebracht haben, komme ich nach!« Er lehnte sich gegen das Holz und preßte seinen Fuß auf die Schwelle. Die Wucht der Stöße steigerte sich von Sekunde zu Sekunde.

Kate ging rückwärts, indem sie den Lichtkegel auf Culver lenkte. Sie geriet mit den Füßen an ein Hindernis und kam ins Stolpern. Der Strahl der Taschenlampe fiel auf die Mumie eines Mannes. Der Tote saß mit dem Rücken an die Wand des Korridors gelehnt, seine Beine waren das Hindernis, über das Kate beinahe zu Fall gekommen wäre. Der Kopf des Mannes war auf den skelettierten Brustkorb gesunken, die Kiefer waren zu einem Grinsen geöffnet.

Sie stieß einen Schrei des Entsetzens aus und taumelte zurück. Dabei stieß sie an die Taschenlampe, die Ellison verloren hatte. Der längliche Metallzylinder steckte in den Vertiefungen eines Gitters, das in den Boden des Korridors eingelassen war. Unterhalb der quadratischen Zwischenräume waren Rohre zu erkennen, die mit Ventilen und Absperrhähnen versehen waren. Wie Kate vermutete, waren die Zwischenräume des Gitters deshalb so groß ausgelegt, weil die Wartungstechniker so die Möglichkeit hatten, die Ventile zu betätigen, ohne das Gitter hochzuheben. Und da war auch der Revolver. Die Waffe war durch die Waben gerutscht und zwischen zwei Rohren hängengeblieben. Die Taschenlampe und der Revolver waren da, aber wo war Ellison?

Der Schrei des Mädchens hatte Culver und Dealey veranlaßt, sich umzudrehen. Erst jetzt entdeckten die beiden den Leichnam, über den sie hinweggesprungen waren. Die Leiche befand sich am Beginn des Korridors, gleich hinter der Tür. Es war offensichtlich, daß der Mann verhungert war. Ein Arbeitsanzug umhüllte die bleichen Gebeine. Auf dem Schädel des Toten saß ein Schutzhelm, in den eine Lampe eingelassen war. Der entrückte Gesichtsausdruck ließ vermuten, daß der Mann das Ende in einem Zustand der Verzückung erlebt hatte.

»Steve, hier liegt die Pistole«, sagte Kate. Sie deutete auf das Gitter. »Ellison muß sie verloren haben.«

Er hatte gesehen, wie sie ihre Finger durch die Zwischenräume schob. »Kommst du dran?« fragte er.

»Ich will's versuchen.«

Die Tür bog sich unter dem Gewicht der anspringenden Mutanten. Das Holz splitterte. Culver verstärkte den Druck seines Körpers gegen die Fläche. »Schnell!« sagte er, zu Kate gewandt.

Das Handgelenk des Mädchens hatte die Lücke passiert. Ihre Finger näherten sich der Waffe, aber der Knochen ihres Ellbogens verhinderte, daß sie weiter in die Tiefe vordrang. Im Licht der Taschenlampe sah sie ihre Fingerspitzen, die den Revolverknauf berührten.

»Beeil dich!« schrie Culver.

Kate wußte, daß sie mit aller Behutsamkeit vorgehen mußte. Wenn sie den Revolver aus der Vertiefung herauslöste, ohne den Knauf zu ergreifen, würde die Waffe auf den Grund des Schachtes fallen. Es gelang ihr, den Griff zu umklammern. Mit einer langsamen Bewegung zog sie die Hand hoch.

Die schwarze Kreatur schnellte vor und biß Kate in die Hand.

Die Schreie des Mädchens ließen die beiden Männer wie elektrisiert zusammenfahren. Die Taschenlampe war auf den Boden gefallen. Kate kniete vor dem Gitter, irgend etwas zerrte an ihrer Hand. Ihre Gefährten ahnten, was es war.

Ein Splitter flog aus der Tür, aber Culver achtete nicht darauf. Er lief auf das Mädchen zu, kniete sich neben sie und ergriff die Taschenlampe. Er lenkte das Licht in die Zwischenräume des Gitters und erbleichte.

Eine große Ratte hatte sich in Kates Hand verbissen und zog daran, indem sie wütend den Kopf hin- und herwarf. Auf einer schmalen Galerie, die unterhalb der Rohre verlief, waren weitere Mutanten zu erkennen. Der Schacht war wie ein enger Käfig, in dem kreischende, fauchende Kreaturen herumsprangen. Die Tiere schoben ihre Köpfe durch die Zwischenräume des Gitters und schnappten nach dem Mädchen.

Er hob die Axt und schlug auf die spitzen Schnauzen ein. Die Ratten quietschten, als ihre Kiefer zertrümmert wurden.

»Hilfe, Hilfe, Hilfe!« schrie Kate. »Es tut so weh... Es tut so fürchterlich weh...«

Culver packte sie am Oberarm und zog. Das Handgelenk kam hoch, aber die Ratte hing an den Fingern wie ein großer, schwarzer Ball. Die Augen des Tieres waren aus den Höhlen getreten. Es gelang ihm, das Beil durch die Zwischenräume zu bringen, aber seine Schläge nach dem Mutanten blieben ohne Wirkung, weil die Bewegungen seiner Hand durch das Gitter behindert wurden.

Über dem ohrenbetäubenden Kreischen der angreifenden Ratten vernahm er Dealeys Stimme.

»Die Tür gibt nach, Culver! Diese Bestien haben sich durchgenagt!«

Er lenkte das Licht zur Tür. Die Bretter waren geborsten, ein Loch war entstanden. Er sah, wie der Kopf einer Ratte sich durch die Lücke schob. Die gelben Zähne des Tieres hackten nach den Rändern der Türfüllung.

»Kommen Sie her, und halten Sie die Taschenlampe!« schrie er Dealey zu.

Der kam angelaufen. Er erschauderte, als sein Blick auf die Ratte fiel, die Kates Hand zerfleischte. Zwei Finger wurden abgetrennt. Kauend zog sich der Mutant mit seiner Beute zurück, ein Artgenossen nahm seinen Platz ein. Blut schoß aus den Wunden und spritzte auf die Köpfe des Ungeziefers, strömte über die bösen, gelben Augen der Tiere. Kates Schreie hatten sich in ein dumpfes Stöhnen verwandelt. Culver warf Dealey die Taschenlampe zu, dann ergriff er Kates Handgelenk mit beiden Händen. Er zog daran mit aller Kraft, die ihm zur

Verfügung stand, in der Hoffnung, der Ruck würde die Zähne der Ratten aus dem Fleisch herauslösen.

Es war alles vergeblich. Er sah, wie das Tier, das ihm am nächsten war, mit dem Kopf gegen das Gitter prallte, aber die Kiefer verbissen sich nur um so fester in die Beute. Es war eine Zange, die sich unter keinen Umständen mehr öffnen würde, nicht einmal wenn es ihm gelang, die Ratte zu töten. Er versuchte, inmitten der sich übereinanderdrängenden Mutanten den Revolver auszumachen, aber ein Meer aus schwarzen Leibern hielt die Waffe verdeckt.

»Culver!« Dealey hatte den Lichtstrahl auf die Tür gerichtet. Culver sah über die Schulter, ohne das Handgelenk des Mädchens loszulassen. Die Ratte hatte sich durch die zersplitterte Türfüllung geschoben, schien aber mit der Wölbung des Bauches festzustecken. Die langen Klauen hieben wie mechanisch betriebene Sicheln auf das umgebende Holz ein.

Aus den Augenwinkeln gewahrte er, wie Dealey aufstand. Als der Regierungsbeamte Anstalten machte, zur Tür am anderen Ende des Korridors zu laufen, hielt er ihn am Arm fest.

Kates Lider waren halbgeschlossen, sie war einer Ohnmacht nahe. Der Kopf schwankte wie der Pendel einer Standuhr. Ihre Hand war nur noch ein blutiger Klumpen. Die Ratten hatten ihr alle Finger abgebissen, jetzt zerrten sie an den Stümpfen. Das Knacken der Knochen übertönte das Stöhnen des Mädchens.

Dealey warf Culver einen flehenden Blick zu.

Kate bäumte sich auf.

Irgendwo hinten war das Krachen der berstenden Tür zu hören.

Mit einer raschen Bewegung öffnete Culver die Schnalle seines Gürtels und zog den Lederriemen aus den Schlaufen. Er legte die Axt auf den Boden und band Kate den Gürtel um den Arm, gleich unterhalb des Ellenbogens. Er machte einen Knoten und zog die Schlinge so fest zu, wie er konnte.

Er ergriff die Axt.

Er hatte den Arm gehoben, als Kate die Augen aufschlug. Sekunden später hatte sie begriffen. Sie öffnete den Mund zu einem langgezogenen Schrei der Verzweiflung.

»*Neiiiiiiiiiiiin...!*«

Die Klinge traf die Stelle über dem Handgelenk. Der Knochen splitterte. Ein zweiter Schlag war notwendig, um die Hand oder das, was davon übrig war, vom Arm abzutrennen.

Kate verlor die Besinnung.

Jenseits des Gitters herrschte tobender Aufruhr, die Tiere stritten sich um die blutigen Reste von Kates Hand. Culver hob das Mädchen mit beiden Armen auf. Dealeys Gesicht war aschfahl. Ein rascher Blick zur Tür sagte ihnen, daß die Ratte fast in ihrer ganzen Länge durch die Lücke geschlüpft war, nur die kräftigen Hinterläufe befanden sich noch jenseits des Loches. Wütend scharrte das Tier mit den Vorderläufen den Boden auf, den es nur mit den Spitzen seiner Krallen erreichen konnte. Speichel tropfte von den zitternden Kiefern. An einer anderen Stelle der Tür war ein zweites Loch entstanden. Ein schwarzer Kopf tauchte zwischen den Holzspänen auf.

Und während der ganzen Zeit grinste der Schädel des verhungerten Kanalarbeiters.

Culver schleppte Kate zu der Tür am anderen Ende des Korridors. Dealey war vorangelaufen. Sie überquerten die Schwelle in dem Augenblick, als die Ratte das Loch in der gegenüberliegenden Tür so erweitert hatte, daß sie hindurchschlüpfen konnte. Das Tier kam den Gang entlanggelaufen, ein ganzes Rudel Artgenossen folgte ihm. Dealey schlug die Tür ins Schloß und ließ die Klinke los, als auch schon die schweren Körper der angreifenden Ratten auf das neuerrichtete Hindernis prallten.

Die drei Überlebenden befanden sich in einem viereckigen Raum. An der gegenüberliegenden Wand war eine Tür zu erkennen, an der Wand zur linken Hand eine zweite. Erst nachdem Dealey das Geviert mit dem Strahl der Taschenlampe abgesucht hatte, wurde die Treppe sichtbar, die nach oben führte.

»Gott sei Dank«, keuchte Dealey.

Sie wußten, sie hatten keine Zeit zu verlieren. Die Tür hinter ihnen zersplitterte unter den Stößen der Mutanten, deren Gier von dem Blut, das aus den Wunden des Mädchens auf den Boden tropfte, aufgepeitscht wurde.

Obwohl Kates Körper nicht schwer wog, war Culver am Rande der Erschöpfung. Eine Blutspur blieb hinter ihnen zurück, als sie zur Treppe hasteten. Der Aufstieg begann.

Ein- oder zweimal kam Culver ins Stolpern, und nur Dealeys helfenden Händen war es zu verdanken, daß er nicht zusammenbrach und mit dem Mädchen die Stufen hinunterfiel. Er verlor die Axt, Dealey hob sie auf und drückte sie ihm wieder in die Hand.

Dann waren sie oben. Sie standen in einem schmalen, türlosen Korridor, der quer zur Treppe verlief.

Hinter ihnen das Kreischen der Ratten, das wetzende Geräusch ihrer Krallen auf dem Beton: Die Tiere hatten die Tür aufgebrochen und befanden sich in dem Raum, den die drei Menschen soeben verlassen hatten.

Die beiden Männer wandten sich zur Flucht. Culver war langsamer als Dealey, er mußte seinen Körper in einer Stellung halten, die quer zur Laufrichtung lag, damit der Kopf und die Beine des Mädchens, das er auf den Armen trug, nicht an die Wände des Korridors stießen. Die Mutanten hatten die Treppe erreicht.

Keuchend und schnaufend bewegten sich Culver und Dealey durch den düsteren Gang. Das Gefühl der Hoffnungslosigkeit nagte an ihnen wie eine giftige Schlange, zerrte an ihrem Überlebenswillen, erstickte die letzten Funken Hoffnung, die ihren Geist beseelten. Sie waren so verzweifelt, daß sie beinahe die Öffnung in der Wand übersehen hätten. Es war die frische Luft die durch die Lücke hereinstrich, was Culver veranlaßte, seine Schritte zu verlangsamen. Er rief Dealey zurück, der vorausgehastet war, dann spähte er in den schmalen Durchlaß. Inmitten wabernder Dunkelheit ein Schimmer Tageslicht.

»*Das ist der Ausgang!*« stöhnte Dealey. »*O mein Gott, das ist der Ausgang!*«

Er schob sich an Culver vorbei und torkelte die steinernen Stufen hinauf. Culver veränderte die Lage der Bürde auf seinen Armen so, daß Kate, die immer noch bewußtlos war, mit den Füßen den Boden berührte, dann bückte er sich und nahm das Mädchen auf die Schulter. Er umfing ihre Schenkel mit dem rechten Arm, in der linken Hand hielt er die Axt. Mühsam erklomm er die Stufen.

Es war eine Wendeltreppe. Das Zwielicht blieb hinter ihnen zurück. Vor ihnen erschien eine sonnenüberflutete Trümmerlandschaft.

Sie standen auf der Kaimauer und starrten in den Fluß hinab. Nur fünfzig Schritt von ihnen entfernt war der Luftschutzbunker, durch den sie das Labyrinth betreten hatten. Auf den Stufen, die zum Wasser hinabführten, lagen Hüte, Schals und Handtaschen verstreut, Dinge, die viele Wochen zuvor, als die Alarmsirenen ertönten, von flüchtenden Touristen fortgeworfen worden waren. Dealey war hinter einem Vorsprung der Uferbefestigung verschwunden, als Culver das Quietschen der Ratten hörte. Er warf einen Blick hinter sich und sah das schwarze Rudel, das aus dem Treppenschacht hervorquoll.

Die Ratten waren ihnen an die Oberfläche gefolgt.

Culver hastete die Stufen zum Fluß hinunter, das Gewicht des bewußtlosen Mädchens auf seinen Schultern. In der Nähe des Ufers lag eine Barkasse vertäut.

»Hierher!« Das war Dealeys Stimme. Er stand in einem kleineren Ausflugsboot von der Art, wie es einst, als London noch London war, für Besichtigungsfahrten benutzt wurde.

»Ablegen!« schrie Culver und setzte sich in Dealeys Richtung in Bewegung. Die Ratten hatten den Kai erreicht.

Das Boot, in dem Dealey stand, war mit Bänken ausgestattet, die vielleicht zwanzig Personen Platz boten. An Steuerbord gab es eine kleine Kajüte. Der Motor war mit einem blaßgrün gestrichenen Blechkasten abgedeckt. Die Farbe an den Bordwänden war abgeblättert. Es war ein häßliches Boot, aber in Culvers Augen war es das schönste Gefährt, das er je zu Gesicht bekommen hatte. Als er das Ufer erreichte, hatte sich die Bordwand schon zwei Meter von der Kaimauer entfernt. Er sprang.

Er landete auf Deck und prallte gegen die Abdeckung des Bootsmotors. Er sah, wie Kates Körper zur Seite rollte. Mit einem Sprung war er hoch, eben noch rechtzeitig, um sich den beiden Riesenratten in den Weg zu stellen, die gleichzeitig mit ihm auf Deck gesprungen waren. Culver hob die Axt und schlug auf die Tiere ein. Es gelang ihm, einer der Ratten den Kopf zu zerspalten. Die andere war auf die Abdeckung des Bootsmotors gesprungen. Sie erhob sich auf die Hinterläufe, streckte den Kopf vor und fauchte.

Culver schlug zu, aber die Ratte war ihm mit einer geschmeidigen Bewegung ausgewichen. Den Bruchteil einer Sekunde später saß sie auf seiner Brust. Er war vom Gewicht des Tieres gegen die längs der Bordwand verlaufende Bankreihe geschleudert worden. Das Tier nutzte seine augenblickliche Benommenheit, um ihm mit seinen nadelspitzen Krallen das Gesicht zu zerfleischen.

Er stieß das zappelnde Bündel von sich und sah, wie das Tier im hohen Bogen über Bord flog und in das aufspritzende Wasser eintauchte.

Mit zwei Schritten war er bei Kate. Er kauerte neben ihr nieder und untersuchte den Armstumpf. Die Blutung hatte nachgelassen.

Sein Blick irrte zum Kai, wo soeben ein Rudel Ratten in die Fluten sprang. Er sah, wie die Tiere wieder auftauchten und dem langsam davontreibenden Boot nachschwammen.

»Wie können wir den Motor in Gang bringen?« Dealey war den Tränen nahe. »Es gibt keinen Schlüssel, es gibt keinen gottverdammten Zündschlüssel!«

Culver ließ die Schultern sinken. Mit etwas mehr Zeit hätte er die Zündung kurzschließen können. Aber die Zeit hatte er nicht. Die schwimmenden Mutanten waren an der Bordwand angekommen. Er hörte, wie sich ihre Krallen in das morsche Holz gruben.

Er bückte sich und hob die Axt wieder auf, dabei entdeckte er den Bootshaken, der unter einer Sitzbank verstaut lag. »Dealey, nehmen Sie das, und versuchen Sie, damit die Bestien vom Bord fernzuhalten. Vielleicht haben wir noch eine Chance!«

Culver beugte sich über Bord und ließ die Axt auf eine der Ratten niedersausen. Das Boot lag tief im Wasser, so daß die Bordwand für die angreifenden Tiere eine leicht zu überwindende Hürde darstellte. Andererseits war das Boot inzwischen weiter vom Kai abgetrieben. Das nächste Rudel, das aus dem Treppenschacht kam, würde es schwer haben, die rasch wachsende Entfernung zu überwinden. Mit dem Mut der Verzweiflung hieb er auf die Mutanten ein. Das Wasser färbte sich rot vom Blut der Tiere. Dealey hatte den Bootshaken hervorgezogen, eben noch rechtzeitig, um eine Ratte, die über Bord geklettert kam, ins Wasser zurückzustoßen. Aber eine andere war auf den hölzernen Holm des Hakens gesprungen und hatte sich darin festgebissen. Erst nach heftigem Schütteln gelang es Dealey, die Ratte von der einzigen Waffe, die er hatte, abzulösen. Das Tier folgte dem Boot und biß nach dem Haken. Dealey drückte den schwarzen Körper unter Wasser. Erleichtert sah er, wie die Ratte abdrehte und zum Ufer zurückschwamm.

Inzwischen hatten Dutzende anderer Mutanten die Bordwand erklommen.

Culver ließ die Axt kreisen. Er verspürte keine Wut mehr auf die Tiere, nur kalte Entschlossenheit. Ihm war, als könnte er sich selbst bei dem blutigen Handwerk zusehen. Dealey half ihm, so gut es seine erlahmenden Kräfte zuließen. Er hatte schnell herausbekommen, den Bootshaken nach jedem Stoß rasch wieder zurückzuziehen, so daß die Ratten keine Gelegenheit hatten, ihre Hauer in den Schaft zu schlagen.

Das Boot trieb auf die Westminster-Brücke zu. Während Culver auf die schwimmenden Verfolger einschlug, beobachtete er das Ufer aus den Augenwinkeln. Hoffentlich nahm die Strömung in der Mitte des Flusses zu. Wenn ja, konnte es ihnen gelingen, den Rudeln der Mutanten zu entkommen, die ihnen im Kielwasser folgten. Wenn...

Ihm war, als müßte ihm das Herz stehenbleiben.

Die Brücke, der sie sich näherten, wimmelte von Ratten. Die Tiere hockten auf den verbogenen Eisenträgern, eines neben dem anderen, und bereiteten sich auf den Sprung vor, der sie an Bord des Bootes befördern würde.

34

Es war hoffnungslos. Die beiden Männer hatten keine Kontrolle über das Boot, das von der Strömung auf die Brücke zugetrieben wurde. Dealey, der an der Bordwand stand und auf die schwimmenden Bestien einstach, wunderte sich, warum Culver die Axt aus der Hand gelegt hatte. Als er die schwarzen Rudel erblickte, die auf dem ins Wasser gestürzten Brückenbogen hockten, ließ auch er seine Waffe sinken.

Er sprach kein Wort mehr, er fluchte nicht einmal. Dealey war wie betäubt. Sie hatten die Bombe überlebt. Sie hatten die verheerende radioaktive Strahlung überlebt, die nach der Explosion auf die zerstörte Stadt niederging – und jetzt das. Sie, die Menschen, würden von vierbeinigen Kreaturen aufgefressen werden, von Ratten, die aus dem stinkenden Schmutz ihrer Nester an die Oberfläche gestiegen waren. Ein sinnloser Tod.

Culver wollte etwas zu seinem Gefährten sagen, aber dann sah er Dealeys Augen. Der andere hatte verstanden. Es hatte keinen Zweck mehr, sich gegen das Sterben zu wehren. Sie würden die letzten Sekunden gemeinsam verleben. Als Freunde. Für Dealey, den Pragmatiker, war es ein ganz neues Gefühl. Es war das erste Mal seit vielen Jahren, daß er einen anderen Menschen wirklich verstand, und zugleich gewährte ihm die Nähe des Todes einen Einblick in die eigene Psyche. Der Augenblick verstrich, aber die Erkenntnis blieb.

Auf dem Heck erschien eine triefende Ratte. Culver hatte die Axt aufgehoben. Er zerschmetterte dem Tier den Kopf. Dealey erwachte aus seinen Träumen. Die Wut überkam ihn. Er wandte sich den krabbelnden, kreischenden Kreaturen zu, die das Innere des Bootes füllten. Er spürte keine Angst mehr. Er reagierte jetzt ähnlich wie die unheimlichen Wesen, die ihm nach dem Leben trachteten; in die Enge getrieben, blieb ihm nur noch eines: Kampf.

Er stieß einer Ratte, die auf die Abdeckung des Bootsmotors gesprungen war, den Bootshaken in den Rachen. Das Tier zog den Kopf zurück und sprang. Messerscharfe Zähne senkten sich in Dealeys Ferse. Er fuhr herum und stach auf den zuckenden Rumpf des Mutanten ein. Der Haken brach ab. Dealey nahm die zersplitterte Hälfte und rammte sie in den Nacken des Tieres. Eine Blutfontäne schoß hervor, als der Haken den Hals durchbohrt hatte und die Arterie aufschlitzte. Die Ratte ließ von ihm ab und floh. Aber die nächste war schon da. Das Tier sprang ihm gegen den Magen. Dealey taumelte zurück, er ließ seine Waffe fallen. Er fühlte, wie die Zähne der Ratte in seinen Unterleib eindrangen.

Plötzlich war ein Schatten über ihm.

Culver hatte das Tier im Nacken gepackt. Mit einem Ruck zog er es vom Bauch seines Gefährten fort. Seine Axt traf die Ratte auf die schmatzenden Kiefer. Aufheulend gab die Bestie ihre Beute frei.

Er drehte sich um und lief den schwarzen Kreaturen nach, die wie Schatten über das bluttriefende Deck huschten, hieb mit der Axt auf die fauchenden Monstren ein, trennte ihnen die Läufe von den pelzigen Leibern, zerschmetterte ihnen das Genick, ein Schnitter, der Tod und Verderben um sich verbreitete.

Dealey drückte die Fäuste auf seine Wunde, dann ergriff er den abgebrochenen Bootshaken und lief zu Culver, um ihm im Kampf gegen die furchtbaren Mutanten beizustehen.

Bald war das Deck mit toten und sterbenden Ratten übersät. Aber neue Rudel kletterten an Bord. Das Boot war von einem schwarzen Meer schwimmender Bestien umgeben. Und die Brücke war nur noch wenige Meter, wenige Sekunden von ihnen entfernt.

Culver erschlug eine Ratte, die auf Kate zugekrochen war. Als er das Mädchen aufhob, schlug es die Augen auf. Sie erkannte ihn, bevor ihr aufs neue die Sinne schwanden. Ihr Gesicht war bleich, so bleich. Er küßte sie auf die Lippen, bevor er sie auf die Abdeckung des Bootsmotors bettete. Dann erst setzte er den Kampf gegen die Mutanten fort.

Der Bug war unter dem Brückenbogen angekommen. Culver hob den Blick. Die ersten Ratten strafften sich zum Sprung. Sie verfehlten das Deck und fielen in die trüben Fluten. Er sah, wie die anderen ihre Pfoten über den Rand des Eisenträgers schoben. Die Schnauzen zitterten vor Gier.

Er hob die Axt. Sobald das Boot unter der Brücke war, würde eine schwarze Lawine auf Deck niedergehen. Hoffentlich war ihm und seinen beiden Gefährten ein schneller Tod beschieden.

Das Kreischen der Mutanten verstummte. Eine geisterhafte Stille lag über der Szene. Was im Nest, wo die Mutter-Ratte ihre Mißgeburten säugte, geschehen war, würde sich wiederholen. Die Tiere sammelten Kraft, bevor sie in eine Orgie des Blutes eintauchten.

Dealey sprach ein Stoßgebet.

Kate stöhnte.

Die Ratte, die auf das Kajütendach gesprungen war, fletschte die Zähne.

Das Donnern der Rotoren war über ihnen, ehe Culver recht begriff, was geschehen war. Das Rattern eines Maschinengewehrs gesellte sich zu dem dumpfen Klang, der die geisterhafte Stille wie ein glühendes Messer zerschnitten hatte. Verblüfft starrten Culver und Dealey auf die Tiere, die von den dicht an dicht fallenden Einschüssen niedergemäht wurden. Quietschend sprangen die Ratten über Bord. Die peitschende Spur des Feuers folgte ihnen. Blut spritzte aus den zuckenden Leibern.

Vom Lärm betäubt, kauerten Culver und Dealey im Boot. Sie waren unter der Brücke. Kate lag im Blut der Mutanten, von tiefer Bewußtlosigkeit umfangen. Plötzlich Licht. Am Himmel schwirrende Schatten. Dealey schrie etwas, aber Culver konnte ihn nicht verstehen. Es schien, als sei das Boot von einer Sturmbö getroffen worden. Culver robbte zur Bordwand und wandte den Kopf.

»Pumas«, sagte er, und der Wind riß ihm die Worte von den Lippen. Es waren drei Hubschrauber, die über ihnen kreisten. Zwei der riesigen Vögel hatten das Heer der Mutanten mit Bordfeuer aus Maschinengewehren mit Kaliber 7,62 mm dezimiert, während der dritte sich der Wasseroberfläche näherte, um das Boot mit den drei Menschen aus dem Schatten der Brücke zu treiben.

Dealey sagte wieder und wieder das gleiche Wort. *»Unglaublich, unglaublich, unglaublich.«*

Culver torkelte zu ihm und packte ihn bei den Schultern. »Die Gefahr ist noch nicht vorüber!« schrie er ihm ins Ohr. »Da!« Er deutete auf zwei Ratten, die in diesem Augenblick über die Bordwand rutschten.

Die beiden Männer schlugen auf die zappelnden Kreaturen ein und warfen sie in den Strom zurück, aber immer mehr Tiere sprangen an Bord, auf der Flucht vor dem Hagel aus Blei, der vom Himmel kam. Lauernde Rudel bedeckten die Sitzbänke und das Deck.

»Es sind zu viele!« schrie Dealey. »Wir können nichts gegen die Bestien ausrichten!« Sein Mut war fort, die Panik zurückgekehrt.

»Klettern Sie auf das Kajütendeck!« Culver wartete, bis der andere auf den Aufbauten angekommen war, dann hob er das bewußtlose Mädchen auf und legte es Dealey in die Arme. Er wehrte drei Ratten ab, die zum Sprung auf Kate angesetzt hatten, dann schwang er sich selbst auf das Dach.

Sie blieben in der Hocke, weil sie im Stehen von dem schwankenden Boot abgestürzt wären. Dealey deutete nach oben.

Culver folgte seinem Blick. Ein schwarzer Punkt löste sich aus der Silhouette des gigantischen Schattens, der über ihnen stand. Der Punkt hing an einem Faden. Ein Mann, der an einer Winde zu ihnen herabgelassen wurde.

Die Gestalt wurde größer und größer. Beine, die hin und her pendelten, die Halt auf dem blutverschmierten Dach der Kajüte suchten. Dann stand der Mann vor ihnen.

»Sie haben sich eine schlechte Zeit für Ihre kleine Bootsfahrt ausgesucht«, schrie der Mann. Als er merkte, daß Culver und Dealey zu erschöpft waren, um zu antworten, sagte er: »Ich kann nur einen von Ihnen in den Gurt einhängen...« Sein Blick fiel auf die Ratten, deren Läufe an der Schräge des Daches scharrten. »Also gut zwei. Aber Sie werden da oben Probleme haben, in die Kabine reinzukommen! Das Mädchen zuerst!«

Das Donnern war ohrenbetäubend, aber sie errieten, was er gesagt hatte. Mit vereinten Kräften hoben sie Kate in den Gurt, während der Pilot des Hubschraubers der Drift des Bootes folgte. »Gut so. Einer von Ihnen stellt sich hinter mich und legt mir die Arme um die Schultern! Sie müssen sich gut festhalten!«

Culver gab Dealey ein Zeichen. »Sie!«

Dealey schüttelte den Kopf.

»Sie!« widerholte Culver.

»Ich habe nicht mehr die Kraft, mich festzuhalten!«

»Es ist egal, wer zuerst mitkommt!« schrie der Mann. »Der andere wird vom nächsten Hubschrauber gerettet.

Ich werde jetzt das Zeichen zum Hochhieven geben, bevor mir diese verdammten Ratten die Zehen abknabbern.«

Culver gab Dealey die Axt. Der zwang sich zu einem Lächeln.

Culver hatte kaum die Arme um die Schulter des Mannes geschlungen, als dieser den Daumen hob. Sie wurden hochgezogen. Rasch entfernten sie sich von dem Boot. Culver hielt den Atem an, als er die Rattenschwärme sah, die jetzt über Dealey herfielen. Der Gefährte wehrte sich tapfer, aber für jeden Mutanten, den er tötete, gab es drei neue. Sein Gesicht wurde zu einer Grimasse unsäglichen Schmerzes, als eines der Tiere sich in seinen Schenkel verbiß. Eine Ratte war auf seinen Rücken gesprungen. Als er sie fortstoßen wollte, entglitt ihm das Beil.

»Dealey!« schrie Culver.

Der nächste Puma kam herangeschwebt. Die Stahltrosse war bereits heruntergelassen, an ihrem Ende pendelte ein Mann. Er packte Dealey, ohne das Kabinendach mit den Füßen zu berühren, und riß die Ratte fort, die sich in seinen Nacken gekrallt hatte. Erst als die beiden Gestalten schon hoch in den Lüften waren, ließen die Mutanten, die sich in Dealeys Beine verbissen hatten, von ihrem Opfer ab. Mit einem wütenden Kreischen fielen die Tiere dem Wasser entgegen. Culver schloß die Augen. Der dritte Hubschrauber war da. Feuer aus seinen Maschinengewehren strich über das Boot wie ein blutiger Regen. Als der Tank getroffen wurde, explodierte das Gefährt in tausend Stücke. Als Culver seine Augen wieder öffnete, erblickte er einen Rauchpilz, der jenen ähnelte, die vor einer Ewigkeit über dem zerstörten London hochgestiegen waren.

Sie waren unter der Luke angekommen, hilfreiche Hände zogen sie an Bord des Helikopters. Zuerst wurde

Culver ins Innere befördert, dann das Mädchen, schließlich der Mann, der sie gerettet hatte.

Culver wurde zu einem Sitz geführt. Mit einem Gefühl unendlicher Erleichterung ließ er sich in die Polster sinken. Die große Tür wurde geschlossen, das Donnern der Rotoren wurde leiser. Er sah, wie Kate auf eine Trage aus Segeltuch gelegt wurde. Sie bekam eine Spritze.

Der Mann in der Offiziersuniform, der die Injektion gemacht hatte, kam zu Culver. »Morphium«, sagte er. »Sie hat Glück gehabt, daß wir sie nach oben holen konnten, ehe sie aus dem Schock aufwachte. Sie brauchen sich wegen ihr keine Sorgen zu machen, der Schnitt sieht ganz sauber aus.« Er kniff die Augen zusammen. »Sie wird wieder gesund werden. Hat sie noch andere Verletzungen?«

Culver war auf einmal unsagbar müde. »Nur Abschürfungen und Platzwunden.«

»Und Sie?«

Culver schüttelte den Kopf. Er hielt den Blick auf Kate gerichtet, deren Gesichtszüge sich unter dem Einfluß der Droge entspannten. Er wollte sie um Verzeihung bitten für das, was er ihr angetan hatte, aber er wußte, sie konnte ihn nicht hören. Später würde er dazu Gelegenheit haben. Jetzt hatten sie beide Zeit, soviel Zeit. Er wandte sich ab und wollte aus dem Fenster sehen, als der Mann, der ihn aus dem Inferno hochgeholt hatte, zu ihm trat.

»Sergeant MacAdam«, stellte er sich vor.

»Ich danke Ihnen«, sagte Culver.

»Es war mir ein Vergnügen«, kam die Antwort.

»Wie...«

»Wir haben Sie schon heute früh entdeckt. Sie standen am Kai.«

»Waren Sie an Bord des Aufklärungsflugzeugs?«

Der Sergeant nickte. »Wir hatten den Eindruck, daß

Sie gerade aus dem Regierungsbunker gekommen waren. Stimmt das?«

»Nein... Wir wollten in den Regierungsbunker hinein.«

Auf dem Gesicht des Mannes zeichnete sich lebhaftes Interesse ab. »Und? Sind Sie reingekommen? Ich frage, weil wir immer noch keine Funkverbindung zum Bunker bekommen haben. Was, zum Teufel, ist da unten los? Können Sie mir das sagen?«

Culver ließ die Frage unbeantwortet. »Hat sich denn bisher niemand aus dem Regierungsbunker bei Ihnen gemeldet?«

»Keine gottverdammte Seele. Und wir haben uns keinen Zutritt verschaffen können, weil die Haupttunnels ausnahmslos eingestürzt sind. Die Verwüstungen durch die Bomben waren größer, als unsere Experten berechnet hatten. Aber vielleicht ist doch jemand aus dem Bunker rausgekommen, wer weiß? Wir haben bisher keine Suchaktion in den zerstörten Stadtteilen starten können. Zuerst ging es nicht wegen der Strahlung, dann kam der Dauerregen.« Er verstummte. Nach einer Weile fragte er: »Als wir Ihre Gruppe am Kai sichteten, waren Sie mehr. Wo sind die anderen?«

»Tot«, sagte Culver. »Alle tot.«

»Und was haben Sie im Bunker vorgefunden? Wie sieht's da unten aus?«

Der Arzt intervenierte. »Er muß jetzt ausruhen, Sergeant. Sie können ihn später befragen, wenn wir in Cheltenham gelandet sind.«

Der Sergeant nickte. Aber er machte keine Anstalten, wegzugehen.

»Ratten«, sagte Culver. »Der Bunker ist voller Ratten.«

Sergeant MacAdams Gesichtsausdruck wurde hart. »Im provisorischen Hauptquartier in Cheltenham sind gewisse Gerüchte im Umlauf...«

»Gibt es Menschen, die aus London flüchten konnten?« unterbrach ihn Culver.

»O ja. Viele.«

»Und was nützt es ihnen, daß sie überlebt haben?«

»Das Ausmaß der Katastrophe ist nicht so groß, wie Sie befürchten. London ist zerstört, auch die anderen Großstädte und die Militärbasen; bevor noch mehr Raketen abgefeuert wurden, haben sich die Großmächte dann über den kurzen Draht verständigt. Man fand heraus, daß der Befehl zum Angriff auf einem Irrtum beruhte...«

»Er braucht Ruhe«, warnte der Arzt.

»Was für ein Irrtum?« fragte Culver.

»Sie sollten jetzt versuchen, etwas zu schlafen, später können wir reden. Sie bekommen ein wunderschönes Bett im Lazarett, man wird sich in jeder Weise um Sie kümmern. Manches geht zwar noch durcheinander in Cheltenham, aber die meisten Probleme haben wir in den Griff bekommen. Es gibt eine Militärregierung, und wahrscheinlich werden wir bald wieder eine richtige Regierung haben. Die neue Koalition wird...«

Der Sergeant war aufgestanden. Er klopfte Culver auf die Schulter. »Entspannen Sie sich.« Er wandte sich zum Gehen.

»Wer hat angefangen?« rief Culver hinter ihm her. »Wer hat den verdammten Krieg angefangen? Amerika oder Rußland?«

Die Antwort klang wie ›China‹.

Culver richtete seinen Blick zum Fenster hinaus. Er war hungrig nach Licht. Allzu lange war er unter der Erde gewesen. In seiner Erinnerung erstanden die schrecklichen Erlebnisse während der sonnenlosen Tage. Bilder, die er nie mehr vergessen konnte.

Verrückt, dachte er. Und doch irgendwie gerecht. Jene, die so sorgfältig ihr eigenes Überleben geplant und dabei den Tod von Millionen in Kauf genommen hatten, waren von Ratten umgebracht worden. Eine Spezies, die seit vielen Jahrtausenden in die Unterwelt verbannt war, hatte sich an jenen gerächt, die sie unterdrückten. Stark waren die Ratten – und klug. Den Menschen überlegen. Und doch hatten sie sich einer kraftlosen, aufgedunsenen, unvorstellbar häßlichen Kreatur untergeordnet, der Mutter-Ratte...

Der Arzt, der gerade die Wunde des Mädchens verband, sah erstaunt auf, als er Culver lachen hörte. Er überließ es einem Helfer den Verband zu schließen, und überquerte den Gang. Er betrachtete das Gesicht des Mannes, der auf seinem Sitz zusammengesunken war, und bemerkte die Tränen, die dem Mann über die Wangen liefen.

Culver dachte an die Mutter-Ratte und an ihre Kinder. Die Schwarzen Ratten hatten den Regierungsbunker angegriffen, weil sie davon überzeugt waren, daß die Menschen ihre Herrscherin bedrohten. Gnadenlos hatten sie dem Gesetz Geltung verschafft, unter dem sie angetreten waren.

Culver wollte zu lachen aufhören, aber er konnte nicht. Es war ja auch zu lustig. Und das Lustigste an der Sache waren die Kinder der Mutter-Ratte. Die kleinen Kreaturen, die an den Zitzen des unförmigen Monstrums gesaugt hatten. Wie menschliche Embryos hatten sie ausgesehen. Die winzigen Gesichter hatten menschliche Züge getragen. Sie hatten keine Pfoten gehabt, keine Krallen, sondern Arme und Beine. Und die Gehirne, durch die hauchdünne Hirnschale deutlich zu erkennen, waren viel zu groß gewesen, als daß sie in dem spitzen Schädel einer Ratte Platz gehabt hätten.

War die Spezies Mensch einst vielleicht auf die gleiche Weise entstanden? Waren es radioaktiv geschädigte Gene, die zum Entstehen des Mutanten Mensch geführt hatten?

Culver lachte, bis ihm der Arzt die Kanüle der Betäubungsspritze in die Vene stach.

Die Ratten schwammen ans Ufer zurück.

Sie huschten die Stufen hinauf. Das Donnern der Rotoren, so hoch über ihnen, hatte ihnen große Angst eingeflößt. Sie betrauerten den Tod jener Wesen, die unter der Erde ihre Geschicke gelenkt hatten. Und noch eine Kreatur war tot. Die Mutter-Ratte. Sie war gestorben, bevor sie ihre Kinder zerfleischen konnten, jene merkwürdigen Geschöpfe, die den verhaßten Menschen ähnelten. Die Herrscherin selbst hatte die Zerstörung ihres Nachwuchses bewirkt.

Nie hätten es die Schwarzen Ratten gewagt, die Kleinen zu töten, solange die Mutter-Ratte noch lebte. SIE war allmächtig und gestattete keinen Widerspruch. SIE unterhielt eine Garde, die mit den Rebellen kurzen Prozeß machte. Die Garde war von einer geheimnisvollen Seuche dahingerafft worden.

Trotzdem hatten die Ratten ihre Herrscherin beschützt. Sie hatten ihr Leben für das Wesen hingegeben, das ihre Gedanken kontrollierte. Die Gedanken waren verflogen. Die Zahl der Ratten war zusammengeschmolzen.

Und so kehrten sie in ihr düsteres Reich zurück. Es dauerte nicht lange, bis sie den Menschen fanden, der sich in den Gängen unter der Erde zu verbergen suchte. Sein Geruch verriet ihn, seine Angst. Sie scharrten an der Tür, die das einzige Hindernis zwischen ihnen und Ellison darstellte. Sie zernagten das Holz. Sie weideten sich an seinen Schmerzensschreien.

Als nichts mehr von ihm übrig war, begaben sie sich in die großen Tunnels, um auszuruhen und um zu kopulieren. Sie würden sich vermehren, um die Herrschaft anzutreten.

Als sie wieder Hunger verspürten, huschten sie die steinernen Stufen hinauf. Oben war Nacht. Die Mutanten durch-

streiften die Ruinen der alten Stadt. Es dauerte nicht lange, bis sie auf Beute stießen.

Erst als die Dämmerung sich am Horizont abzeichnete, schlüpften sie in ihre Löcher zurück. Es stimmte sie traurig, sich für die Stunden des Tages von dem Territorium zu trennen, dessen Bewohner künftig ihnen, den Ratten, ausgeliefert sein würden.

HEYNE BÜCHER UNHEIMLICHES

im Heyne-Taschenbuch

Romane aus den Grenzbereichen Horror Okkultes Schwarze Magie

01/6781 - DM 7,80

01/6614 - DM 6,80

01/6667 - DM 7,80

01/6498 - DM 7,80

01/6636 - DM 7,80

01/6755 - DM 7,80

01/6625 - DM 7,80

01/6805 - DM 8,80

STEPHEN KINGS
HORROR-THRILLER!

„Das Beste, was Stephen King je geschrieben hat."
New York Times

Großformatiges Paperback
406 Seiten
Deutsche Erstausgabe
01/7500 - DM 19,80

Sie schien eine ganz normale Krankenschwester zu sein, bis sich eines Tages herausstellte, daß sie ihren Lieblingsautor Paul Sheldon entführt und drogenabhängig gemacht hat ...

WILHELM HEYNE VERLAG MÜNCHEN

STEPHEN KING

Seit in den USA bekannt wurde, daß sich hinter dem Pseudonym Richard Bachman der Meister des Horror-Thrillers Stephen King verbirgt, stehen auch die Bachman-Romane an der Spitze der Bestsellerliste.

01/6478 - DM 9,80

01/6553 - DM 6,80

01/6705 - DM 7,80

01/6824 - DM 9,80

01/6601 - DM 7,80

01/6687 - DM 6,80

01/6762 - DM 7,80

01/6848 - DM 6,80

Zwei aufregende Fernost-Thriller

"Jeder, der Lustbaders Ninja verschlungen hat, wird von diesem orientalischen Rache-Epos hingerissen sein." James Patterson

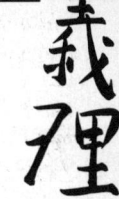

MARC OLDEN
GIRI
ROMAN

Giri
Roman
414 Seiten
01/6806 - DM 7,80

Ein Vulkan von Spannung und Dramatik
wo »Der Ninja« halt macht,
geht es hier erst richtig los!

MARC OLDEN
Vom Autor des Bestsellers »Giri«
DAI-SHO
ROMAN

Dai-Sho
Roman
512 Seiten
01/6864 - DM 9,80

Wilhelm Heyne Verlag München